UM ROMANCE NADA INESPERADO

AUTORA BESTSELLER DO *USA TODAY*

MEGHAN QUINN

Copyright © 2023. A LONG TIME COMING by Meghan Quinn
Direitos autorais de tradução© 2023 Editora Charme.

Todos os direitos reservados.
Nenhuma parte desta publicação pode ser reproduzida, distribuída ou transmitida sob qualquer forma ou por qualquer meio, incluindo fotocópias, gravação ou outros métodos mecânicos ou eletrônicos, sem a permissão prévia por escrito da editora, exceto no caso de breves citações consubstanciadas em resenhas críticas e outros usos não comerciais permitido pela lei de direitos autorais.

Este livro é um trabalho de ficção.
Todos os nomes, personagens, locais e incidentes são produtos da imaginação da autora.
Qualquer semelhança com pessoas reais, coisas, vivas ou mortas, locais ou eventos é mera coincidência.

1ª Impressão 2023

Produção Editorial - Editora Charme
Capa - Letitia Hasser com RBA Designs
Ilustrações - Gerard Soratorio
Adaptação de capa e Produção Gráfica - Verônica Góes
Tradução - Daniela Toledo
Preparação e Revisão - Equipe Editora Charme

Esta obra foi negociada por Brower Literary & Management.

CIP-BRASIL. CATALOGAÇÃO NA PUBLICAÇÃO
SINDICATO NACIONAL DOS EDITORES DE LIVROS, RJ

Q62r

Quinn, Meghan
  Um romance nada inesperado / Meghan Quinn ; tradução Daniela Toledo. - 1. ed. - Campinas [SP] : Charme, 2023.
  508 p.

  Tradução de: A long time coming
  ISBN 978-65-5933-126-0

  1. Romance americano. I. Toledo, Daniela. II. Título.

23-85118
CDD: 813
CDU: 82-31(73)

Meri Gleice Rodrigues de Souza - Bibliotecária - CRB-7/6439

www.editoracharme.com.br

UM ROMANCE NADA INESPERADO

TRADUÇÃO: DANIELA TOLEDO

AUTORA BESTSELLER DO *USA TODAY*

MEGHAN QUINN

PRÓLOGO
LIA

— Com licença — peço, esbarrando em um cara magro no corredor lotado do dormitório. — Desculpe, não vi você aí. Estou meio que perdida aqui.

— Sem problemas — diz a voz profunda que atrai meu olhar para a figura alta com cabelo castanho bagunçado, óculos de armação preta e um bigode tão grosso que quase parece falso. Pode ser que seja mesmo, quem sabe? — O que você está procurando? — ele pergunta ao levar um copo com canudo aos lábios.

— Hã. — Dou uma olhada ao redor, então sussurro: — Quarto 209. Mas continuo me perdendo, porque parece que não há um quarto 209.

Um sorriso puxa seus lábios.

— Uma nerd que curte *Scrabble*?

— O quê?

Ele se inclina para frente e sussurra:

— Está tudo bem. Faço parte da SSS. O quarto 209 fica escondido por um bom motivo.

SSS = Sociedade Secreta de *Scrabble*.

Mas a primeira regra sobre a SSS é que não podemos falar sobre ela. Pelo menos era isso que dizia no convite que recebi na noite passada. Foi uma carta entregue no meu quarto de dormitório. Um envelope grosso, selado à cera, com SSS derretido no líquido vermelho. Assim que vi o símbolo, já fui trancando a porta, apagando as luzes e acendendo a lâmpada da escrivaninha. Prendendo a respiração, abri com delicadeza o envelope e desdobrei as laterais, revelando a carta dentro.

Fui selecionada a dedo pela SSS para me juntar a eles esta noite. Durante o exaustivo processo seletivo de três semanas, participei de batalhas on-line implacáveis contra diferentes membros. Depois de algumas derrotas, algumas vitórias e dois empates, o processo estava encerrado, e eu só precisava esperar. Bem, o momento chegou. Estou com o convite em mãos, e está escrito apenas para eu aparecer no quarto 209, do Pine Dormitory, às 22h23 em ponto, sem fazer perguntas, sem dizer nada. Então devo dar uma batida específica à porta e informar a senha secreta para entrar.

Mas agora que estou aqui, perdida e confusa, sinto como se já estivesse quebrando as regras.

Infelizmente, o tempo está passando, e não faço ideia de como prosseguir. Não quero chegar atrasada, ainda mais na minha primeira noite. Mas não consigo encontrar o quarto, e... esse bigodudo com o copo parece saber do que está falando.

Aff... mas e se este for um teste? E se ele foi posicionado pela SSS e eu já tiver falhado por ter mencionado o quarto 209 e o jogo *Scrabble* e... *Ai, Deus*, sou um fracasso.

Sem saber como prosseguir, balanço nos calcanhares, e minhas mãos se contorcem à minha frente enquanto dou uma olhada na horda de pessoas. Aliás, o que está rolando por aqui? É o corredor de um dormitório, não uma cafeteria. Para onde todas essas pessoas estão indo? Acho que preciso me livrar do bigodudo. Ele sabe demais. E não vou colocar minha posição na SSS em jogo. Trabalhei duro pelo convite.

— Quer saber? Foi legal conversar com você, mas acho que vou procurar o quarto sozinha. Valeu.

Me viro e vou em direção ao corredor escuro, mas ele grita:

— Não vai achar o quarto 209 por aí.

Dou uma olhada sobre o ombro e o vejo bebericando do seu copo com um sorriso, seus olhos brincalhões atentos à minha expressão irritada.

— Na verdade, eu não estava indo para lá — respondo com indignação.

— Parecia que estava.

— Eu estava enganando você.

— É mesmo? — ele pergunta, e seu sorriso fica mais largo. — Por que você iria querer me enganar?

Me endireito para encará-lo e ergo o queixo ao dizer:

— Porque com esse bigode imoral e esse seu cabelo bagunçado, você parece um predador. Como é que eu vou saber que não está tentando me apunhalar?

Suas sobrancelhas se erguem, enquanto ele passa os dedos pelo bigode.

— Você é a terceira pessoa que diz que não fico legal com este bigode, sabia? Achei que estava parecendo bem legítimo com ele.

O cara precisa de um espelho melhor.

— Seu bigode é ofensivo. Tenho certeza de que ele faria até a mulher mais assanhada ficar seca. — As palavras saem da minha boca antes que eu possa impedi-las. Falta de filtro... é a minha perdição.

Estremeço quando seus olhos quase saem das órbitas. *Pois é, cara, eu também fiquei surpresa.*

— Hã, não sei como...

Antes que possa terminar de dizer que não sei muito bem de onde esse insulto veio das entranhas mais profundas do meu ser, ele agarra a barriga, se curva e solta uma risada longa e arrastada, com o copo balançando na mão.

Bom, pelo menos ele não ficou ofendido. Então até que deu certo para mim.

De qualquer forma, não tenho tempo para isso.

Passando por ele, sigo à direita do corredor, onde encontro uma porta sem identificação. A princípio, quando eu estava procurando, pensei que fosse o armário de suprimentos. Mas prestando um pouco mais de atenção, acho que pode haver um fraco número gravado na parede. Talvez... só talvez... seja o que estou procurando.

Com um suspiro esperançoso, bato três vezes à porta e chuto o rodapé como me foi dito, assim que uma figura alta se aproxima por trás.

— Sabe de uma coisa? Uma garota nunca me disse que possuo a

incrível capacidade de desidratar as partes baixas do sexo feminino só com os meus pelos faciais.

Seguro o sorriso.

— Fique feliz por eu ser sincera.

A porta se abre, e um único olho fica à vista.

— Senha.

— Walla-walla-bing-bang — respondo assim que o cara atrás de mim se inclina para frente sobre o meu ombro.

— Você esqueceu a parte do ching-chang — ele diz.

— Como é? Não esqueci, não.

— Ele tem razão — o olho fala. — Desculpe, acesso negado.

— Não, espere — peço enquanto impeço o olho de fechar a porta. Tiro o convite do bolso e digo: — Estou com o convite aqui... hãaã, quer dizer... — *Aff, que idiota, Lia. Não era para você mostrar o convite*. Hora de recuar. — Na verdade... — Enfio o convite de volta no bolso e entrelaço as mãos. — Não há convite nenhum, e não faço ideia de para onde esta porta leva. Só sei que é para eu estar aqui às 22h23, e aqui estou, portanto, acredito que eu deva ganhar acesso.

— Mas você esqueceu o ching-chang — o bigodudo insiste enquanto chupa seu canudo.

— Não havia nenhum ching-chang — respondo com irritação. — Claramente dizia para bater três vezes, chutar o rodapé e então dizer walla-walla-bing-bang. Sei disso porque li, hã... a coisa, vinte e sete vezes com atenção. Então ou esta é ou não é a porta certa, o que talvez não seja, ou vocês dois não leram as instruções, e, nesse caso, exijo falar com a autoridade humana.

— Autoridade humana? — o bigodudo pergunta. — Por acaso esse é algum termo profissional?

— Estou tendo que desenhar aqui para vocês — falo, sarcástica. — Já que você está com essa expressão aí, sabe?

— Que expressão?

— Uma expressão de que falta inteligência.

Pode chamar de nervosismo, irritação ou apenas o fato de que não consigo me segurar, mas simplesmente deixo meu insulto escapar.

Ainda bem que aquele seu sorriso mais uma vez puxa os cantos dos lábios antes de ele dizer para o olho:

— Ela é boa, cara. Pode deixar entrar.

— Como é? — pergunto, tão confusa que fico imaginando se ser parte da SSS vale mesmo a pena.

Mas então a porta se abre, revelando um quarto bem grande, maior do que qualquer outro quarto de dormitório, e é um refúgio para todas as coisas que amo. À direita há uma cama elevada, com uma escrivaninha embaixo que contém três monitores, caixas de som e um teclado imenso, assim como um mouse gigante e um mouse pad que se estende por toda a extensão da escrivaninha... com o tema de *O Senhor dos Anéis*. Há pôsteres, bandeiras e arte emoldurada de *Guerra nas Estrelas* pendurados nas paredes bege, até mesmo jogos de tabuleiros e um grande modelo de avião azul e amarelo pende do teto. À esquerda está um sofá-cama, uma mesa de centro e caixotes com almofadas ao longo das beiradas. No meio, há um tabuleiro de *Scrabble* em uma plataforma giratória — do tipo chique.

Eu poderia passar uma hora bem nerd neste quarto.

A coleção inteira dos livros de *Harry Potter* repousa na estante — e parecem os originais. Fico com água na boca.

Um pôster de Adam West como Batman está pendurado sobre o sofá, Adam todo poderoso com uma onomatopeia de "Kapow" em forma de história em quadrinho bem atrás dele.

E debaixo da pequena televisão num suporte para TV que parece frágil está o que parece ser um videogame Atari original. Se o dono deste quarto tiver um jogo *Pitfall*, seremos os melhores amigos da vida.

— Nossa, que quarto legal — elogio. A decoração fantástica fala direto com o meu coração geek. E a organização precisa, desde as pastas rotuladas na estante ao lado da mesa até os sapatos empilhados na sapateira, é de outro nível.

— Valeu — o bigodudo diz. — É meu. E também sou a autoridade aqui, como você mencionou. — Ele estende a mão. — Me chamo Breaker

Cane. É um prazer conhecer você. Talvez se passar mais tempo com a gente, possa se rebaixar à minha falta de inteligência em um nível mais pessoal.

Minha boca fica seca.

A ponta das minhas orelhas fica quente.

E sinto uma onda de suor se acumular sobre meu lábio superior.

Bom trabalho, Lia. Bom trabalho mesmo.

— Ah, pois é... não quis dizer que...

— Não, não. Não precisa se desculpar. — Ele ergue a mão. — Gostei da sua sinceridade implacável e impertinente. Me fez sentir vivo. — Ele dá uma piscadela.

— Ah, tudo bem. Então nesse caso... — pigarreio — ... embora deva ser um sonho explorar o seu quarto, você poderia ter ajeitado melhor os cantos do lençol da cama, e nem precisa ser do nível "enfermeira" de organização, a sua foto emoldurada da Rory Gilmore está torta e você precisa se livrar desse bigode. É abominável.

Ele solta uma risada e assente enquanto passa os dedos sobre o arbusto embaixo do seu nariz.

— Ainda estou tentando aperfeiçoar e chegar ao nível enfermeira de arrumação de lençóis. Se você tiver alguma experiência nessa empreitada, então vá em frente e faça um tutorial. Toca uma música tão alta no quarto ao lado que força a Rory a dançar, e aí ela fica torta. Já até desisti. E o bigode... achei que caísse bem. Parece que todo mundo tem mentido para mim.

— E tem mesmo.

— Mas você não parece ter essa habilidade... de mentir só para amaciar os sentimentos de uma pessoa.

— Depende do momento e da pessoa. — Eu o olho da cabeça aos pés. — Você parece resistente o bastante para aguentar a verdade. Além disso, situações estressantes, como esta de não saber onde ficava o quarto, já roubaram qualquer decoro social que eu possa ter reunido.

— Bem, isso só pode significar uma coisa.

— O quê? — pergunto, confusa.

— Que não há outra escolha além de nos tornarmos melhores amigos da vida.

— Só se você se barbear. — Sorrio.

— Hã, pode ser que tenhamos que trabalhar nisso. — Ele se balança nos calcanhares e continua: — Já que é a única recruta para a Sociedade Secreta de *Scrabble*, você deve ser a Ophelia Fairweather-Fern.

— Essa sou eu. Mas me chame de Lia. Meu nome completo tem sílabas demais para as pessoas saírem falando por aí, sem falar no meu primeiro nome.

Ele ri.

— Seu nome te garantiu pontos extras durante o processo seletivo. Mas o seu uso brutal de palavras de que nunca nem ouvimos falar foi o real motivo de você ter sido escolhida, ainda mais por termos jogado partidas cronometradas.

— Foi um desafio adicional do qual gostei. Apesar de o cronômetro ter me assustado um pouco no início e ter levado um tempo até eu me acostumar. E também por não ter sido capaz de ver as suas novas letras ou o tabuleiro até que fosse a sua vez. Me diverti bastante. Fico feliz de ter sido escolhida.

— Foi uma escolha fácil. — Ele apoia seu copo. — Pessoal, esta aqui é a Lia. Lia, aqueles são Harley, Jarome, Christine e Imani. — De onde estão sentados à mesa de centro, todos eles erguem as mãos para um rápido aceno e então se voltam ao tabuleiro do jogo. — Pois é, eles não são lá muito sociáveis.

— Ainda bem que não vim aqui para socializar. — Esfrego as mãos. — Vim para jogar.

Breaker solta uma risada e então pega seu copo de novo.

— Então o que a gente está esperando? Vamos jogar.

Encaro Breaker de cima a baixo e, em seguida, dou uma olhada nas minhas duas últimas peças.

Ele tem uma peça sobrando.

O quarto ficou vazio.

O resto da SSS já foi embora, alegando aulas cedo pela manhã.

— Sua vez — ele diz passando de propósito o dedo sobre o bigode.

Eu estava dominando o jogo inteiro até as últimas três rodadas quando, de alguma forma, ele conseguiu uma palavra que vale oitenta pontos, deixando minha liderança em frangalhos.

— Sei que é a minha vez.

— É sério, porque você ficou aí sentada, toda catatônica, pelos últimos cinco minutos.

— Estou me certificando de fazer a jogada certa.

— Se é que você tem uma jogada. — Ele se recosta no sofá, com um olhar presunçoso.

— Eu *tenho* uma jogada.

— Mas uma que não vai fazer você ganhar o jogo, não é? — ele pressiona. Ele já sabe que ganhou. Está evidente em sua postura arrogante.

— Sabia que não é gentil ficar se gabando?

— Isso vindo de uma garota que, até alguns minutos atrás, estava fazendo uma dancinha só porque estava com uma grande vantagem sobre mim.

Vou aos poucos erguendo o olhar para ele e, com uma voz inexpressiva, falo:

— Você sabe bater, mas não sabe apanhar.

Ele solta um riso baixo enquanto coloco com relutância um E depois de um W por meros cinco pontos.

— Boa jogada. — Ele olha para sua única peça e então a levanta com um movimento dramático só para colocar um S depois de Hurra, o que lhe dá trinta e um pontos. — Mas não é boa o suficiente. — Ele se recosta e cruza a perna sobre o joelho. — Ganhei.

Gemo e caio de costas no chão. Olhando para seu modelo de avião, digo:

— Quase te peguei.

— Nunca cante vitória antes da hora. Nunca dá para saber o que pode acontecer no final de uma partida de *Scrabble*.

— Ganhei

— Foi um golpe tão baixo, por falar nisso, guardar um S para o fim do jogo.

— Como é que você sabe que eu estava guardando?

— Porque te vi pegando essa peça um tempo atrás e a deixando de lado.

— Não me diga que você é um desses jogadores. Daqueles que ficam contando as peças e sabe o que todo mundo pode ter.

— Não a esse nível, mas te vi escondendo essa peça sem tocá-la até agora. Você a guardou de propósito.

— Quando se está perdendo por oitenta pontos, é preciso ser

estratégico, e foi o que fiz. Não há vergonha nenhuma em fazer essa jogada.

— Odeio admitir, já que você ganhou, mas foi um bom jogo. Gostei do desafio.

— Foi um bom jogo. Você vai se dar muito bem aqui. — Ele começa a pegar o tabuleiro e eu me levanto para ajudá-lo. — Pela sua inscrição, vi que você está se formando em pesquisa e estatísticas. Quais os planos para depois da faculdade?

— Conseguir meu mestrado e me tornar especialista em pesquisa de opinião.

Ele faz uma pausa.

— Isso é bem específico — Breaker diz. — E não é um trabalho que costuma aparecer na lista de o que você quer ser quando crescer.

— É, nem tanto, mas eu sempre gostei de pesquisar. Quando eu era mais nova, adorava participar de pesquisas. Passava bastante tempo preenchendo as pesquisas de que meus pais participavam. Amo a ideia de alguém ser capaz de me escutar para reunir informações e com isso buscar mudança. E é claro que eu também fazia minhas próprias pesquisas, à mão em papel-cartão colorido, e as distribuía nas reuniões de família para ver como todos se divertiam. E aí eu fazia um relatório e mandava uma carta de fim de ano, mostrando a todos em quais pontos nos destacamos e em quais poderíamos melhorar.

Breaker sorri.

— E você descobriu alguma coisa construtiva nessas pesquisas em família?

— Sim. — Assinto enquanto lhe entrego as últimas peças que precisam ser guardadas. — Quando meu tio resolvia tirar a calça depois do jantar, isso sempre o levava a fazer a dança do bambolê invisível bem em cima da mesa de jantar vazia, *o que era bem desnecessário*. Fiz questão de passar essa informação para a família e para o tio Steve, mas, infelizmente, não tenho nenhum controle sobre o comportamento das pessoas. Só posso pesquisar o que precisa ser mudado. E as mudanças vêm de dentro.

— O tio Steve parece divertido.

— Ele tinha um bigode... e é conhecido como o tarado da família. Então, sim, pode ser que vocês dois fossem se dar bem.

— Não sou tarado — Breaker diz enquanto guarda o restante do jogo.

— Isso ainda precisa ser avaliado.

— Podemos fazer uma avaliação rápida? Porque posso te garantir que não sou tarado. — Ele coloca o jogo de tabuleiro de lado e se recosta no sofá, enquanto apoio meu peso nas mãos, atrás de mim. Eu deveria ir embora. Todo mundo já foi, mas, por alguma razão, me sinto à vontade ali, e ainda não quero ter que ir.

— Se você quiser.

Ele toca o nariz e aponta para mim.

— Acredito que a frase a que você se refere é "como você quiser".

— Ah, então temos um fã de *A Princesa Prometida* aqui?

— E como não ser fã? Vingança, espadas, melhores contos do passado. Tem tudo ali. Sem contar no... Fred Savage.

— Concordo, e isso te dá um ponto na coluna de não-tarado. — Ele mesmo se dá um "toca aqui", o que me faz rir. — Mas é só um ponto. Há mais perguntas.

— Mande. Só me observe passar nessa fácil, fácil.

— É o que veremos. Já que você tem um bigode, já espiou pela janela de alguém, de preferência do sexo pelo qual você é atraído?

— Sou atraído por mulheres, e não.

— Boa resposta. Próxima pergunta: já sentiu necessidade de entrar no banheiro feminino só porque queria dar uma olhada?

— Ouvi dizer que há mais cabines no banheiro feminino, o que me deixa com inveja, porque às vezes eu só quero sentar e mijar. Mas não, nunca.

Minhas sobrancelhas se erguem.

— Sentar e mijar?

— Tem horas que dá preguiça. — Ele dá de ombros.

— Está bem, só que parece mais trabalhoso ter que sentar para fazer xixi, mas cada um é cada um. Mais uma pergunta. Você já participou de um clube para homens com bigode e comprou mini pentes e cremes para bigodes só para fazer festas de cuidados com o bigode?

— Caramba, isso aí parece bem divertido, mas não, nunca. — Ele estende o braço ao longo das costas do sofá. — E aí... já deduziu que não sou tarado?

— Por enquanto. Vou te colocar na fase de teste.

— Justo. — Ele cruza uma perna por cima da outra.

— Mas ainda preciso fazer perguntas rápidas, só para checar.

— Mande.

— Banda favorita?

— Blondie.

— Sério? — pergunto, surpresa.

— Sim. — Ele arrasta o som do M, parecendo tão relaxado que, em retorno, me faz sentir à vontade. — Sou obcecado.

— Tudo bem, boa resposta. E que tal o seu biscoito favorito?

— Bono, porque eu sou *bono* em *Scrabble*, e acho que eles me deixam ainda melhor.

Solto uma risada.

— Acho que é uma boa justificativa. Série de TV favorita?

— *Anos Incríveis*. Por isso meu comentário anterior sobre o Fred Savage. Gosto muito dele. E depois de *Anos Incríveis*, vem *O Mundo é dos Jovens*, porque, caramba, como eu era apaixonado pela Topanga. E, claro, sou louco pelo Cory também.

— Então é fã dos irmãos Savage?

— Eles são o meu porto seguro.

— Isso deixa mais fácil que eu simpatize com você.

Ele arrasta o dedo pelo bigode ao dizer:

— Fique por perto, Lia. Você vai ver o quanto um estudante de finanças com uma propensão a bater seu avião toda vez que o faz voar pode ser simpático.

— Sempre achei que o Shawn fosse um chorão.

— Bem-vinda ao clube — Breaker fala com um revirar de olhos. — E o que você acha do cabelo do sr. Turner?

— Sexy.

— Então, vamos dizer que se eu... deixasse o cabelo crescer daquele jeito, o que você acharia disso?

— Lamentável, seja original.

Ele solta uma risada.

— Caramba, você sabe mesmo como deixar um homem de joelhos.

— Aparentemente, é o que eu faço melhor.

— Aparentemente, eu gosto disso em você. — Ele passa os dentes no lábio inferior antes de dizer: — E aí, Lia, o que você achou de hoje? Se divertiu?

— Me diverti muito. — Sem querer parecer tanto uma perdedora, falo baixinho: — Tem sido difícil conhecer pessoas aqui, tipo, pessoas que estão no mesmo nível que eu. Minha transferência é recente, então não entrar como caloura e fazer amizades tem sido um desafio. Mas — olho ao redor do seu quarto — me sinto à vontade aqui, apesar de esse quarto pertencer a um bigodudo.

— Vou tomar isso como um elogio. E conhecer pessoas novas é difícil. Levou um tempo até que eu conseguisse. Sempre dizem que é na faculdade que a gente acaba se reinventando e encontrando pessoas com ideias parecidas. Só que esquecem de dizer que isso não acontece logo de cara. Já sou veterano e só agora sinto que encontrei meu espaço.

— É verdade. Ninguém parece gostar de passar inúmeras horas debruçado sobre uma partida de *Scrabble* ou de tricotar gorros para gatos.

— Gorros para gatos?

— São muito elegantes. Eu os vendo para mulheres mais velhas que acham divertido colocar roupinhas em seus gatos. — Dou de ombros. — Comecei para ganhar uma grana extra, mas agora estou envolvida nisso. Mas, sim, hoje me lembrou de que há pessoas com ideias parecidas por aí, e isso me fez sentir como eu mesma pela primeira vez em muito tempo.

Sua expressão suaviza.

— Fico feliz, Lia. — Ele acaricia os pelos sob o nariz. — Aposto que muito dessa sensação confortável tem a ver com o bigode.

— Não tem nada a ver com o bigode — respondo com uma irritação fingida.

Ele ri.

— Você tem namorado? — Quando lhe lanço um olhar cético, ele ergue as mãos. — Não é porque sou tarado, só curiosidade mesmo.

— Tinha, até que ele terminou comigo e disse que eu era uma boba por ter começado a escrever uma fanfic de *Supernatural*. Eu gostava de coisas diferentes das dele, então era difícil a gente se conectar. Parece que é quase impossível encontrar muitas pessoas que entendem o desejo de fazer com que Sam e Dean não sejam irmãos, e sim... amantes secretos.

Seus olhos se arregalam, e ele baixa as duas pernas para o chão ao dizer:

— Porra, vamos com calma aí... você é a autora de *Amantes, não Irmãos*?

— Espere. — Eu me endireito. — Você já ouviu falar dela?

— Se já ouvi falar? — ele quase grita e então curva o corpo em direção ao chão para que fiquemos cara a cara. — Aquela coisa é viciante, Lia. Eu não sou gay, mas, pelo amor de Deus, aquele primeiro beijo, caramba, foi a melhor coisa que já li. Senti até o suor se formar na minha nuca, enquanto Dean foi roçando devagar o nariz ao longo do queixo do Sam, esperando a indicação de que estava pronto. E aí... quando a boca deles se encontrou, soltei a porra de um grito de alegria. A tensão sexual foi enervante.

— E você não achou estranho, já que na história original eles são irmãos?

— Mas não é disso que se tratam as fanfics? Criar um mundo à parte do original?

— Você entende. — Sorrio.

— Claro que sim. Não sou um imbecil. — Ele passa as mãos pelo cabelo bagunçado. — Meu Deus, você precisa escrever mais. Aquilo lá foi muito bom. Nunca vou esquecer a cena em que Dean está pelado, segurando seu pênis e cantando *Eye of the Tiger* para Sam enquanto se aproxima. — Ele beija a ponta dos dedos. — Incrível.

Em tom brincalhão, pergunto:

— Agora você está dando uma de fã para cima de mim, é?

— Algum problema com isso?

Balanço a cabeça e então sussurro:

— Nem acredito que você leu.

— Nem acredito que você *escreveu*.

E então olhamos um para o outro por alguns instantes. O silêncio preenche o quarto, e uma verdade não dita se forma entre nós — este é o começo de algo novo.

— Breaker?

— O que foi?

Sem jeito, indago:

— Você quer ser meu amigo?

Seu sorriso que passei a conhecer hoje se alarga.

— Você está me pedindo para... começar uma amizade com você?

— Acredito que sim. É esquisito? Tipo, a gente mal se conhece. Acho que o seu bigode é extremamente repulsivo, mas, a essa altura, nossas semelhanças são infinitas. O fato de a gente concordar que os irmãos Winchester como amantes é erótico é sem precedente. Acho que isso só pode indicar que precisamos ser amigos.

Ele concorda devagar.

— Acredito que seja imprescindível.

Estendo a mão.

— E só amigos, porque esse bigode estragou qualquer atração sexual que eu pudesse ter por você.

— Entendo. Eu sabia dos riscos do que poderia acontecer se adornasse meu rosto com pelos faciais apenas ao longo do meu lábio superior. — Ele estende a mão. — Amigos?

— Amigos. — Aperto sua mão.

CAPÍTULO UM

BREAKER

ATUALMENTE...

— Algum compromisso importante? — JP pergunta do outro lado do avião, seus olhos fixos na minha perna, que não para de balançar.

— Só ansioso para cair fora daqui e ficar longe de você — solto, uma típica resposta de irmão.

— Que fofo. — Ele solta um longo suspiro. — Odeio ficar longe de Kelsey, mas a viagem para Nova York foi boa, não foi? Foi ótimo planejar nosso segundo prédio de moradia social.

Alguns meses atrás, JP abordou a mim e a nosso outro irmão, Huxley, sobre utilizar nossa fortuna para fazer o bem e oferecer alguns prédios de moradia social nas maiores cidades. Os prédios deveriam oferecer um lugar novo, seguro e limpo, providenciar assistência àqueles que precisassem — como creches para pais solo, aulas de finanças e acesso a mercados de atacado. O objetivo do projeto é ajudar quem mais precisa. Tem sido um empreendimento bem-sucedido e recompensador.

— Foi ótimo mesmo — digo ao tirar o celular do bolso, enquanto o avião vai para o hangar.

Abro a conversa que tenho com Lia e mando uma rápida mensagem.

> **Breaker:** Acabei de pousar. Vou pegar as coisas. Você já está com tudo marcado e pronta para começar?

Meu celular vibra no mesmo instante com a resposta.

> **Lia:** *Já estou pronta, só te esperando.*
>
> **Breaker:** *Desculpe, o mau tempo nos atrasou. Já chego aí.*

— Para quem está mandando mensagem? — JP indaga, tentando dar uma espiada no meu celular.

— Para a Lia.

— Ahhh... — ele reage, com uma forte percepção em sua voz. — Era por isso que você estava louco para sair do avião. Quer passar um tempo com a sua garota.

— Em primeiro lugar, ela não é minha garota, é minha melhor amiga, e se eu tiver que ficar explicando isso para você, vou acabar explodindo, porra. E, segundo, ela acabou de conseguir um conjunto de copos novinho em folha para o jogo *Yahtzee* que a gente está doido para jogar.

— Copos para *Yahtzee*? — JP pergunta. — Parece uma péssima ideia. Mas o objetivo do *Yahtzee* não é jogar os dados com as mãos?

— Sim, mas os copos apresentam um novo nível de desafio: jogar os dados sem quebrar os copos.

JP me encara, com o rosto desprovido de expressão.

— Você vai acabar cortando a mão. Esses copos de *Yahtzee* vêm com alguma advertência?

— Sim, é claro. É uma daquelas situações de jogue por sua conta e risco. E a gente quer arriscar. Mas não se preocupa. Lia já preparou uma superfície dura com um cobertor por cima. Somos espertos.

— Ser esperto significa não jogar *Yahtzee* com copos — ele murmura enquanto balança a cabeça. — Não me ligue se acabar precisando de pontos.

— Até parece que você atenderia se eu ligasse.

JP revira os olhos de um jeito dramático.

— Sou um recém-casado, pelo amor de Deus. Desculpe se quero passar cada momento acordado com minha esposa.

— Não acho que seja um pedido de desculpas sincero — digo, assim que o avião para e a comissária de bordo abre a porta e abaixa a escada.

Pego minha mala e passo por JP até a saída, onde paro de repente. Huxley, nosso irmão mais velho, sai do carro, fecha a porta e se recosta nele com os braços cruzados. Óculos escuros cobrem seus olhos, mas não escondem a carranca em sua testa ou a tensão que está aparecendo por baixo do seu terno de corte perfeito.

— Hã, JP, por que Huxley está aqui com cara de quem está pronto para matar alguém?

— O quê? — JP pergunta enquanto vem até a saída. Ele coloca a cabeça para fora. — Sei lá. Ele te mandou mensagem?

Em vez de sair do avião para ver do que se trata, nós dois procuramos uma mensagem ou e-mail no celular, mas não encontramos nada.

— Nada — digo.

— Porra — JP fala. — Isso só pode significar uma coisa. Seja lá o que ele quer contar para a gente, não pode ser rastreado.

— Como é? Cara, você tem assistido a seriados de investigação policial demais. Não é por isso que ele está aqui. Talvez... talvez sejam boas notícias. Pode ser que ele tenha algo especial para contar e quer ver nossa reação pessoalmente.

— Como é viver num reino onde merda de unicórnio tem gosto de sorvete de morango? — JP gesticula na direção de Huxley. — Olhe só para ele, olhe a carranca. Ele não está aqui para dar um tapinha nas nossas costas e dizer que estamos nos comportando bem. Com certeza a gente deve ter ferrado alguma coisa. Só precisamos descobrir o quê.

— Quando vocês dois vão parar de tagarelar e descer daí? — Huxley grita.

— Cara, acabei de sentir um calafrio nas bolas. — JP agarra meu ombro.

— Meu pênis acabou de se encolher. — Dou um passo para o lado e empurro JP para a frente. — Você primeiro, é mais velho. Já experimentou mais da vida do que eu.

— Nem tanto — ele rebate, tentando me mover para a frente, mas grudo os pés no chão e permaneço firme. Desde que JP se casou, tenho passado mais tempo na academia, enquanto ele passa mais tempo na Kelsey, com todo respeito, então, no momento, estou com alguns quilos de músculos a mais do que ele.

— Vá logo antes que ele fique ainda mais irritado. — Empurro JP. — Você sabe o quanto ele odeia quando a gente, nas palavras dele, fique de palhaçada.

— Parem já com essa palhaçada — Huxley grita.

— Viu só? — grito e sussurro ao mesmo tempo.

— Não me empurre. — JP inclina seu peso contra mim, com suas costas no meu peito. — Você vai me fazer cair da escada.

— Ah, boa ideia. Se você cair, há uma boa chance de se machucar, e seja lá o motivo de ele estar aqui, terá que ser colocado em uma pausa momentânea enquanto avaliamos seus ferimentos. Isso vai dar um tempo para pensarmos. E se você estiver disposto a quebrar um osso, talvez isso nos dê pelo menos alguns dias.

— Ah, é, basta me jogar escada abaixo.

— É assim que se fala — digo, dando um tapinha em suas costas. — Feche os olhos. Vai acabar num segundo.

— Jesus Cristo — JP murmura antes de descer a escada.

Eu o sigo de perto.

— Ah, entendi, vai tentar cair mais perto do chão. Esperto.

— Eu não vou cair, seu idiota.

Quando alcançamos o chão, Huxley abre a porta de trás do seu Tesla S e manda:

— Entrem.

Posso ouvir JP engolir em seco, enquanto indago:

— Tem certeza de que não quer nem fingir que está machucado?

— Acho que é tarde demais, cara — ele fala ao entrar no carro, e eu o sigo.

Assim que entramos no carro, Huxley bate a porta, fazendo JP e eu estremecermos. Quando Huxley se senta no banco da frente, ele nem se dá ao trabalho de olhar para nós. Em vez disso, agarra o volante e solta um longo e reprimido suspiro.

Um suspiro de descontentamento. Que maravilha.

Depois de uns poucos segundos, ele se vira para nos encarar e começa:

— Taylor entrou em contato com vocês?

— Taylor, o nosso advogado? — JP pergunta.

— Sim, o nosso advogado.

Balançamos a cabeça.

— Não, não recebi nada — digo.

— O que está rolando? — JP indaga, sua voz ficando séria.

— Estamos sendo processados por conduta inapropriada em local de trabalho.

— O quê? — grito. — Por quem?

Huxley ergue os óculos escuros, e seus olhos se estreitam para mim.

— Pela sua ex-funcionária.

— Hã, como é? — Pisco algumas vezes. — Mas pelo quê?

— Vamos ver, que tal ambiente de trabalho hostil e rescisão injusta?

— Espere. — Balanço a cabeça, tentando compreender o que ele está dizendo. — De quem você está falando?

— Gemma Schoemacher.

— Schoemacher? — pergunto, com os olhos arregalados e a incredulidade pesando o meu tom. — Tipo, a mulher que ficava escapulindo para o meu escritório sem ninguém ver, reorganizando minhas coisas, pendurando foto dos parentes dela, fazendo decorações de Natal, e depois foi embora do nada? A maluca que me encurralou na sala de descanso só para perguntar quando seria minha próxima consulta ao dentista para que ela pudesse ver meus dentes recebendo uma limpeza? A mulher que fez um calendário do advento para mim e dentro de cada caixa havia pinturas de mim? Essa mulher?

— E as pinturas eram bem-feitas? — JP questiona.

— E que relevância tem isso, porra? — reajo, perdendo a calma.

JP dá de ombros.

— Só curiosidade mesmo.

— Tipo... aquarela numa superfície pequena é bem difícil, então pode ser que...

— Já chega de falar sobre essas pinturas — Huxley determina. — Isso é sério, porra. Ela não só está nos processando, mas também está acabando com nossa reputação nas redes sociais. Está espalhando mentiras sobre como conduzimos os negócios e como Breaker criou um ambiente hostil para ela e como ele a repreendeu na frente dos colegas.

— Isso não é verdade, porra — rebato. — Nunca fui hostil, nem mesmo quando ela "sem querer" tropeçou em mim enquanto eu estava com minha caneca de café matinal. Não fui nada além de educado com essa mulher, e a razão pela qual ela foi mandada embora foi que descobrimos que era ela quem ia no escritório de todo mundo para roubar as listas das atividades diárias. Ela tinha uma coleção inteira arquivada na mesa.

— Bem, ela está espalhando uma lorota e atacando nosso negócio, e, infelizmente, está conseguindo atenção.

— Como assim? — pergunto.

— Por ela estar usando as plataformas certas, está recebendo milhares de visualizações e, agora, cobertura midiática. E tem acontecido nas últimas vinte e quatro horas.

— E como isso aconteceu? — JP indaga.

Huxley balança a cabeça.

— Não faço ideia, mas estamos recebendo várias ligações. Lottie disse que ouviu alguns funcionários falando sobre isso na sala de descanso antes de baixarem o tom de voz assim que a viram entrar. Estamos perdendo credibilidade a cada segundo.

— Só porque alguém está mentindo — digo, com a raiva pesando minha voz.

— Pois é, mas parece que o público está caindo na história dela.

Portanto, precisamos agir enquanto Taylor e a equipe dele reúnem evidências para fazer uma contestação. Ela não tem em que se apoiar, nenhuma evidência, apenas a própria palavra e a de uma amiga, que já não trabalha mais para a gente. Mas nós temos imagens de câmeras de segurança, evidências reunidas com o tempo, e também tiramos print de todos os posts dela nas redes sociais, Breaker. A difamação irá derrubá-la.

— Tudo bem, então... o que a gente precisa fazer? — pergunto.

— Primeiro, você precisa dar um passo para trás.

— Como é? — berro. — De jeito nenhum. Não vou renunciar só porque alguém está espalhando mentiras sobre mim. Isso vai me fazer parecer culpado, e não sou culpado de nada. Não tenho sido nada além de respeitoso e profissional com essa mulher.

— Não estou falando sobre renúncia — Huxley diz, com o maxilar ficando mais tenso. — Só precisamos que você tire umas... férias obrigatórias. Só para parecer que está fazendo a coisa certa, enquanto investigamos as alegações dela, e isso significa que você não deve estar no escritório.

— Isso é uma bobagem...

— Ele tem razão — JP interrompe. — Se tivesse sido com qualquer outro funcionário, teríamos pedido para que também tirasse férias, enquanto investigamos as alegações. Você não deveria receber tratamento diferencial.

— Mas eu não fiz nada, porra! — exclamo.

— Nós sabemos — Huxley fala. — Mas só porque sabemos que você é inocente não significa que todo mundo vai acreditar nisso. Vamos ter que ir com calma, e precisamos nos certificar de conduzir uma investigação diligente. Se fizermos do jeito certo, com sorte, isso definirá um precedente para qualquer funcionário que tente fazer o mesmo.

— Sinto dizer isso — JP acrescenta —, mas ele tem razão.

Fico olhando para os meus irmãos, absorvendo o bom senso deles.

— Porra — murmuro ao me recostar no assento, passando a mão no cabelo.

— É melhor assim, Breaker — Huxley responde. — E enquanto você estiver fora, vamos nos certificar de dividir suas responsabilidades entre mim e JP.

— Ei, eu não concordei com isso aí, não — JP rebate, mas logo fica quieto ao receber um olhar contundente de Huxley.

— Não será por muito tempo. Talvez uma ou duas semanas — Huxley diz. — Enquanto isso, se você tiver alguma pergunta, vamos nos comunicando pessoalmente. Não quero deixar qualquer tipo de rastro.

— E aí, o que devo fazer nesse meio-tempo?

— Ajudar a Lia a tricotar, talvez? — JP sugere. — Sei muito bem que você sabe tricotar.

Lanço um olhar para Huxley, e ele fala:

— Tricô pode ajudar a manter você ocupado.

— Vão se foder... vocês dois — reajo logo antes de sair do carro e ir direto para o meu.

— O cheiro da sua comida está por todo o elevador — a sra. Gunderson fala, mantendo-se o mais longe possível de mim, com o guarda-chuva enfiado debaixo do braço. Quase não chove em Los Angeles, mas ela insiste em carregar o longo guarda-chuva preto todos os dias... só por precaução.

— Obrigado por notar — respondo, enquanto o elevador diminui a velocidade e apita, indicando o nosso andar.

— O sarcasmo é a linguagem do diabo — ela atira para mim antes de se encaminhar para sua porta. Sigo para o lado oposto e passo direto pela minha porta para o apartamento ao lado do meu. — Sexo antes do casamento também é coisa do diabo — ela grita antes de entrar em sua casa.

— Odeio essa mulher — murmuro ao bater três vezes à porta de Lia, chutar o rodapé e então dizer: — Walla-walla-bing-bang.

Lia logo abre a porta, seu rosto sardento e familiar acalmando a tensão que está tomando o meu corpo.

Me lembro da primeira vez que a encontrei no corredor do meu dormitório. Ela estava meio insegura, mas também tão confiante que não conseguia segurar a língua. Seu cabelo vermelho vibrante e olhos verde-musgo sob os óculos de armação roxa se destacavam, mas foi sua sinceridade pura que me atraiu para ela — diferente de qualquer outra garota que eu tinha conhecido. E agora, já não consigo passar um dia sem falar com ela.

— Você não disse ching-chang — ela fala, com um sorriso zombeteiro.

— Não havia nenhum ching-chang.

Ela aponta um dedo acusador para mim.

— Eu sabia!

Rindo, abro o braço que não está segurando a comida e a puxo para um abraço.

— Senti saudades.

— Também senti saudades, Picles — ela diz, usando o meu apelido, pelo qual ela passou a me chamar por causa de certa vez em que escrevi errado a palavra picles em uma partida de *Scrabble*. — Por que demorou tanto? Eu já comecei a devorar a sobremesa que comprei para a gente.

— Você não vai querer saber. — Suspiro, e entramos no apartamento.

Lembro o momento em que ela encontrou este lugar. Já fazia dois dias que estava procurando e então se deparou com este prédio em Westwood. Ela não fazia ideia se havia apartamentos para alugar, mas gostou das flores na entrada e da loja Jamba Juice do outro lado da rua. E, vejam só, quando ela perguntou, havia dois apartamentos vizinhos de porta. Ela ligou para mim na mesma hora e disse que eu ia me mudar. Já faz cinco anos que estamos morando aqui.

Enquanto meu apartamento tem mais janelas e espaço, o de Lia tem mais personalidade, com tijolos expostos em quase todas as paredes, e a forma como estão posicionados faz com que dividamos a parede do quarto, e as nossas varandas fiquem de frente uma para a outra sobre o átrio do saguão de entrada.

— Mas eu quero saber, sim, por que demorou tanto, porque o *Yahtzee* com copos está esperando, e se você estiver com raiva, nosso jogo vai acabar rápido.

— Quem disse que estou com raiva? — pergunto ao colocar a comida na bancada da cozinha branca imaculada. A minha é da mesma cor, e tentamos competir quem a mantém mais branca. É tão ridículo, mas que se dane, acho que ela está ganhando.

— Faz décadas que te conheço, Breaker. Sei muito bem quando está fervendo de raiva. O que está rolando?

Me sento em um dos seus banquinhos e descanso os braços na bancada.

— Não quero estragar a noite. Já faz uma semana que não te vejo, e a última coisa de que quero falar é sobre o trabalho. — Ou a falta dele, valeu, Gemma Schoemacher.

— Pois é, e já que faz uma semana que não te vejo, a última coisa que quero fazer é jantar e jogar uma delicada partida de *Yahtzee* com um emburrado. Agora, me conte o que aconteceu para que a gente possa ir logo para a diversão. — Ela coloca dois pratos na bancada e acrescenta: — Faz alguns dias que tenho planejado esta noite. Não a estrague. — Ela aponta um dedo ameaçador para mim, e eu o afasto.

— Tá bom, mas a gente não vai ficar insistindo nesse assunto, está bem? — Passo a mão na nuca. — Já pensei demais sobre isso a caminho daqui. Só quero esquecer agora.

— Ok, então desembuche. — Ela esvazia a caixa de macarrão e distribui igualmente nos pratos.

— Você se lembra daquela mulher que costumava trabalhar para mim? Aquela que me fez aquele calendário do advento?

— Se me lembro dela? Ainda tenho cada pintura que ela fez de você guardada numa caixa no meu quarto. A de 17 de dezembro sempre será minha favorita. A forma como ela acentuou suas narinas é pura perfeição.

Minhas narinas pareciam dois botes salva-vidas gigantes na minha cara, mas é claro que Lia acha que foi a melhor coisa que ela já viu na vida.

— Gemma é minha heroína. É uma pena que ela tenha ficado tão maluca e você teve que mandá-la embora — ela acrescenta.

— Pois é, porque agora ela está nos processando.

Lia faz uma pausa, sorri e então balança a cabeça.

— Ah, Gemma, que péssima ideia. Não mexa com os irmãos Cane e o negócio deles. — Ela ergue o olhar para mim. — O que ela está alegando para tentar tirar dinheiro de vocês?

— Ambiente de trabalho hostil, que foi repreendida por mim...

— Agora ela está nos processando.

Lia solta uma gargalhada alta.

— Repreendida... por *você*? — Ela aponta o garfo para mim. — Que hilário. Acho que você não conseguiria machucar uma mosca, mesmo se tentasse, muito menos repreender alguém no trabalho.

— Pois é... mas ela está em algum tipo de guerra, alegando rescisão injusta e outras baboseiras. Ela postou nas redes sociais e agora está ganhando atenção da imprensa, porque somos a Cane Enterprises. Qualquer coisa para nos derrubar.

— É, mas ela está sendo uma idiota, porque não dá para sair por aí mentindo nas redes sociais desse jeito. Se for pego, você já era. — Ela serve em nossos pratos um pouco de frango General Tso. — E aí Huxley vai entrar com uma ação?

— Como é que você sabe disso?

— Ah, qual é. — Ela lambe o molho doce e ao mesmo tempo apimentado do garfo. — Conheço vocês o suficiente para saber sobre o trabalho duro, a dedicação e as várias horas que dedicaram à Cane Enterprises. Huxley jamais vai deixar uma maluca, mesmo que uma bem engraçada, se safar de manchar a marca e o negócio que vocês três passaram tanto tempo criando.

— Sim, eles estão juntando todas as evidências de que precisam para apresentar o caso. Não acho que a gente esteja nessa pelo dinheiro, porque não precisamos dele, nem para deixar as pessoas com dívidas, mas Huxley quer estabelecer um precedente. Se certificar de que mais ninguém mexa com a gente.

— Deve ser melhor assim, porque essa mulher deve ter aberto a porta para a possibilidade de processos, e se fizerem do jeito certo, ninguém mais vai querer ir contra vocês.

— Pois é, esse é o plano.

— E aí, qual é o problema, então? Pode ser que o seu ego esteja um pouco ferido, mas quando foi que isso te afetou antes? Lembra aquela vez na faculdade que você foi confundido com o terceiro melhor jogador de *Scrabble* em vez de o segundo melhor? Encarou aquela como um campeão.

— Você está cheia de gracinha hoje, né?

— Só estou tentando te animar. — Ela tira duas Sprites da geladeira, coloca uma à minha frente e então se senta ao meu lado. Nossos ombros se esbarram, enquanto ela se acomoda. Quando ela pega o garfo com a mão esquerda, esbarrando na minha direita, diz: — Você se sentou no lugar errado.

— Eu estive ocupado. Lide com isso.

— Você vai mesmo ficar emburrado a noite toda? Eu estava tão ansiosa para nossa noite bacana de "vamos acabar cortando as nossas mãos ou não?".

— Desculpe. — Bufo, remexendo o frango no prato. — Acabei não mencionando uma coisa. Os caras disseram que não vou poder trabalhar. Vou ter que tirar um tempo de folga até que isso tudo termine.

— Então você está me dizendo que acabou de ganhar férias e está reclamando disso. Por quê?

— Porque as pessoas vão pensar que estou encrencado ou que fiz algo errado, e não fiz nada disso. Trabalhei duro para criar uma relação genuína com meus funcionários, e se eu não estiver lá, o que eles vão pensar de mim?

— Dá para ver por que isso te chateia. Você tem mesmo a tendência de se orgulhar da maneira como trata as pessoas, e isso é um insulto à sua pessoa.

— Exato. É uma merda — digo, com minha voz ficando pesada.

— Ei. — Lia se vira para mim. — As pessoas que te conhecem vão entender as circunstâncias. Elas sabem que você não é um tirano, desfilando pelo corredor feito um lunático, gritando com a primeira pessoa que encontra pelo caminho. E as outras pessoas, aquelas que podem acabar acreditando em Gemma, bem, elas não são pessoas que você vai querer manter por perto, no fim das contas.

— Sei que você tem razão — falo, baixinho. — Só não consigo me acalmar ainda.

Ela me puxa para um abraço, e eu descanso a cabeça junto à dela.

— Vai ficar tudo bem. Huxley é implacável, no mínimo, e não vai descansar até que seu nome esteja limpo de quaisquer calúnias.

— Acho que sim. — Ela me solta, e eu deixo escapar um suspiro baixo. — Me desculpe por tudo isso. Estou estragando a noite.

— Está tudo bem. Que tal a gente deixar o *Yahtzee* com copos para outro dia, caso você tenha ataques intermitentes de raiva? Não podemos arriscar os cacos. Quer jogar cartas lá na varanda?

— Talvez a gente possa assistir a alguma coisa. Há um novo documentário chamado *The King Kong* que estou querendo assistir.

— Ah, vi sobre ele outro dia quando estava procurando alguma coisa para assistir com Brian — Lia diz, falando sobre seu namorado. — Eu até sugeri, e ele me olhou de lado. A gente acabou assistindo a algum esporte.

— Algum esporte? — Rio. — Nem sabe que esporte?

— Havia uma bola.

— Bem, isso facilita muito.

Ela ri.

— De qualquer forma, eu adoraria assistir. Vamos começar agora? Traga a comida para o sofá.

— Se você não se importar com isso.

Ela ergue meu queixo e fala com uma voz melosa:

— Qualquer coisa pelo meu picles.

— Brian teria odiado esse documentário.

É porque Brian é um idiota.

Mas guardo este comentário para mim.

— Pois é, não pareceu muito com algo de que Brian fosse gostar.

Lia se mexe e cutuca minha barriga.

— Você vai ficar bem? Costuma ser mais tagarela quando assiste a documentários.

— Sim, só estava pensando. Mas vou ficar bem.

— Você sabe que, se precisar conversar, pode contar comigo.

— Eu sei. — Pego sua mão. — Valeu, Lia.

Ela dá um aperto.

— Disponha. Agora dê o fora daqui e vá para a cama. Você está com uma aparência péssima.

Sorrio.

— Sempre posso contar com você para mandar a real. — Eu a puxo para um abraço e dou um beijo no topo da sua cabeça. — Boa noite, Lia.

— Boa noite, Picles.

Eu a solto e vou para o meu apartamento, enquanto ela fecha a porta. Tiro a roupa, jogo uma água no rosto e escovo os dentes. Assim que estou na cama, coloco o celular para carregar, escorrego para baixo dos cobertores — nu — e coloco as mãos atrás da cabeça para ficar olhando para o teto.

Durante a noite inteira, fico imaginando por que me sinto tão afetado. Sei que Huxley vai cuidar de tudo. Estive recebendo mensagens dele a noite inteira sobre como vamos nos certificar de que Gemma não fale nem mais uma palavra sobre mim, mas mesmo com essa garantia, ainda me sinto... estranho.

E tudo se resume ao seu ataque à minha pessoa. Gemma atacou a única coisa da qual me orgulho, isto é, ser um cara legal. Dentre mim e meus irmãos, nós temos personalidades diferentes.

Huxley é o mal-humorado, o controlador, o cara sem rodeios.

JP é o engraçado, o descontraído e o provocador às vezes.

E eu... bem, eu sou o equilibrado — a voz da razão — e o cara legal.

Então ter meu nome caluniado por mentiras agressivas é doloroso pra caramba. Trabalhei tanto para ficar acima de qualquer reprovação.

Para ser respeitado.

Verdadeiro.

E alguém em quem pudessem confiar.

Na maioria das vezes, eu realizei isso, mas isto... isto me faz pensar que talvez eu não tenha conseguido.

Esfrego a mão no rosto assim que leves batidas soam do outro lado da parede.

E bem assim, um sorriso se espalha pelo meu rosto.

Estendendo o braço para a parede, bato os nós dos dedos três vezes.

Como um relógio, ela bate quatro.

Três batidas para as três letras de "amo".

Quatro batidas para as quatro letras de "você".

É algo que temos feito desde que começamos a dividir a parede. É um lembrete de que, mesmo que eu esteja com raiva, irritado ou até triste, pelo menos tenho Lia, minha melhor amiga, a única pessoa que me faz sorrir com tanta facilidade. Não sei o que eu faria sem ela.

Nem mesmo quero pensar nisso. Mesmo que as coisas estejam fora do lugar, há sempre uma constante muito sólida, muito previsível. Lia.

CAPÍTULO DOIS

LIA

— Bom dia — Brian fala ao telefone. — Só queria te lembrar de que vamos almoçar com minha mãe hoje.

Ergo a xícara de café e digo:

— É, pode deixar. Estarei lá quinze minutos antes só para que ela não comente como eu sempre chego só cinco minutos antes.

— Seja gentil.

— Mas eu... eu...

— E aí, contou para ele sobre a gente ontem à noite?

Olho para meu anel de noivado sobre a cômoda. Não, eu não contei para *ele*. Brian não é lá muito fã de Breaker.

— Não, ainda não. A noite ontem não foi muito boa.

— Como é que não pode ter sido uma boa noite para contar para o seu melhor amigo que estamos noivos, Lia?

— Ele está enfrentando umas merdas no trabalho. Tipo... circunstâncias bem prejudiciais. E ele descobriu ontem à noite. Não achei que fosse apropriado contar assim.

— O que está rolando?

— É confidencial — respondo, porque, mesmo que Brian seja meu noivo, Breaker é meu melhor amigo e merece sua privacidade, ainda mais quando se trata do seu negócio. — De qualquer forma, vou contar para ele logo.

— Tudo bem. — Ele faz uma pausa. — Você não está evitando contar, não é?

— Como assim? — pergunto ao andar até a mesa. Ainda bem que posso trabalhar de casa, já que faço contratos de trabalho para meus clientes, o que significa que tenho minhas próprias horas, meu próprio espaço. Não sou uma pessoa muito extrovertida.

— Só quero ter certeza de que você está feliz com o noivado. Já faz uma semana, Lia, e você não disse nada para ele.

— Porque ele estava viajando. Não vou contar por telefone. Quero fazer isso pessoalmente.

— Tudo bem — ele diz, baixinho, e dá para notar que não está feliz.

— Eu vou contar para ele, Brian. Só quero que seja algo a ser celebrado, não algo que eu diga só de passagem ou quando ele está de mau humor ou não está na cidade. Ele vai ficar feliz pela gente.

— Tem certeza?

— Por que não ficaria?

— Sei lá. Você tem agido de um jeito estranho desde que te pedi em casamento.

— Como assim? — pergunto ao me sentar à escrivaninha e começar a girar em círculos lentos.

— Bem, primeiro porque só nos vimos duas vezes na última semana, e, sei lá, já que ficamos noivos, imaginei que a gente iria querer se ver mais vezes. E suas mensagens têm sido esporádicas. Por isso liguei hoje, porque queria ter certeza de que você apareceria para o almoço.

— É claro que vou aparecer, Brian.

— Não sei, não, Lia. Parece até que você não quer ser minha noiva.

— Para com isso — falo, ficando frustrada. — Isto tudo é só... recente demais, tá bom? Estou dando um passo de cada vez. — Faço uma pausa, tentando encontrar as palavras certas para expressar o que tem se passado na minha mente nos últimos sete dias. — Posso não falar muito mais sobre eles, mas estou com saudades dos meus pais, Brian. Eles eram tudo para mim. E deveriam estar aqui, comemorando comigo. Planejando. Ficando bobos de alegria comigo... e *por* mim. Mas... eles já não estão mais aqui, e tem sido tão difícil. Então se estou agindo de um jeito estranho, é porque estou me sentindo... sei lá... triste.

— Ah. — Ele fica em silêncio de novo. — Desculpe. Não pensei sobre isso. Só fui achando que, sei lá, já que você é tão próxima de Breaker, algo estivesse rolando.

— Brian — resmungo, pressionando as mãos nos olhos. — Já falei mil vezes que não tem nada rolando entre mim e Breaker. Então, por favor, não faça caso disso. Não quero ter que ficar repetindo. Você já deveria me conhecer bem o suficiente para saber quando estou falando sério.

— Eu sei, Desculpe. Porra, Lia... — Ele deixa escapar um suspiro pesado. — É só que tem sido uma semana estranha. Desculpe.

— Está tudo bem. Mas, olha só, eu deveria ligar o computador e trabalhar um pouco antes do almoço.

— Tudo bem. Te amo. Vejo você mais tarde.

— Também te amo — respondo antes de desligar e colocar o celular na mesa. Eu o encaro por um instante, com a mente acelerada.

Brian tem razão. Eu tenho estado estranha. No entanto, fui pega de surpresa.

Não esperava que ele fosse me pedir em casamento. Nem conversamos sobre isso. Pareceu que foi algo meio que do nada. Ele me levou para uma balsa ao pôr do sol, se ajoelhou e me pediu em casamento. Eu disse sim. Foi um pedido lindo.

O anel de noivado é enorme.

Maior do que qualquer coisa de que já precisei na vida, e mesmo que seja deslumbrante, meu dedo não parece o lugar certo para ele. Nada disso parece certo, e não sei se é porque estou tendo dificuldade em aceitar que meus pais não estão aqui para um dos momentos mais importantes da minha vida ou se estou tendo dificuldade em aceitar que, mesmo que tudo nesse pedido tenha sido magnifico, não foi bem a minha cara, ou porque estou tendo dificuldade para encontrar as palavras para contar para Breaker.

Desde o ano passado, ele e Brian não se deram lá muito bem. Eles têm sido cordiais e amigáveis um com o outro quando estão no mesmo cômodo, mas a amizade que costumavam ter já não existe mais. E é culpa de Brian, ainda que ele não assuma a culpa, e me recuso a ficar no meio disso. Já tentei uma vez, e acabou explodindo na minha cara, porque Brian ficou furioso por eu ter defendido Breaker.

Mas... Breaker não fez nada de errado.

Brian trabalha com investimentos. Na verdade, ele trabalha com uns clientes bem ricos. Certa noite, estávamos todos jantando juntos, e Brian estava à procura de... informações. Ele estava tentando conseguir pistas sobre o que estava acontecendo com algumas das ações de Breaker e seus irmãos. Ações valiosas em energia renovável. Foi meio que... desagradável a forma como Brian abordou o assunto, passando dos limites ao querer informações privilegiadas. E quando Breaker não cedeu, Brian ficou com raiva. E a coisa toda desandou a partir daí.

Tentei o meu melhor para mediar isso, mas Brian é um homem orgulhoso, que vem de uma família rica. Ele tem que manter um alto padrão com os pais. Se não é ele quem está por cima, então não é digno do tempo dos pais. Acho que ele estava tentando conseguir um ótimo negócio para seus clientes, e assim poder provar seu valor para os pais.

Não consigo nem imaginar uma vida na qual você tem que se provar para seus pais o tempo todo, porque o amor deles é condicional, na melhor das hipóteses.

De qualquer forma, eles não se dão muito bem, e não sei o que Breaker vai dizer quando eu contar para ele. Não sei se ele vai ficar feliz, chateado... se vai tentar me convencer do contrário, não tenho ideia. E isso principalmente porque não conversamos muito sobre Brian. A gente meio que... esquece que ele faz parte da minha vida sempre que passamos um tempo juntos. É melhor assim.

Mas agora... agora já não sei o que vou fazer.

Meu celular vibra com uma mensagem, e baixo o olhar para lê-la.

> **Breaker:** *Cronuts a caminho. Tenho uma reunião com meu advogado hoje de manhã, senão me juntaria a você.*

Sorrindo, respondo:

> **Lia:** *Por que cronuts?*
>
> **Breaker:** *Porque estraguei ontem à noite. Tentei me controlar, mas não consegui. Desculpe, Lia.*
>
> **Lia:** *Não precisa se desculpar. Para que servem os amigos? Mas posso conseguir um passe livre? Aqueles dados de vidro estão me chamando.*
>
> **Breaker:** *Quais são seus planos para a noite? Eu estou livre.*

Penso por um instante. Tecnicamente, eu deveria passar um tempo com Brian hoje à noite, mas já vou vê-lo no almoço, e ele quer *mesmo* que eu conte para Breaker, então pode ser que seja uma boa ideia.

> **Lia:** *Traga tacos. Vejo você mais tarde.*
>
> **Breaker:** *Sabe que, se eu levar tacos, eles serão do sabor picles.*
>
> **Lia:** *Ah, é, já esperava isso de você.*
>
> **Breaker:** *Já fiz você se acostumar a esse trato.*
>
> **Lia:** *Que nem um bom par de sapato.*

Coloco o celular na mesa e sorrio para mim mesma. Como sempre, mandar mensagem para Breaker — *passar tempo com Breaker* — é fácil pra caramba. E ele sabe muito bem que preciso de cronuts.

Tudo bem, é hora de trabalhar.

Odeio o vestido que estou usando.

Odeio com todas as forças.

Brian deve ter comprado para mim há um mês. Ele disse que íamos sair para nos divertir e me levou às compras. Queria comemorar um cheque que ele tinha acabado de receber comprando um novo vestido para mim.

Primeiro, não sou lá muito fã de vestidos, ainda mais um que se ajusta a cada centímetro do meu corpo, deixando pouco espaço para respirar ou me mexer. Além disso, é todo estampado de flores, e me lembra de algo que uma adolescente de dezenove anos usaria. E terceiro, é curto. Pelo amor de Deus, como é curto. O vento sopra bem ali embaixo, me dando a sensação de Marilyn Monroe a cada passo.

Mas Brian o comprou e me perguntou se eu usaria, então aqui estou eu.

— Minha nossa, Lia — Brian diz enquanto chega por trás. — Você está linda.

Me viro bem a tempo de ser puxada para um abraço, e sua mão cai para a parte inferior das minhas costas enquanto ele me aperta.

Seu perfume de sempre — fresco e amadeirado — me envolve primeiro, seguido por seu aperto firme, e então o toque sutil dos seus lábios pressionados no meu rosto.

Quando me afasto, sorrio para seu rosto lindo.

Me lembro de quando o conheci. Eu estava tomando uns drinques com minha amiga Tanya, que não sai muito por ser mãe de gêmeos. Ela me disse que havia um cara que parecia não conseguir tirar os olhos de mim, sentado bem atrás de mim. Quando me virei para olhar, Brian estava sentado no banco, com a cerveja na mão e me observando. Nossos olhares se encontraram, e ele viu aquele momento para se aproximar. Ele tinha notado que eu estava com uma amiga, então não queria se intrometer. Em vez disso, pediu que eu registrasse meu número em seu celular para que pudesse me mandar uma mensagem para tomarmos um café.

Ele me mandou mensagem no dia seguinte.

E foi isso.

Depois de um ano e meio juntos, ele está lindo como sempre.

— Você está lindo — elogio, puxando seu terno preto que ele combinou com uma camisa azul-escura de botões.

— Obrigado. — Sua mão envolve a minha, e ele fala: — Está pronta? A senhora minha mãe está muito empolgada.

Pois é. Senhora. É assim que ele chama a própria mãe. É tão formal.

Quando ele a chamou assim pela primeira vez, eu ri, porque pensei que fosse uma piada, mas não era. Senhora e senhor são os seus pais. Para mim, eles são sr. e sra. Beaver.

Brian Manchester Beaver.

Que nome.

Se eu decidir adotar seu nome, serei Ophelia Fairweather-Fern Beaver.

Adotar o sobrenome dele não é bem algo que eu queira fazer, mas também sei que isso ofenderia Brian se eu não o fizesse. Sei lá. É um enigma sobre o qual tenho evitado pensar.

Sorrio para Brian.

— Mais do que pronta.

Ele ergue minha mão e beija o anel de noivado que fiz questão de colocar antes de sair de casa.

— Ele fica lindo em você.

É mesmo?

Ou será que estou preparando um ataque aos desajustados?

— Vamos.

Ele me puxa para a porta do The Pier 1905 Club. Situado nas falésias de Malibu, é um clube histórico conhecido apenas pelos ricos e famosos. Da primeira vez que estive ali, fiquei tão intimidada que disse a Brian que não estava me sentindo bem e fui embora cedo. Depois da quinta vez que me encontrei com Brian e seus pais ali, acabei me acostumando com o pesado esnobismo no ar. Por isso o vestido justíssimo, o esmalte que milagrosamente secou antes de eu chegar e os saltos que estou usando presos com pequenas tiras ao redor dos meus tornozelos. Se Breaker me visse, tenho certeza de que ele quase não me reconheceria.

As portas folheadas a ouro se abrem para nós pelo porteiro silencioso, nos levando ao opulento saguão, enfeitado com linhos azul-claros e ladrilhos de mármore dourado e branco. O tema do clube inteiro é praiano chique. E já não preciso dizer mais nada.

— Sr. Beaver, sua mãe está esperando por vocês — o recepcionista anuncia assim que nos viramos para o salão de jantar.

— Ela deve ter chegado aqui com pelo menos meia hora de antecedência — murmuro.

Brian solta uma risadinha.

— Ela sempre gostou de ser a primeira a chegar.

Isso é óbvio. Ela sempre quer ser a primeira a chegar para poder ficar dando indiretas sobre gerenciamento de tempo — apesar de estar quinze minutos adiantada.

— Por aqui — o recepcionista diz ao nos guiar pelo salão de jantar.

Assim como todas as outras vezes que me encontrei com a senhora mãe, fomos levados para os fundos do salão e então para a varanda, onde a sra. Beaver sempre ocupa a mesa do canto.

E assim como todas as outras vezes, ela está com um chapéu branco de abas flexíveis, olhando fixo para a entrada. Além das mãos cruzadas à sua frente, seu mau humor interno combina muito bem com seus lábios reprovadores.

Eu amo Brian. De verdade.

Mas sua mãe... tenho certeza de que ela é o próprio diabo encarno usando saltos de dez centímetros.

Quando alcançamos a mesa, ela nem se dá ao trabalho de se levantar. Em vez disso, Brian se curva e dá um beijo em seu rosto.

— A senhora está linda, mãe.

— Obrigada — ela responde, e notas de cem dólares pingam de sua voz.

Sabe quando alguém fala como se fosse rico — garganta apertada, lábios firmes, tom de reprovação a cada palavra? Bem, essa é a sra. Beaver, mesmo quando está feliz.

Assim que Brian dá um passo para o lado, me movo para frente e ofereço um rápido aceno — do jeito que ela gosta — e falo:

— Olá, sra. Beaver, é bom ver a senhora hoje.

Seu olhar vai para o meu sapato primeiro. Agradeço a Deus por ter feito pedicure outro dia para que ela não comente sobre o quanto meus pés estão secos. Então ela vai subindo pelo meu vestido até meu rosto. Com um leve puxão dos seus lábios — esse é o seu sorriso —, ela diz:

— É bom ver você, Ophelia. Por favor, sentem-se. Temos muito o que conversar.

Parece que ela aprovou o vestido, já que a veia em sua testa não se sobressaltou e também não houve o aperto sutil na mandíbula. Finalmente, acertei.

Brian puxa uma cadeira para mim, e eu me sento antes de pegar o guardanapo da mesa e dobrá-lo sobre o colo.

— Está um dia lindo hoje — comento, enquanto a sra. Beaver ergue minha mão e examina o anel.

— Brian, querido, você pagou um seguro para isto?

— Sim, senhora. Assim como uma limpeza mensal.

A sra. Beaver assente em aprovação.

— Que bom. — E então solta minha mão antes de ajustar o guardanapo em seu colo. — Tomei a liberdade de pedir salada de salmão para todos nós.

Aff... salmão. Pedi uma vez, e agora é o que ela sempre pede.

— Não queria perder tempo tendo que olhar o cardápio. Temos muito o que conversar, muito o que planejar.

— Planejar? — pergunto, confusa.

— Sim, Ophelia. Você é uma noiva agora. Isso significa que temos que planejar o casamento.

— Ah, tão cedo assim?

Seu olhar penetrante me atinge.

— O que você quer dizer com tão cedo? Só temos mais um mês até o final do verão, Ophelia. O clube tem uma vaga aberta no sábado à noite daqui a cinco semanas, então sim, tão cedo.

— Espere, a senhora quer que a gente se case daqui a cinco semanas? — indago, meus olhos quase saltando para fora.

A mão de Brian afaga a minha em um gesto calmante.

— Mãe, isso parece bastante rápido.

Agora, a sra. Beaver dá uma olhada para seu filho, e seus olhos de aço fazem meu noivo murchar bem ali.

— Você quer esperar um ano inteiro, Brian? Os Beavers só podem se casar no verão. Você sabe disso, é a tradição, e já que fez um pedido tardio, nós só temos cinco semanas para planejar.

— E qual o problema de esperar um ano? — pergunto em seguida. — Isso nos dará tempo para que tudo saia perfeito.

— A sobrinha de Brian já estará grande demais para ser dama de honra daqui a um ano. Você precisa pensar nas fotos, Ophelia.

— Espere, a senhora quer que a gente se case daqui a cinco semanas?

Ah, é, as fotos. Deus me livre ter uma menina grande demais como dama de honra nas fotos para estragar tudo.

— O casamento precisa acontecer este ano e precisa ser daqui a cinco semanas. É a nossa única opção. — Ela leva sua taça de água aos lábios franzidos, demonstrando que a decisão é definitiva.

— Cinco semanas, bem... acho que podemos conseguir — Brian diz, encolhido como uma cadeira dobrável. — Será divertido, não é, Ophelia?

Ele só usa meu nome quando está com sua mãe. A única pessoa que gosto de que use meu nome é Breaker, porque ele o usa apenas em momentos especiais, não porque a mãe dele o força a isso.

Mãe e filho olham para mim. Estão esperando uma resposta, uma que é difícil formular, já que minha garganta parece muito apertada.

— Ah, desculpe. — Respiro fundo. — Toda esta coisa de casamento é muito difícil, sabe? Achei que fosse fazer isso com meus pais ao meu lado.

— Ah, querida — a sra. Beaver fala ao dar um tapinha frio na minha mão. — É por isso que estou aqui. Agora. — Ela estala os dedos atrás de si, acenando para seja lá que mordomo fica esperando ser convocado por ela nas profundezas das paredes. O mordomo aparece com uma pasta grossa e encadernada em couro e a coloca gentilmente na frente da sra. Beaver. — Este será o seu livro de planejamento — ela anuncia, virando-o para mim. — Aqui tem tudo o que precisa ser escolhido. Já que seus pais não estão mais entre nós, tomei a liberdade de dar algumas opções para tipos de casamento, é claro.

Ela abre a pasta e a empurra para mim.

— O local será o clube, é claro. Há anos, nossa família faz as recepções aqui. Isso não mudará.

Que maravilha, que bom poder opinar.

— Quanto a flores, cores e temas, há uma margem de manobra nessas decisões.

— Margem? — pergunto, com a voz ficando um pouco mais irritada do que qualquer outra coisa.

Ter que me casar daqui a cinco semanas já é demais, mas ser concedida apenas uma pequena margem sobre a qual opinar? Aí já não sei se consigo lidar com isso.

— Sim, bom, teremos algumas pessoas muito importantes como convidadas. Precisamos manter as aparências por esse motivo.

— E onde fica o que Brian e eu queremos? — questiono. — O casamento é nosso, afinal.

A mandíbula da sra. Beaver fica tensa enquanto ela deixa seu sorriso mais afiado aparecer, transformando-o em uma lâmina, pronto para cortar quaisquer sonhos com um comentário inteligente.

— Você precisa entender a importância de se casar com alguém da família Beaver, Ophelia. Não é um casamento qualquer, é uma demonstração de status. Esta é a forma que nossa família exibe suas *várias* conquistas, que nos fizeram ganhar o status que temos. Cada detalhe intrincado será escolhido com base em obter nosso lugar no nosso círculo social. Entendo que você tem uma origem humilde, mas logo será uma Beaver, e certas expectativas devem ser atendidas.

Se inclinando para mim, Brian diz:

— É só uma festa, Ophelia. Qual a importância do tipo de flor que escolhermos?

— Importa para mim — respondo, me sentindo mais emotiva. E me deixe contar, os Beavers não se importam com emoção.

— Ora, ora. — A sra. Beaver dá outro tapinha na minha mão. — Não precisa fazer cena. — Ela fecha a pasta. — Dá para ver que você tem suas próprias ideias para o casamento, e não quero estragar seu dia especial. Que tal... tomarmos uma decisão de cada vez? Podemos nos encontrar, explorar as opções, e você pode escolher a partir daí.

— É muito gentil da sua parte, mãe — Brian fala. Quase não o escuto de tão perto que ele está de lamber os sapatos dela.

— Bem, sou uma mulher compreensiva, no mínimo. Não quero que sua noiva fique chateada com a nova família dela. Então, o que me diz, Ophelia? Acha que consegue se encontrar comigo para tomar as decisões?

Engulo o nó na minha garganta e concordo com a cabeça, porque qual alternativa eu tenho? A sra. Beaver quer que o casamento seja daqui a cinco semanas. Brian não irá nos defender, porque ainda está mamando na teta da aprovação, e isso significa que não tenho escolha além de seguir com o plano.

— Sim — respondo. — Acho que assim será ótimo.

— Maravilha — a sra. Beaver diz sem um pingo de empolgação. Ela estala os dedos outra vez e saladas são colocadas à nossa frente. — Agora, vamos comer.

Ela pega o garfo e corta o salmão com delicadeza, enquanto Brian segura minha mão e abre um sorriso radiante para mim.

As coisas que fazemos por amor...

— Mais uma vez, obrigado, Lia — Brian agradece ao me acompanhar até meu apartamento.

Depois de muito tempo no clube, passamos outras duas horas andando pelo local, enquanto um cerimonialista nos mostrava os espaços. Como esperado, a sra. Beaver tomou a liderança. Ela tinha sua própria ideia de recepção e onde o momento do coquetel deveria acontecer, assim como o jantar. A pista de dança deveria ser simples, com espaço suficiente apenas para danças lentas — de acordo com ela, não deveria haver tropeços e esbarrões no nosso casamento — e então ela apontou o quarto da noiva, onde devo fazer a troca dos vestidos.

Quando perguntei quantas trocas de vestidos eu deveria fazer, ela disse que pelo menos três, como se essa tivesse sido a pergunta mais absurda que já ouviu na vida.

Três vestidos? Como uma pessoa tem energia para escolher três vestidos de noiva diferentes? A sra. Beaver assinalou que há o vestido da cerimônia, o da recepção e o da festa — o vestido que vou colocar apenas para quando estiver indo embora. Tantas despesas inúteis. Quando fomos embora, já passava das cinco, e eu estava com pressa para chegar em casa.

Peguei um Uber para o clube, porque Brian sempre gosta de me acompanhar, e imaginei que ele fosse querer fazer isso hoje.

— Pelo quê? — pergunto ao alcançar minha porta e me virar.

— Eu sei que essa coisa de casamento chique não era o que você estava esperando, mas é importante para a minha mãe.

— É, deu para perceber. — Aperto os lábios. Puxando a lapela do seu paletó, digo: — Tem certeza de que tudo isso é necessário? A gente precisa mesmo de um casamento tão grandioso? Quem sabe possamos fugir ou algo assim...

Ele bufa.

— Com certeza minha mãe me mataria, Lia. Eu sou o menininho dela, o último a se casar de todos os filhos. Ela não vai permitir que eu fuja.

— Quer saber, Brian? — falo com uma voz sedutora enquanto movo a mão por seu peito. — O bom de ser adulto é poder fazer as próprias escolhas.

Ele me pressiona de leve na porta e passa a mão pela minha coxa.

— Sim, mas quando a decisão não importa tanto para mim, não vou ficar brigando por isso.

— Mas eu não sou importante?

Ele envolve meu rosto com as mãos.

— Claro que você é importante, Lia. Mas também sei que essa coisa de casamento não é tão importante para você.

— Deveria ser importante para nós dois, já que será o nosso dia.

Ele traz os lábios aos meus e dá alguns beijos rápidos antes de se afastar e dizer:

— Teremos o resto da nossa vida para fazer as coisas do nosso jeito. Esse será só um dia, Lia. E será lindo, você sabe que minha mãe não faria de outro jeito. Confie nela, está bem? Você pode até acabar achando que as ideias dela são perfeitas.

Suspiro assim que ouço o elevador. Dou uma olhada por cima do ombro de Brian bem a tempo de ver as portas se abrindo e o rosto de Breaker ficar à vista.

O pânico cresce, e logo chamo a atenção de Brian ao sussurrar:

— Breaker acabou de chegar. Vou contar para ele hoje sobre o noivado. Não diga nada, por favor. — As palavras voam tão rápido para fora da minha boca que eu mesma quase não consigo entendê-las.

— Hoje? Achei que a gente fosse passar um tempo juntos, tipo... comemorando.

É, não vai rolar. Essas "comemorações" com Brian no meu apartamento só acontecem quando Breaker não está na cidade. A última coisa de que preciso é que meu melhor amigo escute através da parede que dividimos. Além disso, é estranho, as únicas vezes que Brian não está cansado demais para "comemorar" é quando estamos na minha casa.

— Desculpe, mas eu prometi que a gente ia passar um tempo juntos. Vou compensar você depois. Vou levar minhas coisas para a sua casa na sexta e passar o fim de semana inteiro com você. Pode ser?

Ele fica rígido pela irritação e me solta.

— Brian, não fique com raiva, por favor.

— Não, já entendi. — Ele ajeita o paletó. — Mas você será minha neste fim de semana.

— Prometo — digo enquanto enlaço sua nuca com a mão e o puxo para um beijo. Claro que minha intenção era um selinho, mas Brian vem com tudo, acrescentando língua, fazendo um espetáculo. Quando ele se afasta, Breaker está parado a alguns metros, esperando pacientemente com a nossa comida.

Brian se vira e sorri para Breaker.

— É bom ver você, cara. Como foi a viagem para Nova York?

— Foi boa — Breaker responde, parecendo o cara legal de sempre, sem demonstrar um pingo do quanto não gosta de Brian. Ele nunca disse para mim, mas dá para notar quando Breaker gosta de alguém e quando não gosta. Ele abre um sorriso falso, que faz com que apenas o canto direito da sua boca se levante. É o que Brian recebe todas as vezes. — É bom estar de volta. Gosto mais da Costa Oeste.

— Não sei, não. Há alguma coisa que a cidade oferece que não dá para encontrar em nenhum outro lugar. Quem sabe a gente não acaba na Big Apple um dia, não é, Lia?

Hã, como é?

Os olhos de Breaker pousam em mim, perguntando o que ele quis dizer com isso, e, francamente, não faço ideia. Em vez de tentar bancar a mediadora, opto por:

— Bom, vejo você neste fim de semana, está bem?

Brian assente e me beija mais uma vez.

— Me ligue hoje à noite. Quero conversar sobre o fim de semana e os nossos planos.

— Pode deixar.

— Te amo.

— Também te amo.

Aceno, e Brian vai em direção ao elevador, aperta o botão para descer e enfia a mão no bolso.

Quando ele já está dentro do elevador, me viro para Breaker, que está com uma sobrancelha levantada.

— Você vai se mudar para Nova York? — ele pergunta.

— O quê? — quase grito. — Não! — Balanço a cabeça. — Não. Nem sei do que ele estava falando.

— Tem certeza? Porque você está parecendo meio agitada agora.

É porque estou tentando esconder a enorme pista de patinação no meu dedo.

— Absoluta. Acho que foi só um comentário sem sentido. Não vamos nos mudar. — Me viro para a porta, destranco-a, e nós dois entramos.

— Está bem, porque eu não ia ficar legal com isso. Tipo, eu faria a mudança, mas gosto daqui da Costa Oeste.

— Eu também.

Ele coloca a sacola na bancada da cozinha e tira duas caixas de comida para viagem, enquanto eu guardo minhas coisas.

— Aliás, você está bonita. — Sinto seus olhos em mim, e quero fugir do vestido.

— Este vestido não é bem a minha cara. É curto demais.

— Pode não ser sua cara, mas ainda assim te deixa bonita. Qual era a ocasião?

Eu o encaro e coloco as mãos nas costas.

— Hã, almoço com a sra. Bife.

Inventamos esse apelido depois do meu primeiro encontro com ela. Sou cuidadosa ao usá-lo, porque não quero chamar sem querer a mãe de Brian de sra. *Bife* na frente dele. Tenho certeza de que isso me renderia uma cara feia, um longo sermão e vários pedidos de desculpa. O cara ama a mãe. Não há nada de errado com isso. Só precisamos estar conscientes do que não fazer.

— Ah... no clube? — Breaker pergunta com uma voz esnobe enquanto empina o nariz.

Breaker é bilionário. Ele tem mais do que o suficiente para deixar os Beaver no chinelo, mas não age como se tivesse tanto dinheiro. Tudo bem, pode ser que ele use os ternos mais perfeitos com os tecidos mais chiques, seus relógios são mais caros que joias e seus cortes de cabelo custam mais do que deveriam, mas ele vive de forma modesta em um apartamento ao lado do meu, porque é isso que consigo pagar. Ele poderia viver no The Flats com os irmãos. Ele poderia ter uma casa de praia em Malibu ou até mesmo uma cobertura no centro da cidade, mas ele escolheu morar aqui.

— Pois é, no clube.

— Comeu salada de salmão de novo?

— Sim, e foi terrível na primeira, na segunda, na terceira, na quarta e na quinta vez que comi.

Ele ri de leve.

— Da próxima vez, peça desculpas e diga ao garçom para te trazer um hamburguer em vez disso.

Aperto o peito com horror.

— E arriscar que o garçom receba uma reprimenda? Não, obrigada. Prefiro sofrer com o salmão.

— Você é uma verdadeira Joana d'Arc, sabia?

— Eu tento. Tudo bem, vou me trocar rapidinho, porque não consigo me sentar confortável com este vestido sem acabar exibindo minha calcinha para você.

— Não que eu já não tenha visto sua calcinha várias vezes.

— Sem querer! Você me faz parecer uma safada.

— No Halloween, cinco anos atrás, você vestiu aquela roupa de camareira. Acho que vi sua calcinha mais vezes naquela noite do que em todos os anos em que nos conhecemos.

— Hã, com licença, senhor, mas eu vesti aquela roupa de camareira porque perdi uma aposta para você, e foi isso que você escolheu. Se fosse escolha minha, eu teria ido como uma torrada com manteiga derretida. Você sabe muito bem que amo me fantasiar de comida.

— Pois é, mas a roupa de camareira foi mais divertida.

— Para você... seu pervertido.

Ele revira os olhos, todo dramático.

— Pela última vez, não foi porque eu estava sendo um pervertido. Foi porque eu sabia que você ia odiar.

— Nossa, que ótimo melhor amigo você é.

Ele abre um sorriso largo.

— Sou mesmo.

Rindo, vou para o quarto, tiro o vestido e os saltos e os troco por chinelos pretos e macios, short de algodão e uma camiseta com tema de *true crime*. Faço um coque e olho para o anel de noivado. Devo usá-lo assim ou contar para ele antes?

Mordo o lábio inferior, tentando descobrir o que fazer. Cinco semanas passam tão rápido. Tipo, rápido como um raio, e, sim, é claro que quero me casar com Brian, eu o amo, mas cinco semanas? Mal consegui me acostumar com a ideia de que vou me casar.

Tiro o anel do dedo. Acho que é melhor eu não aparecer na cozinha com ele, e sim ir introduzindo a ideia através da conversa.

Deixo o anel na cômoda, então volto para a cozinha, onde Breaker já ajeitou os talheres na mesa com os drinques e vários guardanapos. Vamos precisar deles.

Breaker comprou tacos em um food truck bem na esquina. Eles fazem tacos de birria, que é cabra, cordeiro ou carneiro marinado e ensopado, e são tão deliciosos que eu provavelmente os comeria todas as noites se não tivesse autocontrole. Mas por virem pingando do molho em que a carne foi feita, precisamos de milhares de guardanapos, porque as coisas viram uma bagunça.

— Aff, o cheiro deles é tão bom.

— É mesmo, então ande logo para a gente poder se acabar com estes tacos.

Me sento de frente para ele.

— Você poderia ter começado a comer sem mim.

— Sabe que nunca faço isso. No mínimo, sou um cavalheiro e sempre espero.

— Você não esperou dois meses atrás quando comprei cheesecake.

— Ah, cheesecake.

— Pois é. Os doces são o seu ponto fraco. — Pego um taco, e ele também, e como todas as outras vezes que os compramos, nós fazemos um "brinde" com eles e então os mergulhamos no molho. Dou uma grande mordida e mastigo.

Depois de alguns segundos, ele pergunta:

— Como foi o almoço?

Engulo e respondo:

— Ah, sabe como é, né? A mesma coisa de sempre.

Ele para o taco a meio caminho da boca, com o molho pingando da tortilha grelhada e crocante.

— Por que estou com a sensação de que você está escondendo alguma coisa?

— O quê? Escondendo? Ha! Não, eu não escondo nada. — Ajeito meus óculos de armação roxa e rio. — Por que eu esconderia alguma coisa de você? É uma coisa meio inútil. Já te conto tudo.

— Você está tagarelando.

— Hã, não estou, não. Só estou me defendendo. Por que eu esconderia alguma coisa de você?

Ele coloca o taco no prato e se endireita.

— Com certeza está escondendo alguma coisa.

— Não gosto desse seu olhar acusatório.

— E eu não gosto da forma como você está prolongando o inevitável, em vez de me contar o que está rolando. — Ele assente para mim. — Vamos, desembuche.

Aff, ele me conhece bem demais. É inútil, ele vai ficar a noite inteira nessa, então coloco o taco no prato e olho em seus olhos.

— Algo aconteceu na minha vida.

— Ah, bem — ele diz, arrastado.

— Algo que vai mudar um pouco as coisas.

Ele franze a testa.

— Você vai *mesmo* se mudar para Nova York, não vai?

— Nãããoooo! Não vou me mudar, só... mudei meu status de relacionamento.

Ele ergue a sobrancelha.

— Você vai terminar com Brian? Graças...

— Não, ele me pediu em casamento, vamos nos casar.

Breaker fica boquiaberto antes de repetir:

— Casar?

— Daqui a cinco semanas. — Estremeço.

— Cinco semanas? — ele pergunta. — Tipo... *cinco semanas*?

— Sim.

Ele empurra o banco para trás, com a expressão completamente chocada. Pois é, eu entendo. Também fiquei surpresa.

— Sei que está sendo tudo rápido demais, mas a sra. Bife quer que a gente se case no clube, e há uma vaga, e os casamentos na família dele sempre acontecem no verão, e ano que vem não vai rolar porque a sobrinha dele já vai ser grande demais. Pois é, cinco semanas.

— Nossa. — Ele esfrega o guardanapo no rosto e então o joga na mesa. — É... é muita informação. Ele te pediu em casamento hoje? — Seus olhos vão para minhas mãos. — Cadê o anel? Ele comprou um anel, né?

— Sim, está no meu quarto.

— Por quê?

— Casar?

— Não queria te chocar, e já faz uma semana que ele pediu. Queria te contar pessoalmente. Você está bravo? — Estremeço outra vez, com o coração batendo a mil por hora.

— Por que eu estaria bravo?

— Porque aconteceu já faz uma semana, e não te contei, e sei que Brian não é lá sua pessoa favorita.

— Mas ele é a sua pessoa favorita, portanto, eu gosto dele — Breaker diz, mas a mentira cai por terra. Não há nem um pingo de empolgação na sua voz. Ele engole em seco, quase como se estivesse engolindo a dor, e pede: — Me mostre o anel.

— Você quer vê-lo? — pergunto, sentindo a tensão constrangedora que se abateu sobre nós.

Sei que ele não está feliz de verdade. Sei que tudo isso veio do nada, assim como foi para mim. Mas ele está com um sorriso, e está tentando, o que só me faz sentir... pior.

— Sim, me mostre o anel.

— Tudo bem.

Pego o anel no meu quarto e o entrego para Breaker assim que volto para a cozinha. Não o coloco no dedo, apenas o coloco em suas mãos.

— Nossa, é bonito — ele elogia ao erguer os olhos para mim, provavelmente tentando avaliar minha reação. — Coloque.

Ele o devolve, e eu o deslizo no meu dedo.

— Fica ótimo em você, Lia — ele diz, baixinho. E aí está, meu melhor amigo. Ele vai sempre dizer qualquer coisa para me deixar à vontade, mesmo que provavelmente saiba que estou sentindo qualquer coisa, menos conforto, ao usar este anel.

— É diferente do que eu teria escolhido — admito.

— Isso não o deixa menos bonito. — Ele sorri e se levanta. — Venha cá.

Me levanto e ele me puxa para um abraço, seus braços fortes me envolvem, e descanso a cabeça em seu peito. Não sei se é porque tudo está acontecendo rápido demais, ou porque ele está sendo tão legal, mas minhas emoções levam a melhor, e meus olhos começam a lacrimejar, então o aperto com mais força.

— Estou feliz por você, Lia. — Ele beija o topo da minha cabeça. — Cinco semanas passam rápido, mas sei que vai ser ótimo.

Minha garganta fica apertada, e minhas lágrimas estão prontas para rolar pelo meu rosto. Não quero que ele me veja chorando. Não gosto de ficar toda emotiva na frente de ninguém, muito menos de Breaker, mas não parece ser algo que eu possa impedir.

Um leve soluço escapa de mim, e no momento em que Breaker o escuta, coloca o espaço de um toque entre nós e curva os joelhos para poder ver meu rosto. Limpo os olhos por baixo dos óculos, mas é tarde demais.

— Ei — ele diz, depressa. — Por que você está chorando?

— Acho... que é coisa demais para encarar no momento.

— Venha cá — ele fala, pegando minha mão e me levando para o sofá. Nós dois nos sentamos, de frente um para o outro. — Fale comigo. O que está rolando? Você não quer se casar?

— Não, quer dizer... quero. Só... não estava esperando por isso. Brian e eu nunca conversamos sobre casamento, então fui pega de surpresa quando ele fez o pedido. E aí, no almoço hoje, pareceu que tudo estava se movendo na velocidade da luz. A sra. Bife quer que eu vista pelo menos três vestidos, o que acho que é um desperdício de dinheiro. Brian não vai enfrentar a mãe dele, e este anel... minha nossa, como é grande, e eu meio que sempre quis um daqueles anéis com três diamantes, representando passado, presente e futuro, e aí tem você. Eu fiquei com tanto medo de te contar, porque sei que Brian não é sua pessoa favorita...

— Pode ir parando por aí — Breaker diz, em um tom calmo. — Não precisa se preocupar comigo ou como me sinto sobre isso, está bem? Meus sentimentos, meus pensamentos, minhas opiniões não importam. Tudo o que importa é como você se sente e o que quer. — Ele aperta minha mão. — E então, como se sente?

— Com medo — admito. — Triste. Não... parece certo. E não é porque não amo Brian, porque amo, mas acho que isso é tudo muito estranho. Eu costumava conversar com os meus pais sobre esse dia, e eles não estarão lá. As coisas estão acontecendo muito rápido, sei lá. Eu esperava me sentir diferente quando o pedido viesse.

— Talvez você ainda não tenha absorvido ainda. Pode ser que leve um tempo até você entender tudo o que está acontecendo.

— Pode ser. — Fico cabisbaixa, fazendo círculos com o dedo no tecido do sofá. — Você não está bravo?

— Lia. — Ele levanta meu queixo, então sou forçada a olhar para os seus olhos azuis cristalinos. — Se eu estivesse bravo com você, não seria lá um amigo tão bom, não é?

— Acho que não.

— Isso é emocionante, está bem? Brian te pediu em casamento e você vai se casar. Me dê um sorriso.

Lágrimas rolam pelo meu rosto, enquanto tento um sorriso patético.

Ele ri.

— Bem, isso foi meio triste.

— Estou tentando. Acho que eu estava bem com a novidade, só esperando para contar para você, mas, no almoço hoje, senti como se a sra. Bife estivesse passando por cima de mim. Sei que casamentos são importantes para a família deles, por causa do status social, e eles só se importam em manter as aparências, mas eu também deveria poder escolher, não é?

— Hã, sim, Lia. Esse é o seu casamento. Você deveria escolher como vai ser.

— Eu simplesmente me torno um capacho quando ela está por perto. É difícil me expressar, sabe?

— É difícil lidar com temperamentos fortes, eu entendo. Lido com meus irmãos todos os dias.

— E já sinto que passaram por cima de mim quanto à data e ao local da recepção. Tentei contestar essas decisões, mas não deu muito certo. Acho que vou acabar me ressentindo dessa coisa toda, porque serei forçada a aceitar, e isso está tirando toda a minha empolgação.

— Entendo. Você consegue tomar as decisões sem a sra. Bife?

Lanço aquele olhar para ele.

— Isso jamais aconteceria. Ela já marcou reuniões.

— Bom, então... me leve com você — Breaker diz, e a sugestão me faz rir.

— Qual é, Breaker, fala sério.

— Estou falando sério. Posso ir com você. Não tenho nada melhor para fazer no momento. Vou ter que ficar longe do trabalho. Isso pode acabar me deixando ocupado. — Ele sorri. — Quem sabe eu não viro o seu cerimonialista?

— Ai, meu Deus, pare. — Dou um empurrão nele.

— Ou sua madrinha... ahhhh, o seu padrinho. Ou, melhor ainda, o homem que vai levar você até o altar.

— Dá para parar de ser ridículo?

Suas sobrancelhas se inclinam para baixo.

— Hã, será que você tem outro melhor amigo que não conheço para ficar com o título de madrinha?

Faço uma pausa e penso nisso por um instante.

— Hã, na verdade, não. Mas acho que nunca pensei sobre isso.

— Eu sou o seu melhor amigo, não sou?

— É, sim.

— E melhores amigos sempre ficam com o título de padrinho ou madrinha, não é?

— Siiiiiim — digo, arrastado.

— Portanto, por eliminação, eu serei o seu padrinho, mas acredito que ser o homem que leva você até o altar é ainda melhor, não acha?

— Você não está falando sério, né?

— Claro que estou — ele confirma com toda a sinceridade. — Olhe, Lia. Sei que vai ser muito difícil sem os seus pais. Perdê-los já foi difícil demais, e eles não iriam querer que você fizesse isso sozinha. Estou com tempo, e mesmo que não estivesse, daria um jeito por você. Posso ajudar. Posso ser seu suporte, seu companheiro, seu guarda-costas, seu escudo.

— Guarda-costas? Acha mesmo que vou precisar de proteção da sra. Bife?

— Eu já a conheci. Só o olhar dela já é aterrorizante, ainda mais a manipulação. Pode acreditar, você vai precisar de um guarda-costas, e eu sou o cara certo para isso.

— Mas e Brian?

— O que tem ele?

— Vocês não se dão bem.

Breaker se mexe no sofá e então me dá um sorriso.

— Bem, ele será o seu marido. Antes tarde do que nunca para trabalharmos nesse relacionamento, porque não vou deixar que nenhum ressentimento ou constrangimento com o seu futuro marido fique entre mim e você, entendeu?

Enquanto escuto suas palavras, minhas emoções ficam apertadas de novo, fazendo com que mais lágrimas caiam.

— O que foi? — ele pergunta, preocupado.

— É só que... — Olho nos seus olhos. — Estou tão feliz de ter te contado. Você parecia um pervertido com aquele seu bigode tantos anos atrás, mas tenho sorte de ter você na minha vida.

Ele ri de leve e diz:

— Se você estiver com sorte, quem sabe não dá para eu trazer aquele bigode de volta para o seu casamento?

Dou um empurrão no seu rosto.

— Nem pense nisso.

CAPÍTULO TRÊS

BREAKER

Vou até a porta da casa de JP. O orvalho fresco da manhã se agarra a cada folha de grama, enquanto o sol apenas começa a subir no céu, esquentando a temperatura para o dia.

Devo ter dormido uma hora na noite passada. Uma, se estivesse com sorte.

Depois que tranquilizei Lia e terminamos nossos tacos, jogamos algumas partidas de *Yahtzee* com copo, mas nenhum de nós estava prestando atenção. Acho que nossas mentes estavam em outro lugar. Encerramos a noite, e quando fui para a cama, ela deu batidinhas na parede, eu bati em resposta... e acabei sem pregar os olhos.

Minha mente continuou girando e girando.

Ela está noiva... de Brian.

Quando disse que tinha mudado o status de relacionamento, achei mesmo que ia terminar com ele. E, porra, quase soltei um GRAÇAS A DEUS! Dá para imaginar se eu tivesse deixado isso escapar? Ela me interrompeu bem na hora. E, claro, eles estavam se beijando no corredor quando cheguei. Sim, estavam, mas a linguagem corporal me dizia que, naquele momento, Brian estava inclinado sobre ela, enquanto Lia estava um pouco curvada para trás. O beijo foi todo dele.

Mas vejam só, não é um término que teremos no nosso futuro, é um casamento, e isso me faz... porra, isso me faz sentir estranho.

Porque é com Brian. O cara que a faz feliz, mas ele não a entende. Ele não conhece Lia como eu conheço. Se conhecesse, não teria escolhido aquele anel de noivado, que tenho certeza de que dá para ver até de Marte, de tão grande que é. Ou teria me perguntado, o melhor amigo, ou ele saberia. Nunca em um milhão de anos eu teria escolhido aquele anel ou a pressionado para se casar em cinco semanas, só um ano e meio após os pais dela falecerem.

Pois é, Brian a conheceu uma semana depois do funeral. Os pais da Lia sofreram um trágico acidente de helicóptero tarde da noite. Sua mãe morreu no impacto. Seu pai teve uma chance, mas acabou não aguentando a cirurgia. Duas semanas depois, Brian a conheceu num bar. Ela estava machucada, triste e precisava de consolo, e encontrou isso em Brian.

Mas ela ainda tem dificuldades em lidar com a perda dos pais, e não sei se ele tem tido muita consideração com isso. Ele só se importa em preencher os requisitos que a mãe estabeleceu para ele.

Tenha uma carreira de sucesso.

Compre uma boa casa.

Fique noivo de uma mulher razoável.

Tenha um casamento chique.

Nos dê netos.

Ele está no caminho, e não sei se Lia está no mesmo ritmo.

Mas quem sou eu para dizer algo para ela?

Passo a mão pelo cabelo assim que a porta se abre. JP está usando um short e mais nada. Seu cabelo está uma bagunça, e ele parece querer me matar.

Pego a caixa de donuts que deixei na varanda e anuncio:

— Trouxe café da manhã.

— Cara. — Ele esfrega os olhos. — Só porque você não pode ir trabalhar, não significa que precisa encher meu saco.

— Não tem a ver com o trabalho. Preciso falar com você.

— E tem a ver com aquela maluca que te fez cuecas boxer com tecido de tweed?

— Foi de estopa, mas não. Tem a ver com a Lia.

— Com a Lia? — ele pergunta, ficando interessado, um sorriso cruzando seu rosto. Ele nota minha postura inquieta, as olheiras, e então... — Ah, merda, então você finalmente percebeu que a ama.

Meu rosto fica inexpressivo.

— Vou ter que chutar suas bolas por causa dessa merda? — respondo, enquanto faço o movimento com a perna, e JP salta às pressas para longe. — Não tem nada a ver com os meus sentimentos *platônicos* por ela. Entendido?

— Entendido. — Ele apenas sorri outra vez e abre mais a porta. — Espero que você tenha trazido cronuts também. Estou querendo um.

— Trouxe. Mas não vou te dar se você continuar sendo um babaca comigo.

— Você que veio aqui na minha casa, cara. Posso te tratar do jeito que eu quiser, porra.

Do topo da escada, vestindo um robe e também com o cabelo bagunçado, Kelsey pergunta:

— Quem está aí?

— Breaker — JP responde. — Ele precisa conversar sobre a Lia.

Olho para cima a tempo de ver um sorriso cruzar o rosto de Kelsey. Antes que ela possa dizer alguma coisa, eu a interrompo.

— Não, porra, não gosto dela dessa forma. Isso é diferente.

Seu sorriso vacila.

— Ah, tudo bem. Me deixe dar uma ajeitada no cabelo e já desço. Quer que eu chame Lottie para que você possa ter mais uma opinião feminina?

Estou prestes a negar quando penso por mais um instante. Talvez ter mais uma opinião feminina não faça mal, e já que Lottie e Huxley moram bem em frente à casa de JP e Kelsey, pode ser bom.

— Claro, diga a ela que eu trouxe donuts.

— Ela estará aqui em questão de minutos, tenho certeza.

Kelsey vai em direção ao quarto, enquanto JP e eu vamos para a cozinha, onde JP começa a fazer um bule de café.

— Não me surpreende que você tenha vindo para a minha casa em vez de ir para a de Huxley.

— Depois de ter pegado Huxley e Lottie transando na parede, aprendi a lição. Não consigo tirar da cabeça a visão da bunda dele contraída.

— Kelsey e eu também transamos na parede.

— Estou bem ciente disso. Mas a diferença é que se eu pegar você e Kelsey, você só vai rir. Huxley me deu o tratamento de silêncio por uma semana e depois um sermão sobre privacidade entre marido e mulher.

— Ele ainda é bem rígido, não é? — JP pergunta. — Achei que depois de se casar, ele se soltaria um pouco, mas ele não consegue deixar a tensão de lado.

— A essa altura, a tensão é permanente.

JP ri enquanto liga sua máquina de café e começa a fazer um grande bule para todos nós. Ele também seleciona todos os itens essenciais da máquina de café espresso, caso alguém escolha esse.

— Quer que eu pegue os pratos? — ofereço.

— Sim, seria ótimo se você fizesse alguma coisa útil.

— Só um simples "sim" já teria sido suficiente — respondo assim que Kelsey entra na cozinha. Ela trocou para um short e uma das camisetas de JP. Não há dúvida de que ela não deve estar usando nada por baixo da roupa.

— Lottie chegará em segundos. Falei donuts e ela já foi se apressando. Não sei se Huxley virá, deu para ouvi-lo grunhir de desgosto quando Lottie pulou para fora da cama.

Não é nenhuma surpresa, já que Huxley é muito possessivo com Lottie. Mas JP também é muito possessivo com Kelsey.

Eu... bom, nunca tive ninguém na minha vida com quem me importasse o suficiente para ser possessivo. Qualquer um pensaria que ver meus irmãos encontrarem suas garotas e se casarem com elas me deixaria com inveja, que me faria querer correr atrás de encontrar alguém para mim também, mas estou feliz assim. Não quero pressão para encontrar o amor só porque todo mundo já encontrou. Pela minha perspectiva, quando a pessoa certa entrar na minha vida, vou saber, e jamais vou querer deixá-la.

A porta da frente se abre, e a voz de Lottie ecoa pelo grande hall de entrada.

— Donuts, podem vir direto para a minha boca!

Olho sobre o ombro bem a tempo de ver Lottie entrando, de top e short de ginástica. Seu cabelo também está uma bagunça. Vindo atrás dela está um Huxley não tão feliz.

— Por que estamos nos reunindo tão cedo pela manhã? — Huxley pergunta ao vir até mim e pousar a mão sobre a bancada. — Tem a ver com o trabalho? Não vou deixar você voltar. Não pode ficar por perto enquanto a equipe conduz a investigação.

— Não tem a ver com o trabalho — respondo.

— Tem a ver com a Lia — JP fala como a droga de uma garotinha adolescente. Eu logo lanço uma cara feia em sua direção, fazendo com que ele erga as mãos. — Não falei nada sobre você gostar dela.

— E nada de falar desse jeito também.

— Meu Deus, como você é sensível.

— O que está rolando com a Lia? — Lottie pergunta, com a boca cheia de geleia de donuts.

— Bem, já que vocês estão todos aqui, já posso dizer que Lia está noiva.

— Ai, sério? — Kelsey bate palmas.

— Noiva? Nossa, isso é ótimo — Lottie diz.

— Do Brian? — JP indaga.

— Aquele idiota? — Huxley acrescenta.

— Espere, por que ele é idiota? — Kelsey questiona. — Não é para a gente gostar dele?

— Os caras não gostam de ninguém — Lottie fala, dando outra mordida.

— Não, a gente não gosta dele — JP confirma e então se vira para mim. — Como você se sente?

— Não muito bem — respondo ao me sentar à ilha e colocar a cabeça nas mãos. JP serve uma caneca de café à minha frente, mas nem me dou ao trabalho de tocá-la. — Ele não a merece. Não é bom o suficiente. E vocês deveriam ter visto o anel que ele escolheu. Não é nem um pouco a cara da Lia. É como se ele tivesse ido à joalheria mais chique e espalhafatosa e dito: "Vou querer o anel mais caro", e o comprado. E o pior de tudo, a sra. Bife quer que o casamento seja daqui a cinco semanas.

— Lia está noiva.

— Cinco semanas? — JP reage. — Meu Deus, está perto, apesar de que o nosso casamento foi bem rápido. — Ele sorri para Kelsey. — Mas foi para se ajustar à agenda do Kazoo.

— Pois é, planejar um casamento para se adequar à agenda de um pombo sempre foi um sonho meu.

JP puxa Kelsey para seu peito e beija seu rosto.

— Você amou cada detalhe do casamento.

— Amei mesmo.

Atraindo a atenção de volta para mim, digo:

— E, noite passada, quando me contou, ela acabou chorando.

— Lágrimas de felicidade? — Lottie pergunta.

Balanço a cabeça.

— Não, lágrimas de tristeza, lágrimas de nervosismo, lágrimas de infelicidade. Não havia empolgação na voz dela, e ela ficou perguntando se eu estava bravo. Por que eu estaria bravo?

JP e Huxley trocam olhares, enquanto as garotas desviam o olhar.

— O que foi? — indago, percebendo que há algum tipo de conversa secreta entre todos eles e da qual eu não faço parte.

JP é o primeiro a falar:

— Cara, você não acha que uma pequena parte da Lia pensa que talvez, só talvez, você devesse ter chegado nela a essa altura?

— Como é? — Balanço a cabeça. — Não. Nunca nos vimos dessa forma. Isso não tem nada a ver com o nosso relacionamento.

— Ela sabe que você não gosta do Brian? — Lottie pergunta.

— Nunca falei que não gostava dele, mas ela está ciente de que a gente não se dá bem.

— Talvez seja por isso que ela ficou perguntando se você estava bravo — Kelsey diz. — Vocês dois são tão próximos que ela está esperando a sua aprovação.

— Mas eu não o aprovo. Esse é o problema. Ele não é o cara certo para ela, e não sei o que deveria fazer quanto a isso.

— Nada — Huxley responde, dominando a sala com sua voz profunda. — Absolutamente nada. Se ficar entre ela e Brian, vai só acabar com seu relacionamento com ela.

— E então vou simplesmente deixá-la se casar com aquele idiota?

— Sim — Huxley diz.

Solto um suspiro pesado.

— Mas...

— Nada de mas — Huxley interrompe. — Ela já teve muitas perdas na vida. A última coisa de que precisa é que você deixe as coisas complicadas para ela.

— Então só devo bancar o padrinho, sorrir e dizer sim para tudo o que ela escolher?

— Espere. — Lottie bate a mão na mesa. — Você vai ser o padrinho dela? Meu Deus, por que será que eu acho isso a coisa mais fofa que existe?

— É bem fofo mesmo — Kelsey concorda. — E, sim, você deveria. Se não quiser machucá-la, só ajude, então sorria e a apoie. Além disso, perguntinha rápida, mas quem é a sra. Bife?

— A mãe do Brian. É sra. Beaver, mas a chamamos de sra. Bife, não na cara dela, claro. Pense na Emily Gilmore, mas ainda mais esnobe.

— Ohh, cruel — Lottie diz.

— Ela já está deixando as coisas difíceis para Lia. É por isso que o casamento será daqui a cinco semanas, por conta das exigências da sra. Bife. A mãe do Brian está assumindo o comando de tudo, e ontem à noite, quando Lia chorou, eu disse que a ajudaria com isso, que estaria lá para apoiá-la, mas, porra, não consegui pregar os olhos.

Lottie se inclina para frente e sussurra:

— Tem certeza de que você não gosta dela?

— Tenho! — grito, só para receber um olhar mortal de Huxley por ter gritado com sua esposa. Baixando a voz, continuo: — Tenho. Acho que estou preocupado com o que pode acontecer quando ela se casar com Brian. Ela não vai ser mais minha vizinha, isso com certeza, e duvido que vá conseguir passar tanto tempo assim comigo, e se conseguir, Brian também estará envolvido. Sei lá. Sinto que a estou perdendo, e muito depressa.

— E se você conversar com Brian? — JP opina.

— É uma boa ideia — Kelsey concorda. — Vamos ser honestos, parece que o maior problema é com ele, não tem nada a ver com escolher as flores de que Lia gosta. Não importa o que aconteça, você sempre fará questão de ajudá-la da melhor forma possível. Parece que precisa mesmo é ajeitar as coisas com Brian para se sentir à vontade com o fato de Lia estar seguindo em frente. Porque se ela o ama e disse sim para o casamento, significa que quer dar esse passo adiante. Ela pode estar tendo dificuldades porque o melhor amigo dela e o futuro marido não se dão bem.

— Boa observação — Lottie diz ao pegar mais um donut. — Dê um jeito com Brian e aposto que as coisas vão funcionar.

— Mas eu mal consigo ficar no mesmo ambiente que ele — respondo.

— Parece que você vai ter que aprender a ficar. — JP sorri.

Dou uma olhada no relógio e então balanço o copo de água na minha mão. Porra, dez minutos atrasado. Já não suporto o cara e agora ele vai ficar com essa merda?

Depois de sair da casa de Kelsey e JP, dirigi de volta para o meu apartamento e saí para correr. Ainda não estava preparado para me comprometer com a sugestão deles, mas, depois de correr, me dei conta de que eles provavelmente têm razão. Se quiser tranquilizar Lia e deixar as coisas menos constrangedoras para mim, pode ser que eu tenha que dar uma chance a Brian. Então mandei uma mensagem para ele, perguntando onde almoçaria e se poderíamos nos encontrar.

Ele foi rápido em sua resposta e me disse a hora e o lugar. Agora que estou aqui, sinto como se tivesse caído numa armadilha, porque o maldito nem me mandou mensagem para me avisar que se atrasaria.

Tiro o celular do bolso e encontro uma mensagem de Lia.

> **Lia:** *Tenho um encontro com a sra. Bife na igreja, a que ela quer que Brian e eu nos casemos. Por favor, me diga que pode ir comigo.*

Uma igreja? Nem sei se Lia já esteve em uma igreja...

> **Breaker:** *Estarei lá. Pode deixar comigo.*
> **Lia:** *Valeu, Picles.*

> **Breaker:** *Quem sabe eu não seja o seu padrinho Picles?*
>
> **Lia:** *Nem comece. Sabe muito bem que eu faria uma camiseta com esses dizeres.*
>
> **Breaker:** *Eu a usaria com orgulho.*

— E aí, cara. — Ouço Brian dizer, seus passos se aproximando. — Desculpe te fazer esperar. Eu estava numa conversa com um cliente que quer investir em bitcoins. — Ele estende a mão para mim. — Como vai?

Coloco o celular no bolso e lhe dou um firme aperto de mão.

— Vou bem — respondo, antes de Brian se sentar à minha frente na mesa que consegui para nós dez minutos antes.

— Ouvi falar sobre o seu processo. — Que ótimo começo, que jeito de trazer um assunto ruim, hein? Que idiota. E é claro que ele ouviu sobre o meu processo. Não me surpreenderia se tivesse alguma coisa a ver com isso. Ele sempre teve inveja por eu ser mais bem-sucedido. — Ambiente de trabalho hostil? — Brian balança a cabeça. — Não caio nessa. — Bom, pelo menos ele consegue distinguir o certo e o errado nesse caso, ou pelo menos finge que sim.

— Pois é. Não posso falar sobre isso por causa das questões legais, mas valeu pelo apoio.

Não falaria sobre isso com ele de jeito nenhum. Não vou dar de mão beijada razões para ele me machucar de alguma forma.

— Ah, claro. Sem problemas. Entendo. Tenho certeza de que sua equipe está cuidando disso.

— Como eles sempre fazem. — Sorrio assim que a garçonete vem à mesa. Fazemos um rápido pedido de refrigerantes e duas saladas com bife, e ela se afasta.

— Então — Brian começa —, Lia me falou que contou para você sobre as novidades.

Infelizmente.

— Contou, parabéns, cara — digo, me sentindo tão constrangido que me odiei por um instante. A falsidade está me fazendo sentir nojo. — Você já sabe disso, mas está se casando com a mulher mais incrível do mundo.

Sei muito bem. Sou um cara de sorte pra caralho e estou tão feliz que ela tenha dito sim. Quando a pedi em casamento, houve uma pausa curta na resposta, e achei que ela fosse dizer não. Mas atribuí isso à dificuldade dela para respirar, de tão empolgada, antes de dizer sim.

Hum, interessante.

Aposto que a pausa ocorreu por uma razão.

Nas minhas mais profundas esperanças, é porque ela sabe, bem lá no fundo, que... esse cara não foi feito para ela.

— O anel também é incrível — continuo, mesmo que não esteja falando sério. O anel é uma abominação.

— Valeu. Quando o vi, na mesma hora pensei em Lia.

Não sei como, mas que se dane.

— Então, daqui a cinco semanas? O tempo vai ser curto.

— Minha mãe está pressionando para que seja daqui a cinco semanas. E há uma razão por trás disso. Lia deve ter dito para você que minha mãe está apreensiva com o tempo.

— É — digo, sem querer falar pela Lia, mas também querendo defendê-la.

— É, o tempo vai ser curto para mim também, mas a razão está aí. Fico feliz que você possa ajudá-la no planejamento. Lia disse que agora você está com uma folga por causa da investigação, e consegue ir às reuniões com ela. Minha mãe pode ser obstinada, então é uma boa que você esteja lá para ajudar a Lia. Eu queria poder fazer isso, mas estou totalmente atolado no trabalho.

— Tenho certeza de que sim. — Passo a mão pelo queixo. É hora de ser o adulto aqui. Quer dizer, é claro que sou o cara legal aqui. — Já que vão se casar em breve, pensei que seria legal a gente se encontrar e, sei lá... conversar. Talvez tirar algum ressentimento do nosso peito para que a gente possa recomeçar. Sinto que tem havido uma certa tensão entre nós. Ou será que estou entendendo tudo errado?

— Que nada, as coisas têm sido meio estranhas — ele admite. —

Acho que foi depois daquela conversa sobre ações. As coisas têm ido ladeira abaixo a partir daí.

Bem, caramba, eu não esperava que ele fosse tão honesto e direto. Tenho que dar um crédito para o cara por isso.

— Pois é. — Balanço o copo na mesa, vendo a condensação se acumulando na madeira. — Foi quando as coisas ficaram estranhas.

Ele se recosta no banco e desabotoa o paletó.

— Vou ser honesto com você. Me senti intimidado pela sua amizade com Lia e também pelo seu sucesso com seus irmãos, e agi da forma errada. Me desculpe por isso.

Hum...

Isto é, bem, não era o que eu tinha previsto. Esperava que ele talvez fosse me culpar, ou dizer que não há nada de errado, ou mesmo brigar, mas isto? Pois é, não sei como lidar com tanta honestidade.

Agarro a nuca.

— Obrigado por se desculpar. Isso, hã, isso significa muito, cara.

— É, eu já deveria ter feito isso, talvez as coisas não tivessem sido tão estranhas entre a gente, e eu poderia ter passado mais tempo com vocês, mas o orgulho é uma coisa engraçada.

— Entendo. Eu também deveria ter me aproximado antes.

— E por que está tentando se aproximar agora? Apesar de o casamento estar chegando.

Dou de ombros.

— Só pensei que poderia acabar sendo melhor para todo mundo. Acho que Lia sentiu a tensão entre nós, e ela já está estressada, aí não queria estressá-la ainda mais. Pensei que, se eu pudesse remover um pouco dessa tensão, ela ficaria mais tranquila. — Quero dizer que acalmaria sua apreensão, mas, porra, isso abriria uma porta pela qual não quero entrar com Brian.

— É muito atencioso da sua parte — ele diz, cortante. Aí está o tipo de tom que eu estava esperando, não o do cara feliz e sortudo com quem eu estava falando. Em questão de segundos, vejo sua postura se enrijecer, sua expressão ficar dura e as bordas suaves da sua mandíbula ficarem trêmulas.

Soe o alarme... o cara está alerta e pronto para atacar.

E eu achando que ele seria maduro.

Esfrega mentalmente as mãos É isto que estava esperando.

Mantendo um tom descontraído, falo:

— E já que vão se casar, não quero perdê-la. Sei que as coisas vão mudar, porque ela será sua esposa, e vou respeitar isso. Não vou poder fazer visitas a qualquer hora como faço agora, e sei que nossos encontros de amigos só acontecerão de vez em quando. Só não quero que nenhum constrangimento fique entre nós.

Brian assente.

— Dá para entender.

É só o que ele diz.

Ele não me tranquiliza.

Ele não oferece um plano que possa acalmar minhas ansiedades quanto a perder Lia.

Só uma simples compreensão. Minhas suspeitas estavam corretas. Assim que eles se casarem, será um inferno para conseguir passar um tempo com Lia. E verdade seja dita. Se eu estivesse no lugar dele, também não iria querer que o melhor amigo ficasse atrapalhando meu casamento. Ainda mais se eu me casasse com Lia — *o que seria estranho* —, mas não o deixaria perto dela.

Nossas bebidas e saladas são entregues ao mesmo tempo, e enquanto ajeitamos o guardanapo no colo e posicionamos nossos garfos, não consigo deixar de pensar por que ele fica tão na defensiva com meu relacionamento com Lia. Nós nunca, e quero dizer NUNCA mesmo, lhe demos razão para se preocupar. Então por que ele me odeia tanto?

— Quer saber, sempre admirei sua amizade com a Lia. — Ele ergue o olhar para mim. — Vocês sempre foram só amigos, não é?

Jesus...

Está bem, então é por isso que ele me odeia.

— Sim — confirmo, olhando bem sério para ele. — Ela é minha melhor amiga, nada além disso. Não há nada com que se preocupar.

Ele faz um gesto lento com a cabeça.

— Bom, nesse caso, era para eu ter Lia toda para mim neste fim de semana, mas adoraria ir a um encontro duplo com você.

— Ah, seria legal, mas não estou saindo com ninguém no momento, então seu encontro duplo seria um encontro comum e eu acabaria de vela.

— Estou bem ciente do seu status de relacionamento. Por isso encontrei a pessoa perfeita para você.

Eeerrr... Como é?

— Você encontrou alguém para ir comigo no encontro duplo?

Brian assente.

— Sim. O nome dela é Birdy. É a irmã do meu amigo e está tendo dificuldades para encontrar um cara bom. Meu amigo estava me falando sobre isso ontem à noite, e pensei que, sei lá, talvez eu conheça o cara perfeito para ela. E já que você não tem nenhum sentimento romântico por ninguém no momento, esta pode ser a chance perfeita para conhecer alguém novo.

Nenhum sentimento romântico por ninguém? É um jeito bem específico de dizer isso.

Sinto como se fosse um teste.

Este não é um ato de boa vontade nem uma tentativa de se aproximar de mim como amigo. Este é um teste, e se eu falhar, ele não vai acreditar quando digo que não há nada entre mim e Lia. Este é o seu jeito de ver se há um pingo de romance entre mim e sua noiva.

— Um encontro duplo. — Sorrio para ele. — Parece divertido.

Dá para ouvir a mentira pingando da minha língua? Ninguém, e quero dizer NINGUÉM mesmo, gosta de ser juntado assim, ainda mais em um encontro duplo em que você vai ter que ficar olhando o tempo todo para um casal já estabelecido.

Se você está pensando em passar uma noite de terror, é assim que se faz.

Mas eu faria qualquer coisa pela Lia, então... parece que vou mesmo a um encontro duplo.

— Que bom. — Brian sorri, sua expressão enfurecida desaparecendo. — Vou ajeitar tudo e falar para a Lia te passar as informações.

— Parece ótimo — digo ao comer um pouco de salada.

Vá ser amigo de Brian.

Conheça-o melhor.

Acalme os ânimos...

É isso aí, Kelsey e Lottie podem ir para o inferno com esse conselho.

Lia: Hã, Terra chamando Picles, Terra chamando Picles, você está aí?

Breaker: Não quero ouvir.

Lia: UM ENCONTRO DUPLO? Quem é você e o que fez com o meu melhor amigo?

Breaker: Quem sabe eu não o deixei em Nova York?

Lia: Será que vou ter que pegar seu jatinho particular e viajar para ver se eu consigo encontrá-lo?

Breaker: Não sei nem se a maravilhosa equipe da SWAT vai conseguir encontrá-lo a essa altura.

Lia: Não acredito que aceitou essa coisa de encontro duplo. Francamente, estou um pouco decepcionada. Você não se conforma com esse tipo de compromisso social.

Breaker: Mas Brian pediu, e me senti obrigado a aceitar. Quem sabe essa garota não é o amor da minha vida?

Lia: Birdy e Breaker, até que soa bem.

Breaker: Com certeza a gente teria que arrumar nomes com B para todos os nossos filhos.

Lia: Bertha, Bernard e Barabbas... Tia Lia está chegando para os abraços.

Breaker: Cuidado, Barabbas ainda faz xixi na roupa se você apertá-lo demais.

Lia: Achei que Birdy já o tinha levado ao pediatra para ver qual é a dessa do xixi.

Breaker: Uretra solta, só dê um tempo para ele. E dê um abraço de leve.

Lia: Então Barabbas vai ganhar um cafuné. Bertha e Bernard vão ser abraçados.

Breaker: Não OUSE tratar Barabbas diferente. Ele é um ser humano como todos nós.

Lia: Tem razão... tem razão, foi errado da minha parte. Só vou dar um abraço de leve e usar sapatos velhos.

Breaker: Aí está a tia legal.

Lia: Só para constar, Birdy é loira, e loiras não são suas favoritas. Então controle a decepção.

Breaker: Uma loira? Quem sabe eu não gosto dessa?

Lia: Só o tempo pode dizer. Falando sério agora, você está bem com isso? Posso cancelar com Brian.

Breaker: Não, está tudo bem. Sério. Pode ser legal. Não vou a um encontro há... bom, já faz bastante tempo.

Lia: Nunca vi você indo a um encontro. Estou meio que empolgada. Vou ver como Breaker se sai com as mulheres.

Breaker: Por favor, não fique olhando para mim o tempo todo, observando cada movimento meu e sorrindo por trás do guardanapo.

Lia: A vontade de fazer bem isso está pesando no meu peito, porque a diversão que eu conseguiria disso é tão avassaladora que me satisfaria por semanas. Mas sei que esse comportamento vai te fazer suar, e ninguém gosta de picles suado.

Breaker: *A sua preocupação por mim é tão genuína. Obrigado.*

Lia: *Disponha. E aí, já sabe o que vai usar?*

Breaker: *Dá para a gente não falar sobre isso, por favor?*

Lia: *Hum, ótima sugestão, mas não. Brian tentando juntar você e Birdy deve ser uma das melhores coisas que já aconteceram na minha vida.*

Breaker: *Melhor do que o noivado?*

Lia: *Não conte para Brian... mas talvez sim.*

Breaker: *Sempre soube que você era especial, mas isso só prova. Vou deitar.*

Lia: *Mas ainda não terminei de te provocar e testar sua paciência.*

Breaker: *Pelo menos você é sincera quanto a isso. Boa noite.*

Ergo a mão para a parede e bato três vezes.

Ela bate quatro, e pela segunda noite seguida... não consigo pregar os olhos.

 CAPÍTULO QUATRO

LIA

— Hoje é o dia! — cantarolo entrando no apartamento de Breaker e indo para seu quarto, onde as cortinas estão fechadas e ele ainda está na cama. Apenas um caroço de homem esparramado pelo colchão. — Bom dia!

— Rarrrrrr — ele rosna no travesseiro.

— Hora de levantar e brilhar — digo enquanto abro as cortinas, inundando seu quarto com a luz brilhante do sol da Califórnia. — É o dia do encontro.

— Que só será à noite, então por que está me enchendo o saco com isso agora? — ele grunhe ao cobrir a cabeça com o travesseiro.

Me viro para olhar para ele e noto parte da sua bunda de fora para o mundo ver.

— Meu Deus! — reajo, cobrindo os olhos. — Sua bunda está de fora.

— É isso que você ganha por ter invadido meu quarto. Você sabe que eu durmo pelado. — Ele ajusta o cobertor.

— Como é que eu iria saber disso?

— Você é minha melhor amiga. Já deveria saber tudo sobre mim. — Sua voz fica abafada pelo travesseiro, mas ainda consigo entendê-lo. — Tipo, se você tirar este travesseiro da minha cara, sei que vou te encontrar usando um short de ginástica, uma camiseta aleatória de Zelda e o seu cabelo estará preso, porque você não suporta que ele toque seu pescoço tão cedo pela manhã. — Ele move o travesseiro para o lado e dá uma espiada em mim, e assim que percebe que está certo, sorri e volta a cobrir o rosto com o travesseiro.

— Foi um palpite de sorte.

— Não foi um palpite. — Ele aponta para a cabeça. — O conhecimento está bem aqui. Me deixe adivinhar: você já pediu café da manhã para atenuar o golpe que é me acordar, e estará aqui em cinco minutos. Pediu panquecas, porque está com vontade de comê-las. Mesmo assim, não pediu do seu lugar favorito, porque sabe que prefiro burrito do Salty's no café da manhã. Por isso, cedeu e fez o pedido lá, apesar de eles não terem a calda de bordo e nozes que você ama tanto.

— Quer saber, não é nada lisonjeiro ser um sabichão.

— Meu Deus! Sua bunda está de fora.

Seu peito estremece com uma risada.

— Não estou tentando te lisonjear, então não há problema nenhum nisso. — Com um suspiro alto, ele ergue as mãos sobre a cabeça e diz: — Me jogue meu short.

Vou até sua cômoda, onde um short está dobrado, e o entrego. Ele o puxa sob os cobertores, e eu o observo vestir sem mostrar nem um pedaço de pele. Então tira os cobertores de cima do corpo e se senta na beirada da cama. Com a mão pressionada nos olhos, tenta se manter acordado.

Eu só fico ali parada, olhando.

Breaker está tão diferente do homem que conheci.

Naquele corredor do dormitório, ele era alto, magrelo e tinha o cabelo bagunçado o suficiente no topo da cabeça para ser confundido com um Yorkshire. Agora, bom, já não está tão magrelo. Ombros largos envolvidos por tendões, que descem por seu bíceps, que são grossos, mas não a ponto de ser um *bodybuilder*. Ele é forte, atlético, com um peitoral enorme e um abdômen que, falando sério, me dá um pouco de inveja. E seu cabelo já não é mais bagunçado, e sim cortado com perfeição para parecer bagunçado, mas não é. E em vez de sua pele branca pastosa por ficar tanto tempo no quarto estudando, ele está com um belo bronzeado por correr sem camisa lá fora.

Eu nunca de fato cobicei meu melhor amigo, mas... tenho que admitir que ele tem um corpo bem legal.

Tipo... bem legal mesmo.

— É melhor que esse burrito seja bom — ele diz ao se levantar, ignorando completamente o fato de que acabei de secá-lo. Graças a Deus por isso. Ele vai em direção ao banheiro, e fecha a porta. Deixo-o em paz e vou para a cozinha para fazer café para nós. Ele sempre tem do café de framboesa e chocolate amargo que amo. Diz que não consegue sentir o sabor, só o cheiro, mas eu consigo sentir todo o sabor maravilhoso de framboesa, é por isso que é o meu favorito.

— Dá para sentir o cheiro de framboesa daqui — Breaker diz, parado no batente da porta da cozinha, coçando o peito, com um sorriso torto brincando em seus lábios.

Meus olhos viajam por seu peito, para o V em seus quadris, que está à mostra pelo seu short de cintura baixa.

Está bem... ele tem mesmo, *mesmo* um corpo legal.

Não sei se ele aumentou sua rotina de exercícios ou o quê, mas ele, hã... ele está ótimo.

Me viro, escondendo o leve rubor das minhas bochechas, e digo:

— Está forte, porque faz um tempo que não o preparo.

— Quando foi a última vez que você tomou café da manhã aqui? — ele pergunta, se sentando à bancada.

— Não sei, a gente tem feito mais jantares ultimamente.

— É, porque você passa vários fins de semana na casa do Brian, e eu costumo estar com pressa nas manhãs de semana para chegar ao trabalho. Não tenho tempo para café da manhã casual.

Me viro para encará-lo e me recosto na bancada.

— Bom, agora que está num período sabático, tem todo o tempo do mundo.

— Quem sabe todo esse tempo não me dê um momento para conhecer melhor a... Birdy? — Ele mexe as sobrancelhas, me fazendo rir.

— Meio que dei uma olhada nas redes sociais dela.

— Sério? O que encontrou?

— Você quer saber?

— Sim, quero. — Ele assente para mim. — Vamos lá, desembuche. Me fale no que vou me meter hoje.

Pego o celular da bancada, e enquanto o café é preparado, mostro a Breaker os prints que tirei na noite passada para este exato propósito: compartilhar com ele.

— Está bem, antes de mais nada, ela é bem bonita.

— Aparência não é tudo, mas é um bônus. Me deixe ver. — Mostro uma foto em que ela está usando um vestido rosa justo e com um pôr do sol atrás. Seu cabelo é longo e cacheado, e ela está segurando uma taça de champanhe. Para minha surpresa, vejo seus olhos se arregalarem. — Nossa, é, é mesmo. Ela é linda.

Faço uma pausa e digo:

— Mas ela é loira.

— É, mas acho que consigo superar isso. — Ele sorri com malícia para mim. — O que mais você encontrou?

Me sentindo estranha, porque não achei que ele fosse ter esse tipo de reação, volto aos prints do meu celular. Sei lá, eu sabia que ele ia achá-la linda, porque isso é óbvio, mas sua reação sugere que está interessado de verdade.

Por que isso parece uma coisa ruim na minha cabeça?

Não deveria ser.

Acho que toda esta situação é estranha demais, é isso. Breaker não vai a muitos encontros. Ele já saiu com algumas mulheres, teve algumas noitadas, mas uma namorada? Na verdade, não.

— Então, hã, ela gosta muito de beisebol. É apaixonada pelos Chicago Rebels. Não sei quem eles são, mas ela meio que tem uma *fan page* dedicada à bunda de um dos jogadores.

— E isso significa que ela gosta de bundas. É um bom presságio para mim, já que tenho uma bunda bacana.

— É mesmo?

— Ah, pare — ele zomba. — Você sabe que eu tenho e nem tente negar. O que mais sabe sobre ela?

Não que eu tenha olhado, mas tem mesmo. Uma bunda irritantemente bacana.

— Ela gosta... olha só... de comédias românticas.

— E o que há de errado com isso?

Eu o analiso, o analiso de verdade.

— Elas são tão clichês, Breaker.

— Por uma razão. Elas trazem alegria para as pessoas. Sei que Kelsey e Lottie são obcecadas por elas. Me fizeram mudar de ideia. Dá para ver o apelo. Algo sobre ter esperança no fim da história, sabendo que tudo vai terminar bem, faz você se sentir um quentinho por dentro.

Coloco o celular na bancada, cruzo os braços e pergunto:

— O que fez com o meu melhor amigo? Você odeia comédias românticas.

Ele se levanta e diz:

— As pessoas podem mudar, Lia. Está tudo bem com isso. O mundo não vai acabar. — Ele sorri e então me puxa para um abraço. — Está com ciúmes porque vou sair com essa garota hoje?

— Como é? — Me afasto. — Por que eu estaria com ciúmes?

Ele me solta assim que ouvimos uma batida à porta. A comida chegou.

— Porque é para você ser a única mulher na minha vida, não é?

— Bem, sim. É claro.

Ele ri e dá um rápido beijo na minha cabeça antes de pegar a comida.

— Não se preocupe, Lia, você sempre será minha melhor amiga. — Ele se vira para mim e acrescenta: — Mas você não pode me oferecer certos benefícios, e um cara tem certas necessidades. — Ele sorri com malícia e me faz acreditar que está brincando.

Dou um empurrão em seu peito nu.

— Eca, nojento. Não seja esse tipo de cara.

— Sempre fui esse tipo de cara, Lia, você só não vê, senão pegaria no meu pé.

Ele coloca a comida na mesa, e eu digo:

— E aí, acha que vai gostar dela? Sair com ela? — Me inclino e sussurro: — Transar?

— É cedo demais para dizer, mas estou aberto a possibilidades. Quer dizer, ela é muito bonita. Quem sabe eu não vou levá-la como minha acompanhante ao seu casamento? Pode ser que ela pegue o buquê, pode ser que eu pegue a cinta-liga, e pode ser que tenhamos um romance vertiginoso, em que Bertha, Bernard e Barabbas não sejam só uma ideia, mas uma realidade.

— Tudo por causa do Brian. Dá para imaginar?

— Sinceramente, não, mas, a essa altura, estou deixando a vida me levar.

— Por que isso? — pergunto, abrindo a embalagem das panquecas.

Ele ergue o olhar para mim de onde está desembrulhando o burrito.

— Porque quero me certificar de que você esteja feliz, Lia. Sei o quanto está sendo estressante tudo isso para você, e se eu conseguir amenizar um pouco do estresse, então é isso que vou fazer.

— Não precisa sair com Birdy para amenizar o estresse.

— É só um encontro, e é mais pelo Brian do que qualquer outra coisa.

Lanço um olhar desconfiado para ele.

— E desde quando que você fez coisas pelo Brian?

— Desde que ele vai ser o seu marido e... e eu não quero perder você — ele diz, baixinho.

Faço uma pausa, inclinando a cabeça para o lado. Ele está falando sério? Quando o analiso por um instante e noto a forma como seus ombros estão curvados e a inclinação em sua postura, posso dizer que está.

— Como é? Você não vai me perder, Breaker.

Ele coloca o burrito no prato e me encara.

— A gente precisa ser realista, Lia. Daqui a cinco semanas, as coisas vão mudar pra valer. Você não vai mais morar ali ao lado. Vai ficar ocupada com sua nova vida, e sei que não vai se esquecer de mim, é claro, mas não quero que haja qualquer razão para que se crie uma distância entre nós além da física. Não quero dar um motivo para Brian colocar uma barreira entre a gente.

— Eu não o deixaria fazer isso.

— Eu sei, mas se não me der bem com ele, isso pode acabar afetando seu casamento. Poderia acabar gerando ressentimento, então, sim, vou fazer algo por ele. Porque sei que se eu fizer esse pequeno favor para ele, não vou arruinar minha chance de passar tempo com você.

Breaker é ocupado, então a gente não consegue se ver todos os dias. Mas até agora, já que eu também saio com Brian, não tem havido muita disputa sobre quanto tempo passo com Breaker. Mas a ideia de que não serão só mais alguns passos que teremos que dar para nos encontrarmos é alarmante.

— Você acha mesmo que nossa vida vai mudar tanto assim? Tipo... você pode acabar se mudando para perto. — Sorrio. — Seus irmãos moram um na frente do outro. Isso poderia ser a gente.

Ele inclina a cabeça para o lado.

— Você está... me pedindo para te seguir?

Seu tom provocador me faz revirar os olhos. Pego a calda que veio com as minhas panquecas e as encharco.

— Não se você ficar sendo um ridículo quanto a isso, mas, sim, não precisa ser um corte completo quando eu me casar. Brian entende nossa amizade, e quem sabe as coisas não vão dar certo com a Birdy, quem sabe a gente não continua com os encontros duplos. E nesses encontros, poderemos irritá-los com a nossa história, falando sobre a divertida época da faculdade, enquanto eles só ficam lá olhando para a gente.

— E quando você diz época divertida da faculdade, quer dizer todas aquelas coisas de nerd, bem constrangedoras, que a gente ainda faz.

Coloco um pedaço de panqueca na boca.

— Exato.

— Você está pronta, Lia? — Breaker pergunta, batendo à porta.

Dou mais uma olhada no espelho e faço questão de que esteja tudo no lugar.

Vamos mandar a real por um instante. Não sou do tipo que costuma se enfeitar toda. Prefiro uma maquiagem mínima, porque não gosto de como gruda nos meus óculos. Não sou de fazer cachos no cabelo, e se eu tiver escolha entre um short jeans e um vestido, sempre escolho o short jeans, mas para hoje senti necessidade de dar uma... apimentada.

Sei o que você está pensando. Que é pelo fato de a Birdy ser tão linda, não é?

Bem, isso estaria errado. Birdy não tem nada a ver com isso. Pensei em tentar combinar com o nível de beleza do meu anel.

Sei que você não acredita em mim, mas é esta a razão, o anel. Não Birdy e seu lindo cabelo longo e loiro ou seus lindos cílios pretos e longos ou o fato de ela ter seios tão legais que os meus ficam parecendo nozes em comparação.

Tem tudo a ver com o anel.

Deslizo a mão pelo meu vestido tubinho roxo, que acaba combinando com meus óculos. Também acentua minhas curvas — as poucas que tenho. Passei uma hora cacheando o cabelo, então dou uma escovada nos cachos, porque é isso que aquela garota no tutorial do YouTube faz, e ela tem razão. Isso deixou meu cabelo todo cheio de ondas e lindo. E a maquiagem, bem, fiz questão de destacar os olhos com máscara e então passei um batom suave que não entraria em conflito com o tom do meu vestido, e sim o acentuaria.

Tenho certeza de que Brian não vai me reconhecer. Pode acabar sendo uma coisa boa, apimentar um pouco as coisas antes do casamento e mostrar para ele exatamente com quem vai se casar.

Com a bolsa na mão, abro a porta da frente e quase engasgo com a saliva assim que Breaker fica à vista.

Este... este não é o Breaker que conheço, que usa camisetas velhas do Jack Esqueleto, de *O Estranho Mundo de Jack*, e bonés com abas para trás, porque é preguiçoso demais para se preocupar com o cabelo.

Este aqui é um Breaker diferente.

Sofisticado.

O Breaker do encontro.

Usando um terno de risca de giz cinza e camisa bem preta com alguns dos botões de cima abertos, ele está com a aparência ótima, como se pertencesse a uma revista. A calça é justa nas coxas, mas fica mais solta ao redor das panturrilhas e dos tornozelos, onde o tecido termina. Ele está usando mocassins sem meias e seu cabelo está penteado para o lado de um jeito bagunçado, fazendo com que tenha um olhar sensual, que eu não estava esperando. E esse peito bronzeado, escapulindo pelos botões da camisa, revela com tanta facilidade uma leve sugestão dos músculos definidos, o que o faz ser identificado como um homem que passa bastante tempo na academia.

Seu terno lhe cai como uma luva, nem um centímetro de tecido desperdiçado.

Lindo.

Sexy.

Provocador.

São os adjetivos que me vêm à mente.

— Nossa, Lia — ele diz, me absorvendo e esfregando a nuca. — Minha nossa, você está ótima.

Sou trazida de volta à realidade enquanto olho para o meu vestido e saltos altos pretos e então de novo para ele.

— Ah, obrigada. Eu, hã, pensei em combinar com a chiqueza do meu anel. — Estendo a mão para mostrar para ele, como se já não o tivesse notado antes. — Viu só? Chique. E eu estou chique. Estamos todos chiques.

Sua testa franze.

— Está tudo bem?

— Sim, tudo ótimo. Obrigada. Só te falando o quanto estou chique.

Ele ri.

— Ok, então, que bom que já estabelecemos isso. — Ele estende o braço para mim. — Pronta para ir?

— Sim, é claro. Estou pronta. Pronta como nunca. Mais pronta, impossível, então vamos nessa.

— Você está meio estranha — ele diz, enquanto tranco a porta e então ando de braço dado com ele até o elevador.

Talvez seja porque você está ótimo.

E o seu cheiro é bom.

E tenho a sensação de que a sedução está ao seu redor, e eu não estava preparada para isso.

— Não estou, não. Uma amiga não pode falar para o amigo o quanto ela está chique? Por acaso é um crime?

— Não que eu saiba, mas posso pesquisar no Google, se você quiser.

Respiro fundo e entro no elevador com ele. Seu perfume está tão forte que me faz sentir um pouco tonta, de uma maneira estranha e desconcertante.

Nunca o vi assim antes, porque ele sempre foi bem reservado sobre quem chama para sair, quem namora, e tudo sobre sua vida sexual. Sempre que perguntei, ele foi indiferente com as respostas, sem entrar muito em detalhes, sem nunca demonstrar emoção ou interesse no tópico. Mas vê-lo desse jeito... é tão diferente.

— Por que você sempre foi tão reservado? — quase grito.

— Err, o quê? — ele pergunta, soltando meu braço e me encarando, enquanto descemos para o saguão do prédio.

— Com essa coisa de namoro, você nunca fala sobre isso. Nunca me falou nada sobre as mulheres com as quais saiu. Por quê?

— De onde surgiu isso? — ele indaga, enquanto as portas do elevador se abrem. O carro de Breaker está esperando ali fora, o manobrista com a chave em mãos.

Gesticulo para o seu terno.

— Este... este não é o Breaker com o qual estou acostumada. Não vejo você se vestir assim, todo charmoso e, sei lá... lindo. — Engulo em seco.

E aquele seu estúpido sorriso aparece quando ele fala:

— Pois é, bem, também nunca vi você assim. — Ele gesticula para mim e continua: — Toda arrumada e... linda. Costumo passar um tempo com aquela mulher trasgo que mora ao lado e tem uma queda por comer azeitonas verdes direto do pote.

Meus olhos se arregalam e dou um empurrão nele, fazendo-o rir.

— Não sou uma mulher trasgo.

Mas a parte das azeitonas é verdade.

— Seu cabelo todo emaranhado outro dia me disse o contrário. — Ele dá uma gorjeta para o manobrista e abre a porta para mim, mas, quando entro, ele não fecha a porta de imediato. Descansa as mãos no teto do carro e diz: — Eu não falo muito sobre isso, porque não há muito o que falar. E não sou o tipo de cara que sai correndo para contar para os amigos o tipo de boceta que descolou na noite anterior. Mas se você quiser, posso começar a fazer isso.

— E você descola muitas?

— Mais do que você está ciente, mas já que está curiosa, passei por uma seca recente. Só não tive muito tempo. Acho que a última mulher com quem estive, se precisa mesmo saber, foi sua amiga Charise, aquela com quem você me juntou para o casamento de Huxley.

— Espere, sério? Você ficou com a Charise?

— Algumas vezes. — Ele dá uma piscadela e então fecha a porta na minha cara, me deixando num estado de perplexidade.

Quando ele se senta no seu lado do carro, pergunto:

— Algumas vezes? Tipo... mais de uma?

— É isso o que algumas vezes costuma significar. — Ele liga o carro e nos afastamos do prédio.

— Mas ela nunca me falou nada. Você nunca me falou nada. Como eu iria saber que você ficou com a minha amiga? E alguma coisa veio disso?

— Trigêmeos, na verdade. Não humanos, filhotes. Ela está com a custódia, mas tenho o direito de visitar.

— Estou falando sério, Breaker. — Empurro seu ombro, fazendo-o rir.

— Que nada, foi só sexo. Nenhum de nós estava querendo algo sério, além disso, não havia nenhuma conexão além da carnal. — Ele mexe as sobrancelhas.

— Eca, não diga carnal. — Cruzo os braços e me afundo no assento, enquanto Breaker nos leva para o centro da cidade, onde Brian fez uma reserva. — Então você está por aí tendo noitadas, aproveitando, e não me contou nada?

— Por que eu contaria? Só para você me empurrar e falar "eca"? — ele pergunta num tom provocador.

— Bem, sim.

Ele ri.

— Valeu, mas essa eu passo.

— Então hoje você vai ficar todo... afetuoso e bancar o Breaker dos encontros?

— Se você ficar me olhando o tempo todo, então não. Não sei se consigo me sair bem com o seu olhar crítico na minha direção.

— Crítico? Não há nem um pingo de crítica em mim.

— Ha! — Ele solta uma gargalhada. — Você estava julgando Birdy mais cedo, Lia, quando disse que ela gosta de comédias românticas.

— Hã, você costumava zombar delas até, pelo visto, recentemente, graças às suas cunhadas. Mas a real pergunta é: será que te conheço mesmo, Breaker?

— Você me diz. — Ele agarra o volante para usar apenas uma das mãos, enquanto a outra pousa no descanso de braço, e, por um momento, fico o imaginando passear assim com Birdy. Ele colocaria a mão na coxa dela? Eles ficariam de mãos dadas? Ele levaria a mão dela à boca e daria um beijo gentil nos nós dos dedos perfeitamente macios dela? Não dá para imaginar Breaker fazendo essas coisas, mas é porque nunca vi esse seu lado. Em todos esses anos que nos conhecemos, nunca o vi com uma mulher. — Me fale o meu maior medo.

— A gente não precisa fazer isso — digo com um suspiro.

— Precisamos sim. — Ele cutuca minha perna. — Vamos lá, qual é o meu maior medo? E você é a única que sabe.

— A casa pegar fogo e você não conseguir tirar a tempo toda a sua coleção autografada de *O Senhor dos Anéis* e perdê-la.

Ele estremece e dá um tapinha no peito.

— Ainda me dá arrepios só de pensar. Minha vez, agora me pergunte alguma coisa sobre você.

— Por que estamos fazendo isso?

— Para te provar que a gente se conhece melhor do que qualquer outra pessoa e isso nunca vai mudar. Então vá em frente e me faça uma pergunta.

— Tá bom. Qual é a minha lembrança menos favorita da infância?

— O dia que ficou menstruada pela primeira vez. Você ia dormir na casa de uma amiga e ficou menstruada no meio da noite, num saco de dormir que tinha pegado emprestado dela. Ela fez você se sentir mal por tê-lo manchado, e aí você teve que esperar sua mãe ir te buscar. Courtney é uma babaca e espero que ela queime no inferno.

Isso me faz sorrir.

— Ela não precisava ter me atormentado por causa da mancha, com certeza.

— Pois é, bom, espero que o carma tenha recompensado esse comportamento na forma de um calo na sola do pé dela. Como essa merda dói.

— Dá para ter esperança.

— E aí, então qual é a minha lembrança menos favorita da infância? — ele pergunta.

Essa é fácil. Me lembro do dia em que conversamos sobre isso. Foi no nosso último ano da faculdade. Fomos a uma festa, mas acabamos na varanda, conversando a noite inteira. Nós dois já tínhamos bebido um pouco, mas nada que prejudicasse nosso comportamento cognitivo. Ele se apoiou nas mãos e me contou tudo sobre o dia em que perdeu o pai.

— Quando o seu pai faleceu — respondo, baixinho. — E como você queria ter dito para ele que o amava mais do que parecia. O quanto se arrepende de não ter dito isso o suficiente para ele. Me lembro disso como se fosse ontem, porque acabei me apegando e sempre falei para os meus pais que os amava depois dessa.

Ele assente devagar.

— E você é a única pessoa que sabe disso. Nunca contei para os meus irmãos. Nunca contei para mais ninguém. Então pode ser que eu não tenha falado sobre coisas menores, tipo, sobre as garotas com quem saio ou com quem fiquei, porque essas coisas não têm valor para a nossa amizade. Mas as coisas importantes? São essas que te conto, e é isso que deveria importar mais.

— Por que está tentando me deixar emotiva?

— Não estou tentando te deixar emotiva. — Ele estende o braço e pega minha mão. — Só estou tentando dizer que, não importa o que aconteça, você sempre vai me conhecer melhor do que ninguém, e há uma razão para isso. Você é minha melhor amiga, Lia. Nada pode ficar entre a gente. Não vou deixar que isso aconteça. É por isso que estou indo para o centro da cidade para um encontro duplo.

— Você é mesmo um cara bem legal, sabia, Breaker?

— Você é minha melhor amiga, Lia.

— Até tento ser. — Ele sorri de orelha a orelha. — Agora, deixe-me te mostrar a música pela qual estou maluquinho.

— Ai, meu Deus, não diga maluquinho. Não cai bem para você.

— Quem disse? — ele pergunta, fingindo estar ofendido.

— Eu disse.

— E quem disse que você é autoridade nisso?

— Eu disse.

— Ehh, justo. — Ele dá de ombros, todo descontraído.

Solto uma risada quando ele sugere sua nova música favorita. Breaker tem razão. Nada pode ficar entre nós.

Nada mesmo.

CAPÍTULO CINCO

BREAKER

A foto de Birdy não lhe fez justiça.

Nem chega perto.

Ela é deslumbrante.

E doce. Meio que estava esperando que ela fosse linda, mas arrogante, de alguma forma. Ou sem personalidade. Não chega nem perto de ser o caso. Ela parece ser bem pé no chão e tímida. Pelo menos foi o que notei enquanto esperávamos para sentar.

Quando chegamos ao restaurante, Brian já estava, falando ao telefone, mas, assim que saímos do carro, ele desligou o celular e puxou Lia para um grande abraço enquanto dizia o quanto ela estava linda. E ele tem razão. Não quero dizer isso, porque vai soar brega, mas, quando saiu do apartamento, ela tirou meu fôlego. Sempre achei a Lia linda, mas vê-la nesse vestido, pois é, ela está linda pra caralho. Mas logo reprimi essa reação inicial à sua aparência, porque não me faria nada bem. Me dei conta disso ainda na faculdade, quando a vi toda arrumada pela primeira vez para um encontro. Fiquei tão surpreso que comecei a me apaixonar por ela.

E logo me dei conta de que era uma péssima ideia, considerando o quanto estimo nossa amizade, então guardei os sentimentos e tenho conseguido bloqueá-los. De vez em quando, eles emergem, mas já sei lidar. Hoje não é uma exceção. Ao passo que Birdy é deslumbrante, dá para ver que ela se esforça com a aparência. Lia, por outro lado, tem uma beleza natural com seus olhos verde-musgo profundos e sardas encantadoras.

Assim que Brian parou de beijar Lia — foi meio constrangedor ficar assistindo —, Birdy chegou, parecendo toda tímida. Brian nos apresentou, e conversamos por alguns instantes antes de seguirmos para a mesa.

Agora estamos todos à mesa, quatro cadeiras ao redor de uma forma quadrada, Birdy está de um lado meu e Lia, do outro.

— Você já esteve aqui antes? — Brian pergunta.

— Acho que não — respondo. — E você, Birdy?

Ela balança a cabeça.

— Não, deve ser o lugar mais chique em que já estive.

— Bem, o wagyu é magnífico se você gostar de bife — Brian diz, olhando para o cardápio. — E, por favor, sinta-se à vontade para pedir o que quiser. O jantar é por minha conta.

— Não há necessidade — declino, enquanto Brian ergue o olhar do cardápio.

Sua mandíbula fica tensa com um sorriso.

— A ideia foi minha. Portanto, vou fazer as honras.

Dá para ver em seus olhos. A insegurança. Ele sabe o quanto eu ganho — é fácil ver —, mesmo assim sente a necessidade de manter o ritmo. Não há nada para provar e também não é uma competição. Portanto, deixo tudo em suas mãos. Se ele quer pagar meu jantar, vá em frente, pague por ele.

— Bem, obrigado. É gentil da sua parte, Brian — falo, sentindo meu lado professional emergir.

Posso ver, pelo canto do olho, que Lia está rindo por trás do cardápio. Ela sempre faz graça com o meu lado profissional. Ela acha hilário quando deixo o sarcasmo de lado e fico comportado. Diz que é como testemunhar crianças indo visitar os avós. Elas sempre se comportam, se preocupando com as boas maneiras e sem nunca dizer nada que possa tirar alguém do sério.

Depois de fazermos os pedidos, decido conhecer Birdy melhor. Aliás, ela pediu salada com molho à parte, sem crouton, sem cebola e sem queijo. Só a verdura e a carne, basicamente. Será que não sabe que crouton é a melhor parte?

— E aí, de onde você é? — pergunto.

— Sou do Tennessee, mas tenho vivido em Los Angeles nos últimos dez anos. Fiz faculdade aqui e amei tanto que decidi ficar.

— É difícil deixar a Califórnia se tiver passado por aqui. Você estudou marketing na faculdade?

Ela assente e coloca uma mecha atrás da orelha.

— Foi. E meu mestrado também. Sempre fui boa em contar uma boa história para vender um produto.

Balanço a cabeça.

— É preciso uma mente criativa nesse ramo. Quando meus irmãos e eu começamos nosso negócio, a gente teve que trabalhar no marketing, e Huxley, meu irmão mais velho, achou que seria uma boa ideia me dar esse trabalho de criação. — Levei a taça de água à boca. — Vamos só dizer que não acabou muito bem.

— Ah, qual é — Lia se intromete. — Eu gostei bastante daquele logo que você criou.

— Nem comece. — Passo a mão no rosto.

— Ai, meu Deus — Birdy diz. — Agora eu preciso ver isso. Você tem uma foto?

— Tenho — Lia responde, pegando o celular na bolsa. — Tenho uma pasta no celular com todas as coisas vergonhosas que Breaker já fez ao longo dos anos. Vem a calhar quando preciso dar uma lição nele.

— O que não acontece sempre — rebato, tentando fazer com que Birdy saiba que não sou um egocêntrico.

— O suficiente para haver uma pasta. — Lia rola pelo celular e então vira a tela para Birdy. — Então ele combinou um H de Huxley, um J de JP e um B para ele, tudo isso com um C.

Birdy estremece.

— Parece mais um monte de letras curvadas.

Lia ri.

— Ele estava tentando ser simples.

— Em minha defesa, não era para eu assumir essa responsabilidade. Nunca disse que tinha experiência em design, e foi uma péssima decisão por parte dos meus irmãos ter me colocado nessa tarefa. Mas fui esperto o suficiente para me ferrar nisso, e foi assim que acabamos gastando dinheiro para fazer de forma profissional.

— Espero mesmo — Birdy opina. — Sempre deixe para os profissionais.

O garçom vem à nossa mesa com uma garrafa de vinho que Brian pediu, e enquanto ele o experimenta para se certificar de que é o que quer, pergunto a Birdy se ela tem irmãos.

— Só um irmão. Mas ele é dez anos mais velho que eu, então nunca fomos muito próximos. Não como melhores amigos, mas a gente cuida um do outro. Mas amizade mesmo, não como a sua com seus irmãos, imagino. Vocês devem ser próximos para trabalharem juntos.

— Muito próximos, às vezes até de uma forma desagradável. A gente se mete demais na vida uns dos outros. Quando não sou eu que precisa de ajuda ou que tenha feito algo idiota, gosto de ficar assistindo ao drama se desenrolar.

— Você diria que é o mediador na sua família?

— Sim — digo, surpreso, ao me virar mais para ela. Brian deve ter aprovado o vinho, já que o garçom começou a encher nossas taças. — Está assim tão na cara?

— Você é bem calmo. Me dá a sensação de que gosta de manter a paz.

— Gosto mesmo. Não ligo muito para drama.

— Pffff — Lia reage ao meu lado.

Dou uma olhada sobre o ombro.

— Tem alguma coisa para acrescentar?

— No nosso último ano, no segundo semestre, durante as competições de *Scrabble*, você estava vivendo a base de *drama*. Você era parte do drama. Dando em cima de duas garotas da mesma equipe, criando a maior confusão quando elas descobriram... no meio do jogo.

— Isso aí não foi drama, Lia. Foi uma estratégia para a partida de *Scrabble*. — Aponto para minha têmpora. — Força mental é um componente-chave para vencer as competições, e se você puder atrapalhar seu oponente de algum jeito para acabar com essa força mental, então é o que precisa fazer. Então, sim, consegui marcar uma para a equipe e dei em cima de duas mulheres. — Me viro para Birdy e acrescento: — Jamais faço isso na vida real, só queria deixar claro.

Ela sorri de leve.

— Você não parece ser esse tipo de cara.

— Ei, Lia, por que a gente não vai um pouco ali para o balcão enquanto a nossa comida é preparada, para dar um pouco de espaço para esses dois conversarem? — Brian sugere, com uma piscadela nauseante.

— Ah, claro, pode ser — Lia concorda, enquanto se levanta para se juntar a Brian. Dá para notar, pela rigidez em sua resposta e a hesitação em seus passos, que a última coisa que ela quer é dar um pouco de espaço para mim e Birdy. Não, ela quer dar uma de voyeur, observando e escutando cada instante da nossa interação.

Se os papéis estivessem invertidos, eu teria feito o mesmo.

— Eles são tão fofos juntos — Birdy diz.

— É, são mesmo — respondo, mesmo que isso pareça uma mentira saindo da minha boca.

— Então você conheceu a Lia na faculdade? — Birdy pergunta.

— Sim, fazíamos parte de um grupo secreto de *Scrabble*, e ela era impressionante com suas habilidades ortográficas. Depois da sua primeira noite lá, a gente meio que se conectou pelas coisas que nos interessavam, e somos amigos desde então.

— Que legal. E que tipo de coisa fez vocês se conectarem?

— Hã... — Dou uma olhada para o lado e então me inclino para a frente. — Se eu falar, pode ser que isso impeça você de querer ficar neste encontro, porque Lia e eu não temos gostos lá muito comuns.

— Ah, qual é. — Ela leva a taça de vinho aos lábios rosados. — Pode ser que eu te surpreenda.

— Tudo bem. — Esfrego as mãos e me viro para ela. — Tenho uma profunda obsessão por *O Senhor dos Anéis*. Li os livros quando era mais novo, logo fiquei obcecado e nunca parei. Já me vesti de Gandalf no Halloween mais vezes do que consigo me lembrar. Adoro construir modelos de aviões e fazê-los voar. Acho incrivelmente calmante. Sou um ávido jogador de jogos de tabuleiro. Vou tentar qualquer um pelo menos uma vez. Prefiro os que são de aventura. Esportes não me interessam tanto. Posso até assistir, mas não sou fã. Também sou conhecido por ler histórias em quadrinho de vez em quando, mas nada comum demais como Marvel ou DC. Há uma história em quadrinhos sobre Sherlock Holmes de que gosto muito. Estou forçando a barra de acabar virando um adulto que vai demais na Disney. Tenho um bilhete anual, vou às festas de Halloween todos os anos e também tenho uma obsessão doentia por *O Estranho Mundo de Jack* e *Mulan*. A parte em que ela "vira homem" me dá arrepios todas as vezes. E meu filme favorito é *The Thin Man*. Há toda uma série deles, e no outono, um cinema antigo aqui do centro vai fazer uma maratona. Lia e eu vamos todos os anos.

Birdy toma um gole de vinho e faz uma pausa por um momento. Depois de alguns segundos, finalmente diz:

— Um nerd gostoso. Acho que posso entrar nessa.

— Um nerd gostoso. Acho que posso entrar nessa.

Solto uma risada e brindo minha taça na dela, antes de tomar um gole.

— O que você acha, cara? — Brian pergunta. — Ela é ótima, não é?

Birdy pediu licença para ir ao banheiro depois de seu prato de salada ser retirado pelo garçom. Sem vergonha nenhuma, eu a observei se afastar com um forte balanço dos quadris, que apreciei.

— É, ela é ótima — digo ao limpar a boca com o guardanapo de tecido e depois colocá-lo na mesa. — Parece que temos algumas diferenças quando se trata de gostos, mas ela disse que gosta de fazer trilhas, o que é uma vantagem.

Lia ficou quieta por um momento. Na verdade, ficou na maior parte do jantar. Brian tem falado com ela sobre o trabalho, enquanto Birdy e eu também conversamos.

— Você falou para ela que também gosta de observar os pássaros enquanto faz trilha? — Lia indaga.

— Hã, acabei pulando essa parte quando mencionei meus binóculos, meu chapéu tipo bucket e meu caderno.

Brian ri.

— Aposto que é uma visão e tanto.

— Nem todo mundo tem a chance de ver esse meu lado por essa razão.

— Não sei, não. Acho que o chapéu fica bem em você — Lia diz, e seus olhos vão para os meus.

Brian se mexe na cadeira e pigarreia.

— Então posso supor que você vai acompanhar Birdy até a casa dela hoje?

— Se ela precisar de carona, claro.

— Você vai chamá-la para sair de novo? — Lia pergunta, baixinho.

Dou de ombros.

— Não sei. Talvez. Ela parece bem legal, e ter a chance de conhecê-la sem uma plateia que gosta de compartilhar fotos constrangedoras deve ajudar.

— Mas aquelas são as melhores fo...

— Bem, não se incomodem com a gente — Brian fala, assim que Birdy se aproxima. Não deixo de notar como ele interrompeu Lia, ou como ela se afundou de volta na cadeira pela interrupção abrupta. Brian se levanta e abotoa o paletó. — Já paguei a conta. Lia e eu vamos embora, já que é uma boa distância daqui até Malibu.

— Claro — respondo, me levantando também. Que maneira de tornar isso incrivelmente constrangedor com essa despedida repentina. Não houve interlúdio, só um rápido *estamos indo*. Querendo fazer questão de que Lia esteja bem, me viro para ela e a puxo para um abraço. — Está tudo bem? — indago, baixinho. Ela assente junto ao meu ombro, então tomo isso como sua resposta. — Tenha um bom fim de semana.

— Valeu — ela agradece, baixinho, mas sua voz soa estranha. Estou prestes a perguntar se ela tem certeza de que está tudo bem, mas penso duas vezes, sem querer provocar nenhum questionamento de Brian.

Então solto Lia e falo:

— Me mande mensagem sobre a próxima semana e as suas reuniões. Você sabe que estarei em todas elas.

— Pode deixar. — Ela sorri, enquanto Brian se aproxima e coloca a mão na parte inferior das suas costas.

Ele estende o braço e oferece um aperto de mão.

— Foi bom ver você, Breaker. Divirta-se, ainda está cedo. Quem sabe você não leva a Birdy para uma sobremesa?

Nenhuma pressão aqui. Jesus.

— Claro, valeu de novo pelo jantar. — Os dois saem, e eu me viro para Birdy. Ela está parada ali, sem saber o que fazer, apertando a bolsa nas mãos. — Então. — Enfio as mãos no bolso. — Hã... quando faço trilhas, vou mais para observar os pássaros. — Ela ri. — Só queria deixar isso claro antes de chamar você para comer uma sobremesa.

— Observar os pássaros, é? Parece legal. Não sei muito sobre pássaros, mas não ligo de aprender.

— Se é esse o caso, quer ir comer uma sobremesa?

— Eu adoraria. — Birdy enlaça o braço no meu, e nós dois saímos do restaurante juntos.

— Tudo bem, este cheesecake é delicioso — Birdy diz ao dar mais uma garfada. — A espiral de framboesa deveria ser proibida.

— Falei que era bom — respondo, também dando outra garfada. — E você duvidou de mim.

— Eu não duvidei. Só não estava muito convencida. Não esperava pegar sobremesa de um food truck.

— Eu vivo de food trucks — conto enquanto como mais um pouco. — Perto de onde moro há uma barraquinha que faz os melhores tacos com molho escorrendo da vida. Lia e eu tentamos nos conter, mas o fato de eles estacionarem logo na esquina não ajuda.

— Você e a Lia jantam juntos com frequência?

— Hã, nem tanto. Talvez umas duas vezes na semana. Sempre quando ela não está com Brian.

— Queria morar perto dos meus amigos assim. Seria mais fácil passar tempo com eles.

— É bem conveniente.

Ela dá uma garfada no cheesecake e diz:

— Acho que estou me intrometendo por perguntar isso, mas é só curiosidade. Você e a Lia já se envolveram... romanticamente?

Balanço a cabeça.

— Nunca, somos só amigos. Nunca nem pensei nisso. Acho que é uma pergunta sincera de se fazer ao ver duas pessoas do sexo oposto passarem tanto tempo juntas como a gente faz. Meus irmãos sempre perguntam isso, mesmo que eu todas as vezes dê a mesma resposta.

— Me desculpe se foi inapropriado. Passei por várias provações no meu último relacionamento, então acho que só quero ser direta e sincera, não que isto seja um relacionamento ou que você vá me chamar para sair de novo, mas só por precaução, quero deixar tudo claro.

— Entendo. Meio que nunca estive em nada sério nem saio para muitos encontros.

— Ah, verdade? Acho que foi idiotice a minha supor o contrário.

— Não, não foi idiotice. A gente acabou indo a um encontro duplo, então sua suposição é válida.

Ela deposita o garfo no prato e cruza as pernas.

— Então por que não vai a muitos encontros, Breaker? Você parece ser um cara bem equilibrado. Doce. Gentil. Atencioso. Por que não sai mais vezes?

— Ah, então vamos ter conversas profundas, é? — brinco. — Bem, acho que só não encontrei a pessoa certa com quem passar mais tempo. Não é que eu seja contrário a encontros, mas simplesmente não tive aquele "clique" com alguém para querer passar mais tempo, se é que faz sentido. E com a minha rotina corrida, também não consegui sair muito à procura.

Ela assente.

— Entendo. — Ela dá uma olhada para o lado e diz: — E imagino que você não seja assim tão solitário, já que tem a Lia.

É verdade. Lia me deixa totalmente ocupado quando preciso.

— Pois é — respondo, baixinho.

— Mas o que vai acontecer depois do casamento? Acha que vão conseguir passar tanto tempo juntos? E não estou querendo ser cruel por perguntar isso, só estou tentando entender.

— Não precisa se preocupar se está me ofendendo ou coisa assim. Entendo a curiosidade. E a gente conversou sobre isso outro dia. Pensamos em encontrar uma casa perto uma da outra, para passarmos tempo juntos.

— Torço os lábios para o lado. — Mas não sei, não. Não sei quanto tempo vamos conseguir passar juntos. Sei que nunca vamos nos esquecer, mas nossos jantares vão acabar ficando mais raros.

— Dá para imaginar que ficarão mesmo, já que vida de casado é diferente — Birdy afirma, confirmando meus receios.

— É mesmo. — Mordo o lábio. E o que isto significa para mim? Vou te dizer: parece que vou virar um solitário em breve. — Droga, Birdy, parece que eu preciso começar a sair mais.

Ela ri e dá um tapinha na minha mão.

— Bem, quando você estiver pronto.

Ergo o olhar para ela e sorrio.

— Pode ser que eu esteja pronto. O que acha? Quer fazer isto de novo? Quem sabe sem essa triste conversa sobre a minha vida patética para encerrar?

— Não é nada patética. Na verdade, acho fofo. Minha mãe sempre diz que verdadeiras amizades são difíceis de encontrar, mas são as coisas mais importantes que devemos manter. O que você tem com a Lia é especial. Tenho certeza de que vai querer manter isso.

— Com certeza. Mas acho que você tem razão. Vida de casado é diferente, e pode ser que eu não esteja solitário agora, já que ainda a tenho, mas isso vai mudar quando ela se casar. Já está na hora de sair mais. — Pego a mão de Birdy. — Você gostaria de ir a um segundo encontro comigo? Quem sabe uma trilha? Posso te mostrar alguns pássaros.

Ela abre um sorriso radiante.

— Eu adoraria.

Bip.

Bip.

Bip.

Resmungo baixinho e abro os olhos ao focar no celular iluminado.

Quem está me mandando mensagem?

Com os olhos embaçados, trago o celular para mais perto do rosto e vejo a hora: 1h15 da manhã. É melhor ser importante, porra.

Dou uma olhada no remetente e vejo que é Lia. Esfrego os olhos algumas vezes e então deslizo a tela para sua mensagem e a leio.

> **Lia:** Ei, está acordado?
>
> **Lia:** Você não me mandou mensagem depois do encontro.
>
> **Lia:** Ainda está com ela?

Resmungando, fico numa posição confortável de lado e respondo:

> **Breaker:** A gente poderia ter esta conversa pela manhã, sabia?
>
> **Lia:** Ah, você está acordado. Veja só.
>
> **Breaker:** Por sua culpa.
>
> **Lia:** Oops *sorriso charmoso*
>
> **Breaker:** *Rejeita o sorriso charmoso*
>
> **Lia:** Não fique bravo, mas eu não conseguia pregar os olhos e estava curiosa. E aí... como foi com a Birdy?
>
> **Breaker:** Você quer mesmo falar sobre isso agora?
>
> **Lia:** Sim.

Resmungo mais uma vez e respondo:

> **Breaker:** Foi bom. Ela é bem legal. Temos algumas coisas óbvias em comum, mas ela é bem legal, doce e linda, claro.
>
> **Lia:** É claro. Você a convidou para entrar na sua casa?
>
> **Breaker:** É sério? Não. Eu mal a conheço.
>
> **Lia:** Como se isso tivesse te impedido antes.
>
> **Breaker:** Isto aqui é diferente.
>
> **Lia:** Como assim, diferente?
>
> **Breaker:** Porque estou tentando algo diferente.
>
> **Lia:** Algo diferente? Me conte mais.
>
> **Breaker:** Estou pensando em tentar namorar com ela.

> **Lia:** *Espere... sério? Mas você não é de namorar.*
>
> **Breaker:** *É, eu sei, mas já que você vai se casar em breve e o seu tempo está sendo consumido pelo seu futuro marido, pensei em encontrar alguém para, sei lá... ficar junto.*

Não há resposta.

Por alguns minutos. E fico imaginando se disse alguma coisa errada ou se ela acabou dormindo, até que o celular toca na minha mão. Vejo seu nome na tela, levanto o telefone e o coloco no viva-voz para que possa pousá-lo no travesseiro e conversar.

— Alô?

Em voz baixa, ela pergunta:

— Você está tentando me substituir?

— O quê? Não. Por que está dizendo uma coisa dessas?

— Aquela última mensagem, pareceu que você estava tentando achar uma substituta.

— Qual é, Lia, você sabe muito bem que não estou tentando te substituir. Você jamais poderia ser substituída, mas verdade seja dita, não importa o quanto acredite que as coisas não vão mudar, elas irão. Brian será sua prioridade quando você se casar, e não pode deixar que nada fique entre vocês. E isso significa que vou acabar ficando com um tempo livre. Não quero ficar sozinho no meu apartamento o tempo todo, então pode ser que esteja na hora de encontrar alguém.

— Você não ficará sozinho. Vamos morar perto um do outro, lembra?

— Mesmo assim, Brian não vai querer minha visita toda hora, Lia. Desencane, as coisas vão mudar, e está tudo bem. A gente sabia que isso ia chegar.

— Mas... eu não quero que as coisas mudem — ela diz, baixinho. — Gosto das coisas como estão.

Meu Deus, eu também. E também gostava de quando tinha total acesso aos meus irmãos, mas isso já foi. É a vida, acho. Mas não posso ignorar esta oportunidade. Engulo em seco e digo:

— Então por que disse sim para o pedido de casamento?

Ela fica em silêncio, e sei que é uma pergunta a que ela não sabe muito bem como responder além das declarações genéricas.

— Porque eu o amo.

Mas você está apaixonada por ele? Quero tanto perguntar, mas também não quero criar drama. Não quero que duvide de si mesma. Se ela diz que o ama, preciso acreditar nisso.

— Bem, então é isso que acontece quando você se apaixona, Lia. As coisas mudam.

Ela fica em silêncio outra vez e então fala:

— Mas e Birdy? Ela não parece ser o tipo de pessoa que combina com você.

— Por que diz isso?

— Bem... — Dá para ouvi-la respirar fundo. — Vocês dois não têm muito em comum. Ela parece ser o tipo de garota popular, e você está mais para o tipo interessante.

— Interessante? — Rio. — Descreva isso para mim, por favor.

— Vocês têm interesses diferentes que não combinam.

— E você e Brian têm interesses que combinam? — pergunto antes que possa me deter. — Da última vez, ele achou ridículo o fato de você e eu estarmos surtando por causa de um jogo de tabuleiro.

— Ele disse isso só uma vez.

— Uma vez é suficiente.

— Do que está falando? Você não quer que eu me case com ele?

Preferiria que não se casasse.

— Não foi o que falei. — Arrasto a mão pelo rosto. — Só estou tentando dizer que às vezes os interesses não combinam, e está tudo bem. Olhe só para você e Brian. Vocês não têm nada em comum, mas o relacionamento ainda dá certo. Olha, só me encontrei com Birdy uma vez, então não vou fingir que conheci minha futura esposa ou algo assim. Mas que mal há em querer descobrir se somos compatíveis? Pode ser que esses interesses diferentes não sejam motivo para término, assim como não são para você e Brian. Só há uma maneira de descobrir.

— Então, isso quer dizer que você vai sair com ela de novo?

— Vou, vamos fazer uma trilha na próxima semana. Vou ensiná-la sobre os pássaros. Quem sabe ela não se torna uma fanática como eu?

— O que há com os irmãos Cane e seus pássaros?

— Ei, JP só gosta de pombos, porque ele se sente culpado por eles não serem amados, mas ele nem liga para os outros amigos alados.

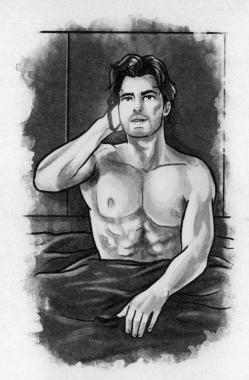

— Você não quer que eu me case com ele?

— Pelo amor de Deus, não os chame de amigos alados, por favor.

— Bom, se eu não tentar sair em encontros por aí, eles vão acabar sendo meus únicos amigos, e apesar de a solidão em ser o louco homem-pássaro soar charmosa, não acho que estou pronto para esse título ainda.

— Já posso até ver o seu poncho, o chapéu tipo bucket. Uma bengala.

— Por favor... por favor, não imagine isso.

Ela ri e então suspira.

— Me desculpe, Breaker.

— Pelo quê? — pergunto.

— Bem, primeiro por ter te acordado. E também por ter tornado as coisas difíceis para você com Birdy. Acho que só estou estressada com todas essas mudanças rápidas. Eu estava confortável, contente, e aí minha vida acabou se tornando um redemoinho de mudanças, e tudo está acontecendo num ritmo assustador.

— Você sabe que tem a escolha de ir com calma.

— Mas aí teria que decepcionar outras pessoas.

— Sim, mas seria pela sua saúde mental — respondo. — Não tente agradar todo mundo.

— Sei que você tem razão, Breaker. Sei que tem, mas não tenho forças para decepcionar as pessoas. Brian é tão sensível. Acho que, se eu adiar, ele vai achar que não quero nada com ele, e não quero que pense assim. Só preciso dar um passo de cada vez.

— Tudo bem, mas só para você saber, se quiser ir com calma, me avise, que eu ajudo.

— Eu sei e amo você por isso. Só me prometa que estará aqui durante todo o percurso.

— Prometo.

— Obrigada.

CAPÍTULO SEIS

LIA

— Bem, é legal — Breaker diz assim que saímos do seu carro e erguemos o olhar para a igreja de pedra toda ornamentada e grandiosa bem à nossa frente. Em uma rua quase vazia no coração de Los Angeles, fica uma igreja católica com uma torre alta que se eleva para o céu e uma entrada em arco que parece mais intimidadora do que acolhedora.

Levanto o olhar para o prédio grandioso e falo:

— Há gárgulas na beirada do telhado. Isso não me dá muito a sensação de casamento.

Breaker coloca o braço ao meu redor.

— Não mesmo, mas a razão pela qual as gárgulas eram esculpidas nos prédios era para afastar os espíritos malignos... se você olhar por essa perspectiva, pode ser uma coisa boa. Não haverá espíritos malignos à espreita no seu casamento.

Dou uma olhada no seu rosto recém-barbeado — ele costuma deixar uma barba por fazer, mas escolheu ficar liso desta vez.

— Você vai ficar colocando uma perspectiva positiva em tudo?

— Sim, até que me diga que odeia isso com todas as forças. Aí sim vou pular para fora do barco da positividade, mas você precisa dar uma boa chance para isso primeiro. Quem sabe não se sente mais cativada dentro da capela?

— Eu não sou religiosa, Breaker.

— Não precisa ser religiosa para apreciar a santidade da arquitetura divina. Pense só no trabalho que foi para as pessoas construírem um prédio assim no passado. Com todas essas intrincadas esculturas e detalhes que já não vemos na estética moderna de hoje em dia.

— Me corrija se eu estiver errada, mas nunca vi gárgulas ou esculturas intrincadas nas lojas Chipotle, mas ainda gosto de entrar nos estabelecimentos deles.

— Porque você é louca por chips, assim como Lottie.

— Como você sabe disso? — Solto uma risada.

— Foi lá que aconteceu o primeiro encontro oficial de Huxley e Lottie, se é que dá para chamar assim. Foi lá que eles entraram em acordo sobre os termos do contrato. Sinceramente, dizer isso em voz alta faz parecer que não aconteceu de verdade. De qualquer forma, ela levou para casa os chips que Huxley tinha comprado, mesmo que ele os quisesse tanto. Ele reclamou sobre isso por dias.

— Vocês são bilionários. Dá para comprar a sua própria Chipotle e transformá-la na sua própria fábrica de chips. Por que ele ficou reclamando sobre outra pessoa ter levado os chips?

— É a ideia da coisa — ele diz assim que a sra. Bife sai do seu sedã preto parado a alguns metros de distância.

A sra. Bife é uma visão e tanto. Pernas magras sempre em saltos de, no mínimo, dez centímetros, ela sempre está com a expressão desinteressada e carrancuda, acompanhada de lábios na cor nude. Ela imita a família real ao usar um casaquinho, e não dá para dizer ao certo se é mesmo um casaquinho ou se é parte do vestido — mesmo no calor da Califórnia —, e o combina com um chapéu quando está ao ar livre. Ela só não usa o chapéu quando está sentada para uma refeição. Ela me faz lembrar de Yzma, de *A Nova Onda do Imperador*, tirando a pele roxa, os peitos flácidos que tocam o umbigo e aquele capanga que faz bolinhos de espinafre.

— Oi, Ophelia — ela cumprimenta em um tom bastante frio e então se vira para Breaker, com um sorriso brincando em seus lábios. — Sr. Cane, é um prazer que tenha se juntado a nós hoje. — Ela estende a mão esquelética, e Breaker a pega e oferece um simples aperto de mão.

— Por favor, pode me chamar de Breaker, e eu não poderia perder a oportunidade de ser o padrinho perfeito para a minha garota. — Ele me dá um aperto.

— Padrinho? — a sra. Bife pergunta, olhando para mim. — Não estava ciente de que você teria um homem ao seu lado no altar.

Reprimo um sorriso. Aposto que a sra. Bife não estava esperando uma mudança em seus planos tão cedo pela manhã. Sem dúvida ela é uma tradicionalista e exige o cenário de um casamento tradicional. A noiva fica com mulheres ao seu lado e, o noivo, os homens. Bem-vinda à modernidade, porque não é assim que vamos trabalhar.

— Breaker é o meu melhor amigo. Eu jamais faria de outra forma.

— Bem, talvez possamos considerar...

— Não será de outra forma — Breaker interrompe, jogando fora minha autoridade.

O pior desta situação é que, apesar de o casamento ser meu, a sra. Bife não irá escutar ninguém além de si mesma. A única pessoa, e quero dizer a ÚNICA pessoa mesmo, que pode anular sua decisão é Breaker. Não eu, nem o seu filho, ninguém mais, apenas Breaker, isso porque ela valoriza mais Breaker que eu e seu filho. E a única razão disso é a conta bancária gorda dele.

— Entendo. — A sra. Bife se endireita. — Bem, então acho que farei uma observação quanto a isso. — Então ela o olha da cabeça aos pés e diz: — Sabe, Breaker, ouvi as notícias sobre a sua ex-funcionária.

Um clássico.

Meu Deus, ela é como um relógio. Deu para ver que mencionaria isso a quilômetros de distância.

Breaker a deixou de joelhos, e agora ela está tentando fazer o mesmo, tentando igualar o campo de batalha. Mas mal sabe ela que a razão pela qual os irmãos Cane são tão bem-sucedidos é porque sabem muito bem quem são os aproveitadores, e não deixa que eles os derrubem.

E pela confiança na expressão de Breaker, sei que ele já percebeu qual é a da sra. Bife.

— Trágico, não é? — Breaker pergunta. — Aquela mulher com tão pouco amor-próprio está espalhando mentiras para chamar atenção. Nossos advogados já estão cuidando disso. Haverá um pedido de desculpas assim que apresentarmos todas as evidências necessárias sobre o comportamento inadequado da minha ex-funcionária no ambiente de trabalho. Mas não posso falar nada sobre isso, porque é bastante confidencial.

— Ah, entendo.

— Mas obrigado por se preocupar. Estou muito bem.

Ela oferece um sorriso fraco e gesticula na direção da igreja.

— Agora, acredito que temos uma igreja para ver e um padre para conhecer.

Ela se vira e, com sua assistente, que aparece ao seu lado, começa a subir os íngremes degraus de pedra que levam à porta vermelha da entrada.

Ficando para trás por um instante, seguro o braço de Breaker e digo:

— Desculpe por ela ter vindo com essa.

— Não precisa se desculpar por ela. Ela é transparente até demais. Sabia que falaria sobre o processo, e fazê-la se calar foi fácil.

— Eu sei, mas, mesmo assim, ela não deveria ter falado nada.

— Estou bem, Lia.

— Tudo bem. — Eu o seguro com mais força. — Vou precisar da sua ajuda para subir essa escada. Estes sapatos que Brian comprou para mim estão um pouquinho grandes.

Breaker olha para os meus sapatos, analisando-os.

— Eu estava me perguntando onde você os arranjou.

— Você não gostou deles? — pergunto ao virar o pé.

Tudo o que estou usando é a cara do Brian. Uma minissaia fofa vermelha com uma regata preta e sapatos pretos de dez centímetros que eu nunca, jamais, usaria. Me sinto mais como uma palhaça do que a mulher sofisticada que está prestes a se casar com o cobiçado Brian Beaver.

— São legais, só não fazem o seu estilo.

— O que faz você dizer isso? A fivela dourada ou o fato de eu estar parecendo uma novata tentando andar em pernas de pau?

— Talvez um pouco dos dois. — Ele ri.

— Bem, pelo menos a sra. Bife não fez nenhum comentário crítico.

Vamos subindo a escada, e sou ajudada por Breaker durante todo o percurso.

— Que jeito de ser positiva. Agora, vamos focar se você gosta ou não da igreja.

— Já vou dizendo que não.

— Você tem algum outro lugar em que queira se casar? Uma contraproposta? — Breaker pergunta enquanto subimos a escada.

— Na verdade, sim, mas sei que a sra. Bife vai odiar.

— Isso significa que é perfeito — Breaker diz assim que alcançamos a porta e entramos na igreja opulenta.

A entrada se abre para um grande espaço da catedral, com vigas de madeira natural que se cruzam no teto abobadado. Fileiras e mais fileiras de bancos estão de frente para o altar, enquanto um tapete vermelho se estende pelo corredor iluminado por velas. O altar é esculpido com primor pela mesma madeira natural das vigas e também está envolto em linho e um arranjo de flores que parece muito extravagante para uma celebração de verão.

Me inclinando para Breaker, sussurro:

— Estou surpresa que as velas acesas não sejam um risco de incêndio.

— E aqueles castiçais não parecem muito resistentes.

— Não é simplesmente divino? — a sra. Bife indaga, maravilhada. — Não vamos conseguir acomodar todos nos bancos, mas faremos uma filmagem ao vivo do casamento para aqueles que ficarem esperando a sua chegada no clube.

Pisco algumas vezes enquanto olho para os *vários* bancos.

— Quantas pessoas a senhora planeja convidar? — questiono.

— Enviei a lista de convidados por e-mail para você, Ophelia. — Ela estala os dedos e sua assistente aparece ao seu lado com uma caixa. A sra. Bife abre a caixa e tira de lá uma coroa com um véu. — Agora, vejamos como fica.

— Espere aí, que lista de convidados?

A sra. Bife me ignora e coloca o véu no topo da minha cabeça, cravando o grampo bem fundo no meu couro cabeludo, até que tenho quase certeza de que ela tirou sangue.

— Já mandei para você, Ophelia. Francamente, será que teremos que conversar sobre organização? — Ela retira o restante do véu da caixa, desdobrando o tule em camadas. Meu Deus, qual é o tamanho disso? E por que ela quer colocá-lo na minha cabeça?

— Acho que não vi. Meio que fiquei ocupada no fim de semana.

Ocupada com Brian, seu filho.

— Bem, se você tivesse tirado um tempo para se preocupar com as suas núpcias, teria visto que tomei a liberdade de fazer mais de dois mil convites. — Ela gesticula para o longo corredor. — Agora, por favor, ande pelo corredor para que eu possa ver como fica esse véu.

Pisco, completamente alheia ao que está acontecendo comigo.

— Dois... dois mil? — pergunto, minha boca fica seca. — Tipo, duas mil pessoas?

— Está mais para quatro ou cinco mil. Há os casais e as famílias. — Mais uma vez ela gesticula para que eu ande, mas permaneço parada.

— Ai, meu Deus — digo, e minhas axilas começam a suar. — Isso... isso é gente demais. Será que o clube suporta tanta gente assim?

— Claro que não — ela responde, acenando com a mão para mim. — É por isso que garantimos a praia particular também. Se trata de manter as aparências, mesmo que as pessoas não cheguem a ver tudo. Agora, se você puder... — Ela gesticula para o longo corredor.

Me viro para Breaker, com o coração acelerado e os olhos implorando por ajuda.

— Você ouviu isso? — indago, entre os dentes cerrados, com o véu se emaranhando nas minhas pernas. — Duas *mil* pessoas, Breaker.

Por sorte, Breaker sente meu pânico.

— Parece gente demais — Breaker opina. — Brian já deu uma olhada nessa lista?

A sra. Bife o dispensa com um gesto de mão.

— Brian tem coisas melhores para fazer do que se preocupar com os detalhes do casamento.

— Mas... é o começo do casamento dele. A senhora não acha que ele deveria estar pelo menos um pouco interessado? — Breaker pergunta.

Sua cabeça se vira na direção de Breaker.

— Ele está interessado o suficiente, mas uma lista de convidados é um detalhe mínimo. Você já deveria saber a importância do trabalho de alto nível dele. Não posso incomodá-lo com estas questões. É por isso que estou no comando. Agora, Ophelia, ande pelo corredor para que eu possa ver se esse é o véu certo para você.

— É, mas é gente demais, sra. Beaver — Breaker continua, enquanto tento tirar o véu do caminho. Eu o chuto com o pé e a assistente, não sei o nome dela, também tenta me ajudar. — Lia não se dá bem com multidões. A menos que a senhora queira que a noiva desmaie no altar, acho melhor reduzir essa quantidade.

A sra. Bife se vira para mim.

— Não é verdade, é?

Não comprovada, mas posso ver como uma possibilidade, então entro nessa.

— Tenho joelhos fracos — respondo enquanto inclino a coroa do véu. — De onde veio este véu?

— Foi meu de quando me casei. Por favor, não o chute com os seus saltos. É uma herança preciosa.

— Ah... — Sorrio. — Que gentileza. Dá mesmo para sentir o cheiro de história. — De muito... mofo. — De qualquer forma, acho que uma noiva desmaiada no altar não será uma boa lembrança de casamento; pode acabar envergonhando Brian.

A sra. Bife não quer saber de nada que possa prejudicar, envergonhar ou manchar seu filho.

— Não estava ciente de que você poderia ser um risco no altar. — Ela olha ao longo do corredor. — Se desmaiar, vai estragar toda a cerimônia.

Ninguém gosta de uma noiva desmaiada.

— Pois é, e se eu acabar batendo a cabeça em um dos bancos? Uma cabeça rachada leva a sangue, e não acho que os convidados vão querer um casamento sangrento. Ainda mais se eu usar este véu herdado. Não sei se dá para tirar a mancha de sangue com facilidade de um tecido desses. Aliás, a senhora sabe qual é o comprimento dele?

— É de quinze metros — a sra. Bife responde distraidamente.

Meu Deus, quinze metros, quem precisa de um véu tão comprido? Ela não é nem da realeza.

Se intrometendo, Breaker diz:

— Vestido branco, manchas, sangue, acho que nada disso faz parte de um casamento da alta sociedade. Sem contar que ela sangra com facilidade. Estamos falando de piscinas de sangue aqui.

— Anemia ferropriva — completo, concordando com a cabeça.

— Bem. — A sra. Bife empina o nariz. — Talvez eu peça para o meu médico prescrever um pouco de Xanax para você, assim evitaremos qualquer tipo de desmaio.

É claro que ela teria uma solução farmacêutica.

— Hã, não vai funcionar — discordo, dando uma olhada em Breaker em busca de ajuda.

— Pois é — ele pega a deixa. — Não vai funcionar, porque... hã... ela também vomita.

A sra. Bife recua em desgosto, e não a culpo. Por essa eu não esperava.

— Como é? — ela pergunta.

Breaker assente, continuando por esse caminho.

— Pois é, ela vomita bastante. — Ele aponta com o polegar para mim. — Qualquer tipo de remédio para controle de ansiedade vai fazê-la vomitar. E não vai ser pouco. Vai ser um jato. Me lembro de uma vez na época da faculdade, quando ela tomou uns calmantes, não lembro o que foi, mas ela tomou antes das provas finais de estatística e mecânica, porque estava nervosa demais. Depois de uns dez minutos de ânsia, ela começou a vomitar em cima da prova e na coitada na frente dela. Foi um desastre.

Desde então, ela tem ficado o mais longe possível dos remédios. Acho que não vai valer a pena arriscar com o Xanax, então é melhor só diminuirmos a lista de convidados. Que tal a senhora mandá-la para mim? — Breaker sugere. — Já que sei muito bem com quem trocar figurinhas, vou ser capaz de escolher quem se sentirá ofendido e quem não se importará em comparecer.

Vômito durante uma prova? A gente não poderia ter encontrado uma imagem menos nojenta para plantar na mente da minha futura sogra, não?

Dou uma olhada na sra. Bife, pronta para ver o nojo absoluto em sua expressão. Mas, em vez disso, há um levíssimo sorriso, tipo, se eu não a conhecesse, não seria capaz de dizer, mas aí está, clara como o dia, sua alegria aprisionada.

— Ah — a sra. Bife diz, juntando as mãos à sua frente. — Você está familiarizado com níveis da alta sociedade?

— É claro. Como a senhora acha que me tornei bilionário? — Breaker pergunta com uma piscadela, e eu sei, do fundo do coração, que isso foi absolutamente doloroso para ele dizer. Se você precisa saber uma coisa sobre Breaker é que ele nunca, jamais, vai ostentar o próprio dinheiro, então para ele ter mencionado que é um bilionário na frente da sra. Bife, é porque está sendo o melhor amigo de que preciso no momento.

— Bem, seria muita gentileza. Vou confiar na sua proposta generosa — a sra. Bife diz antes de se virar e andar pelo corredor. Acho que é isso. Tudo bem para mim.

Beliscando sua lateral, brinco:

— Usando o título de bilionário assim?

Ele ri baixinho e pergunta:

— Consegui que ela me mande a lista de convidados, não foi? Podemos dar uma olhada juntos. Pode trazer a sua caneta vermelha.

— Vou levar várias. Teremos uma matança. O sangue pode não acontecer no casamento, mas com certeza vai acontecer na lista de convidados.

A sra. Bife se vira e fala:

— Você é católica, Ophelia?

— Hã, devo dizer que não. — Coço o local em que o grampo do véu está cravado no meu couro cabeludo.

A sra. Bife franze a testa.

— Achei que Brian tinha me dito que você era.

Balanço a cabeça.

— Não, não sou católica. Na verdade, não tenho nenhuma religião.

— Como pode não ter nenhuma religião? — ela pergunta com desgosto. — A quem agradece por tudo na sua vida antes de ir para a cama?

— Hã... aos meus pais?

Ela faz careta.

— Bom, desse jeito não vai dar. — Ela estala os dedos para a sua assistente e diz: — Celular. — Sua assistente logo entrega o celular da sra. Bife, e eu observo enquanto ela disca. Ela o ergue à orelha e enquanto espera, sinto seu olhar me percorrendo da cabeça aos pés, sua leitura puramente crítica e pronta para me colocar no meu lugar. — Padre Joseph, sim, é a sra. Beaver, como está? Que bom. Tenho um pequeno problema. A noiva do Brian acabou de me informar que não é católica. Sim, eu sei... — Ela faz uma pausa. — Aham. Bem, e se eu oferecer uma generosa doação para a paróquia? — Seus lábios torcem para o lado. — Sim, bastante generosa.

Ela está mesmo subornando o padre? Meu Deus. Não há algo terrivelmente errado com isso? Isso não lhe concede uma passagem direto para o inferno — se você acredita nisso?

— Que ótimo. Obrigada. — Ela desliga o celular e o entrega para a assistente. — Problema contornado. Padre Joseph cuidará disso.

— O que isso quer dizer? — questiono.

— Melhor não perguntar, Ophelia. Você já causou problemas demais com a sua falta de fé.

Ela não é um doce?

— Brian e Lia não vão precisar fazer aulas de catequese? — Breaker indaga. — E isso não precisa ser feito seis meses antes do casamento?

— Como eu disse, é melhor não ficar fazendo perguntas. O que precisa ser feito, será feito, então deixe este assunto de lado. — Isso soa... bastante divino. Ela gesticula para o altar. — Agora, se você puder andar pelo corredor para que eu possa ver como o véu fica neste espaço... Já pedimos para que as paredes sejam pintadas de branco reluzente antes do casamento e que o tapete seja trocado, já que está meio sujo, mas este é o exemplo de opulência esperada para as fotos de casamento. É claro que o seu vestido terá uma cauda de no mínimo quatro metros para que possa deslizar pelos degraus com o véu.

Com as pernas vacilantes, começo a andar pelo corredor.

— De quatro metros? — pergunto. — Parece que é tecido demais.

— Que bela observação, querida. — Ela me analisa enquanto ando devagar, e digo bem devagar mesmo, um passo de cada vez. Ela gesticula para os meus óculos. — Brian já falou para você sobre a cirurgia a laser nos olhos? Você não poderá usar óculos no casamento.

Faço uma pausa e levanto as mãos para os meus óculos.

— Por que não?

— Os óculos fazem reflexos nas fotos. Acha mesmo que quero que o meu filho se case com uma mulher que parece que tem só um olho por causa do reflexo? Não. Além disso, ele nem liga para os seus óculos. Ele já os chamou de infantis. Acredito que vá falar com você sobre a cirurgia. Conheço um médico que pode fazê-la nesta semana mesmo. — Ela estala os dedos outra vez. — Agende uma consulta para a Ophelia com o dr. Rosenblad.

— Eu não quero fazer uma cirurgia ocular. Tenho medo.

— Ophelia — a sra. Bife me prende com o olhar —, há momento e lugar certos para agir como criança ou agir como adulto. Por favor, lembre-se da sua idade. — Ela passa por nós e continua pelo corredor, enquanto chama sua assistente para fazer observações sobre a colocação do arranjo de flores.

Eu apenas fico parada ali, atordoada.

Brian disse que meus óculos são infantis?

Achei que ele sempre gostou deles. Não pensei que havia alguma coisa de que ele não gostava em mim. Mas saber que não gosta dos óculos, isso... nossa, isso dói.

A insegurança logo me faz engasgar enquanto minha garganta fica apertada pela vergonha.

— Ei — Breaker sussurra ao passar os braços à minha volta. Quando não o olho no mesmo instante, ele se inclina para mim e me força a olhar em seus olhos. — Seus óculos são incríveis pra caralho — ele diz, baixinho, com a boca perto da minha orelha. — Além do seu coração, da sua honestidade e da sua ousadia, seus óculos são uma das minhas coisas favoritas em você.

— Breaker. — Balanço a cabeça, então ele segura meu queixo, me mantendo firme.

— Eles não só são uma representação direta da sua personalidade, mas também fazem as lindas manchas verde-claras dos seus olhos se destacarem ainda mais. Às vezes é quase impossível desviar os olhos delas, mas, quando estão destacadas dessa forma tão primorosa, é impossível não se deixar ser cativado.

Desvio o olhar, mas ele me força a olhar em seu rosto de novo.

— Estou tão envergonhada.

— As únicas pessoas que deveriam estar envergonhadas aqui são a sra. Bife, por dizer uma coisa tão humilhante para você, e Brian, por ter a ousadia de achar que os seus óculos são deselegantes. — Seu polegar acaricia meu rosto, e ele acrescenta, baixinho: — Você é linda, Lia. Os óculos só acentuam sua beleza.

— O-obrigada — digo, enquanto suas palavras penetram a tristeza que está girando ao meu redor.

Levanto os olhos para ele, esperando um sorriso reconfortante, mas, em vez disso, sou recebida por um profundo olhar de seriedade. E, por um momento, ficamos ali, olhando um para o outro, com seus doces elogios entre nós.

Ele já me disse que sou linda antes.

Ele já até me falou que eu estava gostosa.

Mas sempre pareceu como algo que um melhor amigo diria.

Mas, neste momento, parece bem diferente.

Quero mergulhar fundo na sua declaração.

Quero ver se há mais emoção por trás disso ou se sou só eu que estou me sentindo dessa forma, mas, assim que abro a boca, o celular no seu bolso toca, nos livrando do transe em que estávamos.

— Hã, vou ter que atender — ele fala, sem jeito. — Com licença. — Ele pisca algumas vezes, quase como se estivesse tentando pôr os pensamentos em ordem, e então tira o celular do bolso e atende. — Hã, oi, Birdy. — Birdy? Ela está ligando para ele? — Não, está tudo bem. O que foi? — Ele me dá uma olhada e então diz: — Não, acho que não tenho nenhum plano para hoje à noite.

Hum, achei que fôssemos dar uma olhada na lista de convidados, mas, pensando melhor, acho que não estabelecemos um momento para isso.

— É claro, parece divertido. Encontro você lá. Me mande mensagem com os detalhes. Isso, vejo você lá. Tchau. — Ele encerra a ligação e enfia o celular no bolso. — Desculpe por isso.

— Vai sair com a Birdy hoje? — pergunto enquanto tento, sem jeito, arrumar o véu ao meu lado.

— Parece que sim — ele responde e então se vira com um sorriso para mim. — Vamos explodir a sra. Bife com a sua sugestão de cerimônia?

— Claro — concordo, me sentindo estranha por ele ter mudado tão rápido de assunto.

— E qual sugestão seria essa? — Ele ergue o dedo de um jeito jovial. — Espere, me deixe adivinhar. — Ele cutuca o queixo. — Hã, tem que ser um lugar sem igual, porque é assim que você é, mas também pitoresco e clássico. — Ele estala os dedos. — O antigo tribunal.

— Eu adoraria, mas você sabe muito bem que não caberia nem cem pessoas.

— Ainda bem que vamos fazer um corte naquela lista de convidados. — Ele mexe as sobrancelhas.

— Sem chances de ela aceitar uma coisa dessas, e se eu tiver que sugerir alguma coisa, tem que ser algo que a faça pensar na possibilidade.

— Tudo bem, sou todo ouvidos. — Ele cruza os braços.

Puxo o véu, tentando tirá-lo, mas a sra. Bife grita:

— Ainda não terminamos com ele, Ophelia. Ainda estou pensando em como ele fica.

Reviro os olhos para Breaker e então enfio o grampo de volta no meu cabelo.

— Bem, por mais que eu odeie o clube, por razões óbvias, eles têm um lindo jardim nos fundos que poderia ser perfeito para a cerimônia. As pessoas poderiam assistir da varanda do clube, do gramado ou de cadeiras de frente para o altar.

Ele assente.

— Não é bem seu estilo, mas acho que é o suficiente. Quer que eu sugira isso?

— Odeio dizer que é melhor partir de você, mas acho que é verdade.

— Não se preocupe, deixe comigo. — Ele coloca o braço ao meu redor e me guia pelo corredor em direção à sra. Bife. Nesse tempo todo, minha mente está acelerada com a questão dos óculos, com o tom quente de Breaker me dizendo o quanto os adora, com o seu encontro com Birdy e com este maldito véu. Tudo isso me deixa enjoada. — Sra. Beaver — ele chama.

— Sim? — Ela vira seu corpo esguio para nós.

— Sabe, eu estava pensando, a recepção será no clube, não é? — Breaker diz em um tom tão casual que, se eu não o conhecesse, poderia acabar sendo perturbador ver a rapidez com que ele consegue pôr seu charme para jogo.

— É isso mesmo. — Ela junta as mãos.

— Uma bela escolha, aliás. Fui lá para um casamento mais ou menos um ano atrás e foi de tirar o fôlego.

Meu Deus, como odeio quando ele fica desse jeito, todo adequado. Não é o homem que conheço. É sua persona de negócios, e é por isso que ele chegou onde está, porque consegue encantar como ninguém, assim como JP. Huxley, por outro lado... bem, ele é como um martelo. Huxley tem dificuldade de ser encantador. Para ele, as coisas são pretas ou brancas. Não há meio-termo... bem, além de Lottie.

— É pitoresco. — A sra. Bife analisa Breaker. E dá para perceber que ela quer ver aonde isso vai chegar.

— E por ser tão pitoresco, me faz pensar que, apesar de a igreja ser linda, não chega aos pés do que o clube tem a oferecer. Estive lá outro dia para uma reunião com Clinton Mars. A senhora conhece?

Ha!

É claro que a sra. Bife conhece Clinton Mars. Todo mundo conhece. É um dos homens mais ricos dos Estados Unidos. Ele criou uma pequena parte do hardware que vai em cada celular e tem ganhado tanto dinheiro com isso que basicamente transpira notas de cem dólares.

Pode contar com Breaker para lançar mão do nome certo para deixar a sra. Bife de joelhos. É por isso que ele é o meu melhor amigo, meu padrinho.

— Claro que sim. Clinton é um homem extremamente perspicaz e inteligente. Tive a honra de conhecê-lo alguns meses atrás — a sra. Bife diz, com os olhos cintilando.

— Bem, fizemos um passeio pelos jardim durante a reunião, e ele falou o quanto o achou belíssimo e como seria perfeito para um casamento. Na verdade, ele estava até pensando em fazer o casamento da filha dele lá.

— Sério? — ela fala, com a mente acelerada agora.

Você conhece aquela de "impressionar os outros"? Pois é, a sra. Bife vive disso.

— É, e pensei... ele tem razão. O jardim é de tirar o fôlego, com um belíssimo paisagismo e o mar de fundo, simplesmente espetacular.

A sra. Bife assente lentamente.

— As flores estarão em plena floração daqui a cinco semanas, sabia? — Ela estala os dedos, e a assistente aparece ao seu lado. — Faça uma chamada para o clube imediatamente. Preciso fazer uns arranjos. — Ela se vira para nós. — O jardim seria magnífico. Mas estou preocupada com sua habilidade de andar de saltos na grama.

— Ah, a senhora não precisa se preocupar — digo, sem querer que ela encontre uma desculpa para não usar o jardim. — Sou muito habilidosa em saltos.

— Muito habilidosa mesmo — Breaker concorda.

— A mais habilidosa — acrescento, e é claro que isso faz com que a sra. Bife me lance um olhar de escárnio. — Hã... apenas observe. Vou desfilar por este tapete. — Jogo o véu para trás de mim e, com a maior concentração, ando pelo corredor, fingindo segurar um buquê. Meus pés suados deslizam na superfície dos sapatos, mas eu os mantenho no lugar enquanto vou até o altar.

Graças a Deus, consegui.

— Agora volte — a sra. Bife fala, e seu tom de voz não está convencido de que ela acredita que eu consiga andar com saltos altos.

Meu Deus, como ela é desagradável.

Com os ombros para trás e as mãos posicionadas à frente, vou andando pé ante pé de volta pelo corredor.

Engole essa, Bife.

Você pode me fazer sentir péssima por causa dos meus óculos.

Você pode tirar o meu direito de escolher o meu próprio casamento.

Mas me recuso a deixar você me fazer sentir como se eu não conseguisse andar na droga de sapato de salto.

— Viu só? — digo ao estender os braços, me aproximando dela. — Nenhum proble... — No último passo, meu pé desliza para fora do sapato, me desequilibrando. — Ai, merda — grito assim que estendo o braço para a coisa mais perto de mim.

Um castiçal.

Eu o agarro com força.

— Nossa, cara — reajo, com a respiração trêmula. — Essa foi por pouco. — Solto uma risada enquanto dou uma olhada na vela, que balança no lugar.

— Hã, Lia... — Breaker dá um passo à frente.

Mas é tarde demais.

Tudo acontece em câmera lenta, enquanto a vela se inclina e cai no chão. Meus olhos a seguem, observando-a cair bem em cima do tecido dobrado do véu.

Minha respiração fica presa no peito.

Meus olhos se arregalam.

E, em questão de segundos, o véu explode em uma fúria de chamas.

— Ai, meu Deus! — grito. — Ai, meu Deus, estou pegando fogo. Estou pegando FOGO! — Jogo o castiçal para o lado, e com um pé calçado e outro descalço, saio voando pelo corredor, tentando correr para longe das chamas... enquanto elas me perseguem.

— O véu! — a sra. Bife guincha.

— Estou pegando FOGO!

— Você está pegando fogo! — Breaker grita.

— Tire de mim, tire de mim, tire de mim! — berro.

— Jesus Cristo! — Breaker grita. — Role, Lia, role!

— Rolar onde? — grito em resposta enquanto circulo o altar, com o véu em chamas chegando cada vez mais perto da minha cabeça. — Querido Jesus, não deixe meu cabelo pegar fogo. Por favor, pelo amor de Deus, não deixe meu cabelo pegar fogo.

— É uma herança — a sra. Bife lamenta antes de desmaiar em um banco.

— Role, pelo amor de Deus!

Caio no chão e rolo, dobrando os joelhos para não bater nos bancos.

— Apagou? — grito. — Ainda estou queimando? — Dou uma olhada sobre o ombro e vejo as chamas me perseguindo. — Ahhhh! Elas estão vindo me pegar, Breaker. Salve a minha alma... salve! — Continuo rolando enquanto vejo a fumaça subir no ar. — Que cheiro é esse? É o meu cabelo? Me ajude, Breaker...

Splash.

Água cai sobre mim, me encharcando até os ossos e apagando o fogo ao mesmo tempo.

Dou uma olhada e vejo Breaker segurando uma enorme bacia de metal, seu peito está ofegante, com horror nos olhos.

— Apa... apagou?

Ele engole em seco e assente.

— Sim, apagou.

Fico deitada no chão, molhada e aterrorizada, enquanto solto um longo suspiro.

— De onde você arrumou água?

Ele dá uma olhada na bacia vazia e estremece.

— Hã... acho que acabei de abençoar você com água benta.

Balanço a cabeça.

— Batismo de fogo acabou de ganhar um significado completamente diferente — digo, enquanto a sra. Bife murmura algum tipo de oração no fundo. Engulo em seco. — Pode me chamar de convertida.

— Ela me odeia — falo, enquanto Breaker abre a porta da papelaria.

Depois de entregar com gentileza o arruinado véu de herança para a sra. Bife, digo que preciso trocar de roupa antes da nossa próxima reunião para escolher os convites. Breaker me levou embora e, em vez de discutir o que tinha acabado de acontecer, ficamos em silêncio, enquanto ele dirigia pelas ruas arborizadas de Los Angeles.

Breaker coça a bochecha.

— Acho que odiar é uma palavra muito forte.

— Eu taquei fogo no precioso véu de herança dela, Breaker.

— Não foi de propósito. Acho que precisamos deixar uma coisa clara. Você não tacou fogo naquele véu de propósito.

— Tenho certeza de que ela vê dessa forma. — Dou uma olhada para os fundos da loja, onde vejo a sra. Bife e sua assistente à mesa, olhando para o que parecem ser diferentes texturas de papéis. — Como é que eu me aproximo dela agora? Devo pedir desculpas de novo? Devo deixar as decisões para ela?

Breaker me puxa para o lado e sussurra:

— Foi um acidente. Foi vergonhoso? Sim, mas foi um acidente. Ela vai te respeitar mais se você entrar nesta próxima reunião com a cabeça erguida e sem ficar se desculpando a todo instante. Você disse o que precisava, agora bola para frente. Beleza?

Assinto.

— Tem razão. Agora é... bola para frente.

— É isso aí. — Ele se endireita e coloca a mão nas minhas costas, me guiando até a mesa onde a sra. Bife está.

Assim que nos aproximamos, ela ergue o olhar.

— Eu não tinha certeza se você apareceria, Ophelia, dada sua aparência de quando saiu da igreja, mas parece que consegue se ajeitar direito.

Abro um sorriso ao dizer:

— Não foi tão difícil assim. — Dá para sentir que ela espera que eu desabe, e é o que eu quero. Quero desesperadamente cair aos seus pés e fazer vários pedidos de desculpa, mas Breaker tem razão. Ela me respeitará mais se eu não fizer isso. — Então, o que vamos ver agora?

— A densidade e o peso do papel — a sra. Bife começa. — É sério, não há necessidade para você ficar aqui.

— Há, sim — discordo, me sentando ao lado dela, e Breaker se senta do meu outro lado. — Estes serão os convites do meu casamento, afinal. Além disso, papel é divertido. — Pego uma pilha e vou folheando os grossos pedaços de papel. — Sabe o que eu amo sobre papel?

— Tenho certeza de que você tem várias opiniões embasadas que mal posso *esperar* para ouvir — a sra. Bife fala, com um forte tom condenatório.

Dá para notar que ainda está com raiva por causa do véu, e tenho certeza de que está louca para acabar comigo, mas, como Breaker disse, não se curve. Permaneça firme.

— Na verdade, tenho. Papel é como uma aventura...

— Hã, Lia, preciso falar com você rapidinho — Breaker diz, se levantando de repente.

Dou uma olhada para ele, confusa.

— O que foi?

— Preciso falar com você. — Seus olhos se arregalam. — Tipo, agora.

Notando sua urgência, peço licença para me levantar da mesa e vou até um canto, onde Breaker vira as costas para a sra. Bife e me prende entre as paredes e uma coleção de canetinhas tipo aquarela à venda.

— O que foi? — pergunto.

— Só estou te salvando de ficar parecendo uma boba.

— Como assim?

— Papel é como uma aventura? Aonde estava querendo chegar com isso?

— Bem, se tivesse me deixado terminar, teria visto que eu teria ido longe. Estava com todo um discurso sobre como o papel abre novos mundos para os humanos.

— Pois é, vamos manter o mínimo de conversa filosófica. A sra. Bife não vai querer ouvir nada disso. Ela já está no limite. Apenas mantenha o mínimo de conversa. Está bem?

Dou uma olhada sobre o ombro de Breaker e pego um vislumbre da carranca profunda e ameaçadora que ela está exibindo enquanto folheia os modelos. Hum, talvez ele tenha razão.

— Está bem, claro. Talvez ela não precise saber como o papel é uma aventura.

— Aposto minhas bolas que ela não quer ouvir isso. — Ele dá um tapinha no meu ombro. — Respire fundo. Não fique divagando sem motivo. Só mostra fraqueza. Seja confiante ao escolher um modelo.

— Posso fazer isso. — Assinto. — Valeu.

— Disponha.

Voltamos para a mesa e, como o cavalheiro que ele é, Breaker puxa a cadeira para mim, e eu me sento. A sra. Bife ergue o olhar e pergunta:

— Está tudo bem?

— Sim, tudo ótimo. Obrigada. — Solto um longo suspiro e, enquanto Breaker se senta, digo: — Engraçado como o papel é feito, né? Vi um documentário uma vez...

Breaker salta da cadeira outra vez.

— Lia, mais um minutinho.

Relutante, eu o sigo de volta para o canto, onde sussurro:

— O que eu fiz agora?

— Que tal a gente tentar assim: você não fala nada — ele fala, com a mão no meu ombro.

— Então só devo ficar ali sentada em silêncio?

— Sim.

— Você sabe que não consigo fazer isso. Não gosto de silêncio. Dá para ouvir as pessoas respirando. Me deixa pouco à vontade.

— Eu sei, mas essa sua tagarelice não vai fazer nada além de piorar a situação. Então foque em escolher um modelo e tente não dizer nada.

— Parece frio demais.

— Esta é uma situação fria — Breaker diz. — Depois de você ter queimado o véu de herança dela, este já não é mais um momento amigável. É uma guerra, e se não quiser que passem por cima de você, vai ter que manter a cabeça erguida, calar a boca e escolher o que quer. — Quando estou prestes a responder, ele acrescenta: — Sabe quando você fica perplexa pelo fato de Huxley não dizer nada e mesmo assim conseguir o que quer? É porque ele é silencioso, e as pessoas se curvam sob o silêncio. Não se curve. Faça com que ela se curve.

— Você tem razão. Seja como Huxley, faça ela se curvar.

— Isso mesmo. Tudo bem, pronta para voltar para lá?

Assinto.

— E nada de falar sobre aventuras com os papéis ou como são feitos.

— Minha boca é um túmulo — digo.

— Ótimo.

Voltamos para a mesa e, mais uma vez, Breaker puxa a cadeira para mim.

— Com licença, preciso usar o banheiro, já volto — ele fala antes de ir em direção ao banheiro.

Está bem.

Foco, Lia.

Você é silenciosa. Você é forte. Você não vai se curvar.

Sem dizer uma palavra, pego uma pasta e começo a folheá-la. De vez em quando, sinto o olhar da sra. Bife em mim, mas continuo passando modelo atrás de modelo. Todos eles são chiques demais até para serem uma possibilidade. Não quero algo super extravagante. Pode ser bonito, mas filigrana de ouro parece um exagero.

Erguendo a cabeça, pergunto à atendente:

— Por acaso vocês teriam algo que não fosse tão chique?

— Como é? — a sra. Bife pergunta. — O que quer dizer com algo não tão chique?

Devo responder?

Me recomendaram ficar quieta.

Será que Huxley responderia?

Ou ficaria apenas encarando?

Acho que ele só ficaria encarando.

— Eu fiz uma pergunta, Ophelia.

Eu sei, mas é para eu só ficar olhando, então... é isso o que faço, enquanto o suor desce pelo meu pescoço, já que esta coisa de ficar encarando é difícil.

A sra. Bife deve ter entendido o que estou fazendo, porque cruza as mãos à sua frente e me encara de volta.

Ai, Deus!

É uma batalha de olhares.

Breaker não me preparou para isto.

Por que ele foi escolher justo este momento para ir ao banheiro? Ele teve a chance de fazer isso quando voltamos para o apartamento para eu me trocar. Esse péssimo gerenciamento de xixi por parte dele está me deixando aqui com o mínimo de confiança no que estou fazendo.

E, caramba, ela é boa.

Boa até demais.

Aqueles olhos redondos me encaram de volta. Ela reconhece que este é um confronto, e se eu conheço esta mulher como acho que conheço, ela não vai recuar. Huxley pode ser o rei da não conversa, mas, caramba, ai, caramba, parece que a sra. Bife pode dar uma aula sobre isso.

Olha só para a forma como seus olhos permanecem firmes.

Nem uma contração.

Nem um movimento.

Enquanto isso, bem aqui, sozinha, estou indo direto para os poços de fogo do inferno enquanto tento me manter firme. Mas estou murchando.

Posso sentir.

Há silêncio demais.

Está me matando.

Vou quebrar.

Vou estalar.

Vou...

— O papel foi inventado pelos chineses no ano 100 a.C. — solto, sentindo uma imensa sensação de alívio. — E hoje em dia, um único pinheiro pode criar mais de oitenta mil folhas de papel. Dá para acreditar? Nossa, quanta dedicação essa jornada do papel, o que, é claro, já é uma história bem interessante por si só, mas não vou entediar a senhora com nada além de dizer que o papel pode mesmo nos transportar de mundo para mundo e, claro, algumas pessoas podem até dizer que é o autor que nos faz viajar, que as palavras estão apenas no papel, mas não dá para gravar palavras sem papel. Apesar de que também dá para ler por meios eletrônicos. Ehh... de qualquer forma, o papel é uma jornada, e a senhora não acha que deveríamos apreciar essa jornada? Tipo, olha só para este pedaço de papel — digo ao pegar um papel-cartão grosso. — De onde a senhora acha que ele veio? De que parte do mundo? Pelo que sabemos, isto costumava ser parte de uma árvore que, no passado, abrigou uma preguiça ou talvez um gibão. E saber que já foi uma casa em certo momento e vai oferecer o, por falta de termo melhor, corpo para nós para que possamos convidar as pessoas a iniciarem uma nova jornada na vida... Dá para ver o ciclo se completando? Simplesmente maravilhoso. — Pego uma pilha de papel e a folheio. — Tudo maravi... ai. — Solto uma risadinha e balanço a mão. — O papel não gostou desta minha carícia. Me mordeu bem no dedo. — Balanço a mão de novo, mas, desta vez, uma linha de pontinhos vermelhos se espalha pelo papel e pelo rosto da sra. Bife.

Ai.

Meu.

Deus.

Dou uma olhada no meu dedo e no mesmo instante me sinto fraca ao ver um monte de sangue.

— Meu Deus, agora me superei — falo enquanto balanço, erguendo o dedo.

— Meu Deus, agora me superei.

— Que porra está acontecendo? — Breaker grita, enquanto a sra. Bife fica apenas ali em um estado catatônico de choque. — Jesus, Lia. Podem pegar um lenço? — Ele segura meu dedo no ar e então passa o braço ao redor do meu ombro para me impedir de cair. — O que aconteceu?

Levanto os olhos para ele e sussurro:

— Eu me curvei.

— Como você está? — Breaker pergunta, sentado ao meu lado em seu carro.

— Como acha que estou? — pergunto ao abaixar minha bebida de yogurt.

— Além de envergonhada, humilhada e arrependida, quero saber como está se sentindo fisicamente.

— Tá bom. — Olho para o prédio onde Brian trabalha. — Você acha que ela já ligou para ele e contou tudo?

— Não dá para ter certeza — Breaker diz. — Mas pela forma que ela limpou o seu sangue do rosto com fortes esfregadas, diria que sim.

— Então é oficial. Nunca mais vou poder mostrar a cara na frente dela.

— Mas você vai ter que fazer isso, e não se preocupe, eu estarei ao seu lado.

Balanço a cabeça.

— Eu deveria voltar para casa e me afogar nas minhas tristezas.

— É isso o que quer fazer?

Pressiono os lábios e olho para baixo, para as minhas mãos juntas.

— Não. Quero falar com Brian.

— Então acho que você precisa falar com ele. — Breaker pega minha mão. — Posso ir lá com você.

— Não, seria uma péssima ideia. — Tiro o cinto de segurança e abro a porta. — Posso e devo fazer isto sozinha. — Olho para Breaker. — Obrigada por tudo hoje, apesar de você ter saído para fazer xixi na pior hora possível.

— Já anotei que devo fazer xixi antes de deixar você sozinha com a sr. Bife.

— Ótimo. — Saio do carro e falo: — Vejo você depois.

— Boa sorte.

Me despeço com um aceno e entro no prédio. Depois que o sangue foi limpo e Breaker se ofereceu para pagar todo o dano causado pelo papel ensanguentado, a sra. Bife me apresentou com má vontade suas três escolhas, e, em vez de brigar, apenas escolhi a sua favorita. É apenas um convite, afinal, não é como se fosse meu vestido de casamento. Ela me ofereceu uma breve despedida e foi embora.

Breaker me levou para comer e ajudar com minha anemia, e então pedi para que me trouxesse ali, porque não só quero deixar as coisas claras sobre o que aconteceu na igreja... e na papelaria, mas também quero conversar sobre a forma negativa que ele falou dos meus óculos. Porque, apesar das distrações do dia, isso ficou na minha cabeça.

— Olá, srta. Fairweather-Fern, como vai? — a assistente de Brian, Beverly, diz quando me aproximo.

— Estou bem, e você, Beverly?

— Estou ótima. Parabéns pelo noivado. Brian não para de falar sobre isso.

Abro um sorriso gentil.

— Obrigada. Estamos bem animados. — A mentira escorrega da minha língua com facilidade. Não tão animada quanto nervosa. Com sorte, a animação virá logo. — Hã, Brian está ocupado? Sei que apareci sem avisar, mas espero que possamos conversar um pouco.

— Ele sempre quer ver você. Acredito que esteja só trabalhando no momento, e não ao telefone.

— Está bem, obrigada.

Aceno para Beverly e vou em direção ao seu escritório. Ela é sempre tão gentil comigo. Com seus cinquenta anos, é muito eficiente, detalhista e nunca deixa nada escapar, nunca mesmo. Lembro quando Brian a contratou, sua mãe ficou furiosa. Disse que ele precisava de alguém mais novo, não que a opinião dela importasse. Ainda assim, a intuição de Brian tem compensado, porque Beverly tem sido uma imensa ajuda para dar conta do trabalho ao longo do dia.

Além disso, ela é legal comigo, o que já é uma vantagem.

Bato à sua porta, em seguida giro a maçaneta gelada e coloco a cabeça para dentro.

Ele ergue o olhar da mesa e, quando me vê, seu rosto se ilumina completamente com um sorriso.

— Lia — ele diz ao se levantar. — Que surpresa maravilhosa. — Ele vem até mim, pega minha mão e me puxa para dentro, enquanto fecha a porta.

Antes que eu me dê conta do que está acontecendo, suas mãos estão no meu rosto, inclinando minha cabeça, enquanto seus lábios pousam nos meus. Coloco as mãos em seu peito para manter o equilíbrio, enquanto ele me beija pra valer como se já fizesse dias que não nos víamos. Não sei se a mãe já falou com ele. Não sei se eu teria recebido as mesmas boas-vindas.

— Fico tão feliz que você esteja aqui — ele fala entre beijos.

Movo a boca com a dele, me afundando em seu aperto, e deixo que todo o estresse e as preocupações fiquem de lado enquanto me permito ficar apenas ali, neste instante.

Depois de mais alguns segundos, ele geme e se afasta, com os olhos inebriados e a respiração ofegante.

— Tudo bem, as coisas podem sair do controle se eu continuar te beijando. — Ele sorri e acaricia meu rosto com o polegar. — E aí, qual é o motivo da minha sorte de ver você aqui hoje?

Meu Deus, ele está sendo tão fofo, quase me sinto mal por trazer isto à tona, mas se eu não fizer isso, sei que vai ficar me incomodando e vai acabar se tornando ressentimento, e eu não quero ficar ressentida com ele.

— Você já falou com a sua mãe?

— Não, estive ocupado. Mas ela me ligou duas vezes. Por quê?

— Hã, eu fui dar uma olhada na igreja com a sua mãe hoje de manhã.

Ele me puxa para sua mesa e se senta na beirada, me trazendo para ficar entre suas pernas.

— E como foi? É linda, não é?

— Muito linda. Mas acho que a gente deveria mudar o local para o jardim do clube.

— Ah, nossa, isso seria... isso seria perfeito. — Ele sorri de uma forma tão amável que fico me questionando sobre o que sua mãe disse mais cedo.

— Acho que sim. — Quero contar que é graças a Breaker, mas decido que talvez não seja o melhor assunto. A última coisa que quero é deixá-lo bravo ou na defensiva, ainda mais quando estou prestes a ter esta conversa com ele. — Mas algo aconteceu quando eu estava lá na igreja.

— Está bem... o que aconteceu? — ele pergunta, cético.

— Antes de tudo, foi um acidente.

— Agora você me deixou preocupado. O que aconteceu?

— Bem, sua mãe me fez experimentar o véu de casamento dela, porque queria ver como ficaria quando eu andasse pelo corredor com ele. Eu estava com aqueles sapatos de salto que você comprou para mim e que são um pouquinho grandes e, para resumir, acabei escorregando de um deles enquanto andava, esbarrei numa vela acesa e ela caiu do castiçal bem em cima do véu. Ele pegou fogo, e a única razão pela qual ainda tenho cabelo a essa altura é porque Breaker me encharcou de água benta.

A princípio, Brian não reage.

Apenas fica ali, com uma expressão confusa. Depois de alguns instantes, diz:

— Você está falando sério?

— Estou, jamais mentiria sobre uma coisa dessas. Pode acreditar.

— Então você tacou fogo no véu da minha mãe?

— Não foi de propósito — explico, depressa. — Foi tudo um acidente. E isso, hã, meio que não foi a única coisa que aconteceu.

— Como assim não foi a única coisa que aconteceu?

— Bom, veja, depois da igreja, voltei para me trocar, porque fiquei encharcada de água benta, mas tínhamos mais uma reunião, para escolher o convite e, bem, acabei me cortando com o papel enquanto folheava os modelos, não tinha notado e acabei jogando sangue no rosto da sua mãe e no papel todo.

— Como é? — ele pergunta, com os olhos ainda mais arregalados. — Você jogou sangue na minha mãe?

Puxo as lapelas do seu paletó.

— Mais uma vez, não foi de propósito. Foi tudo um acidente, mas achei que deveria contar para você, porque tenho certeza de que ela te ligou para implorar que você termine tudo comigo.

A expressão de Brian se ilumina e ele me puxa para um abraço.

UM ROMANCE NADA INESPERADO

— Ela jamais faria isso, Lia.

— Não sei, não. Ela parecia bem chateada.

— Ela deve estar chateada, mas gosta muito de você. Tenho certeza de que um pedido de desculpas resolve isso.

Pois é, foi o que pensei também.

— De qualquer forma — ele continua. — Tenho certeza de que está tudo bem. Mas você está bem? Quase colocar fogo no próprio cabelo e sangrar assim não parecem algo divertido no planejamento para o casamento.

— Pois é, foi bem traumático, mas este não é o real motivo para eu ter vindo.

— Não? Jesus, se esse não é o motivo, então acho que devo me preparar mentalmente.

Deslizo a mão por baixo do seu paletó enquanto falo:

— Hã, é provável que sim. — Não sou o tipo de pessoa que gosta de confronto, mas sei que isto precisa ser resolvido. — Então, quando estávamos na igreja, antes do fogo, sua mãe disse algo para mim que não caiu muito bem.

— Seja lá o que for, tenho certeza de que ela não falou sério — ele diz, defendendo-a mais uma vez. Não é necessário mencionar que me incomodo com o fato de ele nunca vir em minha defesa, ainda mais em frente à minha futura sogra. — Ela está estressada com todo o planejamento. Tenho certeza de que vai dizer várias coisas nas próximas semanas que não vão cair bem. Não ligue para isso.

Que maravilha. Mal posso esperar.

— Não, tem a ver com algo que você disse... sobre mim.

Sua testa franze e ele inclina a cabeça para o lado.

— O quê?

Solto as mãos das dele.

— Bem, ela disse que você não gosta dos meus óculos e que eles são infantis, que eu ficaria melhor sem eles.

Espero sua resposta.

Sua negação.

Qualquer indicação de que ele não tenha dito isso.

Mas ela não vem.

— Você... falou isso mesmo para ela? — pergunto.

Ele desvia o olhar e assente.

— É verdade. Ela estava falando sobre as fotos de casamento e como os seus olhos podem atrapalhá-las, e eu disse que talvez você considerasse lentes de contato, já que óculos roxos são meio infantis.

— Ah — respondo, me sentindo idiota de verdade. Não é todo dia que o seu noivo chama você de infantil. E também não é algo que você gostaria de ouvir.

— Não quero que se ofenda com isso, Lia.

Minha cabeça se vira rápido.

— Como não quer que eu me ofenda, Brian? Sempre usei estes óculos. Foram os que minha mãe me ajudou a escolher. Eles são especiais para mim. Eles têm um significado.

— Ah, me desculpe. Eu não sabia disso. Só achei que fosse uma das suas... peculiaridades. Sabe, como você usa com ironia camisetas com personagens de *Harry Potter*.

— Eu não as uso por ironia. Eu as uso porque gosto delas.

— Bem, de qualquer forma, eu não sabia que havia um significado por trás dos óculos. Me desculpe, Lia.

Não sei o que dizer.

Obrigada por se desculpar parece tão estéril e robótico.

Está tudo bem não é apropriado, porque não está tudo bem.

Então, em vez de dizer alguma coisa, apenas fico em silêncio.

— Lia. — Ele puxa minha mão. — Eu já me desculpei. Não fique brava, por favor.

— Não estou brava — digo, olhando para nossas mãos conectadas. — Só envergonhada, acho.

— Não há motivo para ficar envergonhada. Eu jamais deveria ter dito isso. Foi uma coisa bem merda de se dizer.

— Acha que eles me deixam feia?

— Não, Lia — ele fala, depressa. — De jeito nenhum.

— Você acha que eu ficaria mais bonita sem eles? Porque é assim que parece, é como me sinto com esse comentário, como se... como se eu não fosse bonita o suficiente quando estou de óculos.

— Não foi isso que eu quis dizer, Lia. Acho que os óculos ficam ótimos em você. Eles são só... roxos, é isso, e achei que alguém da sua idade iria querer algo mais sofisticado.

Meus ombros caem enquanto murmuro:

— Então não sou sofisticada o suficiente?

— Não. — Ele suspira, esfregando o pescoço. — Porra, não estou me expressando bem. Só... só esqueça que eu disse alguma coisa.

Esquecer o que ele disse? Ele me insultou, e isso não é fácil de esquecer.

Levanto os olhos para ele, com a insegurança me atravessando, e pergunto:

— Acha que sou boa o suficiente para você?

— Como é? — Seus olhos se arregalam. — Claro que é, Lia. Por que pensaria uma coisa dessas?

Porque já faz um tempo que venho pensando nisso.

Porque acho que talvez nós dois não estejamos no mesmo rumo.

Porque coisas que são importantes para você como dinheiro e status não *são importantes para mim.*

— Porque há momentos em que você tenta me mudar. Como quando saímos para encontros com a sua mãe, você sempre compra roupas para eu usar.

— Isso é porque ela pode ser bastante específica, e não quero que fique no seu pé.

— Ou os óculos, ou quando estamos em público, é como se existisse um padrão que eu tivesse que seguir para andar de braços dados com você.

— Do que está falando?

— Na semana passada mesmo, eu disse para a gente comprar um sorvete, e eu já ia sair de roupa de casa, mas você me disse para eu me trocar.

— Dava para ver seus mamilos na regata branca, Lia. Quer mesmo que as pessoas fiquem vendo? — Ele segura meus quadris. — Eles são só para mim.

Olho na direção das janelas do seu escritório.

— Sei lá, mas sinto como se eu não fosse boa o suficiente para você.

— Lia, pare. — Ele vira meu queixo na sua direção. — É claro que é boa o suficiente. Por qual outro motivo eu teria te pedido em casamento? Agora, me desculpe pelos óculos. Jamais deveria ter dito aquilo, mas, por favor, não deixe que isso te confunda.

— Não estou confusa, Brian, só estou me certificando de que meu namorado...

— Noivo — ele diz em um tom cortante.

— Sim, meu noivo. Só quero me certificar de que ele queira se casar comigo pelas razões certas.

— Do que está falando? De onde está tirando tudo isso? Tivemos um ótimo fim de semana, e agora, do nada, está duvidando de mim? Isso tem... — Ele passa a mão pela boca. — Isso tem alguma coisa a ver com o que Breaker tenha dito hoje?

— É sério isso? — pergunto, me afastando um passo dele. — Breaker não fez nada além de me apoiar, ainda mais quando sua mãe me disse que sou basicamente uma destrambelhada de óculos e que minha opinião sobre o casamento não importava. Não coloque nenhuma culpa em Breaker.

— Merda, você tem razão. — Ele solta o ar e coloca as duas mãos na beirada da mesa. — Me desculpe. Estou só nervoso e, pelo visto, incapaz de me impedir de falar besteira.

Isso está mais do que óbvio.

— Tudo bem, acho... acho que só preciso de um tempo para recuperar o fôlego.

— Não — ele diz, fechando o espaço entre nós. — Não vá embora.

— Preciso de um pouco de ar fresco, Brian.

— Então vamos passear. Vamos ao parque do outro lado da rua. Por favor, Lia. Estou me sentindo um babaca, e não quero que você vá embora com raiva.

Olho para seus olhos suplicantes e me dou conta de que talvez... talvez ele esteja tão estressado quanto eu. Porque se tivesse sido cruel de verdade em relação aos óculos, não teria nenhum arrependimento, e dá para ver muito bem o arrependimento estampado por todo o seu rosto.

— Tudo bem. — Assinto.

Ele estende a mão para mim e eu a pego. Juntos, saímos do seu escritório, pedindo para Beverly anotar as mensagens até ele voltar. Assim que estamos fora do prédio, vamos na direção do pitoresco parque do outro lado da rua.

É apenas um pequeno lote de pouco mais de um hectare, um lugar para as pessoas se sentarem e recuperarem o fôlego. Uma minúscula trilha circular com altos olmos que oferecem uma brilhante cobertura do sol escaldante.

Brian aperta minha mão.

— Sinto muito que tenha tido um dia difícil hoje e sinto muito que toda essa coisa do casamento seja tão estressante. Sei que não está sendo fácil para você.

— Não está mesmo. Nada disso tem sido fácil. E para ser sincera, não estava esperando pelo seu pedido.

— Não? — ele pergunta, completamente chocado.

— Nem um pouco. Tipo, qual é, Brian, a gente nem mesmo conversou sobre a possibilidade de se casar, então acabei sendo pega de surpresa quando você ficou de joelho.

— Mas... nós nos amamos. Quero dizer, eu te amo.

— E eu te amo, Brian. Não é esse o problema. Eu só... sei lá. Pensei que a gente moraria juntos, como um primeiro passo antes que uma aliança acabasse envolvida.

— Já meio que moramos juntos, pelo menos metade do tempo. Você tem a chave da minha casa, uma cômoda. Só supus que não fosse algo que precisasse de muita discussão. — Ele faz uma pausa. — Estou indo rápido demais para você?

Sim.

Está tudo indo rápido demais.

Na velocidade da luz.

E não sei como me sentir. Algo está errado. Algo não parece certo, e não sei apontar o quê. Só consigo sentir esse embrulho doentio no estômago sem parar. A igreja hoje, a forma como sua mãe me trata como uma pessoa de segunda categoria, a habilidade de me insultar sem se preocupar ou se importar e como nada disso estava no meu radar — é demais.

Mas não posso dizer isso para Brian. Ele é sensível demais. Vai entender mal minhas preocupações e inquietações. Vai achar que há algo errado com ele quando, na verdade, é o tempo que está passando rápido demais.

Sorrio para ele.

— Não, só... só estou atordoada, é isso, e ainda tentando entender tudo.

Ele assente.

— Sei que os planos da minha mãe não têm ajudado.

— Pois é, ela tem ido um pouco rápido demais. — Ergo os dedos, fazendo-o rir.

— Já fazia um tempo que ela estava esperando que eu te pedisse em casamento.

— Sério? — pergunto, surpresa. — Pelo nosso relacionamento meio frio, eu teria imaginado que ela não iria querer que você me pedisse em casamento.

— A senhora minha mãe pode ser fria e pouco convidativa de vez em quando, talvez até um pouquinho severa, mas ela também consegue perceber quando estou feliz. — Brian se vira para mim. — E você me faz feliz, Lia. Muito.

Sorrio para ele.

— Você também me faz feliz, Brian.

Ele me puxa para mais perto, e enquanto continuamos nossa caminhada pela trilha pavimentada, seu abraço parece diferente. E talvez seja porque Breaker tenha me abraçado várias vezes hoje, mas este parece forçado, quase como se ele estivesse marcando uma lista de afazeres.

Abraçar a noiva, *feito*.

Não parece haver paixão neste abraço.

Nenhuma necessidade de estar perto.

E odeio admitir, mas a forma como sua mão está pressionando meu braço, me levando para seu ombro, quase parece sufocante.

"Já fazia um tempo que ela estava esperando que eu te pedisse em casamento." Será que Brian me pediu em casamento por sugestão da mãe?

Este abraço, este momento, não parece certo.

Isto aqui, ele, nós... pela primeira vez desde que o conheci, isto aqui não parece certo.

CAPÍTULO SETE

BREAKER

Lia: Você não me falou aonde vai hoje. Se importa de dividir essa informação com uma velha bruxa que logo estará casada?

Breaker: Com aquele robe velho e surrado que você ainda usa, lembra mesmo a definição de bruxa velha casada, sabia?

Lia: Acho que foi a coisa mais legal que você já me disse.

Breaker: Precisa elevar seus padrões.

Lia: E então, para onde você vai?

Breaker: Não quero te contar.

Lia: Por que não? Espere... você está com vergonha?

Breaker: Não, mas sei que vai me encher o saco com isso, e eu não quero, então vou só fingir que não falei nada e seguir em frente.

Lia: Breaker Picles Cane, você tem que me contar o que vai fazer com Birdy. Eu ordeno.

Breaker: Ah, ordena, é?

Lia: Sim, pelos peitos falsos da sra. Doubtfire, se você não me contar, vou fazer algo com o seu apartamento enquanto você estiver fora, e não fará ideia do que será, porque será algo tão sutil que não vai nem notar.

Breaker: Primeiro, a gente NUNCA deve jurar pelos peitos da sra. Doubtfire, isso... isso é um crime. Segundo, NEM OUSE tocar em alguma coisa.

Lia: *Acha mesmo que suas letras maiúsculas vão me deter?*

Breaker: *Deveriam. Há veneno por trás delas.*

Lia: *Não estou nem um pouco preocupada.*

Breaker: *Você é uma tirana. É impossível viver com essas exigências.*

Lia: *Só me fale. Por favoooooooor.*

Breaker: *Você é irritante.*

Lia: *Eu sei. Agora pare de mudar de assunto e me fale o que vai fazer hoje.*

Breaker: *Tá bom. Vamos para umas aulas de cupcake da amiga dela. A amiga queria encher a sala para mostrar para a chefe que ela é valiosa, aí Birdy me recrutou.*

Lia: *Uma aula de cupcake? Mas... você odeia confeitar.*

Breaker: *Sei muito bem disso.*

Lia: *Tipo, você odeia tanto confeitar que se recusou a pôr glacê no seu strudel de torradeira. Suas palavras exatas foram: "Não quero ter nada a ver com o processo. Só coloque isso na minha boca".*

Breaker: *Viu só? É por isso que não queria te contar.*

Lia: *Só estou surpresa, é isso. Não sabia que Birdy importava tanto assim para você.*

Breaker: *Ela parecia desesperada. Ela implorou para um cara legal. O que eu ia dizer? Que não confeito?*

Lia: *É isso que teria dito para mim.*

Breaker: *Você é diferente.*

Lia: *Se é esse o caso... a gente pode fazer aulas de confeitaria para aprender como fazer bolo de casamento?*

Breaker: *Isso seria um não definitivo.*

Lia: *Você não me ama!*

Breaker: *Cale a boca. Você sabe que eu te amo mais do que qualquer coisa.*

> **Lia:** Mais do que sua coleção de selos de Guerra nas Estrelas?
>
> **Breaker:** É claro. Enfiei aquilo no armário. É óbvio que não importa tanto para mim.
>
> **Lia:** Mais do que sua caneca do Jack Esqueleto?
>
> **Breaker:** Com certeza. Amo essa caneca, mas não a vejo todos os dias como vejo você.
>
> **Lia:** Tá bom... você me ama mais do que seu pôster autografado de O Senhor dos Anéis?
>
> **Breaker:** Ahhh, agora você está me testando. Que tal assim: você fica bem perto em segundo lugar?
>
> **Lia:** Que estranho, mas aceito.
>
> **Breaker:** Haha! Tá bom, Birdy chegou. Preciso ir.
>
> **Lia:** Divirta-se! Me mande fotos.

— Sei que foi do nada, mas obrigada por ter aceitado vir comigo — Birdy diz ao amarrar o avental.

O meu já está amarrado, e eu já quero desesperadamente arrancá-lo de mim.

Odeio aventais.

Odeio farinha e açúcar.

Odeio espátulas.

Odeio luvas de forno.

Odeio tudo o que está na minha frente.

Em se tratando de confeitaria, nada é mágico para mim. Nem uma única coisa. A única coisa incrível sobre o ato de confeitar é o resultado, mas prefiro comprar o resultado a ter que fazer eu mesmo. Há muitos fatores de risco que podem resultar em algo terrível, e não estou disposto a arriscar.

Só comprar... sempre comprar.

— Sem problemas — respondo com um sorriso, mesmo que eu saiba que é falso.

— Confeitaria não é bem a minha praia — Birdy revela ao ajustar o avental no pescoço. — Mas Callie acabou de conseguir o emprego e ela quer mesmo impressionar a chefe.

— Eu faria a mesma coisa. — Ofereço um sorriso legal. Pego a espátula com tema de gato e falo: — Pelo menos a temática é bem legal.

Birdy inclina a cabeça para o lado.

— Eu ouvi um sarcasmo aí?

Balanço a cabeça enquanto observo aquele lugar todo rosa. Paredes cobertas de murais cor-de-rosa, utensílios verde-água e azul-claro, assim como eletrodomésticos com gatos para todos os lados. Cupcakes de xaninha estão mesmo à solta.

— Eu gosto de gatos. Tive uma quando era criança chamada Jiggles. Ela era minha melhor amiga.

— Verdade mesmo? Você está falando sério?

— Sim. — Rio. — Pode até ser difícil de acreditar, mas, sim, Jiggles e eu éramos uma dupla e tanto. Ela me seguia para onde eu ia, enquanto eu tentava fazer meus modelos de aviões voarem, e à noite, ela deitava no meu travesseiro.

— Ai, que fofo. O que aconteceu com ela?

— Câncer felino. Mas ela viveu até dezoito anos, então teve uma vida boa e plena.

— Está bem, então talvez eu não me sinta tão mal de ter trazido você para uma aula de cupcake com temática de gatinhos depois dessa.

— Ah, nada disso, você ainda deveria se sentir mal. — Dou uma piscadela para ela assim que sua amiga inicia a aula.

Fico surpreso que os cupcakes já estejam prontos. Por alguma razão, achei que iríamos confeitar do zero, mas acabei descobrindo que é uma aula sobre como decorar, então aprendemos a fazer coberturas e como colocá-las nos cupcakes já frios.

Depois do tutorial de como fazer a cobertura, passo o dedo ao longo da lateral da tigela e experimento o creme amanteigado.

— Nada mal.

Birdy faz o mesmo, e eu a observo deslizar o dedo pelos lábios e chupá-lo.

Nada disso tem a ver com algo sexual, nada mesmo, mas, por alguma razão estranha — talvez porque já faça algum tempo para mim, ou porque ela seja linda pra caralho —, observá-la chupar a cobertura do dedo faz a minha nuca suar.

— Ahh, está gostoso. — Ela limpa o dedo num pano. — Qual cor a gente deveria fazer?

Me recompondo, digo:

— Bem, acho que deveríamos ir com a cor proposta: rosa. Ou podemos ser rebeldes e escolher algo diferente.

— Uma gatinha rosa... parece genérico demais. — Ela faz uma pausa. — Mas azul... com certeza não é uma opção.

— Ninguém gosta de... xaninhas azuis — falo, fazendo-a rir desta vez.

— Verde me deixa enjoada. E uma xaninha doente não é algo que eu gostaria de comer.

— Ou lamber — acrescento.

— Exato. — Ela bate o dedo no queixo, com um sorriso brincando nos lábios. — Que tal vermelha? Não, espere... retiro o que eu disse. — Rio alto, chamando a atenção dos outros confeiteiros. Ela põe a mão no meu braço. — *Shhh*, você está chamando a atenção. Se vamos fugir da xaninha rosa, precisamos ser cuidadosos quanto a isso.

— Desculpe, mas vermelha de jeito nenhum.

— Foi uma péssima sugestão. Que tal laranja ou amarela? Essas parecem boas.

— Que tal as duas? — pergunto.

— Hum, acho que agora você está pegando o jeito. — Ela me entrega a tigela. — Acho que se a gente dividir a cobertura e colorir uma parte de laranja, a outra de amarelo e aí colocá-las no saco para confeitar ao mesmo tempo, vamos acabar com um efeito *tie-dye*.

Pisco algumas vezes.

— Hã, achei que você não gostasse muito de confeitar.

— E não gosto, mas costumo rolar sem rumo pelo TikTok. O algoritmo decidiu que eu gosto de assistir a vídeos de confeitaria. E, na verdade... gosto mesmo.

— Deve ter sido decidido assim, porque você assistiu ao vídeo inteiro em vez de passá-lo. Você mesma deu esse conhecimento para eles.

Ela ergue as mãos de um jeito fofo.

— Culpada. Mas não assisto para aprender. Assisto porque devo ter algum problema.

— Dá para perceber. Isso me faz pensar em você de uma forma diferente, sabia? — digo, enquanto preparo a coloração amarela e ela, a laranja.

— Entendo perfeitamente. Se você quiser ir embora, não vou te impedir.

— Ir embora teria sido a coisa certa a fazer para te ensinar uma lição. Mas acho que vou ser o cara maduro aqui e ficar.

— Acho que vou ser o cara maduro aqui e ficar.

MEGHAN QUINN

— Não finja que está ficando por mim. Você só quer ficar por causa dos cupcakes de xaninha.

Rio alto de novo. Desta vez, perturbo tanto a turma, e tive que pedir desculpas e então me virar para Birdy, com as bochechas vermelhas.

— Obrigada por ter vindo hoje, foi muito importante para a Callie — Birdy diz enquanto vamos na direção do seu SUV branco.

— Acho que vou dizer isto apenas uma vez, porque não quero que dê a impressão errada sobre meus gostos e desgostos com relação à confeitaria, sabe, mas eu me diverti.

Ela põe a mão no peito e se recosta no carro.

— Poupe meus sentimentos das mentiras, por favor.

— Mas eu me diverti — insisto, me aproximando. — Me diverti muito com você. Não foi tão constrangedor quanto o encontro duplo.

Ela estende a mão e brinca com a barra da minha camisa.

— Pois é, encontros duplos são sempre complicados, ainda mais quando um casal está meio que indo a um encontro às cegas.

Coloco a caixa com cupcakes extras no teto do carro e me aproximo mais, e ela inclina um pouco a cabeça para olhar para mim.

— E aí, nossa trilha para observar os pássaros ainda está de pé? Não te fiz repensar com a forma como devorei três cupcakes de uma vez?

Seus lábios se curvam para cima.

— Não, te ver devorar aquelas xaninhas me fez querer sair com você ainda mais, na verdade.

Rio.

— Poderia ter demonstrado esse senso de humor no encontro duplo, sabia?

— Ai, meu Deus, eu jamais gostaria de ser pega falando algo assim na frente do Brian. Ele é tão... arrogante, e meu irmão é a mesma coisa. Sempre que estou perto do Brian, sei que preciso me comportar. Ser elegante.

— Por que iria querer agir como alguém diferente e não ser você de verdade?

— É mais fácil assim. Prefiro passar algumas horas de mindinho levantado, agindo toda chique, a ter que ficar explicando para o meu irmão por que eu disse xaninha na frente do Brian.

Coloco um fio de cabelo atrás da sua orelha.

— É, dá para ver por que não gostaria de entrar nessa com seu irmão. Esse pensamento também cruza minha mente várias vezes. Mas mesmo com filtro, meus irmãos e eu acabamos entrando nessa de alguma forma.

— Eu também. — Ela suspira. — Mas respondendo à sua pergunta, sim, a trilha ainda está de pé. E quem sabe se você estiver disponível para um jantar ou mais alguma coisa esta semana, eu também possa estar livre. — Ela estremece e diz: — Isso soou tão patético, como se eu não tivesse nada para fazer, mas a quem estou tentando enganar? Não faço muita coisa além de malhar e ir trabalhar, então... se tiver uma folga, tenho certeza de que também vou ter.

— Não tem nada de patético — falo enquanto olho para os seus lábios, com o desejo avassalador de beijá-la pulsando através de mim. — Você é sincera, gosto disso.

Coloco o dedo sob seu queixo e prendo a respiração enquanto a espero sinalizar que está tudo bem. Que posso beijá-la. Ela lambe os lábios e agarra minha camisa, indicando que quer tanto quanto eu.

Me inclino, levo o nariz para perto do dela e faço uma pausa por um instante, dando a ela um segundo para se sentir pronta antes de encostar os lábios de leve nos seus. É um beijo levíssimo, nada intenso demais, nada com a boca aberta. Apenas suave.

Apenas o suficiente para conter o desejo.

Apenas o suficiente para ter um gostinho dela.

Quando me afasto, ela sorri para mim, com os olhos cintilando sob os postes de luz.

— Eu te ligo — prometo enquanto me afasto e pego a caixa de cupcakes. Enfio uma das mãos no bolso e a observo abrir a porta do carro.

— Vou esperar.

Ela entra no carro e fecha a porta. Dou outro passo para trás, e enquanto a observo se afastar, solto um longo suspiro e repasso o beijo na minha mente.

Foi bom.

Doce.

Mesmo assim, por que não senti nada?

Lia passa os dedos ao longo de um buquê de hortênsias, enquanto a sra. Bife questiona a florista sobre as opções de arranjos.

— Então você vai simplesmente ignorar o fato de que foram num encontro para confeitar e não me contou nada sobre isso?

Dou de ombros enquanto pego uma hortênsia cor-de-rosa e a coloco em contraste à pele perfeitamente sardenta do rosto de Lia.

— Não há muito o que dizer. Não foi bem confeitaria, foi só como decorar cupcakes.

— E... ? — Lia pergunta, tentando me fazer falar, mas... sei lá. Não quero mesmo falar sobre isso.

— E eu levei cupcakes para casa — respondo e coloco a flor de volta no lugar.

— Aham, então está me dizendo que só aconteceu isso? Mais nada?

— Tipo, a gente conversou e riu, e ela foi divertida pra caramba. Mas, sim, foi isso.

— Você deu um beijo de despedida nela? — Lia indaga, e sua voz desceu uma oitava.

Faço uma pausa, porque me sinto estranho. Não sei por que me sinto estranho. Nunca me senti estranho com Lia, mas falar sobre Birdy me faz sentir assim.

— Hum, pela sua pausa, vou supor que sim. — Ela empurra meu ombro de leve. — Por que não quer me contar o que aconteceu, Breaker?

— Porque... — digo, me virando para o outro lado.

— Porque o quê?

— Só isso.

Ela se move ao meu redor, então sou forçado a olhar em seus olhos.

— Essa não é uma resposta. Me conte tudo. Por que está agindo desse jeito estranho com isso?

— Sei lá — respondo, soltando o ar e passando a mão pelo cabelo. — Deve ser porque me faz sentir estranho. Tá bom? Toda essa coisa de encontro é estranha. E não sei como lidar com isso.

— Bem, ficar sem falar comigo não ajuda. A gente conta tudo um para o outro.

— Eu sei. — Jogo a cabeça para trás e olho para o céu por um instante. — Porra, Lia, eu beijei a Birdy ontem à noite, porque quis de verdade. — Torno a olhá-la nos olhos. — Ela me fez rir a noite toda, é linda, e, em certo momento, ela chupou o dedo, e isso me fez suar, porra. — Lia sorri com malícia. — E aí quando chegou a hora de nos despedirmos, eu quis beijá-la, e fiz isso. — Agarro meu cabelo. — E foi bom. Doce. Nada intenso demais, simplesmente perfeito. Mas eu... não senti nada.

— Nada? — ela pergunta.

Balanço a cabeça.

— Nada, não houve faísca, nenhum desejo de empurrá-la contra o carro e aprofundar o beijo. Foi só suave. — Balanço a cabeça de novo. — Acho que há alguma coisa errada comigo. É por isso que não namoro, porque nunca senti nada por ninguém. Nunca. Sempre foi só... mediano. E a Birdy não é o tipo de garota com quem passar só uma noite e depois nunca mais ver. Ela é do tipo que namora.

— Vocês dois já terminaram a conversa aí? — a sra. Bife nos chama enquanto estala os dedos. — Precisamos discutir algumas coisas importantes.

Lia se vira para mim.

— Esta conversa ainda não acabou. Entendeu?

— Tá bom, não achei que tivesse acabado mesmo — digo, enquanto vamos na direção da florista.

— Por favor, Ophelia, não arraste os pés. É indecoroso. — Lia aperta os lábios, imagino que para se impedir de retrucar. O humor da sra. Bife se manteve desde o dia anterior, e tem sido desagradável pra caralho. — Acabei de falar com a florista e ela disse que conseguirá atender ao nosso pedido de rosas vermelhas, mas precisamos agir rápido.

— Rosas vermelhas? — Lia zomba. — Elas são formais demais.

Ela odeia rosas vermelhas. Acha que são clichês. Não posso dizer que discordo.

— Exatamente, esse será um casamento formal, Ophelia. O que esperava ter em um casamento? Margaridas? — A sra. Bife bufa, como se essa fosse a coisa mais absurda que já ouviu.

— Na verdade — Lia diz —, estava pensando que margaridas seriam perfeitas. Eram a flor favorita da minha mãe.

A sra. Bife faz uma pausa e então junta as mãos.

— Aprecio sua dedicação à flor favorita da sua mãe, Ophelia. É muito admirável, mas estamos falando de um casamento, não de um memorial. Trata-se de uma cerimônia.

Ai, porra.

Lia ofega. Está em sua respiração — bem sutil —, quase não dá para ouvir, mas é o suficiente para que eu perceba.

O suficiente para que eu saiba o que vai acontecer em seguida caso não interfira.

— Sra. Beaver — me intrometo antes que Lia perca o controle —, não quero passar por cima de ninguém, mas acredito que seria uma coisa gentil e prestativa acrescentar margaridas para homenagear a falecida mãe da Lia. Seria uma forma de incluí-la, já que ela não está mais aqui.

— Mas rosas e margaridas não combinam.

— Posso incluir as margaridas no buquê da noiva — a florista sugere.

— Não preciso de buquê — Lia diz, fazendo com que a sra. Bife vire rápido a cabeça na sua direção.

— Como assim não precisa de buquê? Com o que você vai andar até o altar?

— Fiz várias flores de tricô com minha mãe e minha avó. Eu as guardei para que pudesse usá-las como buquê um dia.

A sra. Bife fica em silêncio, então aos poucos, começa a rir.

E a risada cresce.

E cresce.

Deve ter sido a coisa mais ofensiva que já vi. Essa mulher acha que tem classe, mas, na verdade, não tem nenhuma.

— Flores de tricô? Para um casamento? Você não pode estar falando sério. — A sra. Bife gesticula a mão à sua frente, dispensando essa ideia.

— Tenho certeza absoluta de que ela está falando sério, do contrário, não teria dito nada — rebato, perdendo a paciência.

Lia põe gentilmente a mão no meu braço, me informando de que tem tudo sob controle.

— Agradeço a necessidade de fazer deste um casamento lindo, sra. Beaver, mas a senhora precisa se lembrar de que estará presente para ver o seu filho se casando, enquanto os meus pais não estarão. Portanto, incorporá-los na cerimônia e na recepção é algo importante para mim.

— E também deveria ser importante para a senhora — endosso, dando apoio.

Sentindo o tom, a sra. Bife se endireita. Sua expressão se transforma em uma compreensiva, e ela logo volta a ser a mulher formal e respeitável que tenta ser. Ela se vira para a florista e diz:

— Bem, se você puder encontrar uma forma adequada de incorporar as margaridas ao buquê sem ficar parecendo brega, nós agradeceríamos.

A florista olha para nós, parecendo completamente assustada.

— Acredito que posso.

— Que belo arranjo — falo, enquanto uma abelha zumbe perto da minha cabeça. Eu a espanto. — Acho que margaridas e rosas vão ficar bonitas juntas.

— Ainda mais com rosas brancas — Lia acrescenta.

— Ah, você não pode estar falando sério — a sra. Bife reage. — Rosas brancas? Você pode até não se casar na igreja, mas, pelo amor de Deus, rosas brancas? Não vamos mentir para os nossos convidados.

Vejo a abelha voar perto da cabeça da sra. Bife, mas ou ela não se importa ou não faz ideia da natureza ao redor, pois se mantém no lugar.

— Por que estaríamos mentindo para os convidados? — Lia pergunta.

A sra. Bife junta as mãos.

— Eu tenho feito vista grossa para as suas atividades noturnas com o meu filho, Ophelia, mas nem todo mundo é assim tão indulgente. Rosas brancas simbolizam a pureza, e receio que você seja tudo, menos pura.

Observo as bochechas de Lia ficarem vermelhas.

— Acho que isso não importa.

— Ah, importa sim.

— Tudo bem, então talvez cor-de-rosa — Lia sugere. — Essa cor não tem a ver com graça ou algo assim?

— Graça e doçura — a florista esclarece.

— Então seria uma boa — Lia diz assim que a abelha voa para perto da sua cabeça, e eu estremeço, sabendo que ela vai surtar. — Ai, meu Deus — ela dá um gritinho e vem para cima de mim, se escondendo.

— O que você está fazendo? — a sra. Bife pergunta.

— Era uma abelha. — Ela zumbe perto da sua cabeça de novo, e Lia solta mais um gritinho enquanto pula para a esquerda. — Não me pique — ela grita.

— Pelo amor de Deus, é só uma abelha. Se não consegue lidar com isso, como espera se casar no jardim do clube?

— Desde que elas não me incomoooooooodem — Lia continua, dando mais um pulinho quando a abelha se aproxima da sua orelha. — Ela está me perseguindo. Sabe que sou fraca.

— Você está sendo ridícula, Ophelia.

— Não me pique.

— Desculpe — ela pede enquanto se endireita, bem a tempo de a abelha picá-la na orelha. — Mãe de Deus! — Lia grita enquanto agita o braço para o lado, infelizmente acertando bem no peito da sra. Bife.

Plop.

E todos juntos, observamos, horrorizados, a frágil mulher agitar os braços no ar, e um resmungo sai da ponta de sua língua enquanto ela cambaleia para trás.

Não há como impedir o inevitável.

Todos podemos ver o que vai acontecer.

Ela está indo direto para os arranjos de hortênsias.

E com um estrondo, um gemido e um tombo, a floricultura fica em silêncio, enquanto a sra. Bife despenca na mesa de flores.

Baldes de água caem para todo lado.

Ramos de hortênsias se partem.

E o estremecimento geral sentido por todos emerge em nosso rosto.

— Me tire daqui imediatamente — a sra. Bife ordena. Corro para o seu lado e a ajudo, mas vou logo para o lado de Lia para protegê-la, porque as profundezas do inferno estão prestes a se abrirem, e tenho certeza de que, se eu não a segurar firme o suficiente, Lia será engolida.

— Ai, meu Deus, me desculpe — Lia começa, mas a sra. Bife ergue as mãos para interrompê-la.

Ajeitando seu casaquinho e limpando a água do rosto, ela olha para Lia e decide em um tom de voz que só pode pertencer aos pesadelos:

— O buquê será de rosas vermelhas com o mínimo de margaridas. Fim da discussão. — E então ela vai embora, com a assistente ao seu lado.

Ficamos ali, um pouco atordoados, enquanto a florista também sai. Depois de alguns instantes, Lia diz:

— Isso, hã... isso está longe de ser ideal.

Não posso evitar e solto uma risadinha baixa.

— Quem poderia imaginar que ficaria de mão boba com a sua sogra hoje? Com foi? Na minha mente, eles são só sacos de poeira.

Ela tosse algumas vezes.

— É o gosto disso que está na minha boca? Poeira de peito?

Solto uma gargalhada enquanto passo o braço ao seu redor e a guio para a saída.

— Ainda bem que seu braço não acertou mais embaixo, ou você teria sentido um gostinho de poeira vaginal.

— Poeira vaginal... não é esse o ingrediente secreto daquele tempero Old Bay? — ela pergunta, me fazendo bufar de tanto rir.

— Ai, merda... como eu amo você.

— Nunca vi o sangue de alguém ferver na vida real, sabia? Sempre ouvimos a expressão, mas nunca chegamos a ver. — Lia dá uma mordida no burrito, enquanto estamos sentados do lado de fora do Alberto's, um dos meus lugares favoritos quando vou ao centro. — Mas, minha nossa, deu para testemunhar o sangue da sra. Bife agitado naquelas veias medonhas dela hoje. Foi uma visão e tanto.

— Se olhares pudessem matar, nós dois já estaríamos mortos.

— Mortos na hora. Você viu o olhar que a florista lançou para a gente? Tenho certeza de que queria murchar e desaparecer.

— Acho que é assim que todo mundo se sente quando a sra. Bife está por perto.

Lia toma um gole do seu copo de limonada que decidimos dividir.

— Obrigada por me defender lá. Eu agradeço muito.

— Não precisa me agradecer. É isso que um padrinho picles faz.

Lia ri, mas logo fica em silêncio.

— Você acha que é bobagem fazer aquela coisa de buquê de flores tricotadas?

Balanço a cabeça.

— Me faz gostar de você ainda mais. — Seus olhos se erguem para os meus. — Acho que é uma coisa bem legal, e se eu estivesse no seu lugar, iria querer fazer o mesmo. É um dia importante na vida de uma pessoa, e é certo querer prestigiar aqueles que não poderão estar presentes. Acho que sua mãe iria adorar se você entrasse com algo que fizeram juntas.

— Concordo. — Ela coloca o burrito no prato. — Fico pensando nessa entrada e em como meu pai teria me segurado com firmeza, teria me dito que me ama, o quanto estava orgulhoso e como ele sonhava com esse dia. O dia que ele me entregaria. E agora... agora não vou ter nada disso. Vou ter que entrar sozinha, e isso é tão assustador.

— Eu posso entrar com você — ofereço. — Você não estará sozinha. Terá a mim.

— A sra. Bife jamais aceitaria isso, já que é para você entrar na frente como o meu padrinho picles.

— Falando nisso, se o padrinho picles não estiver na programação, aí eu vou ficar bravo.

Ela sorri.

— Mas não ligo para o que a sra. Bife quer. Quero que você esteja feliz, que sinta que está rodeada de pessoas que te amam, e isso significa que vou ter que dobrar minhas responsabilidades, então quem liga?

— Obrigada. Aff, odeio como tudo isso tem sido melancólico. Sinto como se um casamento devesse ser uma grande comemoração. Até agora, tem parecido como uma versão do inferno. A única razão que tem me feito suportar esses últimos dois dias é você. Tenho certeza de que eu teria desistido logo depois de ver a lista de convidados.

— Vai melhorar. Assim que toda essa questão de planejamento estiver resolvida, vai ser uma viagem tranquila.

— Espero que sim. — Ela ergue o burrito e dá outra mordida. — E aí, vamos terminar aquela conversa sobre a Birdy?

— O que mais há para se dizer? — Dou de ombros. — Acho que vou dar outra chance, só porque ela é legal e eu me diverti. Pode ser que tenha sido todo aquele açúcar que comi, mas falei para ela que a gente ia fazer a trilha, então vou fazer isso, e veremos aonde isso vai dar.

— Por que está forçando a barra? Se não gosta dela, então não gosta dela.

— Não é que eu não goste dela. Na verdade, eu gosto. Só não senti nada quando a beijei, e eu esperava mais, sabe? Pode ser que eu estivesse só nervoso. Ela estava puxando minha camisa, e isso foi sexy, então talvez eu tenha sentido na mente.

— Ela estava puxando sua camisa? — Lia pergunta, com o burrito a meio caminho da boca. — Tipo, para tirá-la?

— Não, para me manter no lugar. Eu gostei. E os lábios dela eram super macios. Fico me perguntando se eu a beijasse de boca aberta, se não teria sido melhor.

— Você não abriu a boca para beijá-la? Então foi só um beijo nos lábios?

— Sim, tipo um selinho.

— Bem, deve ser por isso que você não sentiu nada. Um selinho não dá muita abertura para sentir a atração.

— Hum. — Coço a lateral do queixo e pego nossa limonada. — Você deve ter razão.

— Sei que tenho.

— Nem um pouco humilde ou coisa do tipo.

— Quando foi que a gente foi humilde um com o outro?

— Nunca — respondo. Me recosto na cadeira. — E aí, o que vai fazer hoje à noite?

— Vou na casa do Brian. As coisas têm estado meio pesadas entre a gente ultimamente, e ele tem sentido, então me chamou para ir lá. Ele vai fazer o jantar.

— Você conversou com ele sobre os óculos?

Ela limpa a boca com o guardanapo e assente.

— Sim, conversei, e ele admitiu ter dito aquilo para a mãe. — A raiva ferve no meu estômago. O cara ainda é um idiota, e não consigo me ver gostando dele. — Mas ele se desculpou. Sei lá. Sinto como se este fosse o momento em que todas as coisas podres da nossa relação vêm à tona. É melhor que venham agora, não é? Porque aí você vai saber com o que tem que lidar.

— É, deve ser. — Bem neste momento, meu celular vibra com uma mensagem. Dou uma olhada e vejo que é de Huxley. — Só um minutinho. — Levanto o dedo e leio a mensagem.

> **Huxley:** *Pode dar uma passada aqui em casa amanhã? Tenho que discutir algumas atualizações com você.*

Respondo no mesmo instante.

> **Breaker:** *Claro. Que horas?*
>
> **Huxley:** *Às nove. Vejo você, então.*

Levanto os olhos para Lia.

— Parece que Huxley tem algumas atualizações no caso.

— Eita, Schoemacher vai se dar mal.

CAPÍTULO OITO

BREAKER

Estou entediado pra caralho.

Fico olhando para o meu computador, enquanto os blocos de Tetris caem pela tela, e assim percebo que minha vida é patética.

Pois é.

É o que estou fazendo, jogando Tetris no computador como um velhinho de setenta anos, porque minha melhor amiga está com o futuro marido dela, e os meus irmãos estão fazendo uma quantidade absurda de sexo com suas esposas. Viu só, é exatamente disso que eu estava falando. Preciso de uma vida fora do meu habitual.

Preciso de pessoas com quem sair.

Preciso de atividades.

Preciso de algo além de ficar sozinho em casa, usando um curativo do Batman no meu mamilo só porque achei que fosse divertido!

Me levantando da mesa, alongo os braços sobre a cabeça e estou prestes a mandar uma mensagem para JP para ver o que ele está fazendo, então faço uma pausa. Eu sei o que ele está fazendo... com a esposa.

Huxley também.

E não é como se eu pudesse mandar mensagem para Banner — nosso novo parceiro de negócios e amigo —, porque ele ficou com alguém no casamento de JP e Kelsey. Todo mundo está com alguém. TODO MUNDO.

Que idiota, eu deveria estar com alguém também, e não ficar sozinho em casa, bebendo a droga de um suco de laranja e tentando bater meu próprio recorde no Tetris às sete da noite.

Pego o celular, clico na minha conversa com Birdy e mando uma mensagem.

> **Breaker:** E aí, o que está fazendo? Estou como um idiota solitário jogando Tetris no momento.

Vou ao banheiro, onde tiro meu short e coloco uma calça jogger preta no instante em que ela responde.

> **Birdy:** Estou assistindo Sex and the City *enquanto como um dos cupcakes de xaninha.*
> **Breaker:** Haha. Quer companhia?
> **Birdy:** Sempre. Vou te mandar meu endereço. A propósito, vista alguma coisa confortável. Já estou de pijama.
> **Breaker:** Vestindo uma camiseta neste momento.
> **Birdy:** Ah, eu cheguei a falar que não há necessidade de camisas?
> **Breaker:** Acho que você pulou esse detalhe. Já chego aí.

Birdy mora num apartamento bem legal.

Condomínio fechado, piscina luxuosa e um paisagismo bem bonito. Não sei o quanto ela paga de aluguel, mas deve ser mais do que eu, e acho isso engraçado, considerando a enorme diferença nas nossas contas bancárias.

Paro na vaga em frente ao seu prédio, pego a caixa de cupcakes da nossa aula — nunca apareça de mãos vazias — e subo as escadas em direção ao apartamento 3C.

Bato três vezes à porta e fico tentado a chutar o rodapé, mas recordo que é algo que faço com Lia e me detenho. A fechadura é destrancada, a porta se abre e encontro Birdy do outro lado, usando um short de seda e uma simples regata preta.

— Você trouxe cupcakes? Achei que não teria mais nenhum sobrando depois de ter devorado vários na aula.

— Fiquei um dia de dieta.

Entrego a caixa para ela assim que se aproxima de mim, coloca a mão no meu peito e me cumprimenta com um beijo no canto da boca. Isso foi inesperado, mas não me importei.

— Que bom que está aqui.

Então ela pega minha mão e me puxa para dentro do apartamento.

Tiro os sapatos, fecho a porta assim que passo e a sigo para a sala, onde ela se senta no sofá e me puxa para junto de si.

Seu apartamento é o que eu esperava dela. Móveis brancos e imaculados com alguns tons de bege e marrom espalhados por todo o espaço. É limpo, forte, moderno e sereno. Não há sequer uma *action figure* como decoração, nem um único pôster. Bem maduro.

Bem diferente do meu apartamento.

E do da Lia também.

Ela se senta nos joelhos, se vira para mim e diz:

— Preciso falar com você sobre uma coisa.

— Hã, pode falar — respondo ao me virar para ela.

— Bem, meio que me desculpar.

— Você já se desculpou o suficiente sobre a aula de confeitaria. E é estranho, mas eu me diverti.

— Não tem a ver com a aula de confeitaria. Tem a ver com... — Ela estremece e então acrescenta: — O beijo.

— Ah, hã, então o que quer falar sobre o beijo?

— Sei que foi estranho.

— Como assim? — pergunto, sabendo muito bem que foi um pouquinho estranho.

— Eu estava nervosa e meio que fiquei muda quando beijei você. Na verdade, estou até surpresa por você estar aqui depois daquele beijo. Quando recebi sua mensagem, até ofeguei. Estava esperando uma ligação tarde da noite na sexta para me dizer que você já não poderia me encontrar para a trilha.

— Birdy...

— Sou muito melhor de beijo do que aquilo — ela diz, em pânico. — Muito melhor. Eu só... ai, Deus, fico nervosa perto de você.

— Por quê? Não me acho tão intimidador assim.

— E não é. Esse é o problema. Se fosse um macho alfa babaca, então, sim, eu provavelmente não me sentiria tão nervosa perto de você, mas é um cara legal, um fofo, e é o tipo de cara difícil de encontrar, ainda mais em Los Angeles. Fico repetindo que vou acabar estragando tudo e achei mesmo que tinha feito isso com aquele beijo.

— Precisa parar de ficar caçando pelo em ovo — digo, mesmo que ela tenha toda razão. Pensei a mesma coisa sobre o beijo. Acho que não estava sozinho nessa. Isso é reconfortante. Pode ser que tenha sido toda aquela coisa de boca fechada, no fim das contas.

— Me desculpe. É que fico tão presa nos meus relacionamentos passados que é difícil tirar esses pensamentos da cabeça. Mas vou dar um jeito nisso.

— Leve o tempo que precisar — falo, deslizando o braço pelas costas do sofá. — Não planejo ir a lugar nenhum, e do jeito que está, nossa trilha ainda está de pé no sábado.

— Que bom, porque fui às compras hoje e comprei a roupa perfeita para isso.

— Ah, é? — pergunto com uma risada. — Não sabia que havia uma roupa perfeita para uma observadora de pássaros.

— Se procurar bem, dá para encontrar.

— Me fale mais sobre essa roupa.

— Ah, não, nada de espiadinhas. Será uma surpresa.

— Bem, se não for uma camisa com um pássaro nela, vou ficar bem decepcionado mesmo.

Ela apenas sorri, e isso é muito fofo. Ela é bem fofa. E divertida. E doce. Praticamente tudo o que eu procuraria em uma parceira. É por isso que preciso me esforçar para fazer isso funcionar.

— E aí, você foi nas reuniões de planejamento com a Lia hoje?

— Fui, a gente checou algumas flores.

Ela se aproxima. E dá para dizer que quer algo mais íntimo, então mexo o corpo para olhar mais para ela e faço um círculo com o dedo em seu ombro nu. Parece haver um alívio em seus olhos, então continuo.

— E o que acabou escolhendo?

— Ora, Birdy — repreendo. — Que tipo de padrinho picles eu seria se saísse por aí revelando os segredos do casamento?

— Que tipo de padrinho picles eu seria se saísse por aí revelando os segredos?

— Padrinho picles? Preciso de uma explicação para isso aí.

— Lia e eu amamos demais o jogo *Scrabble*. A gente fazia parte de um clube na faculdade, e certa noite, éramos só eu e ela jogando, o que é como as reuniões do clube costumavam acabar. Eu estava exausto, mas precisava vencê-la em mais uma partida. Eu tinha a chance de escrever picles, mas sem querer acabei escrevendo errado. E é claro que eu era um filho da puta arrogante naquela época, ainda mais quando *Scrabble* estava envolvido, então gritei minha pontuação como um mestre, e ela apontou para o tabuleiro, dizendo que escrevi errado. Foi humilhante, e o nome pegou. Eu sou o picles dela.

Ela ri.

— Picles pode significar outra coisa, sabia?

Faço uma pausa, então balanço a cabeça.

— Pode acreditar, este picles nunca chegou lá.

Ela ri ainda mais.

— Bom, eu amo sua amizade. Acho que é fofo. Você tem vários amigos próximos assim ou só a Lia?

— Bem, eu costumava passar tempo com os meus irmãos até eles se casarem. Isso praticamente acabou com os nossos jogos de basquete. Eu ainda os vejo, mas mais como um encontro em grupo, o que garante às esposas deles acesso aos meus assuntos pessoais. Elas podem ser bem carentes quando se trata de saber de tudo sobre a minha vida de solteiro e o quanto elas querem me fazer... não tão solteiro assim. E há também o meu amigo Banner, que começou há pouco tempo a trabalhar com a gente. Ele é muito legal, mas está saindo com uma garota, a Kenzie, bem, conhecendo. Não sei em que pé eles estão. Aí ele tem estado ocupado com isso. — Faço um gesto lento com a cabeça. — Parece que estou no momento da minha vida em que todo mundo está com alguém.

— Sei muito bem como é. Quando estava com o meu ex, era como se todo mundo estivesse se casando e tendo filhos. Fizemos algumas coisas juntos, mas, quando terminamos, foi como se mais ninguém tivesse tempo para mim.

— Que merda, mas conheço essa sensação.

— Mas não posso culpá-los — ela diz. — Eles estão apaixonados, afinal.

— Acho que sim. Acho que foi isso que me deu ânimo para conhecer alguém. Não estou desesperado ou coisa do tipo, mas também não quero ficar solitário.

— Entendo perfeitamente. Eu também. Não preciso de alguém para ser feliz, mas é legal fazer coisas com alguém... tipo, fazer trilhas, sabe. — Ela estende a mão e brinca com o tecido da minha camiseta.

— E fazer coberturas de xaninhas.

Quando ela olha para mim, seu sorriso malicioso é muito sexy.

— Exato. Tipo fazer coberturas de xaninhas.

Arriscando, puxo sua mão.

— Venha cá. — Para a minha sorte, ela obedece e monta no meu colo. Eu me recosto no sofá para olhar para ela. — Como foi o trabalho hoje?

— É isso o que você vai me perguntar agora que estou sentada no seu colo?

— É — respondo, enquanto desço as mãos para suas coxas. — Sempre começo minhas conversas assim. Você deveria ver as brigas em que acabo entrando com meus irmãos sobre quem vai ficar embaixo e quem vai ficar em cima.

Ela solta uma risada sensual enquanto faz movimentos circulares no meu peito desta vez.

— Ah, mas que visão se formou na minha mente.

— A gente descobriu que, se sentar no colo um do outro, conseguimos focar mais na conversa e bloquear as distrações. Já tive longas conversas no colo do JP, em que a gente teve uma enxurrada de ideias para nossa próxima aventura nos negócios. Se não fosse pela óbvia infração de RH, faríamos todo mundo se sentar no colo um do outro.

— Pode ser uma boa ideia, sabe. Meu cérebro marketeiro já está pensando em como você poderia criar um tipo de dispositivo que impediria o contato de pélvis com pélvis, mas que possibilitaria a mesma posição. Ah, e daria até para acrescentar alguns antolhos para deixar a distração de fora.

— Nossa, Birdy. Minha nossa. Mas isso com certeza é genial.

Ela empina o nariz.

— Obrigada, mas a ideia foi sua. Sou só a criadora de sonhos.

— É assim que se chama no trabalho?

— Quando tenho uma grande ideia, é claro. Imprimo em silêncio um certificado com o nome de criadora de sonhos nele. Tenho uma pasta cheia desses certificados. Na minha gaveta de trabalho.

— Uma pasta cheia significa que você é uma ótima criadora de sonhos.

— E sou mesmo.

Passamos a hora seguinte conversando sobre tudo, com ela sentada no meu colo, e eu segurando suas coxas, sem fazer qualquer investida. Nem uma única investida.

Ela me fala o quanto gosta de surfar — algo que nunca fiz na vida —, o quanto é uma grande fã de todos os tipos de cereais — quanto mais açucarado, melhor — e que, certa vez, teve um cachorro de três patas e que ele foi o melhor cachorro que ela já teve.

Eu compartilho meu desejo de ter cada boneco colecionável já feito de *Guerra nas Estrelas*, o quanto acredito que a maior amizade do nosso tempo é entre o C3PO e o R2D2 — e ela acrescenta que assistiu apenas aos episódios recentes e que não entende esse fetiche pelo Kylo e a Rey juntos. Quase engasgo de decepção.

— Você está com sede ou algo assim? — Birdy pergunta.

— Não, estou bem. Mas eu preciso ir agora, porque tenho certeza de que você precisa acordar cedo amanhã. — Esfrego as mãos em suas coxas.

— Eu tenho mesmo um despertador para as cinco e meia da manhã.

— Pois é, também vou me encontrar com Huxley na casa dele amanhã.

— Tudo bem, então... — Seus dedos dançam ao longo da minha camiseta. — Devo te acompanhar até a porta. — Ela se levanta do meu colo e estende a mão. Eu a pego e vamos até a porta da frente juntos. Calço os sapatos e, quando estou pronto, me ergo e a encontro recostada na parede ao lado da porta, com as mãos atrás das costas. — Obrigada por ter vindo.

— É, foi legal, mesmo que você não seja uma fã da relação de Kylo Ren e Rey.

— Não consigo gostar mesmo — ela diz, se mantendo firme. —

Desculpe, mas não é para mim.

— Que decepção — provoco e então dou um passo à frente.

Coloco o dedo sob seu queixo, mais uma vez fecho o espaço entre nós e pairo bem perto dos seus lábios, esperando.

Ela fecha o resto da distância entre nós e desliza a mão pelo meu peito, enquanto sua boca se abre, encorajando a minha. Pouso a mão livre na parede perto da sua cabeça, me apoiando, e aprofundo o beijo, deixando minha língua explorar.

Suas mãos vão até meu rosto, envolvendo-o. Sua língua acompanha minhas investidas, e, pela primeira vez em meses, fico de pegação bem na entrada do apartamento de uma mulher.

Eu me deleito com a sensação dos seus lábios macios.

Me afundo no aperto das suas mãos no meu rosto.

E quando ela ofega para recuperar um pouquinho de fôlego, eu confio na minha memória.

Tinha me esquecido de como é ter intimidade com uma mulher, e é bom.

Quando me afasto, seus cílios se erguem enquanto seus olhos se conectam com os meus. Sorrio para ela e digo:

— Foi melhor?

— Muito melhor. — Ela passa a língua nos lábios. — Muito melhor mesmo.

— Que bom. — Eu me inclino e dou mais um beijo em seus lábios antes de me afastar. — Vejo você no sábado para aquela trilha.

— Isso, sábado — ela responde, enquanto abro a porta do apartamento e me movo para sair. — Boa noite, Breaker.

— Boa noite, Birdy — digo ao sair e seguir pelo corredor.

— Bom dia, Breaker — Lottie me cumprimenta assim que atende a porta. — Como você está?

— Bem. E você?

Ela não trocou de roupa para o dia, ainda está de robe e o cabelo preso num coque.

— Vou bem.

Huxley aparece e enlaça o braço ao redor de sua cintura. Ele dá um beijo na lateral da sua cabeça e indaga:

— Quer alguma coisa?

Ela balança a cabeça e dá um tapinha em sua mão.

— Não, obrigada.

Ela vai na direção da cozinha, e os olhos de Huxley seguem cada passo dela.

— Como é? — questiono.

Quando ele se vira para mim, pergunta:

— Como é o quê?

— Ser tão apaixonado assim. Você é tão protetor, possessivo e apaixonado. Acho que nunca me senti assim com alguém antes.

— Claro que já. Você é desse jeito com a Lia.

— Lia e eu não estamos romanticamente envolvidos.

— Podem até não estar, mas sabe muito bem como fica quando a mãe do Brian fica no pé dela, aquela sensação instintiva de que você fará qualquer coisa para ter certeza de que ninguém vai machucar a sua garota? É essa a sensação. Essa sensação profunda que nunca vai embora.

Concordo devagar com a cabeça.

— Tenho essa sensação com a Lia, mas não no nível romântico, é mais no nível de melhor amigo.

— Bem, quando você finalmente se apaixonar, essa sensação que tem com a Lia vai ser transferida. Por que pergunta? — Ele vai na direção do seu escritório, e eu o sigo.

— Eu meio que tenho saído com uma garota nos últimos dias, e ela é incrível. Linda e inteligente. Com grande senso de humor. Não temos muito em comum, mas ela é doce, perspicaz e interessante. Fui à casa dela ontem à noite, e a gente conversou bastante, ela até mesmo ficou sentada no meu colo por um tempo, mas não tive aquela necessidade avassaladora de tocá-la. Mantive as mãos nas pernas dela porque senti como se fosse a coisa certa a fazer, e quando dei um beijo de despedida, eu gostei pra caralho, mas, sei lá, acho que não sinto nada por ela.

— Ela beijava mal? — Huxley pergunta enquanto se senta à sua mesa.

Me sento de frente para ele.

— Não. Na verdade, ela beija muito bem. — Solto um suspiro pesado e me inclino para frente, com as mãos entrelaçadas. — Sei lá, cara. Acho que estou passando por umas merdas, e não sei como processar tudo isso. Acho que essa coisa de processo e o casamento estão me afetando demais.

— Você quer gostar dessa garota? — Huxley pergunta.

— Eu não quero ser deixado para trás. Sozinho. Todo mundo que eu conheço está casado, se casando ou em um relacionamento. E eu fico sozinho no meu apartamento, jogando a porra do Tetris no computador.

— Isso nunca te incomodou antes. Você ama Tetris.

— Amo, sim — digo, baixinho. — Amo pra caralho, mas sei lá, é como se eu tivesse atingido um ponto da minha vida em que talvez eu devesse namorar sério. Nunca fiz isso antes e é meio esquisito, né?

— Você nunca precisou de um relacionamento. Você se apoiava na Lia para uma companhia feminina, e quando precisava de sexo, dava uma saída para se divertir. Teve o cenário perfeito por bastante tempo.

— Espere, acha mesmo que é esse o caso? Que é por isso que nunca tive uma namorada de verdade? Porque eu me apoiava na Lia todos esses anos?

— Sim — Huxley diz, exausto. — É preocupante que você não tenha notado isso antes. É óbvio pra caralho.

— Para mim, não é — falo enquanto me recosto na cadeira e pressiono as mãos nas coxas. — Acha que é por isso que não encontrei ninguém ainda? Porque estive satisfeito com a Lia?

Huxley esfrega a testa, demonstrando sua curta paciência.

— Sim — ele responde. — É exatamente por isso, por que precisaria de uma namorada quando a Lia é tudo de que você sempre precisou?

— Jesus. Nunca pensei dessa forma.

Se é esse o caso, isso também quer dizer que Lia não estava satisfeita *só* comigo. Eu nunca fui tudo de que ela precisava, porque ela começou a namorar Brian. Então mesmo que ela esteja preocupada com o quanto as coisas vão mudar entre nós, elas já mudaram. Agora ela *precisa* do Brian, o que significa que não precisa tanto assim de mim. Cara, como eu estive cego.

— Ainda bem que pude te esclarecer. Podemos voltar para o motivo de você estar aqui agora?

— Acho que sim — digo, enquanto minha mente gira. — Mas só um segundo. Você acha que eu deveria... sei lá, parar de passar tanto tempo com a Lia?

Huxley belisca sua sobrancelha.

— Por que você faria isso? Só vai machucar os sentimentos dela.

— É, mas ela tem Brian, então não deveria ter, tipo... uma transferência de poderes?

— Você não é a porra do presidente dos Estados Unidos.

— Eu sei disso — falo, exasperado. — Mas já que Brian e Lia vão se casar em breve, eu não deveria me afastar um pouco? Brian já vê como um problema a quantidade de tempo que passo com a Lia. Tipo, eu deveria passar a faixa para ele, não é?

— Sei lá. Se acha que deve, então faça isso. Agora podemos falar sobre o processo, por favor?

— Claro, desculpe. — Faço uma pausa. — É só que vi a Birdy ontem à noite e o beijo foi bom, mas não senti aquela faísca e não sei se deveria ter sentido a faísca ou se ainda é cedo demais para senti-la. Não sei mesmo. Você sentiu a faísca com Lottie?

Huxley joga a caneta na mesa e se recosta na cadeira.

— Me diga você. Acha que senti uma faísca com a minha esposa?

— Pelo que eu pude observar, diria que sim.

— Foi imediato. Posso até tê-la achado chata, frustrante e com certeza irritante na maioria das vezes, mas não há dúvida de que, para mim, ela era a porra da coisa mais linda que eu já tinha visto, e eu a queria na minha cama.

— Ah. — Assinto. — Você acha que a mesma coisa aconteceu com JP?

— Cara, sério? Qual é, você viu como JP ficou quando conheceu Kelsey. O cara estava transpirando corações por cada poro do corpo dele.

— É, eu sei. — Dou uma olhada para o lado. — Não é assim com a Birdy. Mas fico imaginando se estou com um bloqueio mental agora e se não estou me permitindo sentir o que deveria sentir por ela por causa dessa coisa de me apoiar na Lia. Você acha que isso pode ser um problema?

— Acho que podemos ter um enorme problema em breve se não pararmos de falar sobre isso e dar um jeito no que viemos resolver.

— É, está bem... Desculpe. — Roo a unha do polegar. — Rapidinho, quais são os seus pensamentos sobre Kylo e Rey juntos? É estranho eu estar considerando namorar alguém que não acredita no amor deles como eu?

— Pelo amor de Deus.

CAPÍTULO NOVE

LIA

> **Lia:** Password *vai estrear amanhã. Devo ir a sua casa ou você vem para a minha? Preciso ir ao mercado se você vier para cá. Não tenho nenhuma bala azeda ou Sprite.*
> **Breaker:** *Ah, vou ter que deixar para a próxima.*

Encaro o celular, confusa.

Deixar para a próxima?

Tenho certeza de que Breaker nunca disse isso para mim... tipo, nunca mesmo.

> **Lia:** *Deixar para a próxima? Você é mesmo o meu Picles? Só quero me certificar de que não foi abduzido ou algo assim.*
> **Breaker:** *Não fui abduzido, só tenho outros planos.*

Ah.

Planos? Com quem?

Birdy?

Tipo, eu não deveria nem ligar, mas se trata de *Password*, e sempre assistimos a *Password* juntos.

Pausamos a tela, e um de nós tem que descobrir a, resposta, a *password*, e fazer o outro adivinhar, então damos play na tela. Durante todo esse processo, nos deleitamos com calzones da nossa pizzaria favorita, devoramos balas azedas até que nossa língua fique em carne viva e a refrescamos com Sprite, o que sempre nos faz arrotar pelo resto da noite.

É a tradição!

Então como é que ele foi... marcar outros planos?

Me levanto da mesa, onde estava trabalhando em uma planilha detalhada do Excel, vou até minha cama e me jogo nela. Eu deveria dizer para ele se divertir e que o vejo na sexta-feira, quando teremos uma reunião com a sra. Bife, mas, caramba, não consigo deixar isso para lá, então o respondo.

> **Lia:** Planos, é? Com a Birdy?

Mando a mensagem e estremeço, odiando minha curiosidade.

> **Breaker:** Com JP e Kelsey, na verdade. Vamos a um bar sobre o qual JP não para de falar. Pensei em convidar Birdy, mas ainda não sei. Aí seriam quatro vezes que vou vê-la na semana. Não quero parecer desesperado.
>
> **Lia:** Quatro vezes? Já é mais do que você me viu.

Quatro vezes? Isso é... isso é demais.

> **Breaker:** Bem, tivemos o encontro duplo, aí a aula de confeitaria e eu fui à casa dela ontem à noite, então se convidá-la hoje já vai ser demais, não acha?

Para mim, três vezes já é um pouco demais.

Além disso... ele poderia me convidar para ir ao bar com todo mundo. Já que, pelo visto, não farei nada hoje à noite.

> **Lia:** Você foi lá ontem? Foi por alguma razão?
>
> **Breaker:** Só para passar um tempo. A gente conversou bastante. Ela não é fã de Kylo e Rey juntos, e isso meio que foi difícil de engolir, mas, olha só, não dá para vencer sempre. Mas mostrei uma das minhas contas de fã e ela achou bem sexy.

Lia: *Ela não gosta de Kylo e Rey juntos? Tenho certeza de que esse é um bom motivo para nunca mais conversar com ela.*

Breaker: *Isso foi fácil de perdoar, ainda mais porque vou levá-la para fazer trilha no sábado e a um tour de observação de pássaros.*

Lia: *Ah, legal. A mesma trilha que a gente faz?*

Breaker: *É, é a melhor. Ela parece bem empolgada. Até comprou uma roupa e tudo mais.*

Lia: *Com um pássaro nela?*

Breaker: *Ela disse que seria surpresa.*

Aposto que é um top e um short. Ela parece legal e tudo mais, mas também... um pouco sedenta.

Lia: *E aí, o que devo fazer com o Password hoje?*

Breaker: *Chame Brian. Ele deveria começar a jogar com você, de qualquer forma.*

Lia: *Como assim "de qualquer forma"? Esse jogo é nosso.*

Breaker: *Sim, mas vocês vão se casar. Não dá para eu ficar indo aí sempre. Vai ser uma boa mudança, Lia.*

Lia: *Espere... você marcou um compromisso de propósito? Para me guiar a algum tipo de transição?*

Breaker: *Esqueci o quão esperta você é.*

Lia: *Não preciso que me faça passar por uma transição. Já sou bem grandinha, Breaker.*

Breaker: *Tá bom, então vá ficar com seu noivo. Converse sobre o casamento, faça questão de que ele saiba o que está acontecendo.*

Lia: *Por que isso me faz parecer que você está se distanciando?*

Breaker: *Não estou, Lia. Só estou tentando preparar você. Assim que se casar, as coisas vão mudar.*

Lia: *Você diz isso como se fosse uma punição.*

> **Breaker:** Não é, mas o que importa aqui é que não vou poder estar ao seu lado para tudo como faço agora. Não vou poder ser o seu companheiro, e você não vai poder ser a minha, simples assim.
>
> **Lia:** Companheiro? De onde você está tirando essas coisas?
>
> **Breaker:** De lugar nenhum, são só fatos. É isso que acontece na vida: vamos evoluindo, mudando, e este é só o próximo passo. Agora preciso ir. Vejo você na sexta.

Fico olhando para o celular, relendo as mensagens várias vezes, tentando descobrir o que está acontecendo. Está bem, vou me casar e em breve estarei morando com o meu marido, mas isso não significa que preciso cortar o contato com Breaker ou parar de interagir com ele. Caramba, ele está se encontrando com a Birdy, alguém que mal conhece, mais vezes do que comigo.

E isso me deixa triste. Tudo isso me deixa triste. E a única pessoa com quem eu gostaria de conversar sobre isso acabou de me dizer que só vai me ver na sexta-feira.

Lágrimas brotam nos meus olhos assim que uma batida soa à minha porta.

Me sento na cama, esperando que seja Breaker e que suas mensagens tivessem sido apenas um estratagema. Enxugo os olhos às pressas, corro até a entrada, abro a porta com força e acabo encontrando Brian do outro lado, segurando um buquê de rosas e exibindo um largo sorriso.

— Oi, amor — ele diz, e juro que uma luz cintila dos seus dentes recém-branqueados. — Pensei em te fazer uma surpresa com algumas flores e... — ele pega uma mochila — uma noite juntos.

— Ai, nossa — falo, tentando fazer com que minha voz soe animada, não decepcionada. — Eu não, hã... estava esperando por isso.

— Pois é, nem eu. — Ele me entrega as flores. Rosas *vermelhas*, que eu detesto por serem tão clichês e pouco originais. Algo que achei que Brian soubesse. — Na verdade, foi ideia do Breaker. — *Ah... como é?* — Ele também me falou para pegar balas azedas e Sprite, então está tudo aí na mochila. Não sei por que, mas ele disse que é do que vocês precisam enquanto assistem e jogam *Password*.

— Breaker falou para você fazer tudo isso?

— Bem, as flores foram ideia minha, mas a noite de jogos foi dele. Ele disse que, já que não vai estar muito por aqui, eu deveria aprender sobre as coisas que você ama.

Brian se inclina e me dá um beijo no rosto. Ele passa por mim e entra no apartamento, enquanto eu fico ali, atordoada.

Breaker armou isso?

Ele quer que Brian aprenda sobre as coisas que *eu amo*?

Por que ele está fazendo isso? Por que quer me extrair da sua vida?

Tenho certeza de que deve estar fazendo isso para ser legal, mas machuca.

E sem chance de eu conseguir aproveitar a noite, a menos que chegue a fundo desta questão.

Então, aproveitando a chance, digo:

— Hã, Brian, preciso fazer uma ligação importante. Vou ali no apartamento do Breaker para não incomodar você.

— Ah, eu posso ficar quieto se você quiser.

Balanço a cabeça.

— Pode acreditar, estas paredes são tão finas quanto papéis. Você poderia ouvir tudo. Apenas fique à vontade que eu volto já.

— Tudo bem. Te amo.

— Também te amo. — Sorrio para ele.

Com o celular na mão, dou uma escapulida do meu apartamento e vou direto ao de Breaker. Há uma chance mínima de que ele esteja em casa, mas pelo menos posso tentar, e se ele não estiver, posso ligar para ele do seu apartamento.

Bato gentilmente à porta e espero alguns instantes antes de checar a porta, está destrancada. Eu a empurro assim que Breaker se aproxima da entrada.

— Está tudo bem, Lia?

Fecho a porta assim que passo e cruzo os braços no peito.

— Não, não está nada bem.

— Então... — ele diz, arrastado. — Eu estava de saída...

— Sério? Não vai me perguntar o que há de errado?

— Estou com a sensação de que já sei — ele fala ao recuar para o quarto de hóspedes, e o sigo. É o quarto mais afastado do apartamento. Já brigamos ali antes, enquanto Brian estava no meu apartamento, e não há dúvida de que é nisso que ele está pensando agora. Ele se senta na cama de hóspedes e indaga: — O que está rolando?

— O que está rolando? — digo em um tom sussurrado, porém forte. — Que tal você me falar o que está rolando, porque, da última vez que cheguei, você estava passando as nossas tradições para Brian.

— Não estou passando. Só estou incluindo Brian.

— Não preciso que o inclua. Já faço minhas coisas com Brian. Eu preciso é que você pare de me afastar.

— Mas eu vi você ontem. Como pode dizer que isso é afastar?

— Você me viu para as coisas de casamento. Está me afastando das coisas que a gente costuma fazer.

Ele desvia o olhar, mesmo assim dá para ver que quer dizer alguma coisa. Alguma coisa está na ponta da sua língua, mas ele está se segurando.

— Diga logo — pressiono.

Ele baixa a cabeça e a balança.

— Então é assim que vai ser, Breaker? Estou prestes a me casar, e você não quer nem me dizer no que está pensando?

— Não posso dizer para você o que estou pensando.

— Por que não?

— Porque tem a ver com você — ele sussurra, quase gritando.

Dou um passo para trás, tentando entender por que ele parece tão nervoso, tão irritado.

— Bem, se tem a ver comigo, então me diga. Dá para ver que é algo que precisa pôr para fora.

— Tá bom — ele diz, e então seus olhos encontram os meus. — Você quer conversar? Então vamos conversar. A gente se apoia um no outro até demais, e hoje me dei conta de que não estou em um relacionamento por causa de você.

— Como é? Hã, se importa de explicar por que a culpa é minha?

— Porque você se tornou minha zona de conforto. Por que eu precisaria de uma companheira quando posso vir até você?

— Então, quer dizer que está bravo comigo e tentando me extrair da sua vida só porque sou uma boa amiga?

— Não. — Ele agarra o cabelo, frustrado. — Não é isso o que estou tentando dizer.

— Então o que exatamente você está tentando dizer, Breaker? Porque para mim está parecendo que está tendo algum tipo de crise de relacionamento, só porque eu vou me casar, e agora você está desesperado para encontrar alguém, e a pessoa com quem tem saído não é bem o que você estava procurando. Por isso está me culpando por tudo.

— Nossa. — Ele se levanta, e sua altura se eleva além da minha. — Não é nada disso que eu estava dizendo, porra. Que jeito de distorcer as palavras, hein?

Jogo as mãos no ar, derrotada.

— Então do que está falando?

— Nós só somos... próximos demais.

— Próximos demais? — repito, irônica. — Tá bom, então a amizade que construímos ao longo da última década é boa até demais. É esse o problema? — Me afasto. — Está bem, bom saber. Me desculpe por ter me importado tanto com você e por ter sido parte da sua vida a ponto de chegar a te machucar.

— Lia, não faça isso — ele pede, tentando me alcançar.

— Não, não faça você — digo, ao me virar para longe dele. — Isso é uma merda das grandes, Breaker, para você me afastar assim só porque acha que estou te impedindo de encontrar alguém. Nunca fiz nada do tipo. Sua vida amorosa é problema seu, não meu. Em vez de tentar culpar as pessoas que te amam e te apoiam, talvez queira olhar para si mesmo. Não sou eu a culpada por você não estar com alguém. A razão por você estar solteiro é porque acha que ninguém é bom o suficiente. Seus padrões são tão impossivelmente altos que ninguém nunca irá alcançá-los. Esse é o problema. Não eu.

— Nós só somos... próximos demais.

Eu me viro, mas ele me alcança e puxa meu braço.

— Lia, espere.

Puxo meu braço de volta.

— E qual é o problema, aliás? Por que agora? Por que precisa encontrar alguém agora? Só porque eu vou me casar, você acha que também precisa se casar?

— Não — ele diz, com uma ruga na testa.

— Então por que isso está vindo à tona agora? Por que está fazendo disso um problema? Já namorei outros caras. Pois é, podem não ter sido muitos, mas já tive namorados. Por que isto aqui é diferente?

— Sei lá — ele responde, parecendo perturbado.

Talvez se tivesse sido uma hora atrás, eu o teria feito se sentar para conversar sobre os seus sentimentos, mas não agora, não neste momento. Meu *noivo*, que quer passar um tempo comigo e fazer algo que *eu amo*, está no meu apartamento, esperando por mim. Breaker está sendo ridículo e imprudente. E ele pode muito bem revirar na própria sujeira por um tempo.

— Talvez seja algo sobre o qual você precisa pensar. — Vou na direção da porta da frente.

— Me desculpe, Lia, está bem?

— Não, nada está bem. — Me viro de novo. — Não é assim que tratamos um ao outro. Não sei o que está passando na sua cabeça agora, o que pode ter possuído você para ter esse tipo de pensamento e ideias drásticas para me empurrar para Brian, quando não preciso ser empurrada, mas vou te dizer uma coisa: Isso vai criar uma barreira entre a gente. Se é isso o que quer, então conseguiu. — Alcanço a porta da frente e digo: — E não se preocupe sobre a sexta. É só uma procura por um vestido mesmo, então não vou precisar da sua ajuda. — E então saio do seu apartamento, paro no corredor, no espaço entre nossas portas, e deslizo para o chão, onde choro baixinho. O que está acontecendo com a gente?

— Hã, sei lá... lava-louça? — Brian pergunta, enquanto me jogo de volta ao sofá.

— Como é que você foi pensar em lava-louças depois dessa pista de tubarão?

— Sei lá — Brian diz, frustrado. — Este jogo não faz sentido.

— Como não faz sentido? Você dá uma dica para o seu parceiro e ele tenta adivinhar, é simples.

— Mas as suas dicas não estão ajudando.

— Eu te dei três dicas. Boca, dentista e tubarão.

— É, que ótimas dicas. Como vou conseguir juntar essas três coisas?

— Dentes! — grito. — Meu Deus, Brian, a palavra é dentes! Você deveria ter pensado nisso depois do dentista.

— Bom, esta é a primeira vez que jogo. Me desculpe por não ser tão bom quanto Breaker. Talvez se você não estivesse enfiando essa quantidade absurda de açúcar na minha boca, eu teria conseguido adivinhar.

— Eu não estava comparando você com Breaker — digo entre os dentes cerrados.

— Você nem precisou. Deu para ver isso pelo seu rosto todo.

— Que bela suposição — falo enquanto ofereço um joinha a ele e então me levanto do sofá. — Porque, pelo visto, você sabe exatamente o que está se passando na minha cabeça, exceto no que estou pensando de verdade, e no que estou pensando mesmo é nos malditos DENTES! Meu Deus! — grito, totalmente frustrada. — Vou para a cama. Sinta-se à vontade de voltar para a sua casa, se quiser.

Deixo a sala e vou direto para o quarto e para o banheiro, onde fecho a porta. Já que estou de pijama, vou para a pia e jogo um pouco de água no rosto. Enxugo e então olho no espelho enquanto lágrimas enchem meus olhos.

Não tenho nem um instante para enxugá-las antes de Brian abrir a porta do banheiro e se recostar na bancada.

— Me desculpe, Lia.

Não posso nem olhar para ele. Vou chorar.

Mas também não posso me mover.

Me sinto paralisada.

Nada parece estar indo bem.

Breaker está querendo me remover da sua vida.

Brian é um idiota e não entende uma simples pista como dentista.

Eu taquei fogo num véu, joguei sangue na minha futura sogra e acertei o peito dela.

O planejamento está indo à velocidade da luz, apesar dos acidentes.

Estou me envergonhando a torto e a direito.

Entrei numa grande briga com o meu melhor amigo, algo que não faço com frequência.

E a pior parte de tudo isso é que não tenho ninguém a quem recorrer. Ninguém.

Seguro a bancada com mais força ainda, meu corpo balança e a pressão de tudo o que estou carregando se amontoa nas minhas costas, enquanto minha respiração fica acelerada.

— Ei, está tudo bem? — Brian pergunta ao se aproximar.

— N-não — murmuro logo antes das minhas pernas vacilarem.

Brian me pega depressa, meu nome é um apelo assustado, enquanto ele me carrega para a cama.

— Jesus, o que está acontecendo? — ele indaga enquanto esfrega a mão na minha testa. — Você está pálida. O que está acontecendo, Lia? Quer que eu chame ajuda?

Balanço a cabeça enquanto meus lábios tremem, e lágrimas caem pela lateral da minha cabeça.

— Não. Só... só me deixe dormir um pouco.

— Acha mesmo que eu vou te deixar desse jeito? Você quase bateu a cabeça na bancada. Não vou sair daqui de jeito nenhum. — Ele se senta perto de mim e coloca a mão na minha barriga. — Fale comigo, Lia. O que está rolando?

— Eu só... — Meus lábios tremem um pouco mais. — Eu só estou surtando — digo, sem querer dizer a verdade para ele.

As coisas já estão estranhas entre Brian e Breaker — isso está bem evidente depois daquela demonstração na sala —, e não preciso fazer com que Brian fique bravo com Breaker por ter me deixado neste estado mental.

— Surtando por causa do casamento?

— Por causa... da gente — falo, o que é uma verdade parcial.

— O que tem a gente?

— A gente não consegue nem jogar *Password*. Vamos nos casar, Brian, a gente deveria ser capaz de jogar *Password*. E... e essa coisa de planejar casamento está sendo um pesadelo. Já taquei fogo nas coisas, joguei sangue nas pessoas e acertei o peito da sua mãe, e parece que não concordamos muito. E você nem liga para o planejamento. Tudo bem, sei que está ocupado, mas... não parece que estamos na mesma página.

— Mas estamos. É só um jogo bobo, que não prova nada. O que fazemos no nosso dia a dia, nossos pensamentos e nossos valores, é isso o que importa. E estamos na mesma página com essas coisas. Não é?

— Sim — digo, baixinho, mesmo se ele não tiver entendido. Talvez por ter visto como meus pais eram, sinto como se precisasse haver uma conexão mais profunda. Quero que ele seja capaz de adivinhar o que vou dizer. Quero que ele seja capaz de me entender sem ter que dizer uma palavra. E acho que não temos isso. — Mas... você sabe tudo sobre mim? — pergunto.

— Claro que sei. E o que eu não sei, vou passar o resto da nossa vida descobrindo. Se casar com alguém não significa que você precisa saber uma lista de fatos sobre essa pessoa, como se estivéssemos em um jogo de curiosidades da vida real. Vou me casar com você porque você me faz feliz, porque não consigo imaginar um dia em que eu não pense em você na minha vida, e porque eu te amo, Lia. Não vou me casar só porque sei o que você gosta de pedir na lanchonete da esquina ou porque consegue responder telepaticamente a uma pergunta idiota do *Password*. Tudo isso é irrelevante quando se trata de casamento. Não importa. — Ele move a mão para o meu coração. — Isto aqui importa. Nosso amor importa.

Ouço as palavras que ele está dizendo.

E assinto enquanto escuto.

E quando ele se inclina para mim, me abraçando por trás de conchinha, para que possamos dormir um pouco, eu apenas aceito, porque não consigo fazer nada para impedir a sensação de vazio dentro de mim.

— Oi, Lia. — Ouço uma voz assim que entro no Morning Peck para um rápido café antes de seguir para a loja de vestidos.

Me viro para a direita bem a tempo de ver Birdy se aproximando.

Que ótimo, bem do que preciso.

Desde minha briga com Breaker, não ando me sentindo eu mesma. Tenho passado pelo trabalho, conversado com Brian, até mesmo respondido alguns dos e-mails da sra. Bife, apenas concordando com qualquer plano idiota que ela apresente. A esta altura, já não ligo.

Não tive notícias de Breaker desde a briga, o que, para a nossa rotina, parece que se passaram décadas.

Estou triste.

Depressiva.

Estou com saudades dos meus pais. Meu Deus, como eu queria que minha mãe estivesse aqui. Queria poder perguntar para ela se Brian é o cara certo. Se levou anos para o papai entender todas as peculiaridades dela. Se levou anos para Breaker e eu construirmos o que temos e isso *só é bom porque tivemos uma década juntos*, então preciso estar confiante de que as coisas vão, em algum momento, se ajeitar com Brian. *"Tudo isso é irrelevante quando se trata de casamento. Não importa. Isto aqui importa. Nosso amor importa."* Será que ele tem razão? Eu. Não. Sei. *Minha mãe saberia.*

Eu queria mesmo poder rastejar para dentro de um buraco e não ter que lidar com nada disso. Me sinto tão... frágil, e essa é uma palavra que nunca associei a mim mesma.

E mais esta? Birdy.

— Oi, Birdy — digo, tentando abrir um sorriso.

— Ai, minha nossa, seu cabelo parece tão brilhoso — ela fala, tocando as pontas. — Está lindo.

— Ah, valeu. Fui ao salão ali na esquina e fiz uma escova. Vou provar vestidos hoje, e minha futura sogra me disse para eu me certificar de que meu cabelo fique semelhante ao que vou querer no casamento.

— Está lindo — Birdy elogia, e não dá para dizer se está sendo verdadeira ou não. — A cor é natural?

— Sim. Meu pai é descendente de uma longa linhagem de ruivos.

— Estou com inveja. — Ela sorri radiante, e, meu Deus, ela é perfeita, não é? Belo sorriso, olhos azuis brilhantes e corpo perfeito. Não é de se surpreender que Breaker esteja passando bastante tempo com ela. — Então você está indo para a loja de vestidos agora?

— Isso, só vou pegar um café primeiro, porque preciso de um pouco de cafeína para conseguir passar por essas compras.

Confusa, Birdy pergunta:

— Compras para casamento não deveriam ser divertidas?

Seriam, se você não estivesse brigada com o seu melhor amigo.

— Minha futura sogra pode ser uma mulher difícil. — Deixo as coisas assim.

— Bem, ela não deveria ter que opinar quanto a isso, mas é só o que eu acho. De qualquer forma, não vou te atrasar para o compromisso. Só queria dizer oi e agradecer por você e Brian terem arranjado as coisas para mim e Breaker. — Ela aperta as mãos no peito. — Ele é incrível. Não sei nem como ele ainda está solteiro, mas parece que dei sorte, porque ele é tudo o que eu poderia pedir em um homem. — Ela se inclina e me cutuca com o cotovelo, como se fôssemos amigas próximas. Mas adivinhe: não somos. — E beija muito bem. Ai, meu Deus.

Coisas que não preciso ouvir neste momento.

— Bem, que bom ouvir isso — digo com um grande sorriso tão falso quanto pode ser.

— Está bem, divirta-se. Vou me encontrar com Breaker agora. — Ela mexe os dedos para mim, enquanto corações vão caindo no chão.

— Tchau — falo ao me virar para a fila, com a respiração acelerando.

Ele vai se encontrar com ela agora?

Sei que disse para ele não se dar ao trabalho de aparecer para as compras do vestido, mas ele não estará mesmo lá?

Ninguém mais estará lá além da sra. Bife.

E isto o que minha vida se tornou? Não tenho nenhum outro amigo?

Não tenho nenhum outro apoio?

Tudo o que tenho é Brian e a mãe dele?

Mais uma vez, lágrimas brotam nos meus olhos, mas não as deixo cair, não ali, não na cafeteria. Faço um rápido pedido de café e, por sorte, eles são rápidos na entrega. Com o café em mãos, decido andar até a loja de vestidos, que fica a alguns quarteirões dali. Não há necessidade de ir de carro.

Enquanto caminho, aperto o café junto ao peito e solto um suspiro profundo.

Era para minha mãe estar aqui hoje, e ela não está.

Me isolei tanto depois da morte deles que fui aos poucos perdendo qualquer outra amizade que tinha além da de Breaker, porque foi ele quem me abraçou enquanto eu chorava. Ele me distraiu quando eu me sentia mal. Ele me manteve seguindo em frente.

Nunca me senti tão sozinha na vida quanto agora que não estamos nos falando e em uma situação estranha.

Enquanto chego à loja de vestidos, prendo a respiração, esperando ver qualquer sinal de Breaker, mas, ao me aproximar, só consigo ver a sra. Bife pela janela, escolhendo um vestido para que eu experimente.

Por um instante, a ideia de sair correndo cruza minha mente. Correr e simplesmente... dar no pé. Fugir, escapar de tudo isto, mas, assim que a ideia vem, logo é varrida, porque isso não vai ajudar em nada para resolver o problema. Só vai criar mais.

Então, com o copo de café na mão e um sorriso falso no rosto, passo pelas portas da loja de vestido.

— Ah, aí está ela — a sra. Bife diz ao me ver. — Olhe só para o seu cabelo, minha querida. — Aqui vem o insulto. — Está tão adorável. — Ela vem até mim e passa os dedos pelas longas mechas. — Eu preferiria que fizesse um coque para o casamento, mas esse penteado é bastante atraente.

Me considere chocada. Não estava esperando por isso, e mesmo que tenha sido legal ter evitado qualquer sarcasmo, carranca e insulto da minha futura sogra, não ajuda em nada para conter meu humor melancólico.

— Obrigada — respondo e então dou uma olhada na loja vazia. — Somos as únicas aqui?

— Ah, pedi para fecharem a loja para nós para que não sejamos perturbadas por outras pessoas à procura de vestido. Imaginei que ter a loja apenas para nós fosse nos proporcionar foco no que estamos procurando.

Nós... engraçado usar esse termo para o *meu* vestido.

— Temos pelo menos três semanas para encontrá-lo — ela acrescenta.

Ah, me esqueci disso.

— Sim, muitas compras a fazer — digo enquanto olho à volta mais uma vez, só em caso de Breaker ter chegado e eu não ter me dado conta.

— Onde está Breaker para podermos começar? — ela pergunta.

Bem, isso apenas confirma. Ele não está aqui. Outra dose de ansiedade e depressão passa por mim.

— Ah, hã, houve um imprevisto. Ele não vai conseguir vir.

A mentira parece sair de uma forma tão sem vida de mim que eu mesma quase não acredito nela, mas isso parece satisfazer a sra. Bife, porque ela estala seus dedos idiotas e diz:

— Bem, então vamos começar. Vamos provar os vestidos da cerimônia primeiro. Pedi para que pegassem silhuetas clássicas além das elegantes peças ombro a ombro.

— Ótimo — digo, indo com a maré.

— Por aqui, srta. Fairweather-Fern — uma das atendentes da loja avisa.

— Pode me chamar só de Lia, por favor. Se tiver a necessidade de acrescentar o senhorita, então srta. Lia está bom. Meu nome completo é meio grande demais.

A atendente sorri para mim e então me leva para os fundos, para um enorme provador, onde alguns dos vestidos já estão pendurados, esperando para serem experimentados. Três vestidos bem grotescos em forma de vestido de princesa, três com silhuetas justas — que parecem mais como camisolas do que qualquer outra coisa — e dois estilo sereia que parecem não ter nada a oferecer.

— Aqui está um robe para você — a assistente diz. — Por que não troca as suas roupas e veste o robe? Assim uma atendente virá te atender.

— Ótimo. Obrigada.

Quando a porta se fecha, coloco o café e minha bolsa na mesa disponível e tiro minha camisa e calça. Não sou de ficar nua na frente de desconhecidos, então estou usando boxers que cobrem bastante coisa — tenho certeza de que a sra. Bife ficará horrorizada — e meu sutiã menos revelador.

Visto o robe rosa-claro, o amarro na cintura, então me sento na cadeira e olho para os vestidos.

Eu os odeio.

Todos eles.

São enfeitados demais.

Colados demais.

Engomados demais.

Não há muito espaço no vestido para andar.

Eu não escolheria nenhum deles.

Sempre achei que usaria algo simples com um toque de renda, não esses vestidos cheios de tecido, que me fariam precisar de um operador de guindaste para entrar neles.

Esse momento único, que deveria ser divertido, tem se tornado rapidamente um dia triste e sombrio, e tenho certeza de que viverá para sempre na minha mente como uma lembrança tenebrosa, junto do momento em que descobri que meus pais tinham falecido.

Descanso a cabeça na parede atrás de mim e levo o copo de café aos lábios. Só quero que isto aqui termine logo. Quero que tudo termine logo.

O planejamento.

O casamento.

A dor.

Quero ser transportada de volta ao tempo em que tudo estava bem com Breaker, em que eu não estou tão sozinha, e sim rodeada de entes queridos. Quero que ele esteja ao meu lado, contando piadas, me fazendo rir e me deixando saber que não importa o que aconteça, ele sempre estará ali para mim.

Mas ele não está.

Hoje não.

Lágrimas brotam nos meus olhos, e logo pisco para afastá-las.

Não, não chore.

Por favor, não chore. Não aqui, não agora.

Não na frente da mãe do Brian.

Toc. Toc.

Porra. Pisco um pouco mais para afastar as lágrimas e as limpo às pressas. Talvez eu possa fingir que os olhos marejados são pela empolgação pelos vestidos. Com o coração pesado, anuncio:

— Estou pronta.

A porta se abre, e espero ver a assistente passar por ela, mas, em vez disso, é Breaker quem entra, roubando cada milímetro de oxigênio dos meus pulmões. Seus olhos se conectam com os meus e ele fecha gentilmente a porta.

Meu coração acelera assim que o vejo.

Minhas emoções levam a melhor de mim.

E antes que possa me impedir, deixo escapar um soluço e então aperto as mãos sobre os olhos enquanto choro.

— Shhhh — ele diz ao se ajoelhar na minha frente e pressionar a mão no meu rosto.

Deslizo para o chão com ele e envolvo sua cintura com os braços, me afundando em seu peito e em seu abraço reconfortante.

— Eu achei... — falo através das lágrimas. — Achei que você... que você não viria.

Ele acaricia meu cabelo e me segura com força.

— Eu jamais perderia, Lia.

— Mas... a gente... não conversou. — Me afasta para olhá-lo nos olhos. Ele enxuga minhas lágrimas com os polegares.

— Imaginei que a gente precisava de um momento para nos recompor. — Ele acaricia meu rosto. — Não lidei muito bem com as coisas e achei que se nos desse um momento, eu poderia expressar o que tenho sentido em vez de culpar você pelos meus problemas.

— Não quero falar sobre isso. Só quero ficar abraçada com você.

Ele segura a parte de trás da minha cabeça, enquanto me aproximo para outro abraço, me agarrando desesperadamente a ele.

— Não posso perder você, Breaker.

— Você não vai me perder, Lia. Nunca. Eu jamais deixaria uma porra dessas acontecer.

— Não posso perder você, Breaker.

— Promete? — pergunto, com a insegurança tão pesada na minha voz que posso até sentir seu gosto.

— Prometo — ele diz com sinceridade.

Eu fungo e continuo:

— Eu vi a Birdy na cafeteria, e ela disse que ia se encontrar com você. Eu achei que... você tinha me trocado por ela.

— Nunca — ele diz, baixinho, enquanto acaricia meu cabelo. — Tive que dar um binóculo para ela poder praticar para a nossa trilha amanhã.

— Sério? — pergunto ao erguer o olhar para encará-lo.

— É, sério. Hoje é um dia importante, Lia, é claro que vou ficar ao seu lado.

— Obrigada — agradeço, baixinho, enquanto outra onda de lágrimas me atinge.

Ele se levanta do chão e pega uma caixa de lencinhos, só para voltar a se sentar comigo. Desta vez, ele se recosta na cadeira e me puxa para o seu lado.

Limpo o nariz, e ficamos sentados ali, em silêncio.

Ele está aqui. Comigo.

O pensamento me atinge e, mais uma vez, fico em lágrimas.

— O que está passando nessa sua cabecinha? — ele pergunta.

— Só estou agradecida por você estar aqui. Devo estar mais agradecida do que você imagina.

— Não importa o que aconteça entre a gente, Lia, sempre estarei aqui por você. Sempre. Está bem? — Assinto, e ele dá um beijo no topo da minha cabeça antes de dizer: — Queria muito poder ficar aqui sentado com você, mas preciso voltar lá para fora. A sra. Bife já está irritada comigo por eu ter me atrasado e não quero deixá-la ainda mais brava.

— Não vá embora — peço, em pânico. — Me ajude a entrar nesses vestidos.

— Hã, você não vai querer a ajuda de uma das atendentes?

Balanço a cabeça.

— Estou tão sensível neste momento, Breaker. Mal consigo respirar. Preciso de você aqui, comigo, ao meu lado. Por favor...

CAPÍTULO DEZ

BREAKER

Esses olhos verdes suplicantes.

As lágrimas rolando por seu rosto.

O desespero em sua expressão. Me sinto inútil.

Acho que nunca vi Lia assim. Nunca mesmo. O que só pode significar uma coisa: ela não está em um bom estado mental, de jeito nenhum, e não há chance alguma de eu deixá-la ali sozinha.

— É claro, posso ficar — digo ao me levantar e puxá-la para mim.

Toc. Toc.

— Srta. Lia — a atendente chama. — Está pronta para experimentar alguns vestidos?

Lia olha para mim com uma expressão aterrorizada, então vou para a porta e a abro um pouco.

— Pode deixar que eu a ajudo com os vestidos, se você não se importar. Pode pegar alguns daqueles vestidos simples com alguns detalhes em renda? Principalmente aquele que eu vi no manequim lá da frente.

— Sim, é claro, sr. Cane.

Fecho a porta e me viro para Lia.

— Se eu vou te ajudar a entrar e sair dessas coisas, então vamos colocar você num vestido que faça o seu estilo de verdade. Nada dessas merdas engomadas e embelezadas. Não sou especialista, mas esses daí são uma atrocidade.

Isso a faz sorrir, mas não é bem o sorriso completo ao qual estou acostumado. É um esboço. Um esboço terá que servir.

— Eles não são muito bonitos — ela diz, indo até eles. Escolhe um dos acetinados e continua: — Este é do mesmo tecido que o robe que estou usando. As pessoas seriam capazes de ver cada gordurinha e volume do meu corpo.

— Bem, primeiro que você não tem gordurinha e volume no corpo além dos seios. Segundo, não tenho certeza se dá para usar roupas íntimas com esse tipo de vestido.

Ela se encolhe.

— Eu preciso das roupas íntimas. Não sou do tipo que sai por aí mostrando os mamilos para uma multidão.

— Só para os selecionados? — brinco.

— É claro — ela diz antes de se recostar na parede do provador.

— O que você está fazendo? — Escutamos a sra. Bife perguntar à atendente. — Por que está levando mais vestidos? Não a vimos nem experimentar os que já estão lá.

Os olhos de Lia imploram para mim, então peço licença e vou até a sra. Bife, que está sentada na cadeira com uma taça intocada de champanhe na mão.

— Eu poderia ter uma conversa com a senhora? — pergunto, mantendo o tom neutro.

— Bem, é claro — ela concorda ao se levantar, e juntos, vamos até um canto, fora do alcance da audição. No mínimo, essa mulher gosta de manter as aparências. Ela não quer que ninguém escute uma conversa que não deveria. — O que está acontecendo no provador?

— Os vestidos escolhidos são lindos, mas eles não fazem bem o estilo da Lia. — Baixo o tom de voz ainda mais. — Ela está bem chateada, e eu não quero causar uma cena, então achei melhor tentar alguns desses vestidos que fazem mais o estilo dela.

— Chateada? Por qual motivo? Isto aqui deveria ser divertido.

— Concordo. É por isso que não devemos ditar o que ela deve vestir e ficar feliz com o que ela acha que fica lindo nela.

Os olhos da sra. Bife se estreitam.

— Você está dizendo que eu estou sendo controladora demais?

Como ela chegou a essa conclusão?

Adicione aqui um grande revirar de olhos.

— De modo algum — respondo com um sorriso. — Sei que a senhora está tentando ser prestativa, mas vamos dar um momento para a Lia escolher, e caso ela não encontre nada de que goste, aí oferecemos sugestões. Acha que pode funcionar?

— Imagino que sim.

— Ótimo. — Estendo o braço, e ela desliza a mão pelo meu antebraço para que eu possa escoltá-la de volta ao assento. — Peço perdão por ter me atrasado, aliás. Tive uma reunião que me prendeu.

— Você é um homem ocupado. Como está indo o processo?

— Ainda é confidencial, mas tudo deve se resolver logo. Huxley tem tudo sob controle.

— Imagino que sim.

Eu a ajudo a se sentar e pergunto:

— A senhora quer que eu pegue alguma coisa ou não precisa de nada?

— Estou bem, obrigada.

— Certo, então vou lá ajudar a Lia. Já voltamos.

Volto ao provador, bato e então entro, apenas para encontrar Lia de pé, no meio do cômodo, usando um vestido ombro a ombro de renda na cor creme que acentua sua cintura e flui suavemente até o chão.

Puta.

Que.

Pariu.

Minha boca fica seca, enquanto meus olhos vão subindo devagar por seu torso, pela linha do seu pescoço e então pousam em seu rosto e...

algo me atinge. Algo tão forte, tão estranho, que não sei como categorizar. Como essa sensação avassaladora de... tirar o fôlego. Por um instante, meu coração para de bater, o mundo para de girar e tudo fica congelado enquanto ela fica à vista.

Puta. Que. Pariu.

— O que você acha? — ela pergunta, enquanto a atendente sai do provador, me deixando sozinho com Lia.

Parece que o friozinho na barriga se tornou uma onda imensa, enquanto tento encontrar as palavras para o que está passando na minha cabeça.

— Ficou feio? — ela indaga ao se virar para se ver no espelho, revelando um decote, exibindo suas costas esguias. Meus olhos se arrastam para baixo, para onde o tecido começa, bem acima da curva da bunda. — Acho que é meio extravagante, mas chega a ser exagerado? Foi o que mais chamou minha atenção. — Ela se volta mais uma vez para mim, e seus olhos deslumbrantes imploram para que eu diga alguma coisa. — Você odiou.

Balanço a cabeça.

Puta merda, está BEM LONGE disso.

Não há nada que odiar ali.

É... Jesus Cristo... ela está... linda pra caralho.

Engolindo em seco, digo:

— Não, não odiei. Você... porra, você está linda, Ophelia. — Minhas palavras parecem irregulares, indomadas e bruscas, como se houvesse um nó na minha garganta, do qual não consigo me livrar.

Porra, o sorriso mais lindo que já vi na vida cruza seus lábios quando ela fala:

— Sério?

Seguro com força minha nuca, enquanto dou outra olhada nela.

— Sim, você... — Engulo em seco. Meu... Deus. Ela está ótima, tão linda que começa a me dar água na boca, meu coração está a mil, e só quero... estender o braço e tocá-la. — Minha nossa — respondo. — Simplesmente... linda pra caralho.

— Você está corando.

Dá para sentir o calor nas minhas bochechas.

— Pois é, eu não estava esperando entrar aqui e ver você num vestido.

Ou ficar sem fôlego.

Ou sentir este desejo de... porra, de beijá-la.

É isso. Este é o sentimento pesado e nebuloso no meu peito.

O friozinho.

Os pensamentos ininteligíveis na minha cabeça.

O desejo subindo pelas minhas pernas.

O pensamento de beijá-la me consome, e eu *nunca* tive este pensamento, não desde aquela primeira noite em que a conheci. É como se esses dez anos tivessem vindo à tona, como se o tempo estivesse se desdobrando num piscar de olhos, me levando de volta àquele momento em que esbarrei nela no corredor. Quando vi pela primeira vez suas sardas perfeitas e a confusão em sua expressão.

Quando seus olhos se fixaram em mim pela primeira vez através dos óculos de armação roxa.

Quando o lado apreensivo e, ainda assim, confiante da sua personalidade reluziu.

Como a achei linda pra caralho.

Tão divertida.

Tão encantadora.

Tão real.

E então descobri o quanto ela é esperta, como tinha os mesmos gostos e interesses que os meus. Por toda aquela noite em que jogamos *Scrabble*, fiquei pensando em chamá-la para sair quando tudo fosse dito e feito, mas aí... ela pediu para sermos amigos. Ela *precisava* encontrar um amigo. Em vez de agir de acordo com minha reação inicial, eu a empurrei para longe, só para ela realizar um ataque direto a mim quando eu menos estava esperando.

Tipo agora.

Na porra deste momento.

Ela se vira para o espelho, e eu vislumbro seu olhar encontrando o meu pelo reflexo.

— Devo mostrar para ela? — indaga, com a voz cheia de insegurança. — Não quero que ela odeie.

— Pouco me importa o que ela diz. Vamos ficar com esse vestido — declaro, e minha voz sai um pouco mais ofegante do que eu gostaria.

— Mas é o primeiro. Não é um mal sinal? Eu não deveria experimentar mais?

Balanço a cabeça.

— Não, há momentos em que simplesmente sabemos. — Umedeço os lábios. — E esse vestido, Lia, esse vestido foi feito para você.

Ela sorri, tímida, e então se vira outra vez e vem até mim. Observo cada passo seu, e meu corpo enrijece a cada centímetro que ela se aproxima. Ela pressiona as mãos no meu peito, meu estômago embrulha e minhas pernas tremem sob mim.

— Obrigada por ter vindo, Breaker. Acho que você nunca vai saber o quanto isso significa para mim.

— Sem... problemas. — Engulo em seco de novo.

Ela fica na ponta dos pés e dá um beijo levíssimo no meu rosto. Mesmo que isso não signifique nada além de amizade para Lia, para mim, parece que ela simplesmente me estigmatizou e me marcou como dela para sempre.

E então, sem outra palavra, ela abre a porta e mostra o vestido para a sra. Bife, me deixando em um estado de agitação.

O que foi que acabou de acontecer?

Breaker: *Ei, acha que consegue me encontrar para tomar um café em uns dez minutos ou mais cedo ou sei lá? Só preciso conversar, e não quero falar com meus irmãos, porque eles vão me encher o saco. Preciso de alguém neutro.*

Banner: *Agora você me deixou intrigado. Quer passar aqui em casa, caso precise de privacidade?*

Breaker: *Isso seria ótimo. Estou indo para aí agora.*

Com as mãos no volante, mantenho os olhos na rua enquanto atravesso a cidade para o apartamento de Banner, que fica a apenas dez minutos de onde moro.

Conheci Banner através de Ryot Bisley, seu irmão. Ryot e Banner tiveram essa grande ideia chamada The Jock Report — um conglomerado de redes sociais para tudo sobre o mundo dos esportes, em que os atletas podem ter conversas individuais com seus torcedores. Quando Ryot contou para JP e Huxley sobre a ideia, eles logo quiseram investir, porque sabiam que seria algo gigante. E tem sido. Ryot e Banner, que moravam em Chicago na época — Ryot é um jogador de terceira base aposentado do Chicago Boobies —, se mudaram para a Califórnia, onde abriram um escritório e foram rápidos em conquistar o mundo dos esportes.

Cheguei a conhecer Banner em um nível mais pessoal e me dei conta de que somos muito parecidos, apesar de ele ser um pouco jogador, enquanto eu, pelo visto, não preciso sair por aí à caça. Mas nós dois gostamos de computadores e construímos os nossos. Também determinamos que nossos irmãos gostam de se juntar contra a gente sempre que têm a chance, então formamos uma aliança de irmãos mais novos. Falar com ele sobre o que está se passando na minha mente será perfeito, porque ele sabe muito bem o que a ira de um irmão mais velho pode fazer com você.

Viro à direita na sua rua e então vejo uma vaga bem na frente do seu prédio. Deve ser o meu dia de sorte — se é assim que você quer chamar.

Assim que estaciono, saio do carro, o tranco e vou direto para o seu apartamento. Odeio aparecer de mãos vazias, mas foi uma coisa de último minuto, não há muito o que eu possa fazer quanto a isso.

Quando alcanço seu apartamento, bato à porta e o ouço dizer:

— Está aberta.

Abrindo a porta, eu o vejo na cozinha, com duas garrafas de cerveja nas mãos.

— Parece um momento que pede uma cervejinha, não é?

— Porra, na mosca — respondo.

Ele acena para a varanda.

— Vamos lá para fora.

Banner tem um apartamento bem legal, que ocupa toda a cobertura do prédio, com janelas que vão do chão ao teto, um enorme andar — mais espaço do que uma pessoa precisa — com uma grande varanda que o envolve. Deve ser o tipo de apartamento em que eu moraria se já não morasse ao lado da Lia.

Eu o sigo até a varanda, através das portas corrediças de vidro com moldura preta, e me sento à sua mesa ao ar livre sob um guarda-sol listrado de preto e branco.

— Sei que só estive aqui duas vezes, mas acho que nunca vou superar este lugar — digo.

— Pois é, sou bem sortudo. Apesar de que Ryot fica tentando me fazer mudar para Malibu com ele e Myla. Não estou pronto para isso. Eu amo a praia, mas sinto como se tivesse achado o meu lugar aqui, e ainda não cheguei no ponto da minha vida em que queira me mudar.

Solto uma risadinha.

— Me corrija se eu estiver enganado, mas você não anda saindo com alguém?

Ele arrasta a mão pelo rosto em dor.

— Nem comece. Esta reunião é para falar sobre você, não sobre mim.

— Podemos deixar um tempinho no final para falar sobre o seu não-relacionamento.

— Ehh, está tudo bem. Acho que estou bem. — Ele toma um gole de cerveja e diz: — E aí, o que está rolando? Sua mensagem parecia desesperada por ajuda, e, no mínimo, eu gosto de uma boa história, então me conte.

Também dou um gole na cerveja — na verdade, mais como um trago — e fala:

— Você sabe que a Lia vai se casar, né?

— É, sei, e você vai ser o padrinho, certo?

— Sim. — Olho para o horizonte, sem saber como continuar. — Droga, não sei se o que vou dizer vai fazer muito sentido. Vai parecer mais como um monte de divagações, mas não sei como falar sobre isso sem divagar.

— Ainda bem que você veio falar comigo. Sou bom em decifrar as divagações. Mande ver.

— Bom, para começar, eu fiquei em choque quando Lia me falou que estava noiva. Ela e Brian... eles, sei lá, têm um tipo diferente de relacionamento. Sinto que se você está namorando alguém, então tem que estar bem-investido, não é? Tipo, vai querer passar o máximo de tempo com essa pessoa.

Banner concorda com a cabeça.

— É, conheço essa sensação.

— Bem, eles não são assim. Eles podem passar algumas noites sem se ver, e eu sempre achei isso meio esquisito, então quando ela disse que ele a pediu em casamento e que ela disse sim, fiquei chocado de verdade.

— É, eu também teria ficado.

— E aí ela me disse que vão se casar em cinco semanas, bem, está mais para quatro agora. E não sei, não, uma sensação de pânico tem me consumido. Não consegui compreender além do meu medo de perdê-la.

— É natural, já que vocês dois são bem próximos. — Banner dá um gole na cerveja.

— Pois é — digo, gesticulando a mão para ele. — Foi o que pensei. Somos tão próximos que estou com medo de perder essa amizade. E não me dou bem com o noivo dela como deveria, então fiz um esforço para me aproximar mais dele e resolver esse problema, porque não queria nada estranho entre a gente; qualquer coisa que ele pudesse usar contra mim para que ela não passasse tanto tempo comigo. — Mas aí ele acabou me arrumando essa garota, Birdy. Num encontro duplo.

Banner estremece.

— Parece que isso daí foi bem constrangedor.

— Foi. Bastante constrangedor, mas acabou que Birdy é bem legal e divertida, e já saímos mais algumas vezes desde então.

— Tudo bem, e há alguma química entre vocês?

— Esse que é o problema. — Me recosto na cadeira e dou um gole na cerveja. — Já a beijei duas vezes, e mesmo que a ideia de estar com alguém seja atraente, dessas duas vezes que a beijei, não foram bem o que eu estava esperando. Foi só normal. Tipo como qualquer outra mulher que já beijei, e, sei lá, sinto como se deveria haver uma sensação além da normal, não é?

— Se é disso que você quer falar, sim. Quando você beija alguém, alguém com quem pensa que pode chegar a namorar ou ficar junto, deveria haver uma faísca. Ainda mais nesse primeiro beijo. O primeiro beijo diz tudo de que você precisa saber.

— Não houve nenhuma faísca. Nem perto disso. — Solto um suspiro pesado. — E então... hoje...

— Agora estamos chegando na parte boa — Banner brinca.

Não ligo, porque ele está mantendo o assunto leve, o que agradeço.

— Lia e eu acabamos brigando duas noites atrás, e hoje foi o dia de ela ir comprar o vestido de casamento. Ela me disse para não ir por causa da briga, mas jamais a deixaria fazer isso sozinha, então apareci. E eu não estava esperando ver o alívio no rosto dela. Ela se agarrou a mim como se eu fosse um salva-vidas.

— Aham... — Banner diz, arrastado.

Aperto os lábios e finalmente revelo:

— Bem, quando a vi experimentando o vestido... — Balanço a cabeça. — Cara, juro por Deus, foi uma experiência extracorpórea. Acho que nunca senti algo assim. Minha boca ficou seca, eu comecei a suar, mas senti frio ao mesmo tempo. Não conseguia respirar, mas meu coração estava batendo tanto que achei que meu peito fosse explodir. E aí... — Desvio o olhar. — Quando ela fez contato visual comigo, foi como se o frio na minha barriga tivesse se tornado uma onda, e juro que, naquele momento, eu tive uma necessidade avassaladora de beijá-la. Tipo, como se estivesse me puxando a ponto de eu quase fazer isso. Nunca me senti assim, nunca mesmo, além do dia em que a conheci, e agora, bem, estou totalmente fodido e não sei o que está rolando.

Banner faz um gesto lento com a cabeça, absorvendo tudo. Ele dá um gole na cerveja e então coloca a garrafa na mesa.

— Vou dizer o que está rolando. — Ele me olha nos olhos. — Você está apaixonado pela sua melhor amiga e só se deu conta disso agora.

— Qual é, cara — gemo. — É isso o que meus irmãos diriam.

— Porque eles têm razão, e sei que você não quer ouvir, mas por que acha que não sente essa faísca quando beija outras mulheres? É porque lá no fundo, sabe que elas não são a Lia. A mulher que você ama vai se casar em quatro semanas, é por isso que você está tendo essas estranhas sensações extracorpóreas e está em pânico com isso.

— Mas...

— Não há mas, cara. Encare os fatos, você a ama, e o quanto antes admitir isso, melhor.

Passo a mão na testa, e suas palavras esfaqueiam meu estômago, meu peito, aumentando minha ansiedade.

Será que ele tem razão?

Será que eu amo a Lia e só agora estou me dando conta disso?

Minha mente invoca a imagem dela no vestido e como me senti, o quanto eu queria ser o homem que iria beijá-la, o quanto eu não conseguia tirar os olhos dela, o quanto fiquei terrivelmente doente por saber que aquele vestido não será para mim, e sim para Brian.

— Meu Deus do céu — digo ao olhar para Banner. — Porra, acho que gosto dela.

— Porra, acho que gosto dela.

Banner balança a cabeça.

— Que nada, cara. Você a ama. Fim de papo.

Fico andando pela minha sala, repetindo as palavras de Banner na cabeça.

Tento me dizer que ele não tem razão.

Que é uma conjectura que pode até parecer correta, mas que, na verdade, não está.

Que pode ser que eu esteja apenas interpretando mal estes sentimentos.

Mas cada vez que a ouço se mover em seu apartamento, minha pele irrompe em um suor pegajoso, porque tenho certeza de que... Banner tem razão.

Depois que fui embora do seu apartamento, voltei para o meu, onde abri outra cerveja e estive andando em círculos pelos cômodos. Sem parar, só andando, tentando entender estes sentimentos, tentando me convencer de que Banner está errado, que eu estou errado, que, porra, tudo isso está errado.

Pânico.

Náusea.

Preocupação.

Tudo está girando, me deixando louco. Me deixando desconfortável. Me fazendo pensar em coisas em que eu não deveria estar pensando, tipo...

E se eu a tivesse beijado naquele provador? O que ela teria feito?

E se eu fosse para o apartamento dela neste momento e contasse como me sinto?

E se eu fizesse um pedido patético para que ela reconsiderasse o casamento?

Toc. Toc.

Ah, merda.

Só pode ser ela. Ninguém mais me visita.

Sem saber o que fazer, cerro minhas mãos suadas e digo:

— Hã, quem é?

— Breaker? Sou eu. Abra a porta.

— Ah, hã... é você, Lia? — Eu até reviro os olhos para mim mesmo.

— Sim, Breaker. O que você está fazendo? Abra a porta.

— Ah, desculpe — grito, mesmo que eu não tenha me movido. — Hã, me dê só um minutinho.

Giro em um círculo, tentando descobrir o que fazer como se houvesse algo a ser feito.

Nada, seu idiota, nada pode ser feito. Não é como se você pudesse fazer uma trouxa com seus sentimentos e os varrer depressa para longe. Não funciona assim.

Encare os fatos. Vai ser vergonhoso para você.

Relutante e com passos pesados, vou até a porta, abro-a e me recosto no batente, tentando parecer o epítome do homem descontraído que NÃO está apaixonado pela melhor amiga.

— Ei, hã, como vai? Tudo certo? Nossa, está calor hoje, né?

Sua sobrancelha se ergue, questionadora.

— Por que você está estranho?

— Não estou estranho, estou só... hã, iniciando uma conversa. Por acaso não é permitido que eu converse sobre o clima com minha melhor amiga? De qualquer forma, posso te ajudar em alguma coisa?

Com uma expressão cética, ela diz:

— Posso passar a noite aqui?

— Hãããã, por que hoje? — pergunto, piscando algumas vezes.

— Brian foi para San Jose para uma reunião emergencial com um dos clientes, e não vai voltar para casa até sábado. Eu só... não estou me sentindo muito bem e não quero ficar sozinha.

— Ah, entendi. — Assinto devagar.

— E aí, posso passar a noite aqui?

Ha. Passar a noite aqui comigo? Isso daí parece mais um desastre total só esperando para acontecer. Estou por um fio, e a cura para tudo isto é uma tentação pela qual não posso me deixar levar.

O que eu poderia dizer que passaria esta mensagem: *Tenho certeza de que eu amo você e, portanto, você não pode ficar aqui?*

Nada.

Absolutamente nada.

Então...

— É claro — guincho. — É, sabe, porque você já fez isso antes. Já passou a noite aqui, então não deveria ser estranho.

Sua testa se franze ainda mais.

— Por que está todo agitado e suando no buço?

— Suor? — Enxugo a boca. — Isto não é suor. Deve ser só resíduo do meu drinque.

Ela me lança um olhar desconfiado.

— Você está estranho, Breaker.

— Tomei uma cerveja. — Dou um tapinha na barriga. — Deve ter sido uma cerveja passada, não deve ter caído bem. Talvez eu devesse deixar você dormir um pouco. O quarto de visitas já está arrumado. — Me movo para o lado para que ela possa entrar no apartamento. — Pode ir, sinta-se à vontade.

— Não quero ir para a cama ainda. São só oito horas.

Parece que já são onze da noite depois do dia que tive.

— Hum, bem, então pode ser que seja um pouquinho cedo. — Solto um longo assobio. — Acho que dá para a gente fazer alguma coisa.

— É, estava esperando que a gente pudesse.

Ela se abraça, e me dou conta de que está triste. E se sei de uma coisa, é que eu me importo com a Lia mais do que qualquer coisa, mais do que com qualquer um, então meus instintos vêm à tona.

— Está tudo bem? — pergunto, deixando de lado os sentimentos que tenho pela minha melhor amiga, e agora não sei como agir perto dela.

— Não. — Seus olhos transbordam de lágrimas. — Não estou nada bem.

Merda.

É hora de deixar meus sentimentos de lado e me focar mesmo nela.

Eu a puxo para dentro do apartamento e fecho a porta, levando-a para o sofá e nos sentando.

— O que foi?

— Estou triste. — Ela limpa o nariz. — Hoje foi surreal, foi um momento que achei que fosse dividir com minha mãe um dia, mas o fato de ela não estar aqui está me matando, Breaker. Fico imaginando: será que ela teria gostado do vestido que escolhi? Ela teria chorado? Ela teria tirado uma foto comigo para celebrar o momento?

— Sim — digo, categórico. — Sim para todas essas perguntas.

— Eu amo aquele vestido. Mas parte de mim se sente vazia sobre tudo, e eu queria estar feliz sobre o casamento, mas tenho minhas dúvidas, tenho minhas preocupações.

— Sobre Brian?

— Sei lá — ela responde, baixinho. — Eu o amo, mas sinto como se minha vida inteira estivesse ficado tensa desde o momento que ele me pediu em casamento. Não me sinto bem, não como eu mesma. Me sinto presa numa caixinha do que é esperado de mim, e agora acho que estou enlouquecendo com isso. — Seus olhos encontram os meus, e ela continua: — Quando estávamos brigados, eu não tinha ninguém a quem recorrer. Nenhum pai, nenhum amigo, e eu não queria contar para Brian, porque ele acabaria usando isso como desculpa para eu não passar tempo com você, apesar de ele dizer que está tudo bem com nossa amizade. — Ela olha para as mãos. — Estou começando a me dar conta do quanto perdi com a morte dos meus pais.

Seus olhos se enchem de lágrimas mais uma vez, e ela se recosta no sofá, chorando.

Não sei o que dizer, porque concordo: ela perdeu tanto quando perdeu os pais. Acho que ficou com Brian porque ele estava lá na hora certa, mas como vou falar isso para ela?

Ela já está passando por um momento difícil, e com certeza minha motivação foi distorcida desde a minha descoberta desta manhã, então, em vez de dizer alguma coisa, não digo nada e apenas a escuto chorar enquanto seguro sua mão.

Depois do que parece uma hora, ela se vira para mim e anuncia:

— Só quero ir para a cama.

— Está bem. — Eu me levanto e a puxo comigo. — Me deixe ajeitar o quarto de hóspedes.

Ela balança a cabeça.

— Não, não quero ficar sozinha. Posso dormir com você?

Isso seria um não.

Um não definitivo.

De jeito nenhum vou deixar a mulher que eu amo dormir na minha cama enquanto ela pertence a outro homem. Nada disso, seria pedir por encrenca.

— Hã, você não acha que isso seria meio inapropriado? — pergunto gentilmente, tentando não criar transtorno.

— Já fizemos isso antes. Por que seria diferente agora?

Um argumento muito bom.

Porque já fizemos isso antes, então... o que mudou?

Bem, você a ama, foi isso que mudou, e você ainda está tentando entender estes sentimentos recém-descobertos.

Ela está noiva, é isso que é diferente. Parece uma boa desculpa. E vai me salvar de um constrangimento maior e de uma possível agonia de dormir na mesma cama que ela.

É isso, vamos com essa coisa de noivado.

— Bom, agora você está noiva. — Assim que as palavras saem da minha boca, vejo seus ombros caírem e seus cílios tremularem de decepção.

É como a porra de uma faca no coração, se torcendo e me estripando enquanto a observo se encolher devagar. *Pois é, você fez isso, seu babaca.*

— Mas — me pego dizendo feito um idiota —, se você não se importar, então tudo bem.

Seus olhos voam para os meus.

— Eu não me importo.

Forço o sorriso mais falso que consigo.

— Tudo bem, então, ótimo. Vou deixar você entrar para se arrumar. Sabe onde sua escova de dentes está.

Pois é, já fizemos isso tantas vezes que ela tem uma escova de dentes aqui.

Começou na época da faculdade, quando ela dormia no sofá-cama do meu dormitório, e eu dormia na cama. Ficávamos horas e horas conversando até que um de nós desmaiava.

Quando nos formamos e nossas camas ficaram maiores, passamos a dividir a cama e acabávamos caindo no sono encarando um ao outro. Pela manhã, pedíamos donuts, tomávamos café e jogávamos dominó.

Mas isto aqui parece diferente.

Meu corpo sente uma coceira com ela por perto.

Minha mente parece um mingau, como se eu não conseguisse encontrar a coisa certa a dizer.

Então isto vai ser legal. *faz um joinha*

Jogo fora o resto da cerveja e tranco meu apartamento. Então espero alguns segundos na sala, me preparando mentalmente. Tudo bem, é a mesma cama, mas não é como se fôssemos nos tocar.

Não é como se eu fosse dividir um travesseiro com ela.

Haverá pelo menos uns sessenta centímetros de zona neutra entre nós, e se eu sou bom em alguma coisa, é em respeitar a zona neutra. Sou um cavalheiro, afinal.

Com um pouco mais de confiança, vou para o quarto, onde encontro Lia sentada na beirada da cama, vestindo uma das minhas camisetas.

Que... maravilha.

As mangas engolem seus ombros enquanto a camiseta se estende até o meio das coxas, cobrindo o suficiente, mas me faz suar só de pensar que seu corpo nu está por baixo daquele tecido. Meu tecido.

— Peguei a camiseta emprestada. Espero que não se importe.

— Sem problemas — grito e então pigarreio. — Desculpe, não sei por que saiu assim. — Dou uma risada sem jeito, e com a voz profunda, digo: — É isso aí, tudo ótimo. — Quando ela apenas sorri de leve, aponto o polegar na direção do banheiro. — Só vou ali me ajeitar, e aí a gente pode dormir, porque eu amo dormir. É o melhor remédio da vida.

— Está tudo bem? — ela pergunta, com um olhar questionador.

— Ótimo. Tudo ótimo. — Dou um soquinho no ar. — Dormir. Viva!

Viva?

Meu Deus, Breaker.

Por que não enfia a cabeça num buraco depois dessa?

Junto as mãos.

— Então, é isso. Vou escovar os dentes agora.

Me viro, vou para o banheiro e fecho a porta.

Me apoio na bancada, dou uma olhada no espelho para ver o quanto estou patético, e é quando vejo seu sutiã rosa de renda pendurado em um dos ganchos atrás de mim.

Ai, merda.

Meus músculos se contraem, criando uma sensação restritiva e claustrofóbica que me aperta tanto que todo o ar escapa dos meus pulmões.

Pânico. Perfura através de mim, porque, pois é, aquele é a porra do seu sutiã.

Seu sutiã que deve estar quentinho por ter sido usado o dia todo.

Seu sutiã que cobre e levanta seus peitos.

Seu sutiã que me faz ficar imaginando o quanto deve ser bom vê-la usando-o.

Pigarreando, digo:

— Hã, Lia, você esqueceu o seu sutiã pendurado aqui.

— Eu sei. Não queria ter que dobrá-lo — ela grita.

— Está bem, mas por que não está usando? — pergunto como um idiota.

Sei por que ela não está usando. Quem quer usar a porra de um sutiã para dormir? Sei que eu não usaria.

Eu a escuto se aproximar da porta e então abri-la. Ela coloca a cabeça para dentro e diz:

— Nunca uso sutiã para dormir. E já pendurei sutiã aí antes, Breaker.

Ehhh, já mesmo? Acho que nunca notei, ainda mais com o tamanho do sutiã abrindo um buraco na minha mente, me fazendo notar que ela tem seios grandes. Ela tem seios grandes.

— Tem certeza de que está bem? — ela insiste, com a mão no meu peito.

— Nossa, olhe só, cuidado, ha, ha. — Solto uma risada ofegante. — Mantenha as mãos para você, vamos nos lembrar disso.

— Como é? — ela pergunta, com a expressão toda confusa.

— Hum. — Engulo em seco. — É que você me fez arrepiar, porque sua mão está gelada.

— Mas você está usando camisa.

Dou uma olhada no meu peito.

— Ah, é, bem, o tecido deve ser fino. Brrr, pode ser que você precise aquecer suas mãos, não vai querer ficar resfriada.

— Estamos no meio do verão. — Ela dá um passo para trás. — Se não quiser que eu passe a noite aqui, porque tem outros planos, é só me falar, Breaker.

— Não, não tenho outros planos.

O que você está fazendo, seu idiota? Essa era a sua deixa!

Ela volta para o quarto, e eu fecho a porta do banheiro assim que ela passa.

Jesus Cristo.

Se recomponha, cara. Você é melhor do que isso. Você é mais charmoso que isso. Você é a porra do Breaker Cane. Pare de agir como um completo imbecil, coloque seu melhor humor e seja o melhor amigo de que essa mulher precisa.

E, pelo amor de Deus, pare de se envergonhar.

Uso os próximos minutos para usar o banheiro, escovar os dentes e criar uma barreira mental completamente impenetrável. Grave minhas palavras: quando eu me enfiar naquela cama, não haverá nenhum — e quero dizer NENHUM — pensamento romântico para minha melhor amiga.

Platônicos. É com isso que vamos. Todo o platonismo que alguém pode reunir.

E isso é lá uma palavra?

Não importa. É isso o que vai acontecer.

Porque, no mínimo, sou um Cane, e os Cane já nascem com esta habilidade de se manterem firmes, de não se curvarem, e de confiar na força mental que os faz passar por qualquer situação.

Aí está. Conversa de incentivo.

Saio do banheiro, apago as luzes e vou para a cama, onde Lia já está deitada debaixo dos cobertores, seu lindo cabelo sedoso espalhado na minha fronha escura como a porra... NÃO!

Não vou pensar no seu cabelo espalhado e em como é um lindo contraste com minha fronha azul-marinho.

E nem em um maldito soneto poético sobre como o luar ilumina sua pele irlandesa de alabastro.

Nada.

Foco, Cane.

Vou para o meu lado da cama e pergunto:

— Hã, está bom assim?

— Sim. Amo a sua cama — ela diz ao se aconchegar ainda mais.

— Que bom — respondo enquanto deslizo para debaixo dos cobertores e apago a luz, deixando a lua iluminar o espaço através da cortina cinza pendurada na janela.

Me viro para ela na cama, onde ela se aconchega ainda mais para perto, e seu joelho esbarra no meu.

Cuidado, mulher. Distância, mantenha distância.

— Você está muito agitado hoje — ela diz. — Foi algo que eu fiz ou disse?

Sim, você existe. É esse o problema.

— Não — respondo, olhando em seus lindos olhos. — Pode ser que eu esteja só inquieto, sabe, por não ter um trabalho no momento.

— Tem certeza? Porque você tem agido de um jeito estranho desde que saímos da loja de vestidos.

Porque eu não conseguia parar de pensar no quanto você é linda.

Espere, é assim que vou colocar uma barreira? Não, não é. Mas quando ela olha para mim com os grandes olhos verde-musgo, acho que não consigo voltar meu cérebro para o modo protegido.

— Bati meu dedinho lá — digo do nada.

— Como é?

— Hã, pois é. Eu bati meu dedinho lá na loja e não tenho me sentindo bem desde então.

— Você está sendo idiota — ela fala, enquanto empurra meu peito de brincadeira. — É assim que está tentando me deixar melhor?

— Sim — respondo, quase em desespero. — Isso mesmo, você me conhece, sempre brincando.

— Bem, agradeço a tentativa, mas acho que só preciso dormir um pouco e descansar a mente.

— É, pode ser melhor. — Sorrio. — Boa noite.

— Boa noite, Breaker.

Ela se vira para longe de mim, e deixo escapar um longo suspiro por dentro. Bem, graças a Deus por isso. Não sei o que eu teria feito se ela quisesse continuar conversando. Agora posso descansar em paz e não me preocupar em encarar seus olhos, em me perder em sua voz sonolenta, ou mesmo pensar sobre...

Ela se aconchega para trás.

Hã, o que ela está fazendo?

Então um pouco mais.

Com licença, você está chegando meio perto demais.

Sua bunda esbarra na minha perna.

Perigo! Perigo! Ela está perto demais.

— O que você está fazendo aí? — pergunto, com o corpo duro como uma tábua.

— Você pode me abraçar, Breaker?

— Você pode me abraçar, Breaker?

De jeito nenhum. Não.

Ela perdeu a porra da cabeça?

Abraçá-la?

Na mesma cama?

Tipo... ela quer que a gente *engole em seco* durma de conchinha ou algo assim? Em que porra ela está pensando e por que agora? Ora, justo no dia que me dei conta de que amo esta mulher? Esse é algum tipo de piada doentia de que não estou sabendo? Alguma pegadinha em que caí? Se for isso, não tem graça nenhuma.

De jeito nenhum neste mundão de Deus eu vou dormir de conchinha com a Lia.

— Por favor, Breaker. Esse conforto vai ser muito bem-vindo.

Bem... me... fodi.

— Hã, você acha que Brian iria gostar de saber que eu dormi abraçado com você durante a noite?

— Sei lá.

— Sim, você sabe. Ele iria odiar.

— Não é como se importasse. Eu não o estou traindo. Você é o meu melhor amigo, a minha família, a única pessoa que pode realmente me acalmar. Se você fosse uma garota, eu teria pedido a mesma coisa.

— Teria? — pergunto.

— É claro. Eu costumava ficar de conchinha com a minha mãe o tempo todo.

Ah, então ela me vê como uma figura materna. Poderia ouvir isso mais vezes.

— Está tudo bem se você não quiser — ela diz em um tom tão derrotado que posso até sentir meu coração se contorcendo no peito.

— Não, eu posso fazer isso — respondo depressa. — Só, sabe, checando se está tudo bem. — Levanto o braço e o faço pairar sobre ela por alguns segundos. Eu só... devo abraçá-la? Ou só devo deixar meu braço forte de homem pousado de leve na curva da sua cintura, para fazer parecer como conchinha, mas que, na realidade, eu estaria apenas a usando como descanso de braço?

O descanso de braço humano parece promissor, então gentilmente coloco o antebraço na sua cintura, minha mão fica estendida e acaba levantando os cobertores.

Eh, não ficou bom, então levanto o braço de novo e o deixo pairando. Ajeito, pouso em sua cintura e noto a mesma coisa.

Não, vamos tentar de novo.

Não sei onde pousar. Não sobre os seus seios, descobrimos pelo seu sutiã pendurado que esses estão soltos e livres no momento.

Tem sua barriga, mas não seria íntimo demais?

O que me deixa com a sua região pélvica, o que também não sei se é uma boa ideia. Mão na pélvis não parece lá muito platônico, parece mais ficar a uma estocada de pernas abertas e gemidos altos.

Por sorte, não tenho que ficar debatendo por muito mais tempo, porque ela abaixa meu braço ao redor de sua barriga e se aconchega mais perto para que seu corpo fique colado no meu.

Bem colado no meu.

Costas no peito.

Bunda na... *engole em seco* na virilha.

Meu Deus, cara... não fique com tesão.

Você me ouviu, pênis? Este não é o momento para me desafiar. Seja obediente.

Pense em coisas flácidas. FLÁCIDAS. Flácido, mole, frouxo, pendente... *membro*. Aí está.

AH, posso pensar em coisas que são tão repulsivas que me fariam preferir enfiar a cabeça na lixeira.

Ahhh, já sei.

Fecho os olhos com força e conjuro imagens de JP e seu amigo pombo sujo. Qual era o nome dele?

Cocoon?

Carl?

— Clementina? — sem querer digo em voz alta.

— O quê? — Lia sussurra.

— Hã, Clementina — repito, só Deus sabe por quê.

— Tipo a fruta?

— É — respondo.

— Por que você está dizendo isso?

— Não consigo lembrar do nome do amigo pombo do JP.

— Kazoo?

— Ahhhhh, isso. — Sorrio para mim mesmo. — Kazoo.

— Por que você está pensando em JP e Kazoo?

Para que eu não fique com tesão.

Porque sua bunda está pressionada bem na minha pélvis, e se eu me mover só um pouquinho, sei que o atrito vai ser o suficiente para me dar uma ereção.

— JP me falou sobre ele mais cedo hoje, e eu não conseguia me lembrar do nome.

— Ah... bem, é Kazoo.

— Pois é, me escapou.

Ela coloca a mão no topo da minha e diz:

— Acho que preciso de uma mudança, Breaker.

Uma mudança de quê? De roupa?

Minha mente voa para sua lingerie, vindo para mim, sexy pra caramba com seus seios... NÃO!

Kazoo, pense no Kazoo e na forma como JP manda beijo para aquela coisa maldita. Revoltante.

Satisfeito, digo:

— Você precisa de uma calça ou algo assim?

— Não, não mudança de roupa. Tipo, a minha vida precisa de mudança.

Isso me tira do meu estado de "estou apaixonado pela minha melhor amiga".

— Mudança? Como assim, mudança? Você é perfeita assim, Lia.

— Sinto como se eu estivesse em uma rotina, que eu só estou passando pelas coisas, sem me permitir vivenciar de verdade o que preciso.

— Como assim?

Ela se vira para mim, então minha mão fica tocando diretamente sua barriga. Ela inclina a cabeça para o lado, apenas para que nossos olhos se conectem sob a luz fraca do quarto.

— Desde que os meus pais faleceram, acho que não me dei a chance de viver. Tipo, vou me casar daqui a quatro semanas, mas parece quase que como uma sentença de morte em vez de um evento emocionante. Não sei se é porque estou de luto pelos meus pais ou se é a sra. Bife arruinando o processo, mas não estou me divertindo. E eu quero me divertir. Eu quero fazer coisas que nunca fiz antes. Quero viver a vida que os meus pais queriam para mim, e acho que não tenho feito isso.

Uso o polegar para acariciar sua barriga, e o toque para confortá-la.

— E quais são as coisas que você quer fazer?

— Não sei — ela diz, baixinho. — Mas acho que precisa haver uma mudança.

— Se você se sente assim, vou te apoiar com toda certeza — falo, e agora ela se move para me encarar, seu rosto a centímetros do meu. Sua camiseta se amontoa ao redor da minha mão na sua cintura.

— Vai?

— É claro, Lia, mas preciso que saiba que, neste momento, do jeito que é, você é perfeita, está bem? — A maneira como ela olha para mim, sua proximidade e os sentimentos pulsando depressa por mim me devolvem a voz. — Não há absolutamente nada que eu mudaria. Não o seu coração e a forma que cuida das pessoas à sua volta. Não a sua mente e a maneira que consegue mudar de petulante para inteligente em segundos. Não a sua alma e a forma como carrega suas cicatrizes com orgulho. — Agarro sua camiseta e repito: — Você é perfeita.

Sua boca se abre, seus lábios carnudos brilham.

Seus olhos se arregalam a cada respiração.

E pode ser imaginação minha, mas posso senti-la se aproximar ainda mais, não deixando espaço entre nós.

Bem no fundo do meu estômago, este sentimento profundo, tortuoso e agonizante se espalha para a ponta dos meus membros, este desejo de tocá-la, de deslizar a mão por baixo da sua camiseta e sentir sua pele, de levar minha boca para perto da sua para ver se ela está tão tentada quanto eu.

— O-obrigada — ela finalmente diz, com a voz doce e suave.

Umedeço os lábios, tentando controlar minha respiração. Minha mão fica torcendo o tecido da camiseta, apenas o suficiente para sentir o calor da sua pele no meu pulso.

— Você não precisa me agradecer, Lia. São só fatos.

— Ainda assim, era do que eu precisava ouvir. Então obrigada.

— Qualquer coisa por você — falo ao olhar para seus lábios e então de volta para seu rosto.

O que eu não faria por esses lábios agora?

Só um beijo. Só um gostinho.

Do canto de olho, posso ver seu peito subindo e descendo com mais dificuldade enquanto ela se move alguns centímetros.

Porra.

Solto meu aperto em sua camiseta e, em vez disso, descanso a palma quente em seu quadril exposto. Encontro a costura da sua calcinha e pressiono de leve o dedo indicador nela, enquanto meu sangue queima por mais. Você está tão perto, basta... basta deslizar o dedo para dentro da costura, ver o que ela faz. Avalie a reação dela.

Minha pulsação retumba, enquanto passo o dedo ao longo da costura. Minha mente me diz para parar, meu coração grita pedindo mais.

Eu a quero tanto que chega a doer. Quando olho em seus olhos, não vejo nada além de admiração. É a porra do seu olhar que eu sempre vou amar, pelo qual sempre vou viver, porque me mostra o quanto ela confia em mim.

Mesmo quando estou prestes a passar dos limites, ela confia em mim.

Então deslizo o dedo de leve por baixo da costura da calcinha e direto no seu quadril.

Ela sorri para mim.

Meu pau salta para frente, enquanto todo o sangue corre pelo meu corpo, enquanto ela levanta a mão entre nós e envolve meu rosto. Seu polegar desliza pela minha nuca, e eu congelo no lugar enquanto ela se aproxima.

Porra. Ela quer isso. Não é?

Ela quer isso tanto quanto eu.

Tiro a mão e a deslizo para as suas costas, onde a camiseta se ergueu, então posso sentir sua pele quente na ponta do meu mindinho. Estou tão tentado a deslizar os dedos pelas suas costas, para dentro da sua calcinha e agarrar sua bunda.

Mas quero ver até onde ela vai com isso. Quero ver o que ela quer de mim. Então me preparo, espero, sem impedir sua aproximação, mas sim a acolhendo, porque, porra, eu quero isso.

Eu deveria me importar que ela esteja noiva.

Eu deveria me importar que somos melhores amigos e isso pode acabar arruinando tudo.

Mas não me importo, porque quero os seus lábios. Quero sentir o gosto deles. Quero saber se a sensação do seu gosto e de tê-la nos meus braços é tão boa quanto eu imagino.

Sua boca se aproxima cada vez mais.

Minhas veias sentem a eletricidade.

Meus músculos se contraem.

Minha respiração fica presa no peito.

E então ela encosta os lábios... no meu rosto antes de dizer:

— Boa noite, Breaker.

Então ela se vira, se aconchega no travesseiro e é isso.

Mais nada.

Fecho os olhos com força por ter sido a porra de um idiota, por ter desejado mais.

Porra, ela está noiva, seu imbecil. É melhor você se lembrar disso.

CAPÍTULO ONZE

LIA

O apartamento está em silêncio. Breaker ainda está na cama, enquanto eu estou sentada no sofá, com café em mãos, olhando pela janela, a mesma vista que tenho do meu apartamento. Ainda assim, me sinto mais à vontade aqui.

Mais do que em casa.

É por isso que quis vir aqui na noite passada. Me senti tão fora de controle que precisei desse conforto.

E foi exatamente isso que consegui.

Apesar da nossa briga nesta semana e as coisas estarem meio estranhas entre nós — toda aquela coisa de "bati o dedinho" foi bem esquisita —, ainda posso me apoiar nele. Ele me abraçou na noite passada, me disse o quanto me admira e não me deixou sentir sozinha nem por um segundo.

Dou um gole no café e baixo os olhos para a lista. Acordei cedo, com o coração acelerado, vim para cá e comecei a escrever as coisas que quero fazer antes de me casar.

Quero ser cuidadosa com esta lista, não apenas escrever coisas só por escrever. Então a reduzi para cinco itens.

Fazer algo que me faça sentir bonita.
Criar um círculo de confiança.
Passar um dia dizendo sim.

Me defender.
Seguir meu coração.

Encaro a lista, com um largo sorriso enquanto me dou conta de que é exatamente do que preciso para sair desta rotina, deste poço sombrio que parece que tem me sugado. E eu já tenho algumas ideias de como completá-la.

— O que vocês acham, mamãe e papai? — sussurro. — Acham que é uma boa maneira de recomeçar minha vida?

Uma quente sensação de bem-estar corre através de mim. Pode ser só coisa da minha cabeça, mas quase posso sentir a aprovação deles.

— Bom dia — Breaker diz ao entrar na sala, coçando o peito e parecendo como se precisasse de mais duas horas de sono. — Desde quando você está acordada?

— Deve fazer uma hora. O café está pronto, se você quiser. O de framboesa, claro.

— Como se você precisasse me dizer. Deu para sentir o cheiro lá do quarto.

Ele tropeça até a cozinha, arrastando os pés no azulejo. Ao se aproximar da cafeteira, pega a caneca do Jack Esqueleto que lhe dei de Natal. Era um dos seus filmes favoritos na infância. Já que comprar presente para um bilionário é incrivelmente difícil, decidi pegar o caminho sentimental. Ele a usa com frequência. Assim que ele se serve de café, se vira para mim e gesticula para o papel e a caneta.

— O que você está escrevendo?

— O próximo grande romance. É sobre um dragão que é matador... na pista de dança e no campo de batalha.

Ele dá um gole no café e fala:

— Esse dragão se veste de drag queen?

— É claro.

— Eu leria com toda certeza, ainda mais se for tão fascinante quanto *Amantes, não Irmãos*. — Ele vem até onde estou sentada no sofá e também se senta. — E esse dragão tem nome?

— Anita Garra Brilhante.

— Ela parece perigosa.

— Com um toque de sua garra, você é transportado para os tempos antigos cheios de batalhas reluzentes e lutas de espada carnudas.

Ele ri.

— Lutas de espadas carnudas, é? Gostei da ideia. Bem intrigante.

— Pode deixar que vou te mandar o rascunho.

Com um sorriso por cima de sua caneca, ele cutuca minha perna e diz:

— Sério, o que você está escrevendo?

— Uma lista.

Ele faz um círculo com a mão.

— Se importa em explicar?

— Bem, estive pensando em como não tenho me sentido bem, em como sair desta rotina, e acabei elaborando uma lista de coisas a fazer antes de me casar.

— Tipo uma lista de realizações?

— Sim, mas podemos chamá-la de lista de afazeres.

— De afazeres? — ele pergunta, com a sobrancelha erguida desse seu jeito fofo.

— Sim, porque em vez de ficar sonhando, quero mesmo fazer as coisas.

— Ahh, entendi. Tudo bem, então o que escreveu aí? — Entrego a lista para ele e fico observando-o lê-la e assentir devagar. — Bem, primeiro, você já é bonita, então não precisa se preocupar com isso.

Reviro os olhos e roubo a lista dele.

— Quero fazer algo que me faça *sentir* bonita. Algo diferente, e eu já tenho uma ideia. Quer vir comigo?

— Ir com você aonde?

— Completar a primeira coisa da lista. Quero ir hoje. Fazer essa bola rolar.

— Ah. — Ele estremece. — Eu meio que tenho aquele encontro com a Birdy hoje.

— Tinha me esquecido disso. — Dou uma olhada para o lado, e a decepção pesa meus ombros. — Está tudo bem. Posso fazer isso sozinha. — Ergo os olhos para os dele. — Mas vou precisar de ajuda para alguns desses. Não farei sozinha.

— Estarei livre qualquer outro dia. Pode contar comigo.

— Obrigada. — Sorrio e levo meus joelhos para o peito.

— Se importa em me falar o que vai fazer hoje?

Balanço a cabeça.

— Não, quero que seja surpresa.

— Tudo bem. — Ele dá outro gole no café. — E esse círculo de confiança? Estou nele?

— Você é o centro dele.

Isso o faz sorrir.

— Que bom. Só checando. — Ele dá uma olhada ao redor e pergunta: — E aí, você já comeu ou é para eu abrigar *e* alimentar você?

— Acho que você já sabe a resposta.

Ele suspira e se levanta do sofá.

— O que vai ser? Waffles? Panquecas? Omelete?

— O especial do picles, por favor.

Ele olha sobre o ombro.

— Se vamos ter o especial do picles, é melhor você vir até aqui e ajudar.

— Mas estou emocionalmente exausta — choramingo de brincadeira.

— Não é desculpa. Venha aqui, agora.

— Tá bom — respondo, exasperada.

— E aí, está nervoso? — pergunto a Breaker, enquanto me sento em sua cama, com as pernas cruzadas, bebendo minha terceira caneca de café.

— Nervoso por quê? — ele indaga, enquanto vasculha suas roupas. Já de banho tomado, com uma toalha ao redor da cintura, ainda há gotículas de água cascateando em sua pele de onde ele deve ter perdido enquanto se secava.

Observo os músculos de suas costas se flexionarem, o tendão em cada lado da coluna quando ele se move para a direita e para a esquerda. Quando se endireita com uma camiseta e um short em mãos, noto a forma como a toalha se ajusta à sua bunda, me dando um mínimo vislumbre de seus glúteos e o trabalho duro na academia. E quando se vira, desvio o olhar, porque há algo em seu peito, na espessura do peitoral e nas cavidades esculpidas do seu abdômen que me faz corar.

Olhando para a minha caneca de café, digo:

— Nervoso com o seu encontro com a Birdy?

— Não — ele diz, confiante.

— Nem um pouquinho?

Ele balança a cabeça.

— Nem um pouquinho.

— Ela deixou bem claro que vocês estavam se divertindo. Ela disse que você beija muito bem.

— É porque beijo mesmo — ele fala, sorrindo com malícia para mim. Reviro os olhos.

— Nossa, como você é humilde, né?

— Nunca.

Ele desaparece dentro do banheiro, e eu grito:

— Você vai fazer alguma coisa hoje à noite? Esperava que a gente pudesse jogar *Plunder* ou *Codenames*. Mas posso encontrar alguma outra coisa para fazer se você já tiver planos de alongar seu encontro até a noite.

Ele sai do banheiro vestindo um short preto esportivo e uma camiseta preta. Engraçado ele ter levado tanto tempo procurando no seu guarda-roupa por esse conjunto. Não poderia ser mais básico.

— Eu te aviso — ele diz enquanto se senta na beirada da cama com um par de meias pretas.

— Sua roupa de baixo também é preta?

— Não chame de roupa de baixo. — Rio, e ele continua: — E você sabe que é preta. Como você foi esquecer daquela noite em que ficou tão bêbada que a vestiu na cabeça e apagou.

— Dá para a gente não falar sobre isso?

— Foi você que trouxe esse assunto. Portanto, eu quis trazer uma das minhas lembranças favoritas de você.

— Essa é uma das suas favoritas? Nossa, você deveria mesmo reconsiderar suas lembranças.

Ele se vira para mim, e sinto uma lufada do seu perfume — fresco e vivaz —, o que me faz querer afundar o nariz em seu peito.

— Já que vamos falar das minhas favoritas, acho que uma ontem me acertou em cheio no peito. Não estava esperando por isso.

Sua voz fica séria, então sei que o que ele está prestes a dizer não é uma brincadeira.

— Qual foi? — pergunto.

Seus olhos se iluminam e ele diz:

— Ver você naquele vestido de noiva. Você estava mesmo de tirar o fôlego, Lia.

Minhas bochechas se aquecem e levo a caneca de café aos lábios.

— Obrigada. — E então, já que o momento está tão sério, falo: — Sabe qual é a minha lembrança favorita de você?

— Aquela vez que escrevi picles errado enquanto a gente jogava *Scrabble*, só para que você pudesse me chamar assim para sempre?

Rio.

— Não, mas está no topo também. — Tiro uma mecha de cabelo do rosto. — O dia que você se formou. Ainda consigo ver aquele abraço exuberante que deu nos seus irmãos, enquanto ainda estava de beca e capelo. Foi tão lindo ver irmãos tão conectados um com o outro, tão apoiadores. Me fez amar você muito mais.

Ele sorri.

— Sou bem sortudo quando o assunto é irmãos, mesmo que eles possam ser um pé no saco e tenham me trocado por suas esposas agora.

— Mas dá para culpá-los? Você já deu uma olhada nas esposas deles?

Ele ri.

— É, já, e o fato de que eles se casaram tão perto um do outro não ajuda, porque ainda estão meio que numa espécie de lua de mel.

— Tenho certeza de que eles vão ficar de lua de mel por um tempo.

Ele arrasta a mão por seu queixo barbado.

— Tenho certeza de que você logo vai viver a lua de mel também.

Dou de ombros.

— Provavelmente não vai durar tanto. Brian não é tão obcecado por mim. Imagino que ele vai ser o tipo de cara que leva o trabalho para a lua de mel. — As palavras escapam da minha boca antes que eu possa impedi-las. Quando dou uma olhada em Breaker, sua testa está franzida, e dá para ver que ele quer dizer alguma coisa. — Mas quem sabe? — continuo. — Ele pode ser bem atencioso também.

Breaker se levanta da cama e alonga os braços sobre a cabeça, revelando um pedaço de pele bem acima do cós do short.

— Se fosse eu, passaria grande parte do tempo na lua de mel. — Seus olhos conectam com os meus. — Jamais iria deixar você de fora da minha vista. — Minhas bochechas ficam em chamas, e ele logo se dá conta do que acabou de dizer e corrige: — Quer dizer, a *minha garota*. Jamais iria deixar a minha garota fora de vista.

E eu acredito nisso completamente.

Houve apenas uma vez que ouvi Breaker fazendo sexo, e ele deve ter esquecido que eu estava em casa, mas ainda me lembro como se fosse ontem. A garota não foi desagradável. Na verdade, ela até soou doce — se não for uma coisa esquisita de dizer —, mas é a boca suja do Breaker que eu ainda consigo escutar, profunda e sedutora, dizendo como ele ia fodê-la e por quanto tempo. Foi a coisa mais sexy que já ouvi, muito inesperado, e demorou um dia ou dois para conseguir olhar normal para ele de novo.

Se ele estivesse de lua de mel, não tenho dúvida de que seria voraz, mesmo que dê a impressão de ser um cara legal. Ele se dá bem com quase todo mundo. Ele é possessivo, protetor e charmoso, assim como os irmãos. Não vou mentir. Já senti inveja de Lottie e Kelsey algumas vezes. Brian sempre parece feliz em me ver, mas nunca é particularmente... voraz. Houve momentos em que me senti mais *apreciada*, como um bom vinho, do que consumida. E *sei* que Lottie e Kelsey têm sido consumidas muitas, muitas vezes pelos seus maridos Cane. *E Breaker não seria exceção.*

— Bem, sua garota seria uma sortuda — digo, tentando quebrar a tensão que logo encheu o quarto. — Só acho que Brian não é esse tipo de cara. Mal transamos agora.

Isso faz Breaker parar e então lentamente se virar para mim.

— Como é? — ele pergunta.

Ah, merda.

— Hã, não sei por que fui dizer isso — falo, sem jeito.

— Isso é verdade?

Não consigo encará-lo quando respondo:

— Brian está lotado de coisas, e eu respeito isso.

— Que se dane — Breaker diz, ficando com raiva. — Ele deveria te foder a cada chance que tivesse. Ele deveria agradecer o fato de estar com você. Que pode te dar prazer. Não deveria nem ser uma questão se vai ou não foder à noite. Ele deveria te desejar a cada maldito segundo de cada maldita hora. E se ele não está te dando prazer do jeito que deveria, então isso é algo que deveriam discutir.

— Ele tem estado cansado, Breaker.

— Porra, isso não é desculpa. — Ele se afasta da cama e agarra o cabelo. — Porra, se você fosse minha noiva, minha esposa, eu jamais iria te deixar sair do quarto. Sua voz ficaria até rouca de cada porra de orgasmo que eu te faria ter.

Mais uma vez, minhas bochechas ficam em chamas e meu estômago embrulha com a incerteza, o calor e essa estranha sensação borbulhante e ofegante enquanto olho para ele. E quando seus olhos encontram os meus, espero que se corrija de novo, mas ele não faz isso.

— De qualquer forma... — Ele solta um suspiro pesado. — Eu preciso ir. Fique à vontade para ficar aqui o quanto quiser.

— Está bem — respondo, sem jeito. — Se divirta lá na trilha.

— Valeu. — Ele vai até a porta do quarto e então olha sobre o ombro. — Mal posso esperar para ver o que vai fazer hoje. Te amo, Lia.

— Mal transamos agora.

— Te a-amo — gaguejo, não porque nunca disse isso para ele, mas pela forma como seus olhos me penetraram quando ele disse isso, como se estivesse tentando transmitir algo. Como se estivesse tentando me dizer mais alguma coisa, algo mais profundo, mas antes de conseguir decifrar o que é, ele já está indo para a sala e então para fora do apartamento. Para o seu encontro. Com Birdy.

Coloco a caneca de café na mesa de cabeceira e me jogo na cama.

Que porra foi isso?

CAPÍTULO DOZE

BREAKER

— Vocês dois estão aí? — indago ao telefone assim que adiciono Huxley à chamada.

— Sim — eles dizem ao mesmo tempo, e então Huxley acrescenta: — É melhor que isso valha a pena. Lottie está esperando por mim.

— Kelsey está lá nua, fazendo panquecas, então, é, se apresse — JP fala.

Meu Deus, a vida deles é tão irritante... irritante, porque estou com inveja. Estou com inveja pra caralho.

— Preciso falar com vocês, pessoal, porque estou prestes a fazer algo idiota. Dá para sentir. Preciso voltar a trabalhar. Preciso me distrair com alguma coisa, qualquer coisa, por favor, me deixem voltar para o trabalho.

— Hum... dá para sentir o desespero. O que está rolando? — JP pergunta.

— Eu quase ferrei com tudo — conto. — Ou pode ser que eu já tenha feito isso, sei lá, mas, porra, não é nada bom. Nada bom mesmo, então, por favor, me deixem voltar para o trabalho. Posso usar uma peruca, um bigode falso, posso até fazer outro trabalho. Qualquer coisa para me livrar deste... deste inferno.

— Um bigode, é? — JP questiona.

— Conte o que está rolando — Huxley pede naquela voz paternal dele.

Respiro fundo enquanto agarro o volante do meu carro no sinal vermelho. Eu *deveria* estar estressado pela droga do processo ter sido lançado contra mim. Eu deveria estar preocupado pelo fato de o nome Cane estar sendo prejudicado. Mas não. Estou estressado por causa da mulher que amo, *que eu foderia tanto a ponto de deixá-la rouca de tanto orgasmo.* Que porra é essa? Mas primeiro...

— Eu meio que... cheguei à conclusão de que gosto da Lia.

Silêncio.

E então...

— E não é que falei, porra, que ele ia descobrir isso em uma semana? — JP diz. — Passar tanto tempo assim com uma garota, pela qual você nutre sentimentos, enquanto ela tenta planejar um casamento com outro homem, pois é, isso só pode acabar em um chute no saco.

— Dá para a gente não ficar com esse joguinho do "eu te falei"? — peço.

— Mas falamos mesmo — Huxley rebate. — A gente falou que isso ia acontecer.

— Tá bom, ótimo, maravilha, vocês são dois casamenteiros modernos. Parabéns. Agora, dá para a gente continuar?

— Que bom que você pode ser maduro o suficiente para reconhecer isso — JP continua.

— Como isso tem a ver com o trabalho e você ferrar com tudo? — Huxley pergunta.

— Não posso mais ficar perto dela. Preciso de alguma desculpa para não ajudar mais a planejar o casamento.

— Então você vai simplesmente abandoná-la desse jeito? — JP indaga. — Isso não é legal, cara.

— E o que eu deveria fazer? Acabei de falar para ela que, se ela fosse minha, eu jamais a deixaria. Que eu a foderia a qualquer chance que tivesse.

— Como é? — Huxley reage.

— Hã, cara, isso é meio extremo para não ter admitido seus sentimentos. Como isso aconteceu? Você simplesmente anunciou do nada que a foderia?

— Não. — Passo a mão no rosto. — A gente estava falando sobre essa fase de lua de mel, e aí mencionei que eu jamais a deixaria fora de vista, mas logo corrigi para outra garota. Mas aí, depois disso, ela me falou que quase não tem feito sexo com Brian, *porque ele anda cansado*, e perdi a cabeça. Só conseguia pensar em como esse filho da puta sortudo estava tirando vantagem dela e como ele não a merecia, e aí falei que, se ela fosse minha, a gente transaria o tempo todo, pois é... aí está. Preciso ficar longe dela, e se eu pudesse voltar ao trabalho, seria ótimo. Obrigado.

— Você ainda não pode voltar — Huxley responde. — Não até Taylor dizer que pode.

— Então o que eu devo fazer? Continuar sendo o padrinho dela quando está óbvio que tudo o que eu quero é ela?

— Você poderia acabar fazendo uma merda pior ainda e arruinar o casamento, aí ela não se casaria de jeito nenhum — JP diz.

— Não o ouça — Huxley interrompe. — Essa é a porra de uma péssima ideia. Por que não diz para ela como se sente?

— Qual é — zombo. — Todo mundo sabe como isso terminaria. Eu falo para ela como me sinto, ela não sente o mesmo. Ela acaba dando um tapinha no meu ombro e então nunca mais conversamos.

— De onde tirou essa evidência? De filmes e da TV?

— É claro, de onde mais? — pergunto, enquanto paro no estacionamento do início da trilha.

— Essa não deve ser a melhor fonte da realidade — JP fala. — Acho que Huxley tem razão. Conte para ela, e se ela não sentir o mesmo, pelo menos você vai saber e vai poder seguir em frente.

— E aquela garota, a Birdy? Não dá para você seguir em frente com ela? — Huxley indaga.

— Estou prestes a falar para ela que não posso vê-la mais, porque já gosto de outra pessoa, e não quero iludi-la. Além disso, já a beijei duas vezes e não senti nada, e acho que é porque quero a Lia e só a Lia.

— Isso está mais do que óbvio — JP declara.

Pressiono o dedo na testa e digo:

— E aí, o que devo fazer?

— Já falamos o que você deve fazer — Huxley acrescenta. — Conte para a Lia como se sente. Se não fizer isso, vai se arrepender.

— Mas agora ela está numa missão de fazer coisas antes de se casar. O que eu deveria fazer quanto a isso?

— Bem, se acha que ela não sente o mesmo, tente ajudá-la a compreender que você é um par melhor do que Brian — JP sugere.

— É, concordo — Huxley comenta.

— E como é que eu faço isso?

— Seja tudo o que Brian não é — JP complementa. — Sem passar dos limites, é claro, não dá para você fodê-la e aí dizer, viu só, eu te fodo, Brian não.

Isso até me faz rir.

— Eu jamais faria uma coisa dessas, mas entendo o que está dizendo. — Apoio a cabeça no encosto de cabeça e pergunto: — Acha que pode funcionar?

— Não dá para saber até você tentar — Huxley diz.

— E só para constar, quero deixar claro mais uma vez o quanto a gente tinha razão sobre isso.

— Cala a boca — rebato, fazendo os dois rirem. — Odeio vocês.

— Não odeia, não — Huxley fala. — Você só odeia que a gente tinha razão.

— É, isso também. Está bem, Birdy chegou para a trilha. Preciso ir.

— Seja gentil com ela — JP pede.

— Não, pensei em jogar terra nela e falar para ela cair fora.

— Não recomendo — Huxley diz antes de eu me despedir e encerrar a chamada.

Olho pela janela quando Birdy sai de seu SUV branco, vestindo um conjunto de short de ciclismo e top esportivo. De onde estou sentado, dá para ver uma pequena estampa de pássaro nele.

Porra.

Fecho os olhos com força de novo.

Não quero fazê-la se sentir mal.

Mas vou ter que fazer. Não há outro jeito. Ela com certeza acha que estamos prestes a nos divertir com uma trilha para observar os pássaros. *Como é que eu posso dizer para ela o contrário?*

Resmungando para mim mesmo, saio do carro assim que Birdy se aproxima.

— Oi — ela diz, com uma voz alegre, ao pousar a mão no meu peito, e ela fica na ponta dos pés e dá um beijo no meu queixo. — Como vai?

Uma merda.

— Bem. — Abro um sorriso. — Hum, gostei da sua roupa, combina bem com a observação de pássaros.

— Falei que era boa. — Ela sorri para mim, e me dou conta de que preciso contar agora. Não posso fazer essa trilha, fingir que está tudo bem e dizer para ela só depois. Isso seria brutal. Ela deve ter sentido minha inquietação, porque pergunta: — Está tudo bem?

Agarro meu cabelo e balanço a cabeça.

— Não.

— Ah, o que foi?

— Vamos conversar — digo, pegando sua mão e a levando de volta para o meu SUV e abro o porta-malas. Eu me sento e ela faz o mesmo. — Eu tenho sido a porra de um idiota, Birdy, e acabei arrastando você para a minha idiotice.

— Como assim?

Ergo olhar para ela.

— Eu gosto de outra pessoa, e achei que se apenas ignorasse, não ficaria pensando nisso. Mas tem se tornado cada vez mais claro que gosto dessa pessoa, e não quero te iludir.

— Ah — ela diz, olhando para as mãos e me fazendo sentir como o idiota completo que sou. — Imagino que seja a Lia, não é?

Eu poderia negar, mas para que mentir?

— É — respondo, baixinho. — Como eu disse, é uma merda das

grandes, e não posso fingir que esses sentimentos não estão aqui enquanto tento sair com você. Não seria justo.

— Eu agradeço — ela fala, baixinho, e então pergunta: — Ela sabe?

— Não — digo, depressa. — Não faz nem ideia.

— Você vai tentar alguma coisa?

Quando seus olhos se conectam com os meus, me dou conta de com quem estou conversando, quem armou para nos juntar. Brian. Porra.

— Hã... não — respondo, mas a mentira soa idiota até mesmo para os meus ouvidos.

— Não vou contar. Não ligo tanto assim para Brian. Acho que ele é um imbecil, e, sinceramente, acho que Lia poderia conseguir algo melhor. Não sei o que ela vê nele.

— Eu também não — falo, baixinho.

— Você deveria tentar. Vocês dois têm uma forte conexão.

— É muito legal da sua parte, mas não precisa falar sobre isso. Sei que deve ser esquisito.

— Claro, é esquisito mesmo, e eu estou decepcionada? Com certeza. Acho que você é incrível, Breaker, e se me chamasse para um encontro, eu com certeza iria, mas também sei quando um cara não está interessado ou gosta de outra pessoa. Eu tive a sensação de que poderia ser esse o caso. Dava para ver pela forma como vocês dois interagiam e o jeito que você falava com ela. Há algo aí, e acho mesmo que deveria tentar descobrir.

— Mas ela vai se casar daqui a quatro semanas. Isso não me faz parecer um completo babaca? Como se eu não pudesse ter descoberto isso antes? E agora vou simplesmente aparecer e dizer como me sinto? Não parece muito apropriado.

— Não sei se há um padrão para o momento apropriado de dizer a uma pessoa que a ama. Mas a última coisa que iria querer é não contar para ela e se arrepender depois.

— É isso o que meus irmãos disseram.

— Eles também ficaram com o "eu te falei"? Parece que pegariam no seu pé com isso.

— É, tenho certeza de que todo mundo pegou no meu pé, além da Lia e eu mesmo. — Solto um suspiro pesado. — Meu Deus, Birdy, me desculpe mesmo.

— Não precisa se desculpar. — Ela pega minha mão. — Prefiro que me conte a verdade. Sinceramente, deve ter sido a conversa mais verdadeira que tive, então agradeço.

— Bem, valeu por ser tão legal quanto a isso.

— Ainda quer fazer a trilha? Talvez a gente possa conversar sobre a Lia, e eu possa te ajudar.

— Não é possível que você queira fazer algo assim.

— Eu quero — ela diz com convicção. — Sou a favor do amor verdadeiro, e acho que você e Lia têm isso. Ela só precisa descobrir. Além disso, não posso desperdiçar esta roupa.

— É verdade — concordo enquanto me levanto do porta-malas. Estendo a mão para ela e a ajudo a se erguer. — Posso te dar um abraço?

— É claro — ela fala ao me puxar.

— Obrigado por entender.

— Obrigada por ser honesto. — Quando nos separamos, ela continua: — Agora, se você tiver um amigo solteiro que é legal, gentil e também não é nada mal que seja bonito, e pode ser sincero como você, eu adoraria conhecê-lo.

— Sabe... acho que tenho alguém em mente para você.

Seus olhos se iluminam.

— Sério?

Fecho o porta-malas e assinto.

— Sim, ele é ex-jogador de beisebol. O que acha disso?

— Hum, digo sim, por favor!

Dou uma risada e nós dois seguimos para a trilha.

— Pintassilgo, não é? — Birdy pergunta.

— Isso mesmo — digo, me sentindo um professor orgulhoso. — Olhe só para você, acertando depois da décima segunda tentativa.

Ela ri.

— Bem, nunca diga que você não pode me ensinar algo. Com certeza é um mestre da observação de pássaros.

— É claro. — Vamos subindo a colina, quase alcançando o topo. — Estou irritado por não termos visto mais variedade.

— Bem, o corvo e o pintassilgo me fizeram ficar interessada nessa coisa de observação de pássaros. Acho que virei fã.

— O seu sarcasmo é facilmente detectável. — Deixo meu binóculo cair no peito. — Se este fosse um encontro real, eu ficaria muito envergonhado com esta exibição. Era para eu te levar para um tour de pássaros exóticos, mas encontramos só um bando de corvos e uma dúzia de pintassilgos.

— Poderia ter sido pior, poderia ter sido só os corvos.

— É verdade.

Quando alcançamos o topo da colina, fazemos uma pausa e tiramos um instante para observar a vista da cidade.

— Nada mal — Birdy fala ao encontrar uma pedra e se sentar. — Quer se juntar a mim?

Também me sento.

— Fico feliz de a gente ainda ter feito a trilha. Acho que está ajudando a clarear a mente.

— Que bom, porque isso significa que você já está pronto e aberto para conversar sobre tudo a respeito da Lia.

— Ehhh, não sei se é esse o caso.

Ela bate o ombro no meu.

— Qual é, tenho algumas ideias. Sou uma garota e conheço Brian. Eu poderia te dar uns conselhos.

— Ah, é? Acho que não faria mal talvez... escutar o que você tem a dizer.

— Que bom que está aberto para isso. — Ela ri. — Primeiro, precisa conhecer as fraquezas do Brian, e vou te dizer logo de cara que comunicação é uma delas. Ele é viciado em trabalho, não é muito atencioso e mesmo que tenha pedido a Lia em casamento, com certeza não deve ter sido ideia dele. Deve ter sido da mãe dele, porque *ela* não estava feliz com o fato de ele ainda não ser casado. Se eu acho que ele ama a Lia? É claro que sim, e se acho que ele poderia se casar? Também. Só não acho que é do feitio dele se apaixonar e ficar perdidamente apaixonado por alguém. Já vi isso acontecer com as namoradas dele quando era mais nova. Elas eram mais como acessórios do que qualquer outra coisa.

— Você já está pronto e aberto para conversar sobre tudo a respeito da Lia.

— É, tive essa sensação. Ele e Lia começaram a namorar não muito tempo depois de ela ter perdido os pais, e acredito que tenha sido um consolo para ela tê-lo por perto para esse tipo de afeição que eu não podia dar. — Estremeço e falo: — Por favor, não diga isso para ninguém. Não quero que Lia descubra que estou quebrando nossa confiança.

— Não se preocupe, Breaker. Estou do seu lado. Não vou falar nada...

ainda mais que você está me dando um jogador de beisebol.

Rio.

— Um muito bom, diga-se de passagem.

— Estou contando com isso, mas, sério, acho que uma das melhores coisas que você pode fazer é estar disponível para ela mais do que já está. Conhecendo essas deficiências sociais do Brian, por que não enfatiza suas forças nessa parte? Ela conhece *você*. Mas será que está ciente do homem que pode ser em um relacionamento romântico?

— Foi isso o que os meus irmãos disseram.

— Seus irmãos são espertos. E faça tudo com ela, talvez até flertar um pouquinho.

— Não quero passar dos limites.

— Então não passe, mas deveria deixá-la saber aos poucos que está a fim dela. Comece a dar dicas de como se sente, assim, quando for contar, não será um choque completo, e aí ela também não suponha que você só esteja querendo arruinar o casamento dela. Não que eu ache que Lia iria processar a informação dessa forma, mas só por precaução.

— É, na verdade, isso é bem inteligente. — Dou um chute na terra. — Porra, isso parece aterrorizante.

— Bem, sinta-se à vontade para me ligar a qualquer hora para pedir um conselho. Acho que você está com a vantagem sobre Brian. A única coisa que pode te atrapalhar é o medo dela de enxergar a verdade. E a verdade é: não acho que ela ame Brian de verdade. Já vi como interage com você e como interage com ele. Dá para sentir um quentinho quando vocês dois estão juntos, uma conexão. Não sinto a mesma coisa com Brian.

— Eu também não. — Passo o braço ao redor dos ombros da Birdy e digo: — Vamos ter que continuar mantendo contato, sabe. Agradeço mesmo sua sinceridade e ajuda.

E espero não estar depositando minha confiança na pessoa errada.

— Só me prometa que, quando se casarem, porque sei que isso vai acontecer, vai me convidar e me dar um convite extra.

Isso eu posso fazer.

— Posso até dedicar um brinde a você, se tudo der certo. Você impulsionou minha confiança, coisa que eu não estava sentindo hoje de manhã.

— Se você precisar de alguém para te incentivar a derrotar Brian, eu sou a pessoa certa. Ele pode ter me apresentado para você, mas ainda é um idiota.

— Pois é, não posso discordar disso.

Nós dois rimos e então nos levantamos da pedra. Eu tinha razão esse tempo todo. Brian é um idiota.

— Vamos voltar? Os pássaros estão nos decepcionando hoje — indago.

— Sim, e a gente pode pensar em todas as maneiras que você pode flertar sem passar dos limites. Está na hora do treinamento Conquiste a Sua Garota. Está dentro?

— Me ensine todas as coisas, mestre.

> *Breaker:* Dei uma passada no Masala Palace e comprei um pouco de frango tikka, reshmi kebab, paneer kurma e naan de alho. Quer?
>
> *Lia:* Você só pode estar brincando. Fiquei com água na boca só de ler essa mensagem. Estou em casa, quer que eu prepare a mesa e o tabuleiro do jogo?
>
> *Breaker:* É claro.
>
> *Lia:* Deixe comigo. Por favor, escolha a cor do seu navio no Plunder.
>
> *Breaker:* Por que está pedindo isso? Sabe que eu sempre sou o verde.
>
> *Lia:* Você perdeu nas últimas três vezes, então não sabia se iria querer trocar. Talvez trocar dê sorte.
>
> *Breaker:* Verde sempre.

> **Lia:** Tudo bem, prepare-se para ser destruído. Além disso, tenho uma surpresa para mostrar para você.
>
> **Breaker:** Ah, é? E essa surpresa tem alguma coisa a ver com a sua lista?
>
> **Lia:** Sim.
>
> **Breaker:** Bem, mal posso esperar. Te vejo daqui a pouco.

Com a comida em mãos, saio do elevador e vou direto para o meu apartamento. Depois que Birdy e eu descemos a colina, lhe dei um abraço de despedida e voltei para a colina sozinho. Dessa vez, fiquei pensando sobre tudo. Deixando minha mente vagar, minha mente processar, ruminando sobre meus verdadeiros pensamentos e sentimentos.

Antes de tudo, eu a amo. Absorvi isso. Me permiti refletir sobre estes sentimentos e entendê-los. Lia é a pessoa mais preciosa da minha vida. Ela é o meu tudo. Ela significa tudo para mim.

Ela é a minha garota.

Depois de me permitir aceitar isso, comecei a aceitar que todo mundo tem razão. Preciso contar a ela sobre os meus sentimentos, mas preciso prepará-la primeiro. Pode assustá-la se simplesmente jogar os sentimentos nela.

Além disso, preciso dar tempo para que ela cumpra seus objetivos da lista. Não quero ficar no caminho disso. Eu a quero em seu melhor quando me aproximar com os meus sentimentos, e isso dará tempo a ela para se ajustar à nova forma como vou encarar nossa amizade.

Depois de algum tempo na colina e apenas vivendo o momento, refiz o caminho de volta e pedi comida, sabendo que Lia não conseguiria negar comida indiana. É uma das suas favoritas.

Com a empolgação no peito, alcanço minha porta, viro a maçaneta e entro, meio que com a esperança de ver Lia ali, esperando por mim. Quando não a vejo, chamo:

— Oi, cheguei.

— Estou no quarto. Venha aqui.

Confuso, mas também animado, deixo a comida na mesa e vou até o meu quarto, onde a porta está entreaberta. Seja lá o que ela queira me mostrar, com certeza está dando importância para isso — adorei.

Abro mais a porta e espio. É quando vejo Lia, parada no meio do quarto, com as mãos entrelaçadas à sua frente. Ela está usando uma legging e um cropped — não é o tipo de blusa que ela costuma usar, já que mostra a barriga, mas fica ótimo nela. Ótimo mesmo, mas não é isso que está chamando minha atenção. Não. O que chama minha atenção é que seu longo cabelo ruivo foi cortado e pintado. Mechas loiras e finas estão no cabelo agora na altura do ombro, com uma longa e esvoaçante franja e cachos bagunçados que combinam bem com sua personalidade.

— Puta... merda.

— Puta... merda.

Ela exibe um largo sorriso ao dizer:

— Você gostou?

— Ophelia — sussurro enquanto dou um passo à frente. — Meu Deus, como você está gostosa.

Seu sorriso se ilumina ainda mais.

— Sério?

Fecho a distância entre nós e estendo a mão para tocar seus cachos curtos.

— Sim — digo, sem fôlego.

— É um pouco ousado, mas me sinto uma nova mulher com todo aquele cabelo tirado de mim, e achei que as luzes seriam legais, mas as mantive ao mínimo, porque ainda gosto do meu cabelo ruivo.

Eu a absorvo, enquanto meu coração bate acelerado. Meu Deus do céu, ela já era linda antes, mas agora... não sei se vou conseguir manter as mãos longe.

E antes que possa me impedir, já estou dizendo para ela exatamente o que está passando na minha mente.

— Você está sexy pra caralho. Não que já não fosse, mas, meu Deus do céu, Lia. Você está incrível pra cacete. Eu amei.

— Obrigada — ela fala, com um leve rubor nas bochechas. — Mandei uma foto para Brian, ainda estou esperando pela resposta dele. Espero que ele goste tanto quanto você.

Aposto que ele vai gostar, mas estou pouco me lixando.

— Ele vai — garanto, ainda tocando seu cabelo enquanto a onda de luxúria me atravessa.

Quero passar a mão pelo seu cabelo. Quero puxá-la para perto. Quero escorregar a mão para dentro do cropped. Quero mostrar para ela o quanto essa transformação me deixa com tesão. E não é só pela sua aparência. Mas também pela sua confiança, seu sorriso e o quanto ela está orgulhosa de si mesma. Quero prendê-la na minha cama e passar a boca por seu pescoço.

— E esta roupa, não é exagerada demais, é? Pensei em tentar algo novo.

Dou uma olhada em seu cropped e pego a sugestão do sutiã de renda alinhado aos seus ombros, então balanço a cabeça.

— Não, de forma alguma. Você está maravilhosa, Ophelia.

— Nossa, dois Ophelias. Você deve ter gostado mesmo.

Engulo em seco e chio:

— Pois é, gostei.

Gosto tanto que tenho que lutar para me lembrar de que ela está noiva e de que eu preciso ir com calma. Que não posso tocá-la da forma que quero.

Me recompondo um pouquinho, digo:

— Mas, mais importante, como você se sente?

— Bem, depois da sua reação, me sinto bem sexy.

— E você deveria mesmo.

— Só estou animada para ver o que Brian acha. — Ah, sim, estamos todos tão animados pela reação do Brian. Dá para ouvir o sarcasmo nisso? Seu celular toca na cozinha e ela olha para mim. — Falando no dito cujo. Aposto que é ele. Vou atender, e você pode ir preparando a comida. Não devore o naan de alho.

— Nem sonharia com uma coisa dessas — falo, enquanto ela passa por mim, e meus olhos a seguem, indo para o seu traseiro.

Porra, olhe só para isso.

Grande, atrevido, todo exibido naquela calça justa.

Juro que o universo está me testando e vou decidir meu destino se conseguir me controlar nesta situação. Minha melhor amiga, que eu sempre achei incrível, transformada em uma mulher de parar o trânsito em questão de horas.

Relutante, tiro os olhos da sua bunda e vou atrás dela. Enquanto atende o celular, abro o pacote de comida indiana, e meus olhos de vez em quando se desviam para ela, tendo outra oportunidade de secá-la.

Até os seus seios estão incríveis naquele cropped.

Pois é, com certeza o universo está me testando.

— Oi, Brian — ela o cumprimenta, alegre. — Como vai?

Tento bloquear sua conversa, porque não quero ouvi-lo dizer o quanto amou o novo cabelo dela, então foco em dividir a comida.

Até ouvi-la falar:

— Como é? Você não gostou?

Isso chama minha atenção. Esqueço a comida e foco nela.

A confiança — que estava deixando seu peito estufado apenas alguns momentos atrás — se vai.

Seu lindo sorriso, que se estendia de orelha a orelha, vacila.

E dá para ouvir a dolorosa decepção em sua voz quando ela baixa o tom para responder:

— Eu queria uma mudança. Porque não estava me sentindo como eu mesma. Sim, agora me sinto como eu mesma. — Ela faz uma pausa, então se afasta de mim. — Dá para a gente conversar sobre isso depois, Brian? — Outra pausa, e então... — Por quanto tempo? Uma semana? Tipo, não que eu possa te impedir, né? Negócios são negócios. — Amasso a sacola de papel enquanto continuo ouvindo, meu ódio por esse homem crescendo com força. — Sim, mas a gente vai se casar em breve. Seria legal se você estivesse aqui. — Seria ótimo se ele não estivesse. — Tá bom, tudo bem. É, falo com você depois. — Ela desliga e deixa o celular cair ao seu lado.

Espero alguns instantes, e quando percebo que ela não irá se mover, decido ir até lá. Me sento ao seu lado no sofá, ergo seus olhos para que ela possa olhar para mim, e é quando noto as lágrimas.

Porra, eu vou matar aquele homem.

— Tenho certeza de que você ouviu um pouco da conversa — ela diz. — Mas ele não gostou do meu cabelo. Disse que foi um erro.

Pois é, ser assassinado faz parte do futuro dele.

— Ele está errado — falo, ao envolver seu rosto e enxugar as lágrimas. — Ele está tão errado, porque, no momento que eu vi você, meu coração ficou acelerado, Lia. Você está linda. Tão linda que tive que me lembrar de que você é minha melhor amiga.

— Você só está dizendo isso por dizer. — Ela balança a cabeça.

— Não estou, não — rebato enquanto meus olhos caem para seus lábios e então voltam para seus olhos. — Eu jamais diria alguma coisa só para te satisfazer. Brian é um idiota, porque o fato de ele não conseguir ver o quanto você está radiante com esse novo cabelo, de não conseguir ver sua confiança, é problema dele.

— Ele acha que a mãe dele vai ficar muito brava.

Quem liga? Ele ainda está preso pelo cordão umbilical ou o quê?

— Que bom. Espero que ela fique brava. Isso nos dá mais munição para acabar com ela.

Ela ri de leve.

— Ele vai ficar fora por uma semana ou talvez até mais. Acho que o que está lidando em San Jose requer mais atenção do que ele imaginou, isso é ótimo. Não é como se a gente estivesse prestes a se casar ou coisa do tipo. — Ela suspira. — Meu Deus, por que ele teve que ser tão babaca? Deve estar estressado.

— Estar estressado não é desculpa para ninguém agir feito babaca. E ele foi babaca. Não há dúvida. Preciso que você perceba isso. O que ele fez foi uma babaquice sem desculpa. Está me ouvindo?

Ela pisca e então assente.

— Sim.

— Que bom. Agora, vamos só esquecer o que acabou de acontecer, porque temos uma noite divertida planejada, e não vou deixar que ele a estrague. Entendeu?

— Sim — ela repete.

E então se joga no meu peito. Eu a envolvo com os braços e a deixo chorar por mais alguns minutos. Enquanto isso, fico pensando no que eu teria feito se tivesse visto pessoalmente Brian descartar a ousadia dela.

— Você mal tocou no naan — digo. — Isso é inaceitável.

— Desculpe — ela pede, empurrando o prato para o lado. — Só... não estou com ânimo.

— É por isso que a gente ainda não começou a jogar *Plunder*?

— Talvez eu devesse voltar para casa.

— É, tá bom, como se eu fosse deixar você fazer isso. Com essa carranca da qual você não consegue se livrar, sem chance que eu vou deixar você simplesmente escapar. Não mesmo, desculpe, você vai ficar aqui comigo pelo resto da noite.

Seus olhos se enchem de lágrimas mais uma vez, seus lábios tremem, e puxo sua mão para fazê-la se sentar no meu colo assim que ela cai no choro outra vez.

— Me desculpe por tudo isso — ela diz, baixinho, enquanto estamos sentados no sofá, assistindo às reprises de *Family Feud*.

Depois que ela comeu um pouquinho, guardamos tudo em potes e os enfiamos na geladeira. Já que ela não está com ânimo para um jogo de tabuleiro, nos sentamos no sofá, onde temos assistido às reprises sem prestar muita atenção. Quis puxá-la para perto várias vezes, estender suas pernas sobre as minhas, massagear seus pés, fazer qualquer coisa só para tocá-la e fazê-la se sentir melhor.

— Não precisa pedir desculpa — digo.

— Eu sei, mas eu nem te perguntei como foi o seu encontro com a Birdy. Eu meio que estraguei a noite com os meus problemas.

— Você não estragou nada. Tem o direito de estar chateada. Brian te decepcionou, e agora você precisa passar por esses sentimentos. Não há necessidade de pedir desculpas.

— Ainda assim... — Ela se vira para mim. — Como foi a trilha com a Birdy?

Dou de ombros casualmente, mantendo os olhos na TV enquanto digo:

— Decidimos ser só amigos.

— Como é? — ela pergunta. — Por quê?

Dou de ombros novamente.

— Acho que eu não estava tão a fim quanto ela.

— E ela não se importou? Ela disse que estava animada com o encontro.

— Ela estava. Na verdade, tivemos uma conversa bem genuína e honesta sobre isso. Ela disse que dava para sentir que eu não estava a fim e que estava tudo bem. Ela preferiu saber agora a ter que prolongar as coisas. Mas ainda fomos juntos para a trilha. Conversamos um pouco, e eu falei que vou apresentá-la a um dos meus amigos que seria perfeito para ela.

— Quem? — ela pergunta enquanto seus lábios se curvam de leve para cima.

— Penn.

Por um momento, esquecendo suas preocupações, Lia se inclina e agarra meu antebraço.

— Ai, meu Deus, Breaker, eles fariam um casal tão fofo.

— Também acho. Além disso, Penn é bem sincero, e é o tipo de cara que ela tem procurado.

— Ele está à procura de alguém?

— Acho que sim, só não encontrou ainda. Acho que essa pessoa pode ser a Birdy.

— Bem, olhe só para você bancando o cupido. Mas sinto muito que não tenha dado certo, achei que você estava procurando esse tipo de relacionamento.

— Eu estava, mas não era para ser com ela.

— Como assim? — ela pergunta.

Você.

Tudo a seu respeito.

Sua alma.

Sua mente.

Seu coração.

Seu corpo.

Quero tudo de você. Cada pedacinho de você.

— Ainda estou processando tudo. Eu te aviso quando estiver pronto.

— Ah, você está com uma ideia?

— Sim, tenho uma ideia exata, mas vai precisar de algum aprimoramento, então vamos deixar esta conversa de lado por enquanto.

— Tudo bem, nada evasivo.

— Nem um pouco. — Dou uma piscadela, o que a faz me empurrar com o pé.

— Isso é irritante.

— Pelo menos a gente seguiu em frente com aquela do Brian sendo um babaca.

Ela se recosta no sofá.

— Ele foi mesmo um babaca, não foi?

— Foi, porque pelo menos na minha opinião, ele deixou passar completamente o fato de que você está de tirar o fôlego com esse cabelo novo.

— De tirar o fôlego, é? E o que eu era antes?

— De tirar o fôlego. Mas sem muita confiança. Esse novo cabelo fez você brilhar mais.

— Eu estava me sentindo confiante de verdade.

— Ele ganhou um certificado de babaca por ter dito qualquer coisa negativa. Aposto que ele acha que você está gostosa, como se estivesse fora do alcance dele, e ele deve estar preocupado de você cair fora.

— Bem, se ele continuar agindo feito babaca, posso acabar fazendo isso.

É isso aí. Caia fora e venha direto para os meus braços.

Sem querer forçar o assunto, me viro para a TV e digo:

— Você vai tentar aparecer no *Family Feud* de novo este ano? Temos Kelsey e Lottie, que pode acrescentar ao time, assim como JP, então acho que você tem chances. Kelsey teria respostas precisas, JP cobriria a parte divertida, e Lottie ficaria com os tópicos inesperados.

— Nunca seríamos escolhidos.

— Não é o tipo de coisa que gosto de ouvir. Precisamos manifestar essa merda. Vamos lá, nascemos para participar do *Family Feud*. Você e eu durante o dinheiro rápido? A gente iria arrebentar. Steve Harvey não saberia o que fazer, porque a gente iria acabar com tudo. E, quem sabe, não me oponho a ter que subornar para a gente conseguir entrar no programa.

— Eu já falei, precisamos conseguir entrar no programa por mérito próprio, não pelo que você pode oferecer no seu cheque.

— Pois é, mas o meu cheque seria um atalho para fazer isso acontecer.

— Onde estão os seus valores, Breaker Cane?

— Duvidosos quando se trata de *Family Feud*.

— Deu para notar. — Ficando mais séria, ela diz: — Obrigada por passar um tempo comigo hoje e por ser o meu maior apoiador com o meu cabelo e a minha roupa. Você me fez me sentir especial de verdade.

— Bem, você deveria se sentir especial. Porque você é. Vou te incentivar o dia inteiro, todos os dias.

— E é por isso que você é o meu melhor amigo.

Pois é, se eu pudesse ser muito mais...

CAPÍTULO TREZE

LIA

Lia: O que você está fazendo?

Breaker: Olhando para o teto, temendo ter que ir à casa do meu irmão.

Lia: Almoço de domingo?

Breaker: Sim, mas tudo o que eles vão fazer é ficar bajulando suas esposas, enquanto eu fico lá sentado com um Bloody Mary medíocre na mão, só olhando.

Lia: Ah, que engraçado... eu gosto de Bloody Mary medíocre.

Breaker: É assim que você se convida?

Lia: Preciso de mais amigos! Preciso de amigas, para ser mais exata. Lottie e Kelsey parecem legais, e se elas vão estar na nossa equipe do Family Feud, então preciso conhecê-las melhor.

Breaker: Então você está mesmo se convidando?

Lia: Por favor... Picles.

Breaker: Aff, tá bom, mas juro por Deus, Lia, se você começar a soltar as merdas vergonhosas sobre mim como fez no último almoço antes de as esposas estarem presentes, vou te dar um chute bem na virilha.

Lia: Ai, não, um chute na virilha, não. *estremece*

Breaker: Pode apostar, um chute tão ruim quanto uma roupa apertando a virilha.

> **Lia:** Vesti uma roupa assim UMA VEZ! Não use isso contra mim.
>
> **Breaker:** Ainda lembro como se fosse ontem.
>
> **Lia:** E você estava dizendo que não QUER que eu diga nada vergonhoso sobre você para os seus irmãos...
>
> **Breaker:** Ah, viu só? Essa imagem desapareceu.
>
> **Lia:** Que engraçado como isso funciona. Que horas devo ficar pronta?
>
> **Breaker:** Vou sair daqui a vinte minutos. Vista uma roupa ousada.
>
> **Lia:** Ousada? Por quê?
>
> **Breaker:** Pode ser legal mandar outra foto para Brian.
>
> **Lia:** Ainda é cedo, Breaker, ainda é cedo.
>
> **Breaker:** Ha-ha, deu para notar. Vejo você em vinte minutos.

— Preciso comprar um pouco desse seu perfume — digo quando estacionamos na casa de Huxley, uma grande casa branca em estilo costeiro, com janelas com molduras pretas e detalhes. É linda com seus gramados bem-cuidados e vasos de flores frescas sob a janela. Pitoresca. O tipo de casa em que eu gostaria de morar um dia.

— Por que precisa comprar um pouco do meu perfume? — Breaker pergunta ao estacionar na entrada circular.

— O cheio é sublime. Acho que quero para mim.

— Você não pode usar meu perfume. — Ele me lança um olhar estranho.

— Por que não?

— Porque a gente não pode ficar com o mesmo cheiro. Além disso, eu gosto do cheiro do seu perfume. Viktor & Rolf combina bastante com você.

— É assustador como você se lembra do meu perfume. Não sei nem se Brian conseguiria descrever o cheiro se eu perguntasse para ele.

— Uma sutil combinação de rosa, jasmim e orquídea — ele fala, com os olhos em mim.

Então encaramos um ao outro por alguns segundos, dentro do carro, com o mundo girando ao nosso redor. Como ele sabe disso? Nem eu seria assim tão precisa para descrever o cheiro, ainda assim, Breaker sabe tudo.

Cada coisinha sobre mim.

Ele sabe que, quando eu fico menstruada, acabo tendo enxaquecas terríveis, e está sempre lá com um Ibuprofeno, cafeína e balinhas azedas.

Ele sabe que não sou lá muito fã de malhar, mas que às vezes fico animada em querer malhar, então ele sempre aparece com uma variedade de aulas às quais posso me juntar quando peço. Ele as mantém anotadas no celular.

Ele sabe, sem ter que perguntar, que eu amo ir à Comic Con, então todo ano compra ingressos VIP para a gente e pensa em ideias para nossas fantasias. Mesmo assim, não consigo lidar com o estresse de tudo isso e prefiro que me digam o que vestir e quando a ter que pensar por mim mesma.

E, pelo visto, ele sabe exatamente o cheiro do meu perfume. Com todos os detalhes.

Não sei se posso dizer o mesmo de Brian. Mas, como Brian disse, teremos o resto da nossa vida para descobrir.

Então por que esse sentimento parece azedo na minha língua agora?

— Vamos — ele diz, abrindo a porta do carro. — Estou morrendo de fome, e eles estão servindo tacos estilo faça você mesmo.

Tirando qualquer pensamento sobre Brian da cabeça, abro a porta assim que Breaker dá a volta no carro para abri-la para mim.

— O que você está fazendo? — pergunto, olhando-o enquanto minha mão desliza na dele.

— Ajudando você a sair.

— E por que eu precisaria de ajuda?

— Hã, sei lá... você não costuma usar vestidos, então não sei se saberia como andar.

Pressiono a palma em seu rosto, o que o faz rir, e o empurro.

— Por acaso um cara não pode ser um cavalheiro sem ser castigado por isso?

— E por acaso uma garota não pode usar um vestido sem ser provocada por isso?

Sua provocação desaparece bem antes de ele dizer:

— Pode, e se eu já não disse isso antes, você está linda, Lia.

Aqueles olhos azuis brilhantes focam em mim, tão pesados de sinceridade que quase parece... real. Como se o fato de ele estar segurando minha mão fosse real, e suas palavras fossem ditas de um lugar diferente, um lugar que não fosse só amizade.

— Obrigada — digo, esperando para que ele me guie pela porta, mas ele não faz isso.

Ele fica ali, parado à minha frente, com os olhos examinando o vestido longo azul-marinho que combinei com alguns colares de ouro. Arrumei o cabelo com algumas ondas suaves, como o cabeleireiro fez no dia anterior, e adicionei uma pesada camada de máscara para destacar meus olhos.

Ele estende a mão para o meu cabelo e enrola algumas mechas entre o indicador e o polegar.

E, por alguma razão, minha respiração fica presa quando seus olhos encontram os meus mais uma vez.

— Você não precisa de um vestido para ficar linda. Você já é linda com o seu short de flanela e camiseta, mas também está ótima assim.

Engulo em seco e meus nervos ficam em frangalhos. O que está rolando? É como se algo tivesse se acendido nele... ou apagado, ele está mais... afetuoso. Seus elogios parecem mais íntimos. E há certa fome na forma que ele olha para mim.

Antes que eu possa processar qualquer coisa, ele desliza a mão para a minha e me puxa na direção da porta da frente.

— Você já viu um bar que serve tacos no café da manhã? — ele pergunta como se não tivesse olhado dentro da minha alma com seu olhar dominante.

— Hã... não.

— É de dar água na boca. Huxley tem um fornecedor. Há mimosas, Bloody Marys, dos medíocres, é claro, uma quantidade absurda de frutas, além de uma variedade de croissants que tenho certeza de que vão te deixar impressionada. Já me deixaram impressionado algumas vezes. — Ele dá um tapinha na barriga.

— Você não precisa de um vestido para ficar linda.

— Pois é, esse seu tanquinho me diz mesmo o quanto os croissants te impressionaram.

Um sorriso charmoso passa por seus lábios bem antes de ele soltar minha mão e tocar a campainha.

— Notou o meu tanquinho, é?

— Os astronautas da I.S.S. notaram o seu tanquinho.

Ele põe a mão no peito.

— Não me bajule. Desse jeito meu ego não vai conseguir passar pela porta.

Dou uma cutucada nele com o ombro assim que a porta se abre e Huxley aparece do outro lado.

Há algo a ser dito sobre a genética dos irmãos Cane, porque cada um deles é extremamente bonito. Todos têm cabelo escuro, mandíbulas quadradas, corpo definido e personalidades que fariam qualquer protagonista se apaixonar por eles.

Huxley tem toda aquela *vibe* de moreno, alto e taciturno, mas pode mudar sempre que precisa, como agora, enquanto sorri para mim.

— É bom ver você, Lia. Já faz um tempo desde que o meu irmão trouxe você aqui. Parabéns pelo noivado.

— Obrigada. E parabéns pelo seu casamento. Breaker me mostrou as fotos.

— Ele deveria ter convidado você — Huxley diz, olhando para o irmão.

— Charise foi uma ótima acompanhante. — Breaker muda de um pé para o outro.

— Lia teria sido melhor. — Huxley dá um passo para o lado e gesticula para entrarmos. — Está tudo lá no quintal dos fundos. Aproveitem.

— Obrigada — falo ao entrar em sua bela casa.

Há uma foto enorme dele e de Lottie do dia do casamento na entrada, com o pôr do sol de fundo. Ele segura seu queixo possessivamente enquanto a beija. É selvagem, linda... erótica, uma foto que Brian e eu jamais tiraríamos.

Brian jamais me seguraria naquela posição.

Um beijo que acho que jamais teríamos.

Não faz o estilo dele, aquele desejo, possessivo por natureza. Ele não me vê como apenas dele. Ele não olha para mim e pensa... minha.

Isso nunca me incomodou, mas olhar para a foto de Huxley e Lottie, e as palavras que Brian disse para mim na noite passada, por alguma razão, têm... têm me incomodado agora.

— Está tudo bem? — Breaker pergunta, se aproximando de mim.

— Sim. Aquela foto deles é linda.

— Foi um casamento lindo — ele fala e então desliza a mão pelas minhas costas, bem acima da curva da bunda. — Pronta para comer alguns tacos? — ele sussurra no meu ouvido antes de me guiar em direção aos fundos da casa, com a palma quase queimando minha pele através do tecido do vestido.

— Sim — respondo, com a voz presa na garganta.

Ele não deve ter notado, porque continua a me guiar para fora, para onde JP e Kelsey estão enchendo seus pratos, enquanto Lottie serve uma taça de champanhe.

— Oi. — Breaker acena, fazendo com que três pares de olhos pousem em nós. — Trouxe a Lia comigo, porque ela se convidou, é sério.

Dou um beliscão na sua lateral, fazendo-o rir, e sussurro:

— Por causa disso, você vai ver só. — Me viro para todos. — Breaker disse que os Bloody Marys são medíocres.

— Ah, sua sacana — ele sussurra, me fazendo rir.

— Como é? — JP pergunta. — Os meus Bloody Marys não são medíocres.

— Você não faz ideia do que acabou de fazer — Breaker murmura.

— Tenho uma suspeita — respondo, enquanto JP coloca seu prato na mesa, agarra Breaker e o leva para os drinques, onde ele passa por todo o processo de fazer um Bloody Mary perfeito.

— Ei, Lia. — Kelsey acena para mim e pega um prato. — Aproveite.

— Obrigada — digo ao pegar o prato dela e então olhar para o bufê.

O que parecem ser tortillas estão empilhadas sob um aquecedor. Há ovos mexidos, uma variedade de queijos, molhos, feijões fritos, bacon, salsichas, abacate e coentro. Breaker tinha razão. Isso parece delicioso. À direita está uma tigela colossal de salada de frutas feita de morangos, mirtilos, framboesas, amoras e cerejas. E à direita disso... os croissants com uma tigela de geleia.

— Parece delicioso — elogio.

— Pode comer à vontade — Kelsey diz. — Ficaremos aqui pelas próximas horas, aos poucos dando uma beliscada no bufê. É um evento. Eu começaria com dois tacos e um drinque.

Lottie se aproxima de mim.

— E aí vá para a tigela de frutas para limpar o paladar.

— E então um croissant, só um para começar — Kelsey acrescenta.

— E então um pouco de água — Lottie continua. — E então outro taco, então croissant, fruta... e mais um croissant.

— Vá com calma e com constância com as bebidas alcoólicas. — Kelsey me entrega uma mimosa.

— Não vou conseguir me lembrar disso tudo, então vou precisar que vocês duas me guiem.

— Pode deixar — Lottie aceita e então aponta para a mesa do outro lado da piscina. — Encontre a gente lá, a menos que queira ouvir JP discursar por meia hora sobre como ele faz os melhores Bloody Marys.

— É melhor que ele coloque tudo para fora agora — Kelsey diz. — Não quero ouvir sobre isso quando a gente chegar em casa.

Rindo, encho meu prato com dois tacos com ovos mexidos, feijões fritos, queijo, bacon e abacate e então vou para o outro lado da piscina, na sombra com as garotas. Tudo o que eu queria.

— Que bom que Breaker trouxe você — Kelsey fala. — A gente sempre diz para ele te trazer, mas ele diz que você passa vários fins de semana com o seu noivo.

Assinto.

— É, mas ele está viajando este fim de semana, então estou livre.

— Bem, fico feliz por isso — Lottie diz. — Aliás, os pegadores de tricô que você nos deu são os meus favoritos.

— Os meus também — Kelsey acrescenta. — Preciso saber como você faz. Já venho querendo arrumar um hobby novo, mas não sei por onde começar.

Lottie segura a mesa.

— Ai, meu Deus, a gente deveria começar um clube de tricô.

— Não me provoquem. Eu sempre quis fazer parte de um clube de tricô.

— Ah, não estamos provocando. — Lottie olha por sobre o ombro. — Myla, venha cá.

Dou uma olhada sobre o ombro e vejo Ryot Bisley — ex-jogador de terceira base do Chicago Boobies, sei disso porque Breaker me falou — e sua esposa, Myla. Não faz muito tempo que eles se uniram aos irmãos Cane, então vê-los ali não é nenhuma surpresa.

Ryot puxa a mão de Myla e sussurra alguma coisa em seu ouvido. Vejo quando seus olhos se conectam. Uma afeição não verbalizada passa entre eles bem antes de ele beliscar o queixo dela e a beijar de leve.

A visão deles faz meu estômago ficar vazio, enquanto o pensamento "eu quero isso" passa pela minha mente.

Mas será que não tenho isso?

Será que não tenho isso com Brian?

Quero acreditar que sim. Quero ser capaz de ficar aqui e pensar que, se eu tivesse trazido Brian para este almoço, ele não teria me deixado de lado para focar no homem poderoso ao seu alcance, e em vez disso, falar baixinho no meu ouvido, segurar minha mão, deixar que todos saibam que eu sou dele.

Myla vem até nós, e seu corpo violão é uma visão e tanto. Não é de se admirar que Ryot está observando-a se afastar. Cacete, nem eu consigo tirar os olhos dela.

— Oi, garotas. — Quando ela me vê, diz: — A gente ainda não se conhece. Eu sou a Myla. — Ela estende a mão e eu a aceito.

— Sou a Lia, melhor amiga do Breaker.

— Ah, já ouvi tanto sobre você. Parabéns pelo noivado.

— Obrigada — falo, mesmo que esteja começando a parecer que eu não estou tão agradecida assim.

— Você não vai comer? — Lottie pergunta logo antes de dar uma grande mordida no seu taco.

— Por favor. — Myla se senta. — Como se eu fosse perder esses tacos. Ryot disse que vai fazer um prato para mim e trazer aqui.

— É tão fofo da parte dele — elogio.

Myla sorri, enquanto seus olhos encontram Ryot.

— Esse é o Ryot, sempre pensando em mim primeiro. — Myla mexe as sobrancelhas. — Até na cama. — Então ela se inclina. — Na noite passada... não estou brincando, meninas, mas tenho certeza de que tive uma experiência fora do comum.

— Conte para a gente, por favor — Lottie pede, enquanto minhas bochechas ficam quentes. — E aí a gente precisa solidificar essa coisa do clube de tricô, porque estou falando sério.

— Ohhh, eu adoraria um clube de tricô — Myla diz.

— Então é oficial — Kelsey resolve enquanto dá um gole na mimosa. — Vamos nos tornar tricoteiras, e a Lia vai ensinar tudo.

— Espere... — Myla faz uma pausa. — Foi você que fez aqueles pegadores de tricô?

— Sim, fui eu.

— Está bem, você tem que me ensinar, porque eu amo aquelas coisas.

Meu Deus, como ela é linda e gentil.

— Viu só? — Lottie fala. — Todo mundo gostou e foram um presente de casamento muito melhor do que o orbe de cristal que ganhamos de um dos clientes de Huxley. O que raios vamos fazer com aquilo? Huxley quer penhorá-lo, doar o dinheiro para alguém aleatório, tipo, como colocar o dinheiro em um cartãozinho, entregar e ir embora. Mas argumentei que se esse cliente viesse aqui na nossa casa e quisesse ver o orbe, o que faríamos? Tivemos que mantê-lo. Então está enfiado num guarda-roupa. Mas, mudando de assunto. — Lottie se vira para a Myla. — Conte sobre a noite de sexo.

— Ryot ama cair de boca. Acho de verdade é que é uma das coisas favoritas dele. — Pego meu drinque e começo a bebericá-lo, porque nunca tive esse tipo de conversa tão aberta assim antes. Nem mesmo com Breaker. Na verdade, nunca com Breaker. — Bem, ontem à noite, ele estava chupando meu clitóris, enquanto ele estava com o vibrador dentro de mim, e eu quase voei para fora da cama.

Acabo engasgando com o drinque e começo a tossir.

— Está tudo bem? — Kelsey pergunta, esfregando minhas costas.

— Sim, desculpe. — Tusso mais algumas vezes. — Só me engasguei.

— Tem certeza?

Assinto, com as bochechas coradas de vergonha.

Um vibrador enquanto ele caía de boca nela? Quem poderia dizer que dá para combinar algo assim?

— Huxley fez isso comigo outra noite, e com certeza foi o melhor orgasmo. Claro que amo quando ele está dentro de mim, mas há algo na sua língua que me enlouquece.

— A mesma coisa com JP — Kelsey diz. — Mas ele gosta mais de usar os dedos em vez do vibrador, e eu também prefiro assim, porque ele consegue atingir os lugares certos.

— E você, Lia? — Myla pergunta, e todos os olhos pousam em mim.

— Hã... — Dou uma olhada ao redor. — Bem, Brian, ele meio que...

Ele não faz sexo com tanta frequência assim.

Ele não gosta de cair de boca em mim.

Ele não gosta quando lhe dou um boquete, porque diz que não faço direito...

— Ele não é muito chegado em sexo oral — revelo, silenciando a mesa.

O clima muda de imediato de agradável e divertido para constrangedor e desconfortável.

— Mas estamos trabalhando nisso — digo por desespero, para não parecer uma fracassada. — Ele tem estado bem ocupado, então é difícil encontrar tempo, ainda mais porque a gente não mora junto.

— Ah, sim, quando morarem juntos, isso vai mudar — Lottie diz, mas dá para perceber que ela não está dizendo isso para ser legal.

— Com certeza — Myla acrescenta.

— Morar junto muda tudo. — Kelsey sorri.

— E Breaker já não estará do outro lado da parede, tenho certeza de que será melhor assim — Lottie fala. — Não consigo imaginar como deve ser.

— Ainda mais depois que encontramos aquela garota que veio para o seu casamento. — Kelsey tenta se lembrar do que ela disse. — Qual era o nome dela mesmo?

— Charise — digo.

— Isso mesmo. — Lottie estala os dedos para mim. — Ai, meu Deus, ela me disse que nunca teve orgasmos como os que Breaker a fez ter.

Orgasmos?

No plural?

— Ela não parou de falar sobre isso lá no mercado, foi meio constrangedor. Ela disse o quanto queria sair com ele de novo e pediu para a gente comentar alguma coisa. Mas não fizemos isso — Kelsey conta. — Ele não é do tipo que namora.

— Mas me deixou pensando. — Lottie olha para os homens. — A gente pode ter subestimado o mais novo dos irmãos Cane. Ele pode parecer todo fofo e charmoso, mas aposto que é o mais sexy na cama.

— Dá para imaginar — Myla comenta.

— Acho que não há dúvida — Kelsey opina. — Tenho certeza de que é esse o caso. Olha só para ele. Nenhum homem pode ter olhos como aqueles e não foder alguém até a inconsciência.

Ai.

Meu.

Deus.

Acho que nunca mais vou conseguir olhar para Breaker da mesma forma.

— Além disso — Kelsey continua —, e vocês precisam me prometer que nunca vão contar para ninguém, JP me contou uma história sobre Breaker uma vez.

Lottie limpa a boca com o guardanapo.

— Conte. Breaker sempre foi um mistério para mim. Preciso saber mais.

Kelsey dá uma olhada em mim e começa:

— Tenho certeza de que você já conhece esta, mas JP disse que estava em uma viagem a negócios com Breaker certa vez, e ele conheceu uma garota num bar. Ele a levou para a cobertura que estava dividindo com JP. E ele me disse que nunca ouviu uma mulher gozar tantas vezes. E nem foi no quarto. Parece que Breaker nem se importou e transou na cozinha, na sala de jantar e até mesmo na varanda.

Engulo em seco, enquanto um leve suor escorre pela minha pele.

— Com o irmão no outro quarto? — Lottie pergunta, balançando a cabeça. — Meu Deus, isso é ousado, mas bem sexy. Eu meio que curto essa coisa de outras pessoas me vendo, mas é claro que Huxley jamais faria uma coisa dessas.

— Nem Ryot — Myla diz. — Pelo número de vezes que ele já sussurrou "minha" no meu ouvido.

— Pois é — Kelsey concorda. — JP preferiria cortar o pênis fora a deixar que alguém me veja nua.

Penso em Brian e no que ele faria. Meu pensamento inicial é que ele iria... se as pessoas nos pagassem. E que pensamento de merda é este?

— De qualquer forma — Lottie muda de assunto. — De volta ao clube de tricô. O que a gente precisa para começar?

E bem assim, estamos de volta ao clube de tricô.

Não sei se vou conseguir me recuperar desta conversa, porque, puta merda, descobri coisas até demais sobre o meu melhor amigo, coisas que eu nunca soube. *Orgasmos múltiplos.* Nem sabia que isso era real. E então as palavras de Breaker voltam à minha mente.

"Porra, se você fosse minha noiva, minha esposa, eu jamais iria te deixar sair do quarto. Sua voz ficaria até rouca de cada porra de orgasmo que eu te faria ter."

Rouca. De cada maldito orgasmo.

Pigarreio e tento agir normalmente enquanto o pensamento do Breaker transando com alguém passa pela minha mente.

— Hum, bem, vamos precisar de linha.

— Espere. — Lottie pega o celular e digita. — Vou anotar tudo. Vamos fazer isso acontecer.

Todas as mulheres estão com um croissant na mão e, juntas, brindamos com eles no meio da mesa e cada uma dá uma mordida.

Ai, caramba, amanteigado e crocante com um pouco de geleia. Meu Deus, é a coisa mais magnífica que já comi.

— Ai, meu Deus, é tão bom — digo, com a boca cheia.

— Se eu não fosse tão preocupada com minha cintura, comeria isso todos os dias — Lottie fala. — Reign é o nosso chef particular, e ele passa a tarde toda preparando os croissants. Faz questão que estejam bem quentinhos pela manhã. E sua geleia caseira é divina.

— JP está tentando roubar o Reign, e ele me pediu ajuda — Kelsey conta. — Falei para ele que não ia me meter nessa briga de jeito nenhum.

— Bem inteligente da sua parte, mana. — Lottie olha Kelsey de cima a baixo de brincadeira.

— Quem sabe — Myla examina o croissant —, pode ser que eu peça para Ryot se meter nessa briga pelo Reign. Não vejo problema em uma competição amigável.

Lottie lança um olhar para Myla.

— Será que eu preciso lembrar a você de que sou irritadiça e que não ligo de usar minhas unhas e garras?

Myla se inclina.

— Será que preciso lembrar a você de que fui criada numa casa militar, onde aprendi a aguentar firme? Vou acabar com você.

— Eu tenho uma fúria secreta — Lottie rebate, fazendo todas nós rirmos.

— Isso não significa nada para mim — Myla retruca com um olhar maligno.

— Quem sabe — Kelsey interrompe —, eu não faça um favor para vocês todas e roube o Reign para JP? Desse jeito, não vamos ter que encarar a ira de ninguém.

— Ou quem sabe eu não possa ficar com ele? — digo, levantando a mão.

Todas as garotas se viram para mim, e Lottie é a primeira a sorrir.

— Acho que você vai se dar muito bem com a gente.

— Concordo — Kelsey diz.

— Também acho.

Dou um gole na minha mimosa e sorrio, porque não poderia concordar mais. Isto é exatamente o que eu estava procurando: um grupo de garotas com quem pudesse conversar, me conectar e apenas rir sempre que o mundo estivesse desabando ao meu redor.

É claro que tenho Breaker, mas, naquele momento em que não estávamos nos falando, senti como se não tivesse ninguém, e isso me deixou com o estômago tão embrulhado. Conversar com essas mulheres, fazer amigos, cumpre um dos itens da minha lista: construir e criar um círculo de confiança. Sei que é cedo, mas este pode ser o começo.

— Você não contou nada para a gente sobre o casamento — Kelsey fala.

— É verdade — Lottie concorda. — A única coisa que ouvi foi que você ficou de tirar o fôlego no seu vestido.

— Você ouviu isso? — pergunto.

— Sim. Breaker contou tudo para Huxley. Acho que a expressão exata que ele usou foi "ela roubou o meu fôlego".

— Nossa, se Breaker disse isso, só posso imaginar o que seu noivo vai dizer — Myla acrescenta.

Pois é, fico imaginando o que Brian vai dizer. Já sei o que a mãe dele acha — ela não é muito fã.

Não é muito fã de nenhum dos três vestidos que escolhi e que ela me forçou a ter.

— Sei que ele vai amar — digo, mesmo que não posso ter certeza, ainda mais depois da sua resposta na noite passada sobre o meu cabelo e a minha roupa.

— Onde vai ser o casamento? — Kelsey pergunta.

— No Pier 1905 Club. A família de Brian é membro. O casamento será no jardim.

— Ah, parece que vai ser bem bonito — Kelsey comenta.

— Sim — respondo com um suspiro, e me dou conta de que talvez esta seja uma boa forma de me conectar com as garotas. Me conectar em um nível mais profundo. — Não é o local ideal, mas meio que não tenho muita escolha, já que minha futura sogra deve ser uma parente distante do próprio Lúcifer.

— Sério? — Lottie pergunta, deixando seu drinque na mesa e se virando para mim. — Ela é uma daquelas mães que querem ter controle sobre tudo?

— Sim. A *senhora mãe* que tem o casamento dela como exemplo em mente, e nenhuma das minhas ideias chega perto do radar da senhora mãe.

— Como ela está se safando disso? — Kelsey pergunta. — Brian sabe?

— Ah, sim, ele sabe, e é insensível quanto a isso. Fica me falando para deixar a mãe dele tomar todas as decisões, porque o casamento não é uma união amorosa para a família dele. Está mais para um show de exibicionismo. É claro que não compartilho dessa opinião.

— Hum, e por que Brian não está te dando apoio? — Lottie indaga.

Boa pergunta.

— Ele é o garotinho da mamãe, e tenho certeza de que ainda acredita que precisa satisfazer a senhora mãe dele. Também conhecida como sra. Bife. Ele fica atrás da aprovação dos pais, e esse é só mais um exemplo disso.

— Bem, isso é ridículo — Kelsey diz, com raiva. — Mas gostei do apelido. O seu casamento deveria ser um dos dias mais especiais da sua vida, não apenas um dia para preencher a versão de amor de outra pessoa.

— Concordo. Breaker tem me ajudado muito a não deixar as coisas ficarem assustadoras demais. Ela queria que a gente casasse na igreja, mas Breaker me ajudou a mudar isso para o jardim. O vestido que ela queria que eu usasse era uma atrocidade, e Breaker também meteu o bedelho nisso. Sério, eu estaria perdida sem ele.

Kelsey e Lottie trocam um tipo de olhar cúmplice antes de se voltarem para mim.

— É porque Breaker sempre coloca você acima de tudo — Kelsey fala, baixinho. — Ele valoriza você de verdade. Tenho certeza de que não te diz tudo como ele diz para a gente, mas você vem em primeiro lugar para ele. Não há dúvida quanto a isso.

Dou uma olhada sobre o ombro, para Breaker rindo com seus irmãos e Ryot, todos com Bloody Marys em mãos, parecendo um grupo de modelos do World Fitness se arrumando para a próxima sessão de fotos. Breaker também olha para mim neste instante, e com uma simples piscadela na minha direção, meu estômago parece sair do corpo.

— Pois é, sempre coloca você em primeiro lugar — Lottie concorda, enquanto todas nós tomamos mais um gole dos nossos drinques.

— Você experimentou os croissants? — Breaker pergunta ao se sentar na minha espreguiçadeira e colocar a mão na minha canela.

— Sim — digo, sentindo o calor da sua palma mais uma vez.

— E...

Tento olhar para qualquer lugar, exceto seus olhos, mas é inútil. Eles são do azul mais brilhante, o que significa que estão me puxando para seu olhar — seu olhar quente e confortável.

— São fantásticos — consigo dizer.

— Não falei? — Ele dá um aperto na minha canela. — Parece que você está se divertindo com as garotas. O que foi isso que ouvi sobre clube de tricô? E como consigo um convite? Aposto que Lottie e Kelsey não conhecem minhas habilidades.

Seu charme acalma a tensão que eu estava sentindo.

— Sua habilidade no tricô nem pode ser chamada como tal. Você consegue tricotar uma linha e é isso.

— Que mentira! Eu já tricotei um cachecol.

— O seu "cachecol" não passou de três linhas tricotadas juntas, e você disse que era para um rato.

— Pois é, e daí? Um rato também precisa ficar quentinho. E pode ser que, se eu for convidado para o clube de tricô, possa melhorar minhas habilidades para, tipo, tricotar um chapéu.

— Da última vez que tentei te ensinar, você perfurou a parede com a agulha, porque ficou frustrado.

— A linha estava me irritando. Estou melhor agora, menos temperamental.

— Aham, é claro.

Ele acena para mim.

— Chegue para lá. — Me movo para o lado na grande espreguiçadeira para que Breaker se sente ao meu lado e passe o braço ao redor dos meus ombros. Juntos, ficamos deitados ali, olhando para o céu cheio de nuvens, enquanto todo mundo ao redor conversa e aproveita algumas das últimas mimosas e, pelo visto, os não tão medíocres Bloody Marys de JP. — Sobre o que mais conversaram?

Como você é um garanhão na cama.

Como você fez uma mulher gozar tantas vezes em uma noite que deixou JP impressionado.

— Hã... coisas.

— Coisas? Que descritivo! Nossa, eu jamais teria imaginado. — Cutuco sua barriga, fazendo-o rir. — Sério, sobre o que mais vocês conversaram?

— Sobre o casamento e como você parece se importar comigo.

— E me importo mesmo. — Ele me puxa para mais perto para que eu descanse a cabeça em seu peito. — Você é importante para mim. Contou para elas como tenho sido seu salva-vidas quando se trata da sra. Bife?

— Em muitas palavras, mas não de uma forma tão excêntrica.

— Acho que é importante saber que tenho sido o herói ao longo dessa jornada casamenteira. É muito importante.

— Para quem?

— Para o mundo.

— Você é tão ridículo.

— Posso até ser, mas foi você que me nomeou de seu padrinho picles.

— Como eu poderia ter esquecido? — pergunto, enquanto sua mão acaricia meu ombro.

É legal sentir contato humano. Não só mãos bobas e beijinhos na bochecha. *Será que Brian sente saudades quando está longe? Será que sente saudades de me abraçar? De me tocar?*

— Contou para elas como tenho sido seu salva-vidas?

— Eu estava esperando que você não esquecesse. Conversaram sobre mais alguma coisa?

— Algumas. Mas nada que eu queira falar no quintal da casa do seu irmão.

— Tudo bem, então devemos ir embora?

— Não precisamos. Tipo, não é nada importante.

— É, mas se a gente ficar mais, JP vai acabar fazendo outro Bloody Mary, e acho que não tenho estômago para isso. Eu fingi que bebia o que ele me deu duas horas atrás e então o derramei em um arbusto quando ninguém estava olhando.

— Não, você não fez isso.

Ele aponta para um arbusto bem cortado perto da cerca à direita.

— Aquele, bem ali, se começar a morrer, saberemos o motivo.

— Ah, só mais um segredo que posso usar contra você.

— Está bem. — Breaker se joga no sofá e coloca a mão atrás da cabeça. — Me conte todos os podres. Sobre o que conversaram?

Quando voltamos, fui para o meu apartamento e me troquei, porque jamais ia ficar andando pelo apartamento do Breaker de vestido. Troquei para meu short de flanela e uma camiseta comum. Também tirei a maquiagem, porque fez meus olhos ficarem estranhos. Breaker também se trocou para o seu short de ginástica e uma camiseta que tem como estampa o funcionamento interno de um computador. Ele acha legal, e eu falo que é uma das coisas mais nerds que ele tem.

— É sério, não foi nada de mais — digo enquanto estou sentada de pernas cruzadas no sofá e pego um travesseiro jogado.

— Só pode ser coisa importante para você não querer conversar sobre isso no quintal de Huxley. Então desembuche, Lia, o que foi?

— Meu Deus, como você é irritante. Tá bom, mas não pode me provocar ou fazer piadinha disso, entendeu? Estou meio que sensível sobre este tópico.

— Tudo bem — ele fala ao se sentar ereto e se virar para mim. — O que foi?

— Bem, Myla começou a falar sobre como, hã... como ela e o Ryot estavam... aproveitando.

— Fazendo sexo? — Breaker pergunta.

— Sim, fazendo sexo. E antes que diga que não é grande coisa, é sim, porque a gente quase não conversa sobre essas coisas, então me sinto estranha, está bem?

— Tudo bem — ele responde suavemente, e fico feliz que tenha sentido meu tom e não vá fazer graça de mim.

— Então ela estava falando sobre como Ryot é muito bom em fazer... oral, e aí Kelsey e Lottie entraram na conversa. E me senti estranha, porque Brian não faz essas coisas, e quando tentei... isso, ele me afastou e disse que... bem, eu não era lá muito boa nisso.

— Ele te falou isso? — Breaker pergunta, com a testa franzida de raiva.

— Na verdade, não com essas palavras, mas sim. E, sei lá, ouvi-las falar sobre a vida sexual me fez pensar que talvez eu precise ousar mais, sabe? Me esforçar mais.

— Duvido — ele diz ao desviar o olhar.

— Você não sabe. Pode ser que eu não seja boa de cama.

— Ophelia — ele fala, com a voz sóbria. — Você não pode ser ruim de cama.

— Você não sabe. Pelo que sabemos, eu posso ser ruim de cama. Tipo, achei que soubesse o que estava fazendo quando se trata de boquete, mas talvez não saiba. — Meus olhos se conectam com os dele. — Tipo... do que gosta quando uma mulher cai de boca em você?

Ele esfrega a nuca.

— Cada homem é diferente.

— Mas se trata de uma boca no seu pênis. Tenho certeza de que todo cara gosta de uma boca no pênis, e aí... do que você gosta?

Ele pigarreia. Está pouco à vontade. É claro que está. Meu Deus, aposto que ele nunca teve que reclamar sobre alguma das mulheres que levou para a cama. Elas devem ter sido mais experientes do que eu, ainda mais que ele é um homem talentoso, um garanhão, na cama. Não é de se admirar que esteja pouco à vontade. Ele é o mais sexy dos irmãos Cane com talentos perversos.

— Quer saber, deixe para lá. Isso é ridículo. Eu não deveria ter entrado neste assunto. Só acho que minha vida sexual não é boa, e já não deveria ser boa bem antes de eu me casar? A gente não deveria estar fazendo sexo o tempo todo? Até sexo virtual? Só que... não estamos. Ele vai para a cama e nem dorme de conchinha comigo. Eu fico me dizendo que é porque está exausto do trabalho, mas... Huxley, JP e Ryot também ficam cansados e mesmo assim...

— Eu gosto de quando a garota começa brincando devagar com a ponta — ele começa, com a voz profunda, quase torturada. Ele ergue o olhar na minha direção, e registro o que ele disse. Seu olhar é tão intenso que sou capturada na mesma hora. *Puxada.* — Gosto de ser desafiado, provocado, sem saber se terei permissão para entrar na boca dela. Gosto de quando ela arrasta a língua ao redor da cabeça e em seguida balança a parte inferior várias vezes, até que eu fique tão duro que chego a doer, querendo mais. — Minhas bochechas ficam quentes. Estou petrificada. — Adoro envolver o rosto dela para mostrar que, se quiser me tomar, ela pode. E quando me suga para dentro da boca quente e molhada, amo assistir aos olhos dela, vê-los lacrimejarem, ver como ela consegue me possuir até o fundo da garganta. E ela me bombeia para dentro e para fora, e eu imploro que ela passe de leve os dentes no meu comprimento, só o suficiente para me provocar.

— Ah — digo enquanto me mexo, com o corpo aquecido. Esta é... esta é a primeira vez que o escuto falar assim, e está me fazendo sentir vários tipos de formigamento. — E, hã... isso faz você gozar?

— Me deixa duro. E prefiro que minha garota engula, e gosto de assistir à garganta dela trabalhando, enquanto endureço em sua boca.

Minha boca fica seca.

E um fraco latejar está pulsando entre minhas pernas, porque, ai, meu Deus, eu jamais teria imaginado isso dele. Tipo, é claro que eu sabia que havia um lado sujo dele — já ouvi falar —, mas passada de dente... é disso que as mulheres estavam falando, bem disso.

— Ah, sim. — Assinto devagar. — Bom, isso foi informativo.

— E do que gosta quando um cara cai de boca em você? — ele pergunta.

— Hum, bem... não tenho certeza, porque Brian não é de fazer isso.

— Eu faria — ele fala depressa, umedecendo os lábios. Falando diretamente para mim, com os olhos tão intensos, ele continua: — Eu cairia de boca na minha garota. Por estar desesperado para prová-la, satisfazê-la e enlouquecê-la, eu abriria suas pernas devagar e subiria pela parte interna das coxas para provocá-la. Deixaria uma trilha de beijos a cada centímetro, até que eu a visse molhada para mim. Pronta para ser devorada pela minha língua. O clitóris dela estaria tão duro que eu seria capaz de balançá-lo com a língua. Ela estaria ofegante, quase sem fôlego. Meus dedos alargariam os lábios dela para que eu pudesse arrastar a língua no clitóris em uma lambida demorada.

Ai, porra, como é que eu até consigo *sentir* isso?

— Isso, hã... — aperto as pernas juntas — ... isso seria legal.

— Esse seria só o começo. Amo ouvir minha garota gritando, puxando meu cabelo, cravando tanto as unhas nas minhas costas que eu sentiria no dia seguinte. Amo chupar o clitóris dela, prová-la, enfiar os dedos nela e deixar minha cara encharcada com a excitação dela. E aí, gosto de fazer tudo de novo. E tomo. Porra, como eu tomo cada pedacinho de prazer dela, e é aí que me permito gozar, quando sei que ela já não tem mais nada a oferecer.

Minha pele começa a suar enquanto um fraco latejar começa a pulsar pelas minhas veias.

Aperto os lábios com força.

— Bom, hã... não é assim que Brian faz. — Não chega nem perto. — Então foi educativo. Talvez eu deva tentar essa coisa de balançar com a língua.

— Você quer tentar? — ele pergunta.

— Como assim?

— Quer fazer boquete no Brian?

— Tipo, não é isso que eu deveria fazer?

— Você não tem que fazer nada. Mas quando uma mulher faz boquete em mim, é porque ela quer, é porque acha o meu pau tão atraente que não consegue ficar sem sentir um gostinho meu. Quero que minha garota fique desesperada, necessitada e implore por mim, e então quando ela me possuir com a boca, que ela faça em veneração. Assim como eu veneraria sua boceta latejante.

Meu Deus... droga. *Porque acha o meu pau tão atraente que não consegue ficar sem sentir um gostinho meu. Assim como eu veneraria sua boceta latejante.*

Ouvi-lo dizer boceta é de outro nível. Como a palavra sai da sua boca com tanta facilidade, como se ele a dissesse o tempo todo. E é provável que diga mesmo. Esta conversa me mostrou exatamente o tipo de homem que ele é na intimidade com uma mulher. Sacana, desejoso, dominador. Um contraste do fofo e divertido melhor amigo que conheço tão bem.

— Bem, eu quero satisfazê-lo. Acho que todo mundo quer ser capaz de satisfazer o parceiro.

Se eu acho o pau de Brian tão atraente a ponto de não conseguir ficar sem sentir um gostinho dele? É claro que não.

— O que você faz com ele? — Breaker pergunta ao se aproximar de mim, deixando apenas alguns centímetros entre nós, fazendo nossos joelhos se encostarem e seu braço bem atrás de mim.

Será que ele consegue dizer... o quanto estou com tesão com esta conversa? Será que consegue sentir o calor saindo de mim? Será que consegue ver minhas bochechas rosadas ou o leve brilho de suor que surgiu na minha pele?

Meu Deus, espero que não.

— Hã, o que faço com Brian? Bem... — Pigarreio, me sentindo pouco à vontade. Fui eu que comecei esta conversa, então posso muito bem continuar. — É claro que a gente se beija.

— É de praxe — ele diz, e seus olhos caem para os meus lábios.

Tenho que desviar o olhar, porque quase parece que há fome em suas pupilas, mas isso pode ser apenas a consciência do que ele acabou de dizer.

— E a gente se toca, sabe? Ele acaricia meus seios e, hã... — engulo em seco — eu toco as bolas e o pênis dele. Mas a gente meio que fica nessa, sabe? Ele ama me foder por trás.

Ai, meu Deus, não acredito que acabei de dizer isso. Minhas bochechas estão queimando de tanta vergonha.

Breaker puxa uma mecha do meu cabelo e a enrola no dedo.

— Ele dá uma palmada em você enquanto está te fodendo?

— Como é? — Meus olhos se arregalam antes de eu balançar a cabeça. — Não. Ele nunca me deu uma palmada.

— Que pena. Aposto que você ficaria molhadinha com isso. — Meu Jesus. — Você tira a roupa para ele? — ele indaga, com a voz tão profunda que quase não consigo compreender o que está perguntando.

Esfrego gentilmente as coxas, tentando manter a mente em suas perguntas e não em suas respostas.

— Algumas vezes.

— Já dançou no colo dele?

— Hã, na verdade, não. Mas comprei umas lingeries que sei que ele gosta. É de renda preta e transparente.

Breaker umedece os lábios de novo e assente.

— Isso é sexy, Lia.

— É? — pergunto, com as bochechas em chamas.

— Bem sexy. Amo quando minha garota usa lingerie. Amo quando ela se veste para mim, me mostra o corpo e faz danças sensuais para mim. Tem tudo a ver com provocação, então mesmo que você não se sentisse à vontade para dançar no colo, pode apostar, se estivesse usando uma lingerie e só se movesse de leve no meu pau, eu já ficaria em puro êxtase.

— Mas... o que eu faço? Só fico sentada lá?

— E move os quadris. É trabalho dele ir além, passando as mãos nas suas coxas, assim... — ele diz enquanto arrasta o dedo pela minha perna, disparando uma onda de luxúria bem para o ponto entre minhas coxas.

Porra, isso é bom.

— Ah — reajo, ofegante.

— E é para ele passar a mão na sua barriga, ainda mais se você estiver de frente para a outra direção, com as costas no peito dele. É para ele tentar tocar os seus seios, mas sem chegar a tocá-los de fato. É para ele chegar mais perto, passar o dedo pela parte de baixo e tirá-lo. É para ele deixar você com tanto tesão que, quando mover as mãos de volta para sua barriga e brincar com o cós da calcinha, suas pernas vão se abrir ainda mais. Você deve ficar molhada, latejando, com tanto tesão que estará pronta para gozar quando ele deslizar o dedo no seu clitóris.

Não consigo respirar.

Não consigo falar.

Mal posso ouvi-lo por cima do rugido da pulsação nos meus ouvidos.

Com tesão... é, estou lá.

Sei que estou molhada, sei que estou latejando e que Breaker sabe exatamente como seduzir uma mulher.

— Ele usa os dedos em você?

— Humm... às vezes.

— Ele chupa os dedos depois de enfiá-los em você?

— Hã, não, não faz o estilo do Brian.

— Porra, essa é a melhor parte — Breaker diz enquanto umedece os lábios. — Amo provar uma mulher. Amo ter o gosto dela na língua enquanto entro nela.

— Ah, pois é, Brian não chegou a fazer isso — revelo de um jeito idiota, enquanto tento desviar o olhar dos seus olhos magnéticos.

— Como ele fode você? Ele te amarra? Ele deixa você cavalgá-lo? Ele usa brinquedinhos?

Engulo em seco e desejo que, neste momento, eu tivesse uma bebida, qualquer coisa que pudesse saciar minha sede desta conversa.

— Só o habitual, sabe, nada extravagante demais. Tipo, a gente meio que tenta... posições diferentes, mas nada além disso. — Cubro o rosto. — Isso é tão constrangedor.

— Por quê? — ele pergunta, tirando minhas mãos do rosto.

— Porque com certeza você é mais voraz na cama e eu pareço uma garota bem comum comparada a você.

— Pare de se comparar. É assim que acaba se sentindo mal.

— É difícil não comparar quando estamos discutindo brinquedos sexuais e amarrar. E também com as mulheres mais cedo, quando todas estavam dizendo como os homens gostam de cair de boca nelas. Pode ser... pode ser que haja alguma coisa errada comigo.

Breaker segura meu queixo com força, e quando nossos olhares se encontram, diz:

— Não há nada de errado com você. Porra nenhuma. Isso tem a ver com química e pode ser... pode ser que você não tenha isso com Brian. — Por que estou com a sensação de que ele pode ter razão? — Amarrar, usar brinquedos, é o tipo de coisa que você quer tentar?

— Não sei o que quero, só... acho que há mais do que o que estou recebendo.

— Você merece mais — ele fala, com a voz entrecortada. — Sua boceta merece ser lambida, consumida e fodida tantas vezes que você não conseguiria andar no dia seguinte. — Minha respiração fica pesada, e tenho dificuldade de puxar o ar. — Você é sexy pra caralho, Lia, e se fosse eu...

Toc. Toc.

Se fosse ele o quê? Quero gritar quando ele se vira para a porta.

Noto sua testa franzida e fico imaginando se ele sabe quem é, porque Breaker não parece feliz com seja lá quem for.

— Quem é? — pergunto, como se Breaker pudesse ver através da porta.

— Não faço ideia.

E pela primeira vez desde que o conheço, eu o observo caminhar até a porta, com a mente focada no seu traseiro, a firmeza da sua bunda acompanhada pelo que ele acabou de dizer para mim. *Você é sexy pra caralho, Lia.*

Fico repetindo isso várias vezes, até que o ouço atender a porta.

— Ah, oi. Hã, o que você está fazendo aqui?

— Lia está?

Brian. Ele está aqui?

Vou até a entrada, onde vejo Brian com uma mochila na mão.

— Achei que você estivesse na viagem de negócios, Brian.

Ele olha para Breaker e então de volta para mim.

— Eu estava, mas não gostei da nossa última conversa, então voltei para passar a noite. Vou ter que pegar o primeiro voo amanhã de manhã.

— Ah. — Torço as mãos à minha frente, com minha temperatura corporal imediatamente esfriando.

— Podemos voltar para o seu apartamento? — Seus olhos imploram.

— Sim, pode me dar só um segundo? Encontro você lá — respondo enquanto fico parada ali, sem jeito.

— Claro. — Brian olha para Breaker. — Foi bom ver você, cara.

— É, igualmente — Breaker diz, enquanto Brian sai. Breaker fecha a porta e passa a mão pelo cabelo. Noto que a barra da sua camisa se levanta para mostrar o cós da cueca. — Então Brian voltou.

— Pois é. Isso foi inesperado.

— Demais. — Breaker se recosta na parede, parecendo quase derrotado. Mas não consigo dizer por quê. — Então você deveria ir falar com ele.

Dou um passo à frente. Esta necessidade de tocá-lo é tão irresistível, mas me detenho, porque não sei o que aconteceria se eu o fizesse. Se cedesse a esta sensação misteriosa que pulsa pelo meu sangue... talvez eu não fosse capaz de me impedir.

— É, deveria mesmo. — Piso no chão, com a necessidade de dizer mais alguma coisa, então pergunto: — Devo falar sobre sexo com ele?

Seus olhos penetrantes se focam em mim enquanto ele diz:

— Tipo, se você quiser. Se achar que é um bom momento.

— Acho que é preciso ser dito, não acha? Vamos nos casar daqui a quatro semanas.

— Vão mesmo. — Ele bufa e então se desencosta da parede. — Isso, Lia, vá falar para ele o que quer e não tenha medo de dizer tudo para ele. — Breaker dá um passo à frente, fechando o espaço entre nós, põe uma mecha de cabelo atrás da minha orelha e fala, baixinho: — Diga que quer a língua dele entre as suas coxas. Diga que quer que ele te provoque, te desafie, para deixar você tão molhada que você poderia gozar só de ele rolar seus mamilos entre os dedos.

Minha respiração fica rasa mais uma vez, e meus olhos vão para os seus lábios, enquanto ele continua:

— Diga que quer que ele te foda. Que ele te foda com tanta impiedade que você não aguente mais as marteladas do pau dele, até que você goze com tanta força que não consiga pensar em sexo além de algo carnal.

Meus pulmões ficam apertados.

Os dedos dos meus pés formigam.

E meu corpo está tentado a desabar bem ali no chão por toda esta energia erótica que está correndo por mim.

Eu quero isso.

Quero essa sensação carnal de que ele falou.

Quero sentir um homem tão fundo dentro de mim a ponto de fazer meus olhos se encherem de lágrimas.

Quero ser esticada, lambida e fodida a ponto de não me lembrar de nada além desta sensação dele, e só dele.

— E se ele não quiser me foder? — sussurro, com a insegurança aumentando.

Breaker faz uma pausa e põe seu dedo indicador sob o meu queixo. Ele ergue meu olhar para encontrar o dele. Com muito cuidado, ele diz:

— Então ele não é homem para você, Lia, porque... você merece ser fodida. Assim como merece ser venerada. *E muito.*

E antes que eu possa dizer mais alguma coisa, ele se afasta.

CAPÍTULO QUATORZE

BREAKER

— Cara, mas você não acabou de ir embora? — JP pergunta ao abrir sua porta.

Passo por ele e vou direto para a cozinha.

— Hum, pode entrar. Eu não estava mesmo fazendo alguma coisa importante, né?

— Onde estão aqueles seus Bloody Marys repugnantes? — indago enquanto me movo por sua cozinha.

— Hã, pelo que me lembro, o almoço foi na casa de Huxley. Ele está com tudo lá — JP responde ao me seguir para a cozinha.

— Então cadê o álcool? Sei que você tem algumas bebidas aqui. Cadê?

— Está bem, preciso que vá com calma por um instante. — Ele pousa a mão na bancada. — Por que está todo nervoso?

— Só me dê a porra do álcool, tá bom?

Me sento em um banquinho da ilha e passo as mãos pelo cabelo.

— O que foi? — Kelsey pergunta, se aproximando com um olhar preocupado.

— Pelo visto, Breaker precisa de álcool, mas ainda tem que dizer por quê.

— Porque estou apaixonado pela minha melhor amiga, que vai se casar em quatro semanas. Será que preciso explicar mais?

— Não, isso resolve — JP diz, como um babaca, e vai até o armário à direita da geladeira e tira de lá uma garrafa de uísque. — Isto aqui serve?

— Sim, tanto faz, não ligo. Só me dê alguma coisa, qualquer coisa.

Kelsey se senta ao meu lado e coloca a mão de leve nas minhas costas.

— O que foi?

— Sinto como se fosse enlouquecer.

Meu corpo treme com a adrenalina, enquanto as emoções me atravessam.

JP desliza um copo de uísque para mim, e na mesma hora eu o viro e o deslizo de volta para ele.

— Mais.

— Tá bom — ele diz.

— Fale com a gente, Breaker — Kelsey pede.

Viro o copo seguinte e o coloco na bancada, segurando-o com as duas mãos.

— Vocês se lembram de quando estavam em São Francisco e ainda não estavam juntos?

— Sim — os dois dizem ao mesmo tempo.

— E daquela noite em que Kelsey saiu com outro cara e você, JP, não soube lidar com isso, porque gostava mesmo dela? Você encheu a cara e mandou aquele e-mail idiota.

— Sim, infelizmente.

— Bem, aquela dor que você estava sentindo é o que estou sentindo agora. — Puxo o cabelo. — Porra.

— Onde está Lia? — Kelsey pergunta.

— Em casa... com Brian. — Bato a mão na bancada. — E a pior parte disso é que, graças à conversinha que tiveram hoje no almoço, ela ficou me perguntando tudo sobre sexo, porque parece que Brian é um verdadeiro fracasso na cama e não cai de boca nela.

— Como é? — JP indaga, com aversão. — Porra, essa é meio que a melhor parte, fazer a sua garota gozar na sua língua.

— Foi isso o que eu disse, e ela ficou pedindo conselhos sobre como fazer um boquete. — Solto o copo, e JP logo serve mais uísque. — E, porra, eu falei como fazer um muito bom. É isso, falei tudo para ela, e agora ela está na casa dela, provavelmente ajoelhada na frente do Brian, aquele maldito idiota, chupando o pau dele, porque eu sou a porra de um imbecil que disse para ela como fazer. Porra! — Me recosto na cadeira e bebo o uísque antes de colocar o copo de volta na bancada.

— Minha nossa, há muita coisa para desenrolar aí — JP diz. — Você ensinou mesmo como fazer um boquete? Por quê?

— Sei lá, porque perdi a cabeça. Porque não consigo olhá-la nos olhos e ver a tristeza que Brian colocou neles. Porque não podia deixar que ela se sentisse mal consigo mesma quando com certeza ela está tentando, e ele não. Pois é, falei como satisfazê-lo, e agora eles estão no apartamento dela, e não suportei ficar lá. Não posso ouvir que ela o está satisfazendo. De jeito nenhum, quando tudo o que eu quero é ficar com ela. Porque, meu Deus do céu, eu estava bem — grito, erguendo os braços. Estava muito bem, e aí fui ver como ela ficou naquele vestido de noiva, e foi como... se o meu mundo tivesse estalado, e não consigo parar de girar. Por que não fui descobrir isso um ano antes? Um mês antes, a qualquer momento em que não houvesse uma contagem regressiva para o dia do juízo final, quando ela vai se unir a outro homem, um homem que não a merece? Nem chega perto disso.

— Verdade seja dita, há anos Huxley e eu temos dito que você gosta da Lia — JP fala.

Lanço um olhar para ele enquanto Kelsey ralha:

— Isso não ajuda em nada, JP.

— Não estava tentando ajudar, só estava dizendo a verdade, como já tenho feito por anos.

— Você é um babaca — eu o xingo.

— Como você quer que eu responda? — JP pergunta, erguendo os braços. — Quer que eu segure sua mão e diga que vai ficar tudo bem? Que vamos sempre saber que você é o cara legal? Adivinha, cara, ela vai se casar. E se você não fizer nada, ela vai embora com aquele imbecil, e você vai ser deixado para morrer sozinho no seu apartamento.

— É sério, JP — Kelsey geme. — Você está sendo grosseiro.

— Só estou mandando a real. Se ele a quer, precisa contar para ela.

— Não, ele não pode fazer isso — Kelsey fala, me surpreendendo. — Pode acreditar, se ele bater à porta dela e falar que a ama, ela não vai gostar. Ele precisa continuar mostrando como ele é melhor.

— Não funcionou para ele. Lia está fazendo um boquete no outro cara, porque o idiota do meu irmão ensinou as manhas para ela. Você estava tentando deixá-la com tesão? Estava tentando bancar o garanhão?

— Porra, não diga garanhão. E foi um momento sexy, tá bom? Eu vi as bochechas dela corando. Eu estava mostrando que sou o tipo de homem que a faria ter vários orgasmos em uma noite, não o idiota do Brian.

— E isso funcionou para você?

— Não mesmo — respondo, pressionando os dedos na testa. — Mas acho que Kelsey tem razão, acho que não posso simplesmente falar para ela. Sinto que ela vai me questionar, se questionar. Mas, porra... ela também é o tipo de pessoa que não gosta de desistir. Então vai fazer tudo para dar certo, e aposto que é isso que está fazendo agora. Quem sabe... eu não finja ter me machucado? — Eu me animo. — Isso, tipo, posso quebrar uma perna ou algo assim, e aí vocês podem ligar para ela e dizer que estou no hospital, e isso vai arrastá-la para longe do Brian hoje, e ela não vai fazer um boquete nele.

— Você ouviu o que acabou de dizer?

— Ouvi. — Me levanto e começo a andar pela cozinha. — É uma ótima ideia, porque vai me conseguir simpatia, e ela vai querer cuidar de mim, é claro, porque esse é o jeito dela, e enquanto ela estiver cuidando de mim, posso tentar me aproximar mais e roubá-la do Brian. É genial.

— Isso é ridículo, porque se você quebrar a perna, como é que vai correr do Brian quando ele descobrir o que você fez? O cara pode ser um imbecil, mas tem uma raiva latente, e acho que ele poderia dar uma boa luta — JP comenta.

— Além do mais, não é assim que você conquista uma garota, quebrando a perna — Kelsey acrescenta. — Meu Deus, vocês dois são tão idiotas.

— Quebrar a perna é a melhor ideia até agora. O que mais posso fazer? Ah! — Estalo os dedos. — Posso falar que tive uma infecção alimentar do Bloody Mary.

— Ah, pode — JP reage. — Porra, não me provoque, para o seu próprio bem.

— Foi a única coisa que tomei que ela não tomou, e intoxicação alimentar vai afastá-la do Brian.

—Aham, e como é que você vai vomitar na frente dela? — JP pergunta.

Dou uma olhada pela cozinha.

— Vocês têm algum frango cru aí?

— Vocês têm algum frango cru aí?

— Pelo amor de Deus — Kelsey diz, se levantando. Ela me pega pelo braço e me faz sentar. Suas mãos pousam nos meus ombros enquanto ela olha nos meus olhos. — Você não vai fazer nada hoje...

— Mas...

— Se ela acabar fazendo um boquete nele, então que seja. É o preço a pagar por ter mostrado para ela como você gosta disso. Mas o que precisa lembrar é que ela escutou tudo o que você disse. Ela escutou com atenção, e se eu conheço Lia como acho que conheço, isso vai ficar na mente dela. Toda vez que ela te olhar, vai pensar em como você gosta de ser chupado, em como gosta de ficar entre as pernas de uma mulher e em como satisfaz uma mulher com tanta *facilidade*. Ela vai se lembrar disso tudo, é com essa nova base que você vai trabalhar — ela me interrompe.

— Sério, amor, se continuar falando assim, vamos ter que ir lá para cima.

Kelsey ergue o olhar para JP.

— A menos que passe a ajudar seu irmão, que claramente está angustiado, não vou lá para cima tão cedo. Ele a ama, JP, e merece ficar com ela. — Kelsey volta a atenção para mim e continua: — Esta é a hora, Breaker. Esqueça o que pode estar acontecendo entre Brian e Lia. Aja como se ele nunca tivesse voltado para casa e invista. Pode acreditar, a gente conversou sobre você e deu para notar uma curiosidade ali, e não era o tipo de curiosidade entre amigos. Acho que você tem uma chance, mas precisa fazer do jeito certo. Brian vai vacilar. Ele já vacilou, então seja paciente.

— Tenho quatro semanas — digo em desespero.

— Ela vai quebrar antes disso, acredite. Entre você e Brian, você tem a história com ela, o apelo sexual e a habilidade de fazê-la feliz. Ela vai ver isso rapidinho. Brian é só um caso. Você é o para sempre.

— Amor. — JP aperta o peito. — Porra, isso foi lindo.

— Isso foi lindo — repito.

— Você está deixando meu coração todo acelerado — JP acrescenta. — E claro que o meu pau está duro.

Jesus.

Ignorando meu irmão, pergunto:

— Você acha mesmo que Lia e eu fomos feitos para ficarmos juntos para sempre?

— No mínimo, Breaker, eu amo o *amor* e jamais brincaria com uma coisa dessas. Acredito de verdade que você e Lia são almas gêmeas. Estou muito feliz por você estar vendo isso agora.

— Tudo bem. — Assinto. — E aí, o que eu faço agora?

— Bom, quando eu estava na merda, decidi doar dinheiro para me fazer sentir melhor — JP responde. — Conheço um grande cuidador de pombos que agradeceria a ajuda de outro doador.

Lanço um olhar sério para ele.

— Não vou alimentar essa sua obsessão por pombos. Vá à merda com isso.

LIA

— E aí, como foi a viagem de volta? — pergunto, sem saber o que dizer para ele. Sua presença é completamente inesperada. Estou tendo dificuldade até mesmo de processar que ele está aqui, sem mencionar digerir a conversa que acabei de ter com Breaker.

— Foi boa. Ainda bem que consegui terminar alguns trabalhos — Brian diz, afrouxando a gravata.

Sim, graças a Deus por isso. Não consigo nem imaginar o que teria acontecido se ele não tivesse terminado alguns trabalhos.

— E então... está com fome? Posso pedir comida.

— Só quero conversar com você. — Seus olhos vão para o meu cabelo enquanto ele se aproxima. Será que ainda odeia o corte? Ele não disse que amou, isso com certeza. Ele pega minha mão e pergunta: — Está tudo bem?

— Como assim?

— Venha, vamos nos sentar — ele diz enquanto me leva para o sofá. Assim que estamos sentados, a alguns centímetros de distância um do outro, ele continua: — Sei que todo esse planejamento tem sido estressante para você e estou preocupado que talvez possa não estar lidando muito bem com tudo, por isso o corte de cabelo e a cor.

Como é?

— Como assim? Cortei o cabelo e fiz luzes porque quis, não por causa do estresse do casamento.

— Lia — ele fala em seu tom condescendente —, eu já te conheço há mais de um ano, e você nunca fez uma mudança tão drástica como essa. Só estou preocupado de que o estresse esteja te sobrecarregando, seus pais não estão aqui, você está tentando encontrar uma ilusão de controle, e a sua aparência é o que acha que pode controlar. Então vai e corta o cabelo. Estou preocupado que esse padrão continue, e quem sabe o que você pode fazer em seguida.

Eu recuo, absolutamente ofendida por sua suposição. Primeiro, de onde ele tirou a ideia de que pode dar pitaco na minha aparência? Segundo, será que não conseguiu mesmo ver o quanto eu estava feliz naquela foto que mandei para ele?

— É só um corte de cabelo, Brian. Não é como se eu fosse tatuar um pênis na cara. E a minha decisão não teve nada a ver com você e tudo a ver comigo. Eu queria me sentir bonita.

— Você já estava bem antes. Não precisava mudar nada.

— Só bem? — pergunto, me levantando do sofá. — Só estava bem antes? Será que não poderia ter pensado em um adjetivo melhor que esse?

Ele pressiona a mão na testa.

— Bonita, eu quis dizer bonita. — Ele solta um bufo. — Tem sido um longo dia. E estive preocupado com você, e conseguir aquele voo foi difícil, então desculpe se minhas palavras não estão saindo como deveriam.

— Preciso que suas palavras não sejam condescendentes. Acho que não é pedir muito.

— De onde está tirando tudo isso? Parece até que você está brava comigo.

Nossa, como ele chegou a essa conclusão? Meu Deus.

— E eu estou brava com você — grito. — Meu Deus, Brian. Toda esta coisa de casamento, e ter que lidar com a sua mãe, e a sua reação ao meu cabelo... tudo isso tem sido um pesadelo. E você... nunca quer fazer sexo comigo. Por quê?

Ele olha para mim, confuso.

— Quero, sim.

— Não quer, não. Já faz duas semanas que não fazemos sexo. Você não acha que isso é estranho? Não acha que deveríamos estar um sobre o outro a cada chance que temos, tirando a roupa e encontrando prazer um no outro?

— Tem sido duas semanas bem difíceis, Lia.

— A gente nem fez sexo na noite em que você me pediu em casamento. Eu acabei caindo no sono, enquanto você ficou ao telefone a negócios.

— Com clientes do Japão. Que escolha eu tinha? — ele pergunta, com a voz ficando mais brava.

— Você tinha escolha, e essa escolha sou eu, mas você não me escolhe. Será que sou só um tipo de... item na sua lista de afazeres?

— Não, Lia — ele fala, se levantando e vindo na minha direção. — Eu te amo. E você será a minha esposa.

— Então por que não quer fazer sexo comigo?

— Eu quero — ele diz, com as mãos pousando nos meus ombros. — Só que... tem sido difícil ultimamente, tá bom?

— Você... está me traindo? Está fazendo sexo com outra pessoa, é por isso que não quer fazer comigo?

— Lia — ele retruca, severo. — Jamais diga uma coisa dessas, porra. Você sabe muito bem que não sou esse tipo de homem.

E eu acredito nele, porque pode até ser que ele trabalhe por várias horas e às vezes diga as coisas erradas, mas sei com certeza que Brian jamais faria uma coisa dessas. Seu pai já traiu sua mãe várias vezes, e ele viu o quanto isso a machucou. Ele sempre disse que nunca faria isso com a esposa.

— Eu sei. Desculpe — peço, sentindo vergonha por ter trazido isso à tona. — Acha que a gente caiu na rotina? Tipo, você nem mesmo gostou quando te fiz um boquete.

— Eu nunca gostei disso, Lia. E não é só com você. Me sinto mal quando uma mulher tem que ficar lá chupando o meu pau, tá bom?

— Mas e se eu quiser fazer? — pergunto, deslizando os dedos por sua camisa.

Ele para o meu toque e entrelaça nossas mãos.

— Ainda vou achar que é algo humilhante. Você merece mais do que ter que me satisfazer dessa forma.

— Não é humilhante. É uma forma de mostrar ao parceiro que você o ama.

Ele balança a cabeça.

— É humilhante para mim.

— Tudo bem, então, que tal... palmadas ou brinquedos? Nunca tentamos nada disso.

— Porque a gente não precisa desse tipo de fanfarrice. Não preciso de um vibrador para fazer você gozar. Eu mesmo posso fazer.

Nem sempre...

— Não se trata de você não conseguir me fazer gozar. Isso tem a ver com diversão, fazer coisas novas.

— Vamos só parar de falar sobre isso, está bem? Essa não é a preocupação no momento.

— Para mim, é — digo, elevando o tom de voz. — Não quero me casar com alguém que não quer fazer sexo comigo, Brian.

— Como é? Você não quer se casar comigo?

— Não, eu quero. Só estou dizendo que estamos tendo alguns problemas, e acho que precisamos resolvê-los antes de nos casarmos. Acho que é importante.

— O único problema que tenho é que parece que você fica tendo essas ideias sobre mim, e não sei de onde elas estão vindo. Estávamos bem antes de tudo isso, então por que agora? Por que fica questionando nosso relacionamento?

— Não estou questionando, só estou tentando resolver algumas questões, e acho que não deveria ser repreendida por isso. Tipo, quando peço o seu apoio para lidar com sua mãe com as coisas do casamento, você sempre fica do lado dela. Não acha que deveria ficar do lado da sua futura esposa?

— Por que tem que existir um lado? Por que não pode haver só um compromisso?

— Porque sua mãe não entende a palavra compromisso.

— Tenho certeza de que ela fez um corte na lista de convidados, agora vamos nos casar no jardim em vez de na igreja, e haverá margaridas no casamento para representar sua mãe. Nada disso estava na lista da minha mãe, para começo de conversa.

— A *senhora* sua mãe não deveria nem ter uma lista. A senhora sua mãe não deveria estar tão envolvida nisso.

— Ela está me representando, Lia. Já que ando ocupado, ela tomou a responsabilidade de defender o que quero.

— Ah, é mesmo? Então você acredita ser indispensável haver rosas no nosso casamento?

— Sim, acho que são elegantes.

— Por favor, Brian. Você não poderia se importar menos com o que está rolando no nosso casamento. Você só vai aparecer lá no dia.

— Não é verdade. Quero o que vai ficar bonito, o que vai representar a família, e um dia que fique para sempre na memória.

— Nem sempre se trata de aparência — digo ao passar por ele.

— Por que continua discutindo sobre isso? Você está conseguindo as coisas do seu jeito. Por que está fazendo caso disso?

— Porque se fosse como eu quero, não iríamos nos casar em um clube, não iríamos convidar pessoas que nem conhecemos e eu não teria que comprar três vestidos.

— Mas não tem a ver só com você, Lia. Você pode ser a noiva, mas eu sou o noivo, e precisamos ter partes de mim neste casamento também. Minha mãe sabe o quê.

— Bem, talvez se você me falasse o que quer, eu poderia ajudar a escolher.

Ele solta um suspiro pesado.

— Você está criando caso por nada. Como eu disse, algumas ideias apareceram na sua cabeça, e você está tentando encontrar uma desculpa para não... para não seguir com isso. E se for esse o caso, Lia, me diga agora. Não quero chegar no dia do nosso casamento só para descobrir que você fugiu por finalmente ter criado coragem para fazer isso.

— Eu não estou tentando cair fora, Brian — digo, me sentindo derrotada. — Só estou tentando te fazer entender de onde tirei isso tudo. Quero que a gente esteja bem. Quero que você esteja ao meu lado. Que me queira. E que não pense que estou passando por alguma espécie de crise só porque cortei o cabelo. Tipo... será que você vai me julgar quando eu entrar no casamento? Será que vai achar meu vestido feio? Isso é algo com que eu deva me preocupar?

— Não, minha mãe me mandou uma foto. É um vestido bonito.

Faço uma pausa e inclino a cabeça para o lado.

— Sua mãe... mandou uma foto para você?

— Sim, ela queria se certificar de que eu aprovo.

— Isso... isso não é algo que você tem que aprovar. A decisão é minha.

— Você ouviu o que acabou de dizer? Está sendo tão egoísta. Este casamento não gira só ao seu redor, Lia.

— Eu nunca disse isso! — grito. — Meu Deus, como você é irritante. Nossa, ainda bem que voltou para dar um jeito nas coisas. Bom trabalho.

Vou para a cozinha e pego uma água com gás para mim.

— Isso tem alguma coisa a ver com Breaker?

Faço uma pausa, os pelos da minha nuca se arrepiam em atenção e sinto minha raiva interior atingir um novo patamar.

— Juro por Deus, Brian — digo ao me virar —, se você mencionar Breaker mais uma vez, vou terminar este noivado, este casamento, este relacionamento. Isso não tem nada a ver com ele e tudo a ver com a gente e a nossa falta de sintonia.

— Eu não sinto essa falta de sintonia.

— Porque você não está aqui! — grito. — Você está tão cego, tão perdido. Mas que droga, eu até ofereci para colocar o seu pau na minha boca, e você não pode nem pensar numa coisa dessas. Você deveria querer o seu pau na minha boca.

— Quer me chupar? — ele grita, se senta no sofá e se recosta. — Tá bom, Lia. Então me chupe.

— Você é tão babaca — digo enquanto vou para o quarto.

BREAKER

— Não me sinto muito bem — falo, enquanto JP e Huxley me levam para casa.

— É porque você bebeu três doses de uísque em dez minutos, percebeu o erro, tentou combater com croissants amanteigados e água, e agora o seu estômago não tem ideia do que fazer — JP diz.

— Se você vomitar nos meus sapatos, eu te mato — Huxley ameaça.

— Por que eu tenho que voltar para casa? Não quero ouvi-la fazendo sexo. — Descanso a cabeça no ombro de Huxley. — Aposto que os gemidos dela são suaves.

— Dá para parar de falar assim tão perto do meu rosto?

— Aposto que ela tem a boceta mais gostosa do mundo, tipo... como um campo fresco e florido.

— Quando foi a última vez que você comeu uma boceta? — JP pergunta quando alcançamos a porta. Huxley a destranca e nos faz entrar.

— Não consigo lembrar, mas aposto que a dela é fantástica.

— Apenas deixe Breaker no sofá — Huxley orienta.

— Não, no meu quarto. Quero cheirar o travesseiro que ela usou ontem. Ainda está com o cheiro dela. Quero me agarrar a ele.

— Acho que nunca vi uma exibição mais vergonhosa de um homem — JP comenta. — Ah, se Kelsey não tivesse confiscado meu celular para que eu não pudesse gravar nada...

— Kelsey é um anjo enviado dos céus — digo, apoiado em JP. — E Lottie, bem, ela é engraçada. E adoro que ela tire você do sério o tempo todo, Huxley. Nunca vi uma mulher colocar você no seu lugar como ela faz. Meu Deus, como você rasteja aos pés dela, isso sim é vergonhoso. Mas é o que eu faria com a Lia, eu veneraria o chão que ela pisa.

— Que ótimo — Huxley fala ao me empurrar para a cama. Eu caio nela com um ruído.

Deixo os pés no ar e peço:

— Sapatos. Tirem os meus sapatos, por favor.

Huxley aponta para mim, então para JP e ordena:

— Vá em frente, tire os sapatos.

— E por que você não tira?

— Porque eu sou o irmão mais velho, isso me coloca automaticamente no papel de gerenciador.

— Você está dizendo que vai gerenciar como eu tiro os sapatos dele?

— Sim, agora tire os sapatos.

— Que tal cada um de vocês tirar um? — sugiro, balançando os pés. — Eu também adoraria um pouco mais de água. E talvez um balde. Não quero vomitar no chão, e estou com um pressentimento de que isso pode acontecer.

JP se vira para Huxley e pergunta:

— Sapatos ou balde de vômito e água?

Huxley geme e vai em direção à cozinha.

— Ele é tão carrancudo, né?

— Eu te odeio neste momento, sabia? Você interrompeu o meu sábado todo. Era para Kelsey ter passado o dia nua em casa, e agora eu tive que arrastar a sua carcaça até aqui e tirar os seus malditos sapatos.

— E as meias.

Ele tira os meus sapatos, seguido das meias, assim que Huxley volta para o quarto com a água e o balde.

— Nossa, vocês dois são verdadeiros heróis. Os melhores irmãos que um cara poderia pedir. — Abro bem os braços na cama. — Venham me dar um abraço.

— E arriscar ser atingido pelo seu vômito? Não, valeu — JP diz.

Huxley esfrega a nuca, me observando.

— Você acha que a gente precisa ficar aqui com ele?

— Ele não está tão bêbado assim, só alegrinho. Vai dormir e acordar bem.

— Dá para prever uma dor de cabeça no meu futuro. — Faço uma pausa e em seguida me sento. — Espere... eu fiz a doação para os pombos?

JP balança a cabeça.

— Tentei te convencer, mas Kelsey me impediu.

— Graças a Deus por aquele seu anjo. — Solto um longo suspiro, então pego o travesseiro que Lia usou, pondo-o no peito, e o aperto com força. — Porra, o cheiro dela é tão bom. Como um campo florido.

— Achei que esse fosse o gosto da boceta dela — JP responde. — Você precisa melhorar essas suas descrições.

— Ela é toda flores. Uma flor gigante. — Solto um gemido com o seu nome. — Ai, Ophelia.

— Tá bom, essa merda está ficando estranha — JP diz, dando um passo para trás. — Acho que temos o direito de desocupar esta habitação.

— É, acho que você tem razão. — Huxley dá um tapinha no meu pé. — Ligue se precisar de alguma coisa.

— Preciso que desmanchem um casamento. Obrigado e tenham um bom dia.

— É, pode deixar que vamos trabalhar nisso — JP fala, enquanto os dois se afastam.

— Anjos, todos vocês são uns anjos.

E então eu desmaio no travesseiro.

LIA

A porta da frente se fecha, e eu levo os joelhos para o peito e abraço as pernas.

Depois de mais duas horas de discussão, Brian e eu achamos que seria melhor darmos um tempo para nos acalmarmos. Ele vai ficar na casa dele pelo resto da noite. Ele perguntou se eu iria falar com Breaker, e respondi que não tinha a intenção de ir para a casa do meu amigo. Nem sei se ele está em casa, já que o escutei sair mais cedo, então não tenho ideia do que ele está fazendo.

E não estou a fim de ver ninguém.

Será que sou a errada nesta situação? Será que estou sendo egoísta? Acho que não. Não estou pedindo muito. Só estou pedindo para ele conversar comigo, para me desejar, para ser o noivo que mereço. E se não pode me dar a atenção que mereço agora, quem poderá dizer que ele me dará essa atenção quando nos casarmos? *E a sra. Bife mandou a droga de uma foto do vestido que escolhi para ver se ele aprovava? O que ela acha que sou? Uma adolescente?*

Acho que nunca estive tão confusa na vida.

Descanso a cabeço no sofá assim que meu celular vibra com uma mensagem.

> **Breaker:** *Como foi o boquete?*

Ah, se ele soubesse...

> **Lia:** *Nem aconteceu.*

Os pontinhos pulam, indicando que ele está escrevendo, então me deito de lado no sofá e ponho o cobertor sobre mim enquanto espero sua resposta.

> **Breaker:** *Que pena. Te dei umas dicas boas. Muito boas mesmo. Tipo... boas demais.*
> **Lia:** *Não duvido.*
> **Breaker:** *Sério, eu gosto mesmo de quando chupam a ponta. É tão bom, Lia.*

Hã... tá bom, né? Não sei bem o que está acontecendo, mas talvez seja uma continuação da nossa conversa.

> **Lia:** *Pois é, você já deixou isso claro mais cedo.*
>
> **Breaker:** *E você? Gosta da... ponta?*
>
> **Lia:** *Hã, não dá para saber, sabe, já que nunca fiz isso.*
>
> **Breaker:** *Você iria curtir. Sei que iria. Dá para ver nos seus olhos. Porra, aposto que você dá as melhores chupadas.*

Minhas bochechas coram outra vez, e estou tão perdida com o que está acontecendo que considero ir até o seu apartamento para saber se ele está bem. Mas, em vez disso, apenas respondo:

> **Lia:** *Até agora, as opiniões não estão muito a meu favor.*
>
> **Breaker:** *Porque você está chupando o pau errado.*
>
> **Lia:** *Parece que sim.*
>
> **Breaker:** *O que ele fez? Ele chegou a sentir o seu gosto?*
>
> **Lia:** *Não.*

Minha respiração acelera, ficando cada vez mais pesada enquanto espero sua resposta.

> **Breaker:** *Que bom.*

Que bom? Agora me sento enquanto encaro o celular.

> **Breaker:** *Ele não merece sentir o seu gosto.*

Olho para a parede que dividimos, como se pudesse ver através dela. O que ele está fazendo? Ele está em casa?

> **Lia:** *Está tudo bem, Breaker?*
>
> **Breaker:** *Me fale você.*
>
> **Lia:** *Como assim?*

> **Breaker:** *Por que está me mandando mensagem e não está fodendo Brian neste exato momento?*

Minhas palmas ficam suadas, meus dedos deslizam ao longo do celular, nada faz sentido, mas o som da sua voz sensual de antes fica se repetindo na minha mente.

> **Lia:** *Acabamos discutindo, então estamos dando um tempo para nos acalmarmos.*
>
> **Breaker:** *Ele disse alguma outra merda sobre você? Juro por Deus, vou acabar com ele se tiver feito isso. Você é linda pra caralho, Lia. Não deixe que ele te faça pensar o contrário.*

Deixo o celular cair no sofá e me levanto, com o coração acelerado.

O que está acontecendo?

Este é Breaker. Sempre apoiamos um ao outro, mas isso parece diferente. Isso *soa* diferente.

Meu celular vibra outra vez, e vejo que é uma mensagem de Breaker. Minha mente me diz para não olhar, mas meu coração está implorando para fazer isso.

O coração vence.

> **Breaker:** *O que ele falou para você?*

Ando pela sala enquanto respondo.

> **Lia:** *Só me perguntou se eu estou passando por algum tipo de crise por causa do meu corte de cabelo e as minhas perguntas sobre sexo.*
>
> **Breaker:** *O cara é a porra de um idiota. Ele deveria estar te fodendo a cada chance que tivesse, ainda mais com esse seu novo corte. Tão sexy, Ophelia, porra...*

Solto um gemido baixo, e meus olhos ficam cheios de lágrimas de incerteza. Como Breaker, meu melhor amigo, pode falar assim? Como é que ele pode dizer tudo o que quero que Brian diga? Brian mal consegue olhar para mim, me beijar ou reconhecer que sou uma pequena distração do seu trabalho extenuante.

Outra mensagem chega.

> **Breaker:** Por que ele não está te fodendo?

Desistindo de tentar descobrir o que está acontecendo, vou para o quarto, onde me jogo na cama, fazendo a cabeceira bater na parede.

Você é linda pra caralho, Lia.

> **Lia:** Sei lá, Breaker.
>
> **Breaker:** Você acabou de deitar na cama?
>
> **Lia:** Sim, você está em casa?
>
> **Breaker:** Sim, na cama, pensando em você.

Fecho os olhos com força e conto até cinco antes de responder, antes de dizer qualquer coisa idiota — por estar extremamente emotiva.

> **Lia:** E por que está pensando em mim?
>
> **Breaker:** Sempre estou pensando em você.
>
> **Lia:** Não dá para você ficar sempre pensando em mim.
>
> **Breaker:** Mas fico. Quando acordo, fico imaginando como é que posso interagir com você, como posso conseguir um vislumbre do seu sorriso. Durante o dia, sempre quando preciso de incentivo, algum conforto, diversão, sei que você é a pessoa certa. E à noite, quando vou dormir, você é o meu último pensamento antes de fechar os olhos.

Passo os dentes pelo lábio inferior enquanto respondo:

> **Lia:** Você diz isso como se tivesse um significado maior.
>
> **Breaker:** Talvez tenha.
>
> **Lia:** O que está tentando fazer?
>
> **Breaker:** Nada.
>
> **Lia:** A gente não diz esse tipo de coisa um para o outro.
>
> **Breaker:** É, bem... talvez a gente devesse.
>
> **Lia:** Do que está falando?
>
> **Breaker:** Deixe para lá. Você não vai entender. Já tem Brian.
>
> **Lia:** O que raios você está tentando dizer, Breaker?
>
> **Breaker:** Nada. Nadinha mesmo. Preciso dormir para esquecer esta merda. Falo com você amanhã.
>
> **Lia:** Não, fale comigo agora.

Quando ele não responde, mando outra mensagem.

> **Lia:** Será que eu preciso ir aí, Breaker?
>
> **Lia:** Breaker...

Fico olhando para o celular, esperando uma resposta, enquanto meu coração acelera. Do que ele está falando? Quase parece que... que ele está apaixonado ou algo assim, mas não pode ser. É Breaker. Ele não se *apaixona*, não é?

Quando ele não responde, quase vou ao seu apartamento, até ouvir duas fortes e sólidas batidas à parede.

Então três.

Então quatro.

E então o silêncio.

Duas batidas. Três. Quatro.

Minha mente logo traduz: *Eu amo você.*

Ele nunca bateu assim antes. Nunca as três palavras, nunca sozinho. Então o que isso significa? Caramba, o que tudo isto significa? Lágrimas de frustração vêm até os meus olhos, enquanto meu celular vibra com uma mensagem.

Na esperança de que seja de Breaker para explicar tudo, eu checo a tela no mesmo instante, mas logo fico decepcionada.

> **Brian:** *Desculpe pela nossa discussão. Eu te amo muito, lembre-se disso. Você será minha esposa daqui a quatro semanas, e teremos o resto da nossa vida para descobrirmos os detalhes.*

Gemendo, jogo o celular para o lado e cubro os olhos com as mãos.

Preciso escapar de tudo isso aqui.

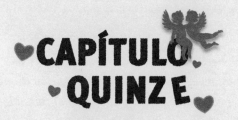

CAPÍTULO QUINZE

BREAKER

> **JP:** E aí, como está, garotão?

Segurando com força uma caneca de café, mando uma mensagem para JP e Huxley na nossa conversa em grupo.

> *Breaker:* Não me chame assim. E nada bem, porra. Eu mandei algumas mensagens de merda para a Lia ontem à noite.
>
> *JP:* Vou precisar de uma cópia dessas mensagens só para me divertir.
>
> *Huxley:* Não costumo participar das malandragens do JP, mas também estou curioso quanto ao que você disse.
>
> *Breaker:* Amo o quanto vocês dois me apoiam.
>
> *JP:* No mínimo, você pode contar com a gente, mano.
>
> *Breaker:* Pois é, já deu para notar.
>
> *Huxley:* O que você falou?
>
> *Breaker:* Praticamente tudo, tirando a parte do eu te amo e quero que você seja minha. Só fiquei evitando isso tudo. As respostas dela mostraram confusão, por razões óbvias, e agora preciso me recompor para ir experimentar bolos com ela e sua futura sogra, porque ficou claro que a discussão que ela teve com Brian ontem à noite não foi ruim o suficiente para ela querer terminar o noivado.

JP: *Parece o próprio inferno.*

Breaker: *É capaz.*

Huxley: *Você vai mencionar as mensagens?*

Breaker: *E eu deveria? Ou apenas deveria agir como sempre, como se nada tivesse acontecido?*

JP: *Eu escolheria o "como se nada tivesse acontecido". Não chame atenção para a sua idiotice. Ela já tem idiotices demais para lidar quando se trata do Brian.*

Huxley: *Não costumo concordar com JP, mas devo dizer que ele provavelmente tem razão desta vez. Apenas aja como se tudo estivesse bem.*

Breaker: *E o que acontece quando eu a vir e só tiver vontade me aproximar para beijá-la?*

JP: *Hã, lembre-se de que consentimento é uma coisa séria.*

Huxley: *Você não pode sair por aí beijando mulheres sem que elas digam sim, então aí está. Evite um processo. Já estamos lidando com um.*

Breaker: *Valeu por me lembrar. Tudo bem, preciso ir. Não vou mencionar as mensagens, não vou beijá-la e vou agir como se tudo estivesse como sempre.*

JP: *Melhor forma de agir.*

Huxley: *Mas vou ficar esperando as mensagens de ontem à noite.*

Breaker: *Hux, você está começando a ficar como o JP.*

JP: *Não dá para dizer que isso é ruim.*

Me levanto, tomo um último gole de café e então volto para o banheiro, onde escovo os dentes e depois uso o enxaguante bucal. Me olho no espelho uma última vez e, em seguida, vou para a porta assim que ouço uma batida.

Bem a tempo.

Esboço um sorriso, abro a porta e digo "Bom dia, Lia", no tom mais alegre, nem um pouco constrangido e na *vibe nada aconteceu.*

Vestida com um short roxo e um cropped de renda branca, ela deixou metade do cabelo preso e metade solto, tirando a franja do rosto e enfatizando seus olhos verdes deslumbrantes.

Porra, ela é tão linda.

— Oi — ela diz, tímida.

Preciso conduzir a conversa para além das mensagens vergonhosas da noite passada e direto para a negação, agindo como se nunca tivesse acontecido.

— Pronta para ir? — pergunto enquanto dou um tapinha na barriga. — Pode ser cedo, mas dei uma segurada no café da manhã para conseguir devorar alguns bolos.

Na verdade, comer bolos é a última coisa da minha lista no momento, já que ainda estou meio mal por causa da bebida, mas fazemos sacrifícios por aqueles que amamos, não é?

— Ah, é. Eu também não comi nada no café da manhã.

— Então somos dois, hein? — Passo o braço ao redor dela, fecho a porta e ando com ela até o elevador. Pela sua expressão confusa, talvez eu tenha que diminuir um pouco a animação. Aperto o botão para descer e enfio a mão no bolso. — Dormiu bem? — pergunto, sem saber o que mais dizer.

— Na verdade, não.

— Não? Ficou pensando demais sobre qual sabor a sra. Bife vai forçar você a aceitar? Aposto que vai ser algo sem graça como baunilha com baunilha.

Ela levanta o olhar para mim, enquanto a porta do elevador se abre. Posso sentir sua confusão e seu desejo de conversar sobre a noite passada, mas, como eu disse, já avançamos. Não há necessidade de ficar remoendo o passado e as coisas que eu possa ter dito sob influência de álcool.

Negação.

Negação.

Negação.

— E aí, qual sabor você acha que vai ser?

O elevador desce enquanto ela diz:

— Hã, bem... você deve ter razão. Baunilha com baunilha.

— Mas vamos dar um jeito nisso, não é? — Dou uma piscadela.

— É, acho que sim.

— É isso aí. — Saímos do elevador e andamos até o meu carro. — Mas há uma coisa que precisamos conversar antes de chegarmos à confeitaria. — Abro a porta do passageiro para ela e digo: — O que achamos de red velvet? Nós dois amamos, mas acha que vai ser louco demais a ponto de tirá-la do sério?

O mais leve sorriso puxa seus lábios.

— Acho que não. Acho que vamos ter que pedir sabor de algodão-doce.

Ela entra no carro, e pego sua mão para ajudá-la a se sentar. Por um breve instante, seus olhos vão para nossas mãos entrelaçadas antes de voltar para os meus.

— Essa é a minha garota. Algodão-doce, todos os dias a qualquer hora.

— Ah, Breaker, não sei se você também precisava estar aqui para experimentar os bolos — a sra. Bife diz, surpreendentemente com o nariz ainda mais empinado.

— Ah, é, estarei aqui durante todo o processo. Além disso, estamos falando de bolo. Não dá para perder a chance de experimentar de graça.

Na viagem até ali, Lia e eu negamos muito bem tudo sobre a noite passada e, em vez disso, conversamos sobre muitos, muitos, tipo, muitos mesmo, sabores de bolos que poderiam causar um ataque de raiva na sra. Bife. Foi como se tivéssemos achado um tópico a explorar e apenas seguimos com ele.

— Muito bem. — A sra. Bife ajeita seu leve casaquinho que combina com a saia. — Podemos entrar?

— Podemos — falo, o que faz Lia rir.

Seguro a porta para elas e, em seguida, entro atrás de Lia, cutuco sua lateral e sussurro no seu ouvido:

— Não ria de mim, senão a sra. Bife vai saber que estamos de complô.

— Tenho certeza de que já é tarde demais para isso — ela responde assim que a confeiteira nos cumprimenta.

— Obrigada por se juntar a nós hoje, sra. Beaver.

— É claro. — Ela gesticula para Lia. — Esta é Ophelia, a noiva, e este é o melhor amigo dela, Breaker Cane.

— Olá, é um prazer conhecê-los.

A porta se abre atrás de nós, e me viro a tempo de ver Brian entrar na confeitaria. Só de ver seu rosto que dá vontade de socar, minha irritação aumenta. Que porra ele está fazendo ali?

— Ah, aí está você, querido — a sra. Bife anuncia.

— Brian — Lia fala, surpresa. — O que, hã, o que você está fazendo aqui?

— Consegui reagendar algumas coisas. Não poderia perder a prova de bolos. — Ele se inclina, a segura pela nuca e a beija nos lábios. Quando a solta, se vira para mim, dá um tapinha no meu ombro e diz: — E aí, cara. Eu assumo daqui. Pode ir.

Hããã...

Dou uma olhada em Lia, esperando que ela não concorde com essa decisão, e, para minha sorte, ela responde:

— Não, Breaker pode ficar. Eu ainda gostaria de ter a opinião dele.

Graças a Deus por isso.

— Claro, tudo bem. Quanto mais, melhor. — Brian dá um sorriso que parece falso.

É isso aí, seu filho da puta. Como se ele pudesse aparecer aqui e agir como o noivo amoroso.

Tudo bem, vamos experimentar bolos para o casamento dele, mas ele está agindo como se estivesse presente em todas as reuniões, e não esteve. Quanto mais, melhor... que ele vá à merda com isso.

— Bem, então por que vocês quatro não se sentam? Vou pegar as amostras. Volto logo. Enquanto isso, gostariam que minha assistente trouxesse champanhe?

— Por favor — a sra. Bife aceita —, um para cada.

Está mais para um para cada mão, valeu.

Estendo a mão para puxar a cadeira para Lia, mas Brian me lança o mais maligno dos olhares malignos, e me afasto. Em vez disso, puxo minha própria cadeira e me agradeço mentalmente por ser tão cavalheiro. A sra. Bife se senta perto de mim, Brian, perto da sra. Bife, e Lia se senta entre nós, como uma família feliz.

Nem um pouco desconfortável.

— Já informei à confeiteira sobre nossa preferência de sabores — a sra. Bife começa.

— E qual seria? — indago. — Porque não acho que a senhora perguntou para a Lia.

— Eu já falei para ela do que a Lia gosta — Brian responde.

— Ah, é, e o que você disse? — questiono.

Brian se endireita e responde:

— Recheio de baunilha com cobertura de baunilha.

Ah, porra, a gente adivinhou.

— Não é essa a preferência dela — falo, enquanto os pelos da minha nuca se arrepiam; uma briga está prestes a acontecer. — Se ela tiver que sofrer com algo tão sem graça quanto baunilha, ela preferiria combiná-la com um creme de limão e framboesa. Ela também gosta de red velvet com cobertura de cream cheese, mas o bolo tem que ter gotas de chocolate. Se não houver gotas de chocolate, então ela não vai querer saber de red velvet. Mas o sabor favorito dela é mirtilo com limão, e eu tenho certeza de que vocês não consideraram essa uma opção.

Os olhos de Brian se estreitam, e ele se vira para Lia.

— Você estava bem com baunilha antes.

Lia fica olhando para nós dois.

— Bem, não seria minha primeira escolha.

— Mas ainda assim uma escolha — a sra. Bife se intromete. — E como teremos três mil convidados, ir com o sabor mais comum será, obviamente, a escolha mais benéfica.

— Três mil? — Lia pergunta, olhando para a sra. Bife e então para Brian. — Achei que fôssemos reduzir a lista.

— E íamos mesmo — Brian diz —, mas conversei com a senhora minha mãe na noite passada, e achamos melhor não ofender ninguém.

Além da sua noiva.

— Não ofender ninguém? — confronto. — E como é que vocês conhecem três mil pessoas? Parece um absurdo para mim.

— Ainda bem que não é o seu casamento — Brian retruca. — Quem sabe quando você finalmente conseguir fazer alguém se apaixonar para se casar, em vez de ficar azarando a mulher de outro homem, possa escolher a quantidade de convidados para o casamento?

— Ei — Lia diz. — Ele não está azarando ninguém, Brian.

— Ei, ei — a sra. Bife fala, tentando nos acalmar, mas minhas mãos estão cerradas em punhos embaixo da mesa.

De onde veio esse cara?

Ele nem sabe qual é o sabor favorito de bolo dela e acha que pode falar essas merdas para mim?

Antes que eu possa responder, a sra. Bife interrompe:

— Brian e eu tivemos uma longa conversa sobre o planejamento, que eu francamente acho que está saindo do controle, e concordamos com algumas coisas ontem à noite.

— Como vocês puderam conversar sem a Lia? — pergunto, com a raiva passando por cima da minha polidez.

— Perdão, sr. Cane, mas faça o favor de não usar esse tipo de palavreado comigo — a sra. Bife ralha.

Pois é, não vou aguentar esta merda hoje.

— Faça o favor de tratar a Lia com respeito, sra. Beaver. Caso a senhora tenha esquecido, meus irmãos e eu somos famosos nesta cidade, neste estado, neste país, então a menos que queira que sua reputação seja completa e totalmente destruída, a senhora dirá para Lia por que os planos que *vocês* já fizeram não são satisfatórios.

Com o canto do olho, vejo a boca aberta e silenciosa de Lia enquanto ela se vira para mim.

Não estou para brincadeiras hoje. Não depois do que Lia me contou sobre Brian. Não depois do que eu disse para ela na noite passada.

Justo é justo. Eles não vão passar por cima da minha garota, nem por um segundo mais.

— De onde tirou ficar ameaçando minha mãe desse jeito? — Brian indaga, com as mãos agarradas à beirada da mesa, como se estivesse prestes a virá-la.

A sra. Bife dá um tapinha em seu braço.

— Relaxe, querido, posso cuidar disso.

Equilibrada e calma, a sra. Bife entrelaça as mãos e diz:

— Como você já está ciente, essa união não seria minha primeira escolha para Brian...

— Como assim? — Lia reage, com os olhos indo para Brian.

— Isso não é verdade, mãe. A senhora gosta da Lia.

— De fato. Você é uma garota adorável, mas, se fosse escolha minha, Brian se casaria com alguém com status, e, infelizmente, esse não é o caso. Portanto, pagarei por um casamento que reflita o *nosso* status, mesmo que ele se case com você. É por isso que voltamos para a igreja, tiramos as margaridas e convidamos as pessoas que já queríamos convidar desde o princípio.

Uau.

Porra, ela não pode estar falando sério.

Como alguém com um pingo de consciência passa por cima da noiva e muda tudo com o que ela concordou?

Dou uma olhada em Brian, esperando que ele diga alguma coisa, que defenda a Lia, mas, em vez disso, apenas fica ali sentado, como o homem lamentável e patético que é.

Parece que vou ter que defendê-la, provar para ela que sou o homem em quem pode se apoiar. Eu sou o homem que merece a mão dela. Eu sou a porra do homem que pode e VAI fazê-la feliz.

Estou prestes a abrir a boca com a réplica quando Lia se vira para Brian.

— Você permitiu que ela fizesse isso? Uma coisa é ficar sentado e permitir que ela me insulte na sua frente, dizendo como não sou a mulher pedigree com quem *ela* gostaria de ver você casado, mas ter uma conversa com ela ontem à noite, depois da nossa discussão, e deixá-la mudar tudo do nosso casamento? Você fez isso só por despeito?

— Tudo bem, aqui estão as amostras — a confeiteira anuncia, colocando uma bandeja na nossa frente, claramente sem perceber a tensão entre nós, enquanto sua assistente distribui o champanhe. — Trouxemos como foi solicitado, o bolo de baunilha com cobertura de baunilha, o bolo de baunilha com cobertura de chocolate. O bolo *fudge* de chocolate com cobertura de baunilha e o bolo de chocolate com cobertura de chocolate. — Ela deposita alguns garfos na mesa e fala: — Bom apetite. — E sai mais uma vez.

Quando a confeiteira está longe demais para ouvir, Brian diz:

— Eu não fiz nada por despeito. Minha mãe estava me consolando depois da nossa briga, e conversamos sobre o quanto o casamento estava sendo estressante para você e que deveríamos deixar que minha mãe fizesse o planejamento.

Lia se endireita um pouco, com uma confiança crescente.

— A única razão pela qual o planejamento está sendo estressante é que fomos forçados a nos casar em cinco semanas, sua mãe está tentando comandar tudo e ninguém parece estar me escutando além do Breaker.

— Isso porque Breaker só quer que nosso relacionamento fracasse — Brian rebate.

Ai, nossa, veja só. Finalmente podemos concordar em alguma coisa.

— Ele não tem feito nada além de me apoiar. Ele me deu dicas em como fazer um boquete em você... um que você nem quis.

— Jesus, Maria, José — a sra. Bife reage, apertando o peito, enquanto

Brian me olha de cima a baixo. Apenas dou de ombros, porque, sinceramente, o que mais posso fazer a esta altura? Me recosto na cadeira e tomo um gole do champagne enquanto aproveito o drama. — Será que podemos mostrar ao menos um pingo de decoro?

— Por que raios você está conversando com Breaker sobre a nossa vida sexual? — Brian pergunta.

— Que vida sexual? — Lia rebate, e preciso de toda a minha força para não rir. — Você mal olha para mim quando estou nua.

Eu olharia para você nua a cada maldito segundo que pudesse, amor. E aí, em seguida, te foderia até que você não aguentasse mais.

— Baixe o tom, Ophelia — a sra. Bife repreende.

— Por quê? Para que as pessoas não saibam que seu filho prefere passar a noite trabalhando no computador a me foder na cama?

Tenho certeza de que o suspiro que escapa da boca da sra. Bife pode ser ouvido a três quarteirões dali.

E o aperto que dá em suas pérolas é o acréscimo perfeito para sua indignação.

Ah, isto aqui está bom.

Está bom até demais. Não consigo segurar o sorriso ou parar de desejar mais.

Continue, Lia.

— Basta, Lia — Brian ordena. — É uma forma completamente inapropriada de tratar minha mãe.

— Mas ela pode agir como se eu fosse uma pessoa de segunda classe, e você não tem problema nenhum com isso? Será que não consegue ver o problema nisso, Brian?

Eu consigo. *Levanta a mão mentalmente* Claro como o dia.

Falando baixo e em um tom uniforme, a sra. Bife diz:

— Vamos todos respirar fundo e nos concentrar no bolo.

Lia a ignora por completo e se vira para Brian.

— Você sempre fica do lado dela, não importa a situação. Ela pode dizer na minha cara o quanto não estou à altura, mas por estar tão desesperada para ver você casado, ela vai se *contentar* comigo como nora. Você não vê a situação de merda, Brian? Por que eu iria querer fazer parte de uma família que me trata assim? Por que eu iria querer ficar com um homem que permite que a família dele me trate assim?

Os olhos de Brian voam para sua mãe e então de volta para Lia.

— Minha mãe tem razão. Acho que nós todos precisamos respirar fundo.

— Eu não preciso respirar fundo — Lia diz. — Nunca na minha vida vi algo com tanta clareza. — Ela se levanta da mesa, tira o anel de noivado do dedo e o coloca na mesa.

Outro suspiro escapa da sra. Bife e ecoa pela confeitaria.

Quero bater palmas devagar, encorajar essa conduta valente, porque, meu Deus Todo-Poderoso, ver a Lia toda ouriçada desse jeito deixa a porra dos meus mamilos duros.

— Estou farta, Brian. E já deveria ter me sentido assim há um tempo, mas talvez eu só precisasse dessa fria evidência de *por que* eu já deveria estar farta.

— Do que você está falando? — Brian pergunta, com pânico nos olhos.

Não sei dizer se é pânico pelo que sua mãe possa falar, da imagem que está sendo retratada dele ou se ele está mesmo preocupado com a Lia. É uma pena que sejam tantas opções para escolher.

— Você me trata como se eu viesse em terceiro lugar na sua vida, bem abaixo do trabalho e da sua mãe, e não quero ficar com alguém que não me coloca em primeiro lugar. Você me ofende quando diz coisas como se eu estivesse tendo uma crise existencial, que eu nunca deveria ter mudado o cabelo e que você odeia meus óculos. Você me machuca quando não quer me tocar à noite, quando nem mesmo quer tentar algo novo. Acho que a única razão pela qual fiquei tanto tempo com você foi porque, quando te conheci, você me ajudou a passar pela tristeza da perda dos meus pais. Mas agora, estou imaginando se foi pela bondade do seu coração ou se foi sua tentativa de usar a perda para se aproximar de mim.

— Isso não é verdade, Lia.

Ela empurra o anel para ele.

— Estou farta. Estou farta de tudo. Estou farta de me sentir mal quando você está por perto. Estou farta de ter que ficar me preocupando se você vai me beijar de verdade ou não quando me vê. Estou farta de ficar me perguntando se sou boa o suficiente para você, se sou boa o suficiente para a sua família. E estou farta de ter que lidar com a sua mãe psicopata. Eu preciso de mais. E quero mais. E tenho certeza de que mereço mais. Vamos, Breaker.

Me levanto da cadeira, pronto para estar à sua disposição. Mas por ter boas maneiras, primeiro me dirijo à mesa antes de ir embora.

— É sempre um prazer.

— Estou farta, Brian.

Estou prestes a guiar Lia para fora quando ela se vira e diz:

— Além do mais, o clube é um dos lugares mais feios que já vi, e não há nada de elitista lá além da tentativa de parecer elitista. — Então ela se vira para a mesa, cobre o bolo de chocolate com cobertura de chocolate e o pega com a mão. — Vou levar isso aqui comigo, porque é o único sabor decente na bandeja.

Então ela se vira e anda até a porta, e eu vou seguindo atrás com um sorriso enorme pra caralho.

— Puta merda! — exclamo quando alcançamos meu carro. — Não acredito que você fez aquilo, Lia.

Ela está trêmula e não para de andar enquanto segura o bolo.

— Ai, meu Deus, ai, meu Deus... eu falei mesmo todas aquelas coisas?

Seguro seus ombros, fazendo-a parar de se mover, e me curvo para olhar em seus olhos.

— Você falou mesmo e, Jesus Cristo, estou tão orgulhoso de você.

— Está? — Seus lábios tremem, e dá para ver que a adrenalina está começando a diminuir.

— Estou, Lia. Aquilo lá foi incrível pra caralho e muito merecido. Caramba, meus mamilos ficaram duros só de ficar lá ouvindo você.

Isso a faz sorrir.

— Mamilos duros, sério?

Impulsiono o peito para ela, e com a mão que não está segurando o bolo, ela corre os dedos por cima da protuberância endurecida.

— Está *mesmo* duro.

— Viu só? Droga, estou tão orgulhoso. Como você está?

Ela acena, balançando a cabeça de leve.

— Eu estou... eu estou me sentindo bem. — Seus olhos se conectam com os meus. — Livre.

E isso me faz sorrir. Eu a pego e a faço girar, pressionando a cabeça junto da dela, enquanto ela ainda segura o bolo.

— Precisamos comemorar.

Eu a coloco no chão, e ela segura o bolo entre nós.

— Eu já tenho bolo.

— Acho que vamos precisar de mais do que bolo, mas vamos comer.

Ela o leva à boca e dá uma grande mordida antes de oferecê-lo para mim. Eu também dou uma mordida e, juntos, enquanto estamos parados em frente ao carro, comemos o bolo roubado na palma da sua mão.

Depois de alguns instantes, ela diz:

— Acho que sei o que quero fazer.

— Fale.

— Pegar pizza para o almoço, várias e várias sidras, voltar para a sua casa e jogar *Plunder*.

— É assim que você quer comemorar?

— Não poderia pensar em coisa melhor — ela responde, olhando mais uma vez para mim com esse lindo sorriso.

— Então vamos comer pizza e jogar *Plunder*. — Abro a porta do carro para ela e pego alguns guardanapos do porta-luvas para a sua mão com bolo, e enquanto a ajudo a se limpar, pergunto: — Só para ter certeza, você está feliz? Acabou de romper um noivado e terminar com Brian.

Seus olhos encontram os meus.

— Estou. Foi a coisa certa a fazer, mas obrigada pela preocupação.

— Desde que você esteja bem, vamos comemorar.

— Estou bem. Prometo.

Puta merda. Puta merda.

Puta.

Merda!

Fico andando pelo meu quarto, enquanto Lia foi se trocar em seu apartamento. Depois de deixarmos a confeitaria, fomos à nossa pizzaria favorita, pedimos duas pizzas grandes — uma de salsicha com cebola, a outra de abacaxi com pepperoni —, corremos para a loja para comprar dois engradados de sidra e, em seguida, voltamos direto para casa. Ela disse que ia dar um pulo no chuveiro, porque se sentiu suja depois de ficar na confeitaria, e se trocaria.

Me deixando ali, encarando o celular, esperando a resposta dos meus irmãos.

Finalmente, o celular vibra, e eu deslizo a tela para ler a mensagem.

> **JP:** *Espere, ela terminou com ele na confeitaria, com anel e tudo? Puta merda.*

Digito a resposta em um turbilhão assim que meu celular vibra com uma nova mensagem.

> **Huxley:** *Nossa. Não tenho mais nada a dizer além de nossa.*
>
> **Breaker:** *Pois é, nem me fale. Fiquei admirado, e meus mamilos ficaram duros.*
>
> **JP:** *Gosto de mamilos duros em homem. Isso me mostra que ele reconhece as emoções.*
>
> **Huxley:** *Você precisa de ajuda.*
>
> **JP:** *Só estou dizendo as coisas como são.*
>
> **Breaker:** *Dá para a gente parar de desviar o assunto? Tenho só alguns minutos antes de ela voltar e preciso saber o que fazer.*
>
> **Huxley:** *Como assim precisa saber o que fazer? Ela acabou de terminar com o noivo e romper o noivado. Você não deve fazer nada. Só ser um bom amigo.*
>
> **JP:** *Pois é, cara. Você estava pensando em investir? Isso aí é cafona pra caralho. Dê um tempo para ela se recuperar antes que saia por aí azarando, deixando que ela saiba que você quer transar.*
>
> **Breaker:** *Primeiro, eu não quero só transar. Segundo, já estou mantendo o meu autocontrole sob rédea curta. Não sei quanto tempo mais vou conseguir me segurar.*

> **Huxley:** *Porra, não faça nada. Meu Deus, esse seria um péssimo momento.*
>
> **JP:** *É. Péssimo, cara. Você quer ser o quê? O relacionamento de rebote dela? Porra, não. Dê um tempo para ela se ajustar.*
>
> **Breaker:** *É... porra, acho que vocês têm razão.*
>
> **Huxley:** *Claro que temos.*
>
> **JP:** *Sério, não faça nada. Você não vai querer estragar tudo. Vá com calma e, quando chegar o momento certo, ataque!*
>
> **Breaker:** *Tudo bem... só mais um pouquinho, é só o que preciso lembrar. Ai, merda, ela acabou de voltar. Falo com vocês depois.*

Coloco o celular na mesa de cabeceira e vou para a sala, onde Lia está debruçada sobre as caixas de pizza, vestindo um short de flanela xadrez preto e verde e uma regata branca que mostra alguns centímetros da sua barriga. E o sutiã de renda preta está tão visível quanto possível, me deixando com água na boca.

Ela já usou essa roupa várias vezes perto de mim, mas agora parece minha perdição.

Quero fazer muitas coisas com essa roupa, e também com a mulher que a usa.

Quero deslizar as mãos por baixo da regata. Quero passar os dedos ao longo da renda. Quero puxar o short para baixo, revelando seja lá o que ela esteja usando por baixo.

Mas os caras têm razão. Eu seria um idiota se tentasse qualquer coisa agora. Preciso manter as coisas neutras. Amigáveis.

Platônicas.

— Vou começar com um pedaço de cada. E você? — ela pergunta, segurando um prato.

— É, acho que vou querer o mesmo. Vou pegar os drinques.

— Encontro você no sofá.

Compramos um engradado de sidra que já estava gelado e colocamos o outro na geladeira. Pego duas que estão geladas, alguns guardanapos e vou até o sofá, onde já arrumei o tabuleiro de *Plunder*. Acho que se os jogos *Risk* e Batalha Naval tivessem um filho, esse seria o *Plunder*.

— Ai, meu Deus, será que dá para a gente conversar sobre aquele bolo por um instante e o quanto ele era seco? A sra. Bife achou mesmo que aquela era a melhor confeitaria da cidade. Sem querer ofender a confeiteira, mas... nossa.

Solto uma risada baixa.

— Vai querer pedir uma sobremesa para compensar aquilo? Porque posso pedir alguma coisa. Qualquer coisa pelo seu heroísmo de hoje. Derrotar a sra. Bife te dá o direito de pedir as melhores coisas.

— Hum. — Entrego a sidra, e ela me entrega a pizza. Coloco os guardanapos entre nós. — Sempre acreditei que donuts podem ser comidos a qualquer hora, sabia? Vamos pedir uma dúzia de glaceados lá do Arnold's.

— Me deixe pegar o celular. Vou fazer o pedido.

Volto para o quarto, pego o celular e então faço uma pausa quando vejo uma mensagem de Brian.

Meu estômago embrulha, e fico imaginando por que raios ele está tentando se comunicar comigo. O que ele tem a dizer?

Eu deveria apenas deletá-la. Nem mesmo lê-la.

Ah, se a minha cabeça agisse assim. Infelizmente, não é desse modo, porque a curiosidade leva a melhor.

> **Brian:** *Sei que está com a Lia. Ela não está respondendo minhas mensagens. Sei que não nos damos muito bem, mas pode, por favor, falar para ela me ligar?*

— Ha! — Rio alto. — Tá bom, claro, Brian.

Deleto sua mensagem e volto para a sala.

Só nos sonhos mais loucos dele.

— Io ho, io ho, você se deu mal, me passe seus tesouros — Lia diz, estendendo a mão e balançando os dedos.

— Mas se pegar meu último rum, não vai sobrar nada. Quer mesmo acabar o jogo assim? — pergunto com um soluço. — Saqueando o rum de um homem, é?

— Eu disse passa para cá. — Ela espeta minha lateral com o gancho falso que trouxe do seu apartamento.

Ergo as mãos no ar em rendição.

— Tá bom. Leve o meu rum, mas espero que você queime no inferno.

Ela segura meu rum com um gesto vitorioso e se ergue no sofá, ostentando.

Eu me recosto e assisto.

— Mais uma vez, a vitória é minha — ela cantarola antes de voltar a se sentar e jogar seu gancho de lado. — Acho que preciso de outra sidra. Quer uma?

Dou uma olhada para as oito latas já vazias entre nós e digo:

— Acho que só água agora. Se a gente continuar assim, vamos acabar desmaiando às oito da noite.

— E isso é um problema? Quantidades absurdas de sono fazem bem para o corpo, sabia?

— É verdade. Tá bom, pode me dar mais uma. Vou limpar o tabuleiro.

— Já vai limpar a evidência da minha vitória? Você é um mau perdedor.

— Acabei de perder três vezes, Lia. São cinco da tarde, e eu não tenho mais nada para fazer além de te aplaudir por ter mandado a sra. Bife ir pastar, destruído um bolo com a mão e por ter comido seis pedaços de pizza.

— Parece que você conseguiu reunir muitas realizações para mim.

— Não tanto quanto você mesma.

Ela afofa o cabelo de brincadeira.

— Bem, ninguém consegue realizar tanto quanto eu. Coloquei um bolo na mão e saí depressa de uma confeitaria.

Dou uma risada.

— Acho que nunca vou conseguir esquecer aquela cena.

Ela pega bebidas para nós dois, e eu paro de guardar o tabuleiro quando ela me entrega a sidra. Abrimos as latas juntos e tomamos um gole demorado.

— Estava pensando sobre sua lista de coisas para fazer antes de se casar.

— No que estava pensando? — ela pergunta.

— Acho que você deveria continuar. Ficou claro que ela te deu essa bela confiança para tomar as rédeas da sua vida, e seria uma pena se parasse. Além disso, você completou outra coisa da lista.

— Você lembra o que está na lista?

— Eu lembro tudo sobre você, Lia — digo antes de listar os itens. — Fazer algo que te faça sentir bonita. Bem, você fez isso com o cabelo e as compras. Não que precisasse, mas dá para notar que amou, e eu também amei. — Suas bochechas coram. — A segunda era criar um círculo de confiança. Bem, você tem a mim, e acho que se deu bem com Kelsey, Lottie e Myla naquele dia e até começaram o clube de tricô. É um ótimo começo.

— É mesmo. Gostei muito delas. Elas são engraçadas.

— A terceira era passar um dia dizendo sim. Apenas me fale o horário e o lugar que estarei lá com você o tempo todo.

— Me deixe só colocar o trabalho adiado em dia, e aí vamos tirar um tempo para isso.

Ela toma um gole de sidra e leva os joelhos ao peito.

— O quarto era se defender. Bem, pode dizer que completou essa, porque, caramba, Lia, você arrebentou hoje, e foi incrível pra caralho ficar assistindo. Eu fiquei maravilhado.

— Obrigada. Foi bom. — Ela olha para o lado e diz: — Não acredito que ele só ficou lá sentado, deixando que ela dissesse aquelas coisas sobre mim. Só mostrou que talvez ele não estivesse apaixonado, e acho que também não estou apaixonada por ele. Pelo menos não ultimamente. É difícil estar apaixonada por alguém que não trata você como se te amasse. Ele pode até dizer algumas coisas, como fez, mas não foi capaz de provar. Ele não agiu por amor. Tem a ver com as pequenas coisas, sabe? As pequenas coisas que não notamos, até que sejam feitas. Tipo... estocar meu café favorito, porque você sabe que não consigo beber outra coisa. Brian nunca fez isso.

— Eu não sou tão idiota. E não iria querer que você bebesse outra coisa. — Dou uma piscadela.

Ela sorri de leve.

— Acho que minha escolha de hoje também coincide com a quinta tarefa: seguir meu coração. É assustador romper um noivado, porque você não quer decepcionar as pessoas ou feri-las, mas eu só senti que era o certo, sabe? Depois de conversar com as garotas, as coisas pareceram estranhas, erradas. E quando Brian não me defendeu, eu soube que estava acabado.

— Fico feliz que você tenha se escutado.

Ela descansa a cabeça no sofá e pergunta:

— Você o odeia?

— Você o odeia?

Termino minha bebida, engolindo com dificuldade.

— Brian? Sim. Com a força de mil homens.

— Espere, você o odeia tanto assim? — ela pergunta.

—Hã... sim, Lia. Eu só tentei me aproximar dele por você. Não porque achei que a gente pudesse ser amigos ou por pensar que ele é um cara legal. Foi tudo por você.

Seus olhos se conectam com os meus, e ela umedece os lábios. Queria saber no que ela está pensando, se eu pudesse ler o que está se passando em sua mente, porque deixaria as coisas tão mais fáceis. Eu não estaria com tanto medo de tentar algo... quando chegar a hora certa, é claro.

— Você deveria ter me falado.

Balanço a cabeça.

— Não queria te influenciar. Meus sentimentos jamais deveriam ter sido levados em consideração.

— Mas se eu tivesse me casado com Brian, não seria como se um dos seus irmãos tivesse se casado com alguém que você odeia, Breaker?

Nem chega perto. Mas entendo sua analogia.

— Sim e não. — É aqui que posso cair fundo e explicar o que o meu amor por ela significa, mas é cedo demais. Sei disso. Poderia dar uma amostra, talvez. — Lia, se eu aprendi alguma coisa com o seu breve e ardente noivado com Brian foi que amo tanto você a ponto de ficar feliz por ter que te amar menos.

— O que isso significa?

Ela parece tão confusa e perdida.

— Significa que o único jeito de eu ficar feliz se você se casasse com alguém seria se você estivesse cem por cento comprometida com ele e apenas com ele. Se você se casasse comigo, eu jamais te dividiria com outro homem, seja melhor amigo ou não. E não espero que o seu marido te ame menos que isso.

Porque se você se casasse comigo, eu seria os dois: melhor amigo e marido. Ponto final.

Ela desvia o olhar, e apenas posso esperar que algo tenha feito sentido no seu cérebro lindo. Agora sei que eu jamais poderia desistir dela. Isto é o amor.

CAPÍTULO DEZESSEIS

LIA

Não sei lidar quando ele diz coisas assim.

Seus olhos cativantes me dizem que eu sempre deveria me colocar em primeiro lugar, e isso é o que eu sempre quis ouvir de Brian. Foi a única coisa que pedi dele, ainda assim é Breaker quem me oferece isso com tanta facilidade.

Se você se casasse comigo, eu jamais te dividiria com outro homem, seja melhor amigo ou não. E não espero que o seu marido te ame menos que isso.

Coloco os pés no chão e bebo o resto da sidra.

— Você quer outra? — ofereço enquanto vou para a cozinha.

— Claro — ele responde, mas posso notar a hesitação em sua voz.

Não me dou ao trabalho de perguntar o que está rolando, porque já sei. Ele está preocupado que eu esteja afogando as mágoas na bebida, mas não é o caso. Estou tentando afogar as emoções impulsivas que pulsam por mim sempre que ele olha na minha direção. Estou ciente de que fui eu que pedi para ele ser meu amigo — *e só amigo* — todos esses anos atrás. Também estou ciente de que suas cunhadas não acreditam que ele seja o tipo de cara que namora. Então preciso parar de imaginar coisas.

No entanto... não consigo tirar da cabeça sobre de que ele cai de boca em uma mulher.

Como ele prefere que seu pau seja chupado.

Como ele trataria sua mulher, como se ela fosse preciosa.

Também não consigo parar de pensar em como seu olhar sensual deve ser. Seus olhos ficam mais escuros? Mais claros?

Sem contar a forma como ele, sem vergonha alguma, diz o quanto sou linda... está começando a me iludir, porque eu não deveria olhar para o meu amigo assim. Eu não deveria ter estes pensamentos, então se tiver que usar o álcool para subjugá-los, farei isso.

Abro uma lata para nós e entrego para ele.

— Vamos assistir a alguma série — digo. — Ou ver um filme. Podemos assistir ao *The Thin Man*.

— Tem certeza de que não quer me aniquilar em outro jogo de tabuleiro?

— Estou tentando salvar o seu orgulho.

— Nossa, que atenciosa você é.

Ele pega o controle remoto, e eu engulo a bebida. Minha cabeça está começando a ficar tonta, o que é bem o que quero. Dou boas-vindas à tontura.

— Ah, eu gravei algumas reprises de *Password*, caso você queira jogar. — Ele mexe as sobrancelhas para mim. — Está dentro?

— Você sabe que sempre estou.

— Que bom. — Ele dá uma piscadela e então toma um grande gole da bebida.

— Pare. — Rio tanto que quase faço xixi na calça. — Pare... como é que eu ia adivinhar uma colher de plástico?

Ele está curvado, rindo no chão no meio das latas vazias de sidra.

— Porque você toma sorvete com uma colher de plástico — ele diz, deitado no chão, com os braços abertos, olhando para o teto. Sua camisa subiu alguns centímetros, e pego um vislumbre do seu abdômen espetacular.

— Você poderia ter dito colherada. Você perdeu o jeito.

— Estou bêbado — ele fala, chutando algumas latas para longe. — E acabei de comer donuts, então minha mente não está trabalhando muito bem.

Ajoelho no chão e rastejo até ele, meu cabelo caindo sobre suas bochechas enquanto olho para seu rosto sorridente. Estendo a mão e dou alguns tapinhas em seu rosto.

— Você costumava ser esperto. O que aconteceu?

— Você e as suas bebidas — ele fala, antes de envolver minha cintura com os braços e me fazer rolar no chão ao seu lado.

— Não bebemos tanto assim.

— Cada um bebeu dez latas — ele revela.

— Por mais de... dez horas.

— Não faz dez horas, Lia Fairweather-Fern. E já viramos três na última hora, então... estamos bêbados.

— Você pode até estar bêbado, mas eu não estou.

— Ah, é? Fique de pé e ande em linha reta.

— Fácil — declaro ao rolar para o lado e então me empurrar para me levantar devagar. Ele se ergue junto do sofá para me assistir. Respiro fundo. — Veja só que proeza.

Começo a andar pé ante pé, minhas pernas vacilam quando perco o equilíbrio e quase bato nas cadeiras da ilha, fazendo Breaker cair na gargalhada.

— Tá bom, você não está nada bêbada.

— Não foi culpa minha — digo, respirando fundo outra vez.

— Não? Então quem está conduzindo suas pernas?

— Eu, mas... a culpa foi do meu sutiã. Está impedindo o sangue de chegar até os meus dedos, e é isso o que está fazendo com que seja difícil andar.

— Nossa, que raciocínio mais científico.

— Bem, então tente andar com um sutiã — rebato antes de estender a mão à minha frente e abrir o fecho frontal, em seguida, tiro-o por completo e o jogo para Breaker e falo: — Tente.

Ele levanta o olhar para mim enquanto segura o sutiã, e então seus olhos descem pelo meu pescoço, passam pela minha clavícula e vão direto para os meus peitos, onde meus mamilos pressionam o tecido branco da regata.

— Isso foi sexy, Lia. — Ele umedece os lábios e então examina meu sutiã. — Sexy pra caramba.

Seus olhos voltam para os meus peitos, e posso sentir as inibições desaparecendo enquanto impulsiono o peito para frente.

— Tentando dar uma boa olhada?

— Sim — ele responde com um sorriso sem-vergonha.

— Bem, pode parar. — Dou um chute na sua direção. — Isso aqui é sério. — Respiro fundo e estendo os braços para os lados. — Me observe andar com graça e elegância.

— Vamos ver.

Apesar de que, quando olho de soslaio para ele, percebo que ainda está olhando para os meus peitos sem sutiã.

Ando pé ante pé, sem errar um passo, provando que, de fato, não estou bêbada.

— Ha! — exclamo quando paro. — Falei que era o sutiã.

— Ah, tenha dó — ele diz ao se levantar. — Foi sorte. Aposto que consigo andar em linha reta com o sutiã.

— Ah, você acha mesmo, é?

— Acho.

Ele coloca o sutiã no braço do sofá, tira a camisa e a joga de lado.

Olá, peitoral.

— Hã, o que você está fazendo?

— Colocando o sutiã — ele responde enquanto o pega e tenta fazer seus braços passarem pelas alças. — Porra, por que é tão apertado?

— Hã, quem sabe seja porque seus braços são bem mais largos que os meus?

Ele está com um braço preso na alça, mas gira em círculos, tentando alcançar a outra. Depois de algumas tentativas, apoia a mão no quadril e se vira para mim.

— Porra, dá para você me ajudar em vez de só ficar aí me olhando girar em círculos como um cachorro atrás do próprio rabo?

— Estou bem só assistindo.

Ele resmunga, tira o sutiã e, em seguida, o ajusta virado para que a parte de trás passe por seus mamilos. Já que sou muito menor que seus ombros largos, seus braços se dobram, sendo puxados pelas alças do sutiã.

Ele dá uma olhada em si mesmo e depois de volta para mim.

— Acho que isto aqui não fica lá muito bem em mim.

Solto uma gargalhada enquanto balanço a cabeça.

— Já vi melhores.

— Então vamos acabar com isso de uma vez antes que eu perca a cabeça e comece a combinar seu batom com a cor do meu mamilo.

— Como é? — Rio. — Por que você iria querer combinar o batom com a cor do mamilo?

— Vi uma garota falar sobre isso no TikTok. Como o tom perfeito dos lábios podem combinar com os mamilos. Não é verdade?

— Por que anda vendo tutorial de maquiagem no TikTok?

— Não fico procurando. Eles só aparecem. A garota tinha um sotaque de Boston. Acho que o nome dela era Mikayla. Foi divertido pra caralho assistir a alguns vídeos do TikTok dela. Nenhuma vergonha nisso. Na verdade, ela foi bem inspiradora. Vive a vida do jeito que quer. E olha só, agora você sabe que deve combinar o batom com os mamilos. De nada.

Ele estende os braços e anda em linha reta, se mantendo firme o tempo todo.

— Você sabe que não conta, né? — pergunto. — Não está usando o sutiã direito.

— Hã, só porque não é grande o suficiente.

Dou de ombros.

— Não é problema meu.

— E então o que é isso? O que estou fazendo?

— Você me diz, foi você que colocou o sutiã.

— Ridículo — ele diz, tirando-o, e então o joga bem na minha cara.

— Acho que isto aqui não fica lá muito bem em mim.

O tecido me dá um tapa no rosto e eu me sobressalto em choque.

— Ai, meu Deus, você poderia ter arrancado meus olhos.

— Que dramática.

— Aposto que fiquei com uma marca vermelha.

Agarro minha bochecha e a aperto para cima.

— Morta por um sutiã, essa é nova.

— Hã, com licença, senhor, não tenho nenhuma dúvida de que muitas mulheres encontraram com o Criador por causa de um sutiã mal fabricado, e é provável que tenham sido projetados por um homem que não tem noção nenhuma do tipo de dano que um arame destrutivo pode causar em uma pessoa desavisada.

— Você sabe que usar sutiã é por escolha, né? — Seu sorriso malicioso me diz que ele só está provocando, mas isso não me impede.

— Ah, claro, está certo, usar sutiã é uma escolha, então se eu começar a andar por aí com os peitos de fora, você acha que não vou receber reclamações sobre os mamilos duros ou por estar mostrando demais?

Ele enfia as mãos nos bolsos do seu short de ginástica.

— Nenhuma reclamação aqui.

— Aff, pervertido.

Vou até a cozinha e pego mais sidra para nós dois.

— Você só pode estar brincando. Isso vai me fazer vomitar.

— Ou deixar você com sono. Prefiro ficar com sono.

Abro as latas e entrego uma para ele. Brindamos e então nos sentamos no sofá, e nossos ombros se encostam enquanto encaramos a TV à nossa frente.

Depois de um gole, digo:

— Não há ninguém com quem eu gostaria de passar um tempo depois de romper um noivado além de você, sabia?

Descanso a cabeça no seu ombro.

— Eu também, Lia.

Nós dois tomamos um gole.

— Quando você me viu pela primeira vez naquele corredor do seu dormitório, chegou a imaginar que seria aqui que a gente acabaria? Vizinhos, melhores amigos, grudadinhos?

— Hã... não naquele momento, mas, depois daquela noite, tive um bom pressentimento.

— Como assim?

— A gente simplesmente combina. Tipo, quando todo mundo foi embora naquela noite de *Scrabble*, e ficamos sozinhos, eu senti como se a peça que estava faltando no meu quebra-cabeça tivesse sido encaixada.

— Me senti assim também. — Nós dois damos um longo gole nas nossas bebidas. — Eu estaria perdida sem você, Breaker.

— Eu também estaria perdido sem você.

— Não parece — digo, com a mente ficando melancólica. — Você tem tanta coisa. Seu negócio, um forte vínculo familiar e cunhadas que são muito legais. Você tem uma promessa, uma comunidade ao seu redor e tantas oportunidades.

— E você não tem nada disso? — ele pergunta, e seu tom sugere que está imaginando aonde quero chegar com isso.

— Eu tenho você. Estou formando um círculo. E tenho um emprego que amo, mas, sei lá, fico com a sensação de que você tem muito mais.

— O que é meu, é seu. Você sabe que Huxley e JP te tratam como irmã. E você construiu seu negócio do zero. Nem todo mundo pode dizer que conseguiu algo assim. Está se sentindo assim por não ter mais seus pais por perto?

— Acho que sim. — Suspiro. — Meu Deus, será que algum dia vou conseguir superar isso?

— Não, acho que perder os pais não é algo que dê para superar, acho que isso tudo vai virar uma dor mais suave com a qual você aprende a viver. Vai levar tempo, mas vai ficar mais fácil a cada dia.

— Às vezes eu ainda consigo senti-los — confesso, baixinho, antes de tomar outro longo gole de sidra. — À noite, quando me sinto sozinha no meu apartamento, algumas vezes sinto que eles estão ali, cuidando de mim.

— E estão. Eles estão sempre cuidando de você. E sabe que sempre que se sentir sozinha, pode dar uma passada na minha casa. É para isso que estou aqui.

— É verdade. — Ele desliza o braço atrás de mim e me puxa para mais perto. — Você é muito importante para mim, Breaker.

— Você também é muito importante para mim, Lia.

Me endireito e olho em seus olhos.

— Tipo... o que eu faria sem você?

— Eu tento não ficar pensando em como seria um dia sem você — ele diz.

Eu o encaro, seus olhos vão e voltam para os meus, que viajam por seu rosto, enquanto um sorriso puxa os meus lábios.

— Por que você está sorrindo? — ele pergunta antes de terminar sua bebida e colocar a lata na mesa de centro.

Eu me junto a ele e também coloco minha lata vazia na mesa de centro.

— Você está muito diferente do cara que conheci na faculdade. Se lembra daquela taturana que deixou crescer como bigode? Que atrocidade.

— Ei, algumas garotas até gostaram.

— Amanda Fulton? Pois é, só porque ela gostava de qualquer cara com mamilos e um pênis, ela podia passar batido por aquela pelagem do nariz.

— Os mamilos eram mesmo um requerimento para ela?

Apalpo seu rosto e o empurro, fazendo-o rir.

— Estou cansada. — Solto um longo bocejo.

— Porque você bebeu demais.

— Bem, quero ir para a cama. Tchau.

— Então vá para a cama.

Ele se recosta no sofá e coloca as mãos atrás da cabeça.

— E vou — digo enquanto me levanto com as pernas bambas. — Só preciso ir ao banheiro primeiro.

Vou em direção ao seu quarto, e ele fala:

— Aonde pensa que está indo? Seu apartamento fica no final do corredor.

— É, mas a cama confortável fica aqui. Valeu.

Faço um aceno para ele e então continuo em direção ao seu quarto, onde faço o que tenho que fazer e escovo os dentes.

Não me dou ao trabalho de ajeitar o cabelo, porque já está uma bagunça mesmo. Vou para sua cama e deito nos lençóis frescos. Sim... isto aqui é a perfeição.

Certa vez, Breaker comprou os mesmos lençóis para mim de Natal, porque eu disse que os adorava, mas, por alguma razão, eles não me dão a mesma sensação na minha cama. Acho que é o colchão. Isso e também pelo fato de sua cama ter o mesmo cheiro do seu perfume, que faz com que qualquer um queira afundar ali.

— Fique à vontade. — Ouço-o dizer enquanto ele vai ao banheiro.

— Obrigada.

Vou para o meio da cama e me deito nos dois travesseiros, deixando poucas opções para ele. Ele sempre afirma que gosto de ocupar quase a cama toda, então posso muito bem fazer jus a isso.

Ouço-o dar descarga, seguido pelo som da escovação dos dentes. Quando apaga a luz do banheiro, entra no quarto, baixa as persianas automáticas — algo que não tenho — e deixa o quarto mergulhar na completa escuridão.

A cama afunda sob seu peso, então ele desliza para perto de mim.

— Você está com o meu travesseiro. — Ele o puxa.

— Ei, estou usando.

— Não dá para você usar os dois — ele reclama.

— Posso fazer o que eu quiser. Cheguei primeiro.

— Sim, mas esta é a minha cama.

Ele puxa outra vez, mas seguro com força.

— Tá bom. Se vai agir assim, então não me deixa escolha além de fazer isso aqui.

Ele passa os braços ao redor da minha cintura e empurra o corpo para o meu para que ele possa dividir o travesseiro.

— Você está dizendo que isso é uma punição? Porque não parece.

Estou curtindo de verdade seu calor neste exato momento.

— Será quando eu rolar no meio da noite e você cair da cama — ele responde.

— E dizem por aí que o cavalheirismo morreu.

Ele ri.

— Se você fosse minha namorada, aí sim eu deixaria você fazer o que quisesse. Mas não é esse o caso. Você é só a melhor amiga sacana.

— Sacana, é? — provoco. — Então me explique como é que esse abraço é diferente. Porque parece que estamos de conchinha, como se eu fosse sua namorada.

— Que nada — ele solta. — Isso aqui é amigável. Se você fosse minha namorada, minha mão estaria num lugar completamente diferente.

— Aff, homens... sempre querendo colocar as mãos entre as pernas de uma mulher.

— Não é onde eu estava pensando.

— Ah, desculpe, peitos. — Reviro os olhos, mesmo que ele não possa ver.

— Também não é onde eu estava pensando.

— Ah... hã... no cu? Não seria minha primeira escolha, porque parece sufocante para a mão, mas cada um é cada um.

Ele ri de leve, e dá para senti-lo balançar a cabeça atrás de mim.

— Errou de novo.

— Bem, pode me chamar de confusa, porque não consigo pensar em nenhum outro lugar em que você enfiaria a mão. Tipo, na minha boca, mas aí parece arriscado sufocar.

— Eu não enfiaria a mão em nenhum desses lugares — ele diz, arrastando devagar a mão na minha barriga, fazendo-a recuar com o seu toque. — Viu só? Não se trata dos toques óbvios. Se trata dos mais sutis. — Ele desliza a mão até a parte exposta da minha barriga e passa de leve os dedos por ela. — É assim que eu iria tocá-la. Só de leve para que ela saiba que estou aqui, mas nada demais para que ela não pense que quero algo mais.

— Ah — reajo, um pouco sem fôlego, porque, Jesus, isso é bom. — Brian... nunca me tocou assim. Ele não era muito de ficar aconchegado.

— Ele que sai perdendo — Breaker fala enquanto continua passando os dedos pela minha pele.

— Ele nunca fez muito comigo. E fico pensando se era porque não me achava atraente.

— Impossível. — Seus dedos brincam com a barra da minha blusa, deslizando apenas um pouquinho por baixo. — Você é desejável, Lia. — Sua voz fica mais baixa, seus lábios estão perto da minha orelha, enquanto sua mão desliza mais um centímetro para dentro da minha blusa, fazendo meu corpo esquentar.

Fico ali, atordoada, incapaz de passar pela névoa do álcool que consome meu cérebro. Fico pensando no que ele está fazendo. Será que está me tocando intimamente? Mas bem lá no fundo da minha mente, quero que ele vá mais rápido.

— Nunca me senti desejável — confesso, enquanto sua palma quente se conecta com a minha barriga, com a mão toda por baixo da minha blusa.

— É porque você não esteve com o homem certo — ele responde, movendo o corpo para mais perto para que eu possa sentir o calor do seu peito nu nas minhas costas. — Se você estivesse com o homem certo, ele sempre saberia como te tratar para que você *soubesse* o quanto é desejável.

Sua mão sobe pela minha barriga apenas o suficiente para que o polegar passe de leve pela pele sob os seios.

Porra.

O calor me consome, e minhas bochechas estão em chamas, minha barriga recua e se curva, enquanto ele vai aos poucos descendo a mão, até alcançar o lugar bem acima do cós do meu short. Um formigamento dispara pelas minhas veias, enquanto seu mindinho corre ao longo do elástico. Mordo a lateral da bochecha, e meu coração bate tão forte que posso escutá-lo.

— Tudo em você é desejável, Lia — ele diz, enquanto me puxa para ainda mais perto, de forma que minha bunda se alinhe com sua pélvis.

E então, para minha surpresa, ele mergulha o mindinho debaixo do cós do short. Eu ofego, e meu peito se enche com uma esperança inesperada de que ele vá mergulhar ainda mais, mas antes que eu possa até mesmo considerar as ramificações, ele arrasta os dedos de volta.

Seu toque é tão leve que mal o sinto, mas a sensação do seu peito junto a mim e o mais rápido contato físico fazem meu corpo inteiro reagir, me fazendo suar frio.

— Você... você está me fazendo sentir...

— O quê? — ele indaga, enquanto coloca a mão logo abaixo dos meus seios.

Seu polegar se move para cima e para baixo, para cima e para baixo, mal tocando o lugar em que quero que ele me acaricie, criando este inferno tão fundo em mim que começo a me sentir dolorida.

Dolorida por seu toque.

Por sua mão.

Para que ele a mova mais para baixo.

Uma ação que jamais imaginei que desejaria do meu melhor amigo, mas aqui estou eu, mentalmente desejando e implorando para ele me explorar e me fazer sentir qualquer coisa além do vazio.

— Breaker — falo, sem fôlego.

— Hum? — ele pergunta, movendo a mão de volta para baixo, fazendo a ponta dos seus dedos passarem pelo cós do short.

Isso, caramba, isso.

Desça mais.

Me toque, por favor.

Fecho meus olhos bem apertados, enquanto minha pélvis se inclina voluntariamente para cima. Eu não deveria querer isso. Eu não deveria precisar disso. Eu não deveria querer me perder nesse momento. É o álcool falando, não é? É a perda do meu noivo... não é? Estou me sentindo solitária.

Estou confusa.

É isso.

Eu não... eu não quero Breaker. Ele é o meu melhor amigo.

Mas então seus dedos se arrastam ao longo da minha pele logo acima do osso púbico, e meu corpo se mexe, contorcendo um pouquinho as costas. É sutil, mas força seus dedos a descerem ainda mais.

Pulsando.

Queimando.

Esperando.

Quero mais. E bem quando acho que ele vai guiar a mão para entre minhas pernas, ele a desliza de volta para o meio da minha barriga. Gemo de frustração.

— Você ia dizer alguma coisa? — ele sussurra, seus lábios tão perto da minha orelha que talvez eu entre em combustão.

— Eu... não lembro.

— Acho que lembra. Só não quer falar. — Seus dedos sobem pela minha barriga até a caixa torácica. — Estava dizendo que eu faço você se sentir...

Umedeço os lábios enquanto procuro seu toque, mas ele não se mexe. Continua controlando para onde sua mão vai, sempre mantendo o domínio.

— Me diga, Lia — ele pede, arrastando os lábios pela minha orelha, me deixando arrepiada.

— Tesão — confesso com a respiração pesada. — Você me faz sentir... tensão.

— É porque você é sexy pra caralho — ele diz, assim que a ponta do polegar desliza junto ao meu seio.

— Ai... poooorra.

— Caralho, como você é gostosa — ele sussurra assim que sua pélvis me pressiona, e meus olhos se abrem de prazer com a sensação da sua ereção contra as minhas costas.

Ai, caramba.

Ele está com tanto tesão quanto eu.

Seus dedos deslizam ao longo da minha barriga, e, desta vez, sem hesitar, mergulham por baixo do short, onde seu mindinho desliza para cima e para baixo, logo acima da minha virilha. Ele não está me tocando onde quero que me toque, mas, neste momento, já estou mais excitada do que com Brian.

Eu quero. Quero demais.

Eu quero isso.

E quero liberação.

E estou com tanto medo de dizer alguma coisa ou me mexer e acabar fazendo com que este desejo ardente se dissipe. E não quero isso, porque estou sentindo alguma coisa, como... como se eu estivesse despertando de um sono profundo e sombrio, em que estive por mais de um ano.

Precisando que ele ganhe mais acesso, me viro para que fique quase toda de costas.

O novo ângulo faz com que seu aperto fique mais forte, e ele sobe de volta para a minha barriga, meu peito fica pesado, meus mamilos, duros, e eu aguardo.

E rezo.

E espero que ele vá me tocar mais.

Que ele vá me tocar totalmente desta vez.

Com os olhos fechados, prendo a respiração, minhas pernas tremem, enquanto ele se aproxima mais e mais dos meus seios.

Quase lá.

Só me toque, por favor.

Ele deve ser capaz de ler minha mente, porque sua mão desliza logo abaixo do meu peito, e seu polegar se arrasta pelo meu mamilo.

— Caramba — gemo, e me arqueio, enquanto me viro totalmente de costas, mostrando para ele que quero mais. Que quero muito mais.

— Puta merda, você tem os peitos mais macios — ele diz, com a ereção pressionando minha perna, seus lábios bem junto da minha orelha. — Ah, o que eu quero fazer com eles...

— O-o quê? — pergunto.

— Arrancar essa sua blusa e enfiar a cabeça entre os seus peitos. Quero testar o peso deles com a mão, beliscar seus mamilos, chupá-los até fazer você gritar, e então marcá-los com os dentes. Quero que acorde amanhã e veja que foi possuída na noite anterior.

Minhas pernas se abrem involuntariamente, enquanto o latejar fraco entre elas vai se transformando em uma pulsação de necessidade. A voz profunda, áspera — *sexy* — de Breaker, que eu ouvi através da parede uma vez, está quebrando cada parte do autocontrole que me resta. Ele a está usando comigo. *Comigo.*

Espero que ele desça a mão mais uma vez, mas, em vez disso, arrasta o polegar pelo meu mamilo de novo, e de novo... e de novo, fazendo com que um silvo escape dos meus lábios.

Empurro meu peito para sua mão, querendo que ele cumpra o que disse, mas ele recua, e eu gemo de frustração.

— Breaker — digo, sem fôlego.

— Você precisa de mim, não é? — ele pergunta, com um pingo de arrogância na voz. Até isso me deixa com mais tesão do que qualquer coisa.

— Sim — sussurro, querendo arrancar as roupas.

Por sorte, ele passou pelo meu short e então direto para entre minhas pernas. Eu as abro em uma antecipação deliciosa, e para o meu deleite, ele desliza dois dedos ao longo da fenda. Ele não pressiona ali dentro, nem mesmo tenta me fazer gozar, apenas os desliza pela pele sensível. Então eu as abro ainda mais, fazendo com que deslizem para dentro, onde ele sente o quanto estou excitada.

— Porra — ele diz em um tom tão torturado que posso senti-lo reverberando até minha medula.

Ele tira os dedos, arrastando a umidade até minha barriga, e quando acho que vai voltar aos meus seios, ele tira a mão da barriga, e eu observo, fascinada, enquanto ele leva os dois dedos à boca e os chupa.

Minha respiração fica presa na garganta, enquanto ele os desliza pelos lábios.

— Porra, eu sabia que a sua boceta seria a coisa mais doce do mundo.

— Breaker — falo, com a mente quase explodindo. — O que... o que você está fazendo?

— Tentando me controlar.

— Estamos... estamos bêbados — digo por alguma razão, talvez para me fazer sentir melhor por ter passado dos limites com o meu melhor amigo.

— Pode até ser, mas já faz tanto tempo que venho pensando em provar você.

— Como é? — pergunto, atordoada. — Na-não, não mesmo. Isso aqui... foi só a forma como você tentou me mostrar o quanto posso ser desejável.

— Pois é, Lia — ele responde, com os olhos se conectando com os meus. — Você é desejável pra caralho.

E então ele desliza a mão de volta pelo meu peito, levando seu dedo indicador ao meu mamilo dolorido, beliscando-o.

— Ai, Deus — gemo, com a mão caindo entre nós, bem no seu pau duro.

Não é isso que fazemos.

Não passamos do limite.

Mas senti-lo tão duro quanto ele está agora enquanto brinca com meu mamilo me impele a fazer algo que jamais imaginei que faria. Mergulho a mão em seu short e deslizo os dedos para dentro da sua cueca boxer, ao longo do seu...

— Ai, meu... Deus — reajo, sem fôlego, enquanto ele continua torcendo meu mamilo. — Breaker, você... você é enorme.

E é mesmo.

Comprido.

Grosso.

Sem dúvida o maior que já senti.

Meus dedos correm ao longo do cume das suas veias, através do tecido da cueca e, em seguida, de volta à cabeça.

Sua respiração acelera, mas ele não para de me excitar, brincando com meu mamilo.

Quero mais, muito mais, então me viro toda de lado para encará-lo. Mal consigo ver seu rosto na escuridão, mas posso ver a silhueta da sua mandíbula esculpida.

— Estou excitada — digo, como se ele já não soubesse.

— Eu também.

— Quero libertação.

— Eu também — ele concorda.

— A gente não deveria estar fazendo isso. É passar dos limites.

Ele não responde. Apenas esfrega a mão pelas minhas costas e desce até meu short, agarrando minha bunda com força.

— Preciso que me diga uma coisa, Breaker. Me diga que isso aqui é passar dos limites.

— Eu não vou dizer nada para interromper isso. Nadinha de nada.

— Por que não? — pergunto, com o coração martelando.

— Acho que você já sabe.

Balanço a cabeça.

— Não, Breaker. Não sei, não.

Mais uma vez, ele permanece em silêncio, e bem quando acho que não fará nada, ele rola de costas. Empurra os cobertores e então me pega. Com um movimento suave, me levanta para me sentar no seu colo, bem em cima da sua ereção.

— Ai, Deus. — Solto um suspiro pesado.

Ele estende o braço entre nós e se ajusta para que eu fique ao longo do seu cume.

— Você quer libertação, Lia? Então tome — ele diz com confiança. — Use o meu pau.

A exigência é tão indecente, tão erótica, algo que eu jamais esperaria dele, ainda assim, faz algo mudar dentro de mim. Em vez de me acanhar, me vejo escutando.

— Ti-tipo assim? — pergunto enquanto movo a pélvis, e meu clitóris desliza ao longo da sua ereção.

Ele assente.

— Bem assim.

— Vestidos?

— Sim. Você nunca fez sexo a seco?

— Na-não.

— Então vou te ajudar.

Ele se senta na cama sem fazer esforço, como se eu nem estivesse sobre ele, e alinha as costas na cabeceira. Ainda estou pressionada em sua ereção, mas esta posição me faz sentir a pressão da sua circunferência no meu clitóris.

Suas mãos vão para debaixo da minha blusa e sobem para os meus seios, onde ele os envolve e dá um aperto bem gratificante. Minha cabeça cai para trás e minha pélvis vai para frente, gerando uma fricção tão deliciosa que repito o movimento.

— Bem assim — ele fala, com o polegar brincando com meu mamilo. — Me cavalgue, Lia. Quero que foque no seu prazer. Eu vou gozar quando você gozar.

Ele vai gozar quando eu gozar? Esse sacrifício me excita ainda mais.

Pouso as mãos em seus ombros, e enquanto ele brinca com meu mamilo, acelero, movendo o clitóris sobre seu pau, amando a sensação e a intensa pressão que pulsa por mim, assim como ele puxa meu peito para frente e o chupa através do tecido da blusa.

Um suspiro me escapa quando ele move a boca para meu outro seio, chupando e também mordiscando. Há proteção suficiente da minha blusa para me frustrar, então arrasto a gola para baixo, expondo o topo dos seios. Ele não perde o ritmo ao chupar pelo decote, movendo de um lado para o outro, usando os dentes o tempo todo.

— Isso — grito, me sentindo acanhada e louca ao mesmo tempo, como se não conseguisse manter o prazer. E nem quero. Quero deixar isso rolar. Quero libertar tudo.

Estive tão frustrada, tão amarrada, que parece que Breaker acabou de desatar o nó, e finalmente estou me permitindo viver o momento.

Balanço com mais força nele, enquanto a pressão entre minhas pernas aumenta, e minha metade de baixo começa a ficar dormente. Dá para dizer que minha libertação só está a alguns instantes de acontecer.

— Caramba, isso — sussurro, enquanto ele vai mordiscando a lateral do meu seio, a dor logo se tornando prazer, e eu guio sua cabeça para o outro lado. — Mais — peço, enquanto ele arrasta meu decote mais para baixo, e um rasgo soa pelo quarto silencioso. Sua boca encontra meu mamilo, e ele o puxa em uma grande sucção. *Puta merda, isso é incrível.*

— Mais.

Gemo e cavalgo seu comprimento, pulsando cada vez mais.

Ele geme, e uma onda de arrepios atravessa minha pele.

Ele morde meu outro mamilo, abrindo minha blusa por completo, e eu me aperto com mais força nele.

Sua boca é tão gostosa, suas mãos, tão atenciosas, sua mente focada em me satisfazer, não a si mesmo. Isso é tão sexy, tão incrivelmente gratificante, que agarro sua nuca, jogo a cabeça para trás, e deixo o prazer do seu pau delicioso contra o meu clitóris me levar ao limite.

— Porra, Breaker — grito enquanto o cavalgo ainda mais rápido, o orgasmo me perfurando tanto com esse ritmo acelerado que faço tudo ao meu alcance para manter isso rolando, para fazer a sensação durar o máximo possível. Assim que começa a diminuir, ele geme junto ao meu seio, pulsa em mim, então começa a gemer no meu ombro, enquanto goza comigo.

Fico tão surpresa, tão intoxicada pelo som que ele faz ao gozar que apenas fico ali, atordoada, segurando-o, sem me importar que minha blusa esteja rasgada ou que ele estava chupando meus seios. Ou que acabei de passar pra caramba dos limites com o meu melhor amigo.

— Puta merda — ele sussurra enquanto recupera o fôlego.

Ele ergue a cabeça e então se recosta na cabeceira. Na escuridão da noite, posso ver seu peito subindo e descendo, mas é só isso.

Ai, cacete, acabamos de gozar juntos.

Eu... não posso acreditar.

Agora que acabou, me sinto tão chocada.

Sem saber o que dizer, saio de cima dele e sussurro:

— Posso pegar uma camiseta emprestada?

— É claro. Posso pegar para você.

— Não, pode deixar. Eu pego.

Saio da cama, me sentindo tão envergonhada que fecho o rasgo na minha blusa e vou para sua cômoda, de onde pego uma camiseta, e então vou para o banheiro. Fecho a porta e me apoio na bancada.

O que foi que eu fiz?

Eu... acabei de transar com o meu melhor amigo a ponto de nós dois gozarmos.

Estou surtando.

Pra valer.

Passamos dos limites, pra valer, e tenho certeza de que estraguei tudo.

Há uma batida à porta seguida por um:

— Está tudo bem, Lia?

Não.

Não estou nada bem.

— Sim. Só, hã, me trocando e usando o banheiro. Só um minutinho.

— Quer conversar, Lia? — Sua voz é sincera e reconfortante. Não é a mesma daquele homem que me disse para usar o seu pau para me satisfazer. Este é o Breaker que conheço. O Breaker que amo.

— Como é? — grito. — Não, claro que não! Não há nada que conversar.

Tiro o short e a blusa e visto sua camiseta, me cobrindo com nada além de sua roupa... que tem o cheiro dele.

Com a confusão fazendo meu estômago se revirar, me limpo, mas nem me dou ao trabalho de me olhar no espelho antes de sair. Para quê? Já sei o que vou ver: alguém com um medo absurdo do que acabou de acontecer.

Saio do banheiro e encontro Breaker do outro lado, segurando um novo short.

— Ei — ele diz ao levantar meu queixo, então sou forçada a encará-lo nos olhos. — Está tudo bem?

Abro um sorriso, porque se há uma coisa que aprendi nesse um ano e meio em que estive com Brian é como forçar um sorriso.

— Claro. Só completamente exausta. — Dou um tapinha em seu peito nu. — Me deixou mortinha. Você, hã, quer que eu volte para o meu apartamento?

— Não. — Ele franze a testa. — Não, quero que você fique aqui comigo.

— Tudo bem, só checando.

Sorrio e então começo a passar por ele quando ele pressiona a mão na minha barriga, me detendo.

— Tem certeza de que está bem?

— Absoluta.

Sei que ele não se deu por convencido, mas me deixa passar. Ele vai na direção do banheiro, enquanto vou para a cama e deslizo para debaixo dos cobertores. Desta vez, uso só meu travesseiro, me mantendo do meu lado da cama, enquanto minha mente acelera. Devo ter estragado nossa amizade. Foi maravilhoso quando sua boca estava em mim. Fiquei tão absorta, tão rápido, e, naquele momento, não me importei com mais nada além da fricção e do calor que estávamos gerando.

Mas valeu a pena?

Valeu a pena ter estragado a amizade?

De volta do banheiro, Breaker anda até a cama, onde se deita. Eu meio que espero que ele fique do seu lado, mas ele me puxa para o seu peito pela barriga e enterra a cabeça no meu cabelo.

Fico sem fôlego, sem saber o que fazer.

Ele está se aconchegando de novo.

De conchinha.

Seu corpo inteiro está no controle do meu.

— Tem certeza de que está tudo bem? — ele pergunta, e sua respiração faz carícias na minha nuca.

— Sim — sussurro, com o coração a mil por hora.

— Tudo bem. Boa noite, Lia.

Engulo em seco e sussurro:

— Boa noite, Breaker.

Ele se aconchega ainda mais, enquanto eu fico ali, pilhada.

Em vez de cair no sono, permaneço exasperada, capturada em seus braços fortes, batalhando entre me deliciar com a forma como ele me segura tão perto ou surtar por ter acabado de estragar tudo.

Quando ele adormece e seu aperto afrouxa, aproveito para sair da cama, do seu quarto e ir para o meu apartamento, onde permaneço acordada pelo resto da noite.

Você ferrou tudo, Lia.

Você ferrou tudo pra valer.

CAPÍTULO DEZESSETE

BREAKER

Sorrindo para mim mesmo, relembro a noite passada como se tivesse acontecido um minuto antes. Estendo o braço para o lado para puxar Lia para perto, mas, quando meu braço encontra o colchão frio, abro os olhos depressa, não encontrando nada além de uma cama vazia.

— Porra — murmuro ao pressionar a palma no meu olho.

Ela foi embora.

Eu já deveria ter imaginado.

Em um instante — *meu Deus, foi incrível* —, ela estava ali comigo.

Mas depois, mesmo que ela não quisesse admitir, senti que fosse correr o máximo que pudesse. Ela estava mentalmente checando a possibilidade de um "nós" e surtando com o fato de que pode haver um "nós".

Me sento na cama e olho ao redor do quarto, em busca de qualquer rastro dela. Se eu estiver com sorte, quem sabe ela não está na cozinha ou na sala com uma caneca do seu café favorito? Mas não estou sentindo o cheiro dele.

Vou depressa ao banheiro assim que um fraco latejar começa a pulsar na base da minha cabeça, me lembrando do quanto bebi na noite passada.

Gostaria de dizer que foi um erro atrás do outro, mas, para mim, a noite passada não foi um erro. A única coisa que me arrependo foi de não ter conversado sobre isso e não ter seguido meu instinto que dizia que ela não estava bem depois de tudo.

Mas não me arrependo de tê-la provocado.

Não me arrependo de ter dado mordidas nos seus seios macios.

Não me arrependo da forma como seu núcleo quente deslizou pelo meu comprimento.

E, porra, não me arrependo de tê-la ouvido gemer enquanto se levava ao orgasmo.

Lavo as mãos e vou para a sala e a cozinha, que estão completamente vazias.

Assim como suspeitei. Então, sem pensar em qualquer outra coisa, saio do meu apartamento, sigo pelo corredor e bato à porta dela.

Espero alguns instantes, e quando ela não abre, bato outra vez.

Mais alguns segundos e nada.

O pânico começa a se instalar.

— Você está aí, Lia? — Bato.

Silêncio.

Porra.

Volto ao meu apartamento e encontro meu celular. Considero ligar para ela, mas, por alguma razão, tenho a sensação de que vai cair direto no correio de voz. Em vez disso, envio uma mensagem, tentando manter as coisas leves e nem um pouco grudentas ou patéticas, mesmo que seja como eu esteja me sentindo.

> **Breaker:** *Bom dia, e eu achando que ia ter que fazer café da manhã para você. Parece que dei sorte.*

Pego o celular e vou para a cozinha, onde faço café, pego Ibuprofeno no armário e jogo um burrito congelado no micro-ondas. Enquanto tudo está esquentando e fervendo, me apoio na bancada da cozinha e baixo os olhos para o celular, desejando que ele vibre com uma mensagem.

Quando o café termina de ferver e o burrito está pronto, e não recebo uma resposta, o pânico absoluto se instala.

— Porra — sussurro, passando a mão pelo cabelo.

O que foi que eu fiz?

Huxley e JP tinham razão. Eu deveria ter sido só o amigo de que ela precisava na noite passada. Eu deveria ter mantido as mãos longe. Jamais deveria ter rasgado a blusa dela e chupado seus seios.

Foi tão...

Ding.

— Ai, graças a Deus! — grito enquanto levanto o celular para ver que é uma mensagem dela.

> **Lia:** *O que você teria feito?*

O alívio toma conta de mim com sua resposta descontraída.

Com um suspiro, me sento com o burrito, o Ibuprofeno e o café e respondo:

> **Breaker:** *Neste instante estou comendo um burrito, então acho que seria isso.*
>
> **Lia:** *Sério que você teria só esquentado um burrito congelado? Uau.*
>
> **Breaker:** *O que você teria feito?*
>
> **Lia:** *Um café da manhã dinamarquês, no mínimo.*
>
> **Breaker:** *Pois se você tivesse pedido, eu teria revisto isso.*
>
> **Lia:** *Que pena. Agora nunca saberemos.*
>
> **Breaker:** *Por que você foi embora? Eu não te deixei rolar na cama?*
>
> **Lia:** *Reunião cedo pela manhã.*

Ehh, por que será que não acredito nela?

Deve ser porque conheço sua agenda, e ela nunca, e quero dizer nunca mesmo, tem reunião cedo pela manhã. Não é assim que ela trabalha. Se tiver que se reunir com os clientes, é sempre no meio da manhã ou à tarde. Cedo pela manhã não está em seu vocabulário.

> **Breaker:** Você está mentindo para mim?
> **Lia:** Acha mesmo que eu mentiria para você?

Sim.

Acho.

E ela está.

Então posso apenas ficar ali e aceitar a mentira ou ser a pessoa que sempre fui com ela e ser honesto. O caminho mais fácil é o de aceitar a mentira. Mas as melhores coisas na vida nunca são fáceis, então decido encarar.

> **Breaker:** Depois do que aconteceu ontem, você mentiria.

Leva alguns instantes para ela responder, mas ainda bem que faz isso.

> **Lia:** Dá para a gente não conversar sobre ontem à noite?
> **Breaker:** Por quê? Está arrependida?

Por favor, diga não. Por favor, diga não.

> **Lia:** Eu... não sei, Breaker. Foi... esquisito.
> **Breaker:** Nossa, que legal ouvir isso.
> **Lia:** Não é bem assim. Quero dizer... durante o ato foi, tipo, foi incrível, mas você é *você*, e isso deixa tudo estranho.
> **Breaker:** Eu entendo, mas isso não significa que você precisa se afastar.
> **Lia:** Não estou me afastando, só estou tirando um tempo para digerir o que aconteceu. Tipo, muita coisa aconteceu. Aprendemos muito um sobre o outro num curto período.
> **Breaker:** Eu não aprendi nada, só confirmei muitas coisas na minha cabeça. Peitos incríveis pra caralho que têm gosto de paraíso.

Sei que não deveria dizer isso, mas não quero que ela fique achando que acredito que tenha sido um erro, porque não é o caso. Foi... o começo de algo novo, e não quero me intimidar com isso.

> **Lia:** Estou falando sério, Breaker.
>
> **Breaker:** É, eu também. Sempre soube que você tinha peitos incríveis, mas chupá-los ontem à noite... Porra, foi uma das coisas mais gostosas que já fiz na vida, ainda posso sentir seu gosto na minha língua.
>
> **Lia:** Eu... não sei o que dizer.
>
> **Breaker:** Não precisa dizer nada. Só saiba que não há nada de que se arrepender, nada mesmo. E isso não muda entre nós. Ainda sou o seu melhor amigo. Sempre serei.

Espero outra mensagem, mas ela não chega.

Depois de tomar o café da manhã e o Ibuprofeno para combater a dor de cabeça brutal, tomo um banho e checo o celular outra vez.

Nada.

Então decido dormir para fazer a dor de cabeça passar. Quando acordo uma hora mais tarde...

Nada ainda.

Acho que posso ter ferrado tudo.

— Obrigado por todas as evidências que vocês nos forneceram e graças à diligência de toda a equipe, conseguimos montar um forte caso para neutralizar o processo e forçar Gemma a se desculpar na mídia — Taylor, nosso advogado, diz.

Huxley dá um aperto no meu ombro coberto pelo terno, claramente feliz com a notícia.

Eu, por outro lado, mal consigo soltar um "viva!".

Depois que acordei do cochilo, recebi uma mensagem de Huxley — pensei que fosse Lia e xinguei aos montes — pedindo para que eu fosse ao escritório em duas horas. Já que ele estava me pedindo para pôr os pés na Cane Enterprises, soube que tínhamos chegado ao fim do processo.

E chegamos mesmo, mas, dadas as últimas vinte e quatro horas com Lia, eu sinceramente não poderia me importar menos com o que quer que esteja acontecendo com a louca da Schoemacher.

— Fantástico — JP diz. — Será que ela tem uma declaração por escrito para ler?

— Ela está trabalhando nisso com o advogado agora, e vamos aprovar antes que ela vá ao ar com o pedido — Taylor responde.

— Mande diretamente para mim quando receberem, por favor — Huxley pede antes de estender a mão para Taylor. — Seu trabalho duro neste caso não passará despercebido. Obrigado, Taylor.

— Foi um prazer, sr. Cane — Taylor responde enquanto fecha sua pasta. Ele oferece um aperto de mão a mim e a JP antes de sair da sala de conferências, com seus dois assistentes.

Quando a porta se fecha, Huxley se vira para mim, apoiado na mesa.

— Você está feliz?

— Estou — digo, enquanto me recosto na cadeira, claramente sem mostrar o tipo de animação que eles estavam esperando.

— Está mesmo? — JP pergunta. — Porque está parecendo mais como se alguém tivesse dado um chute nas suas bolas, e você ainda está dolorido.

— Imaginei que você fosse ficar animado para voltar a trabalhar — Huxley fala. — E com isso, devemos ter uma reunião com toda a equipe. Precisamos definir algumas coisas. Aqueles que não puderem estar pessoalmente deverão estar on-line.

— Deve ser melhor fazermos isso mesmo — JP opina. — Mas quero saber o que está passando na cabeça do Breaker agora. Quero saber por que ele não está levantando as mãos para o céu e dizendo "viva!", como costuma fazer.

Meus irmãos me encaram, e seus olhares relutantes não vacilam quando mantenho a sala no silêncio. Depois de alguns segundos, Huxley questiona:

— Você ferrou as coisas com a Lia ontem?

— O quê? — indago, fingindo desconhecimento. — Por que você acharia isso?

— Boa observação. — JP dá um tapinha nas costas de Huxley. — Bonitão, inteligente e observador. É por isso que ele está no topo.

— Eu não ferrei as coisas com a Lia — resmungo, frustrado.

Mas, sim, ferrei, pra valer. Tenho checado meu celular durante toda a reunião e não há mensagem dela.

— Não, é? — JP pergunta, andando pela sala. — Então me conte o que fez com a Lia ontem.

— Só passamos um tempo juntos. Comemos pizza. Jogamos. Bebemos algumas sidras.

— Algumas? HA! — JP exclama. — Olhe só para as olheiras dele, Hux. Está parecendo que são por causa de algumas sidras? — JP aponta para mim com uma caneta que pegou na mesa de conferências.

Huxley se inclina para frente e me examina.

— Parecem fundas.

— Exato — JP diz, com um tom dramático. — O que significa que ele deve ter tido uma bebedeira ontem. Então conte para a gente, Breaker, quantas sidras você tomou, exatamente?

Reviro os olhos.

— Sei lá, tipo, umas dez.

— Dez? — Huxley pergunta. — É muito para você.

JP se inclina.

— Por isso as olheiras. E olhe só para o cabelo dele. Está todo bagunçado, mesmo que pareça haver algum produto nele. — JP vem para trás de mim e enfia a caneta no meu cabelo. — Desleixado, o que significa que...

Huxley coça a lateral do queixo e diz:

— Alguém passou a mão nele.

— Aha! — JP exclama, me fazendo querer dar um soco na sua barriga pelo tanto que ele está sendo irritante. — E por que será que ele está com olhos fundos e ficou passando a mão no cabelo?

Huxley se senta de frente para mim. Parecendo presunçoso, prossegue:

— Porque ele ferrou as coisas com a Lia.

— Vocês estão completamente enganados — rebato ao me recostar na cadeira. — Mas foi divertido.

— Estamos, é? — JP continua a andar atrás de mim. — Então por que está usando meias de cores diferentes?

— O quê? — Dou uma olhada nos meus pés e então de volta para JP. — Eu nem estou usando meias.

— Exato!

— O quê? — pergunto, muito confuso.

JP para, se vira para Huxley e diz:

— Eu posso ter perdido a noção do que estou fazendo.

Com um enorme revirar de olhos, Huxley olha para mim.

— Me dê o seu celular.

— Por quê? — pergunto, e suor começa a se formar na minha nuca.

— Quero ver.

— Veja no seu próprio celular.

— Não, quero ver no seu, porque se eu não estiver certo sobre você ter ferrado as coisas com a Lia, então não há nada a esconder, não é? — Ele mexe os dedos. — Me dê o celular.

— É, boa — JP diz, se sentando ao lado de Huxley. — Dê o celular para ele.

— Não, que idiotice. — Cruzo os braços, sabendo que estão me encurralando.

— A idiotice aqui é a sua negação — Huxley retruca. — Então entregue a porra do celular ou admita que ferrou tudo.

— Eu não ferrei as coisas! — grito e então acrescento, baixinho: — Mas pode ser que tenha deixado as coisas um pouquinho mais complicadas.

Confesso, porque é uma causa perdida. Eles vão acabar descobrindo, então é melhor que eu termine logo com esse abuso para que possa me concentrar em descobrir o que fazer com a Lia.

— Complicadas. — JP bate na mesa de conferências. — A gente sabia!

Jesus, será que ele exagerou no café antes de vir? Está ainda mais irritante.

— Que porra você fez? — Huxley pergunta, parecendo irritado. Por que ele está irritado? A vida é minha, não dele.

Passo a mão pelo cabelo, e JP logo aponta para mim.

— Viu só? Aflição. Ele está bagunçando o cabelo porque está aflito. Tínhamos razão esse tempo todo. Viva!

— Porra, não diga "viva!". Já é péssimo quando Breaker diz isso — Huxley fala. Em seguida, ele se vira para mim e continua: — Não tenho tempo para ficar de enrolação, esperando que você crie coragem para nos contar o que fez de errado. Vou sair com Lottie hoje à noite, e não quero que vocês dois atrapalhem. Então conte logo para que possamos dizer o quanto você é idiota e depois disso ajudar a encontrar uma solução.

— Tá bom — resmungo. — Ficamos bêbados ontem, ela foi para a minha cama para dormir, eu me aconcheguei nela e, de alguma forma, minha mão deslizou para dentro da blusa e tocou os peitos dela. Ela gemeu e agarrou o meu pau. A gente fez sexo a seco, e depois ela surtou e foi embora no meio da noite. Conversamos por uns minutinhos hoje de manhã por mensagem, e ela ainda não me respondeu.

— Porra, seu idiota — Huxley xinga.

JP belisca o nariz.

— A gente te falou para não fazer nada, e você desobedeceu de propósito. Como acha que isso nos faz sentir?

— Não tem nada a ver com você, JP — rebato.

— Tem razão, tem razão. — JP me olha nos olhos. — Você é um idiota.

— Estou bem ciente. — Afundo na cadeira e pressiono os dedos na testa. — O que raios devo fazer agora?

— Que tal não fazer sexo a seco com a sua melhor amiga? — Huxley também se recosta na cadeira. — Me deixe perguntar. Durante o ato, ela gostou?

— Sim. Ela ficou tão envolvida, me pedindo mais. Mas depois, surtou.

— Deve ser porque você é a única pessoa que ela tem na vida, e ela está com medo de ter ferrado tudo — JP fala, com um conselho útil. Pois é, também estou chocado.

— Porra, você é tão idiota — Huxley briga. — Falamos para você não fazer nada além de ser amigável.

— Pois é... mais fácil falar do que fazer, tá bom? — Arrasto a mão pelo rosto. — Foi impossível não tocá-la. Ainda mais depois que ela tirou o sutiã, e ela tem um cheiro tão bom, e eu só... porra, como eu a quero.

— Já ouviu falar em paciência? — JP pergunta. — Porque se exercitasse a paciência, não estaria tão perdido.

— Nossa, valeu por chover no molhado.

— Ei. — JP ergue as mãos. — Não fique bravo comigo. Não fui eu quem ferrou com as coisas. Foi você.

— É, mas você não está ajudando.

— Ah, desculpe. Será que perdi a parte em que você pediu ajuda?

Cerro os dentes e então peço:

— Me ajudem.

JP se vira para Huxley.

— Ele quer a nossa ajuda.

— É, já ouvi. Mas não sei se dá para a gente ajudar — Huxley responde, também me dando nos nervos.

— Porque já oferecemos ajuda ontem, mas ele não aceitou — JP continua. — E não é péssimo quando alguém pede um conselho e depois não o leva a sério, ainda mais quando é um bom conselho?

— É. — Huxley passa os dedos pelo queixo. — Não sei se ele merece mais conselhos.

— Meu Deus do céu — murmuro antes de me levantar.

Estou farto disso. Estou feliz por poder voltar a trabalhar, mas não vou ficar passando por esta tortura.

Assim que vou para a porta da sala de conferências, Huxley anuncia:

— Você deve fodê-la.

— Como é? — pergunto, olhando sobre o ombro.

Ele vira a cadeira e me olha bem nos olhos.

— Você deve fodê-la. Torne as coisas impossíveis para ela dizer não. Já fez sua investida, então agora vá fundo. Não dá para voltar atrás e ser só amigo, então mostre por que vocês não deveriam ser só amigos. Deve fodê-la. Fodê-la pra valer. Fodê-la com vontade.

JP ergue a cabeça por cima do ombro de Huxley e acrescenta:

— Pode acreditar, se ele conseguiu fazer Lottie se apaixonar por ele, então ouça o conselho dele. — JP segura o ombro de Huxley. — Ele tem razão. Você já bagunçou a amizade. Agora é mostrar por que ela não deve resistir a você.

— Ela disse que foi esquisito porque foi comigo.

— Então sugiro que a apresente a esse seu lado, assim como a apresentou ao lado sensível de melhor amigo. Você sabe como foder, então prove.

Esfrego a nuca e digo:

— Vocês acham que vai funcionar?

— Só há um jeito de descobrir — JP responde. — Mas, pelo amor de Deus, use proteção.

— Nossa, valeu — falo ao abrir a porta e seguir para o elevador.

Odeio admitir, mas eles podem ter razão. Lia se sente à vontade em me ter como amigo, porque é assim que ela me conhece. Mas como namorado? Para algo íntimo? Ela não se sente à vontade com este meu lado ainda, então posso muito bem apresentá-la a ele e deixá-la à vontade.

Breaker: *Está em casa?*

> **Breaker:** *Você pode responder ou eu posso interromper seja lá o que esteja fazendo no seu apartamento. De qualquer forma, vou ver você hoje.*
>
> **Lia:** *Estou dando uma volta. Estarei em casa em dez minutos.*
>
> **Breaker:** *Vou ficar esperando.*

Me recosto no seu sofá, vestindo nada além de um short de ginástica — tenho que mostrar as coisas boas, mesmo que ela não tenha pedido —, e ouço quando ela destranca a porta. Não sei se estava esperando me ver no seu sofá, mas, de qualquer forma, não vou sair daqui.

Penso mais um pouco no conselho de Huxley e acabo concordando completamente com ele, mas não quero fodê-la logo de cara. Isso seria agressivo até demais. Preciso conduzi-la a isso, e é bem o que planejo fazer.

A porta da frente se abre e ela entra, com fones de ouvido, e um leve brilho de suor cobre sua pele do calor de trinta e dois graus lá fora. Ela está usando um short rosa de ginástica e uma camiseta dos Smurfs, que tenho certeza de que é da sua adolescência. Quando ergue o olhar, gagueja pelo choque de me ver ali e põe a mão no peito.

— Meu Deus, Breaker. — Ela tira os fones e coloca o celular na bancada da cozinha. — Você poderia ter me avisado que estava aqui.

— Eu falei que ia ficar esperando.

— Pois é, mas não achei que seria aqui em casa.

Vou até ela.

— Como foi a caminhada?

Seus olhos vão para o meu peito, mas logo voltam para o meu rosto.

— Foi boa.

Cruzo os braços e me recosto na parede.

— No que você pensou?

Seus olhos me examinam outra vez antes de ela andar até o banheiro.

— Nada em particular.

— Ah, já entendi. — Eu a sigo. — Então não pensou em como chupei seus peitos ontem?

Ela tropeça na entrada do banheiro antes de olhar sobre o ombro.

— Ai, meu Deus, Breaker.

— Que foi? — Sorrio. — Aconteceu, então acho que a gente deveria falar sobre isso.

— Não quero falar sobre isso.

Ela entra no banheiro e está prestes a fechar a porta quando eu a detenho.

— Por que não? Foi tão bom assim que até a lembrança pode deixar você com tesão de novo?

Seus olhos ficam com raiva, e me esforço com todas as forças para não acabar rindo.

— Não. Não quero falar sobre isso porque foi constrangedor. Não sei como ficar perto de você agora, então trazer isso à tona só piora as coisas.

— Interessante. Achei que trazer isso à tona melhoraria as coisas.

— Pois não melhora.

Ela fecha a porta e liga o chuveiro.

Depois de alguns segundos, bato à porta e pergunto:

— Precisa de ajuda aí?

— Vá embora, Breaker.

Dou uma risada e vou para o seu quarto, onde me esparramo na cama e coloco as mãos atrás da cabeça. Espero alguns minutos ali, e quando ouço o chuveiro desligar, me preparo. Pode ter sido constrangedor para ela, mas vou fazer de um jeito que fique menos constrangedor.

A porta do banheiro se abre e ela entra no quarto, vestindo nada além de uma toalha ao redor do corpo. Seu cabelo não está molhado, mas gotículas descem pelo seu peito.

— Ai, meu Deus! — ela grita ao cambalear de volta para a entrada do quarto. — Achei que você tinha ido embora.

— Você me conhece bem, Lia. — Permito que meus olhos viajem por seu corpo e de volta para o seu rosto. — Roupa nova? Gostei.

Ela revira os olhos e vai para a cômoda, de onde tira um short e uma camiseta. Saio da cama e vou para atrás dela no momento em que está fechando a segunda gaveta. Ela para ao me sentir ali.

— O que você está fazendo? — pergunta, enquanto passo o dedo pela curva do seu pescoço.

— Você estava molhada aqui — digo, com a voz ficando mais profunda que o normal só por um simples toque em sua pele macia.

Ela se vira, suas costas ficam pressionadas na cômoda, e me encara.

— É para isso que servem as toalhas — ela responde. Seu peito sobe e desce em um ritmo mais acelerado.

— Parece que você não se deu conta — digo e então movo o dedo ao longo da sua clavícula. — E aqui, você não se deu conta de que estava molhada aqui.

— Eu fui rápida em me secar — ela fala ao se recostar na cômoda.

— Ah, é? E por quê?

— Sei lá — ela responde, umedecendo os lábios.

— Bem, você fez um péssimo trabalho, porque está molhada aqui também — continuo, descendo o dedo no vale entre os seus seios.

Ela passa os dentes em seu lábio inferior, enquanto seu peito se ergue no meu dedo. Considero isso um bom sinal e continuo pressionando. Movo a mão para onde a toalha está amarrada debaixo do braço e brinco com a barra, vendo qual será sua reação. Quando ela não diz nada, dou um leve puxão, afrouxando o tecido.

— O que você está fazendo? — ela pergunta.

— Ajudando você a se secar. A menos que não queira minha ajuda. Vou ficar mais do que feliz em só assistir.

— Por que, hã, por que você iria querer assistir?

Ela entra no clima, bem assim. Mais fácil do que imaginei, mas ainda quero ir bem devagar, porque não quero ferrar com as coisas. Tenho uma chance para torná-la minha, a porra de uma chance, e não vou me esquecer de ter paciência desta vez.

— Porque — respondo enquanto puxo a toalha outra vez, deixando-a toda frouxa. A razão pela qual ainda está nela é porque a estou segurando, mesmo assim ela não faz nada para me impedir. — Eu não tive uma boa visão desses seus peitos ontem.

E então, solto a toalha, deixando-a cair no chão entre nós. Meus olhos vão para os seus seios no mesmo instante, e fico duro na hora enquanto a absorvo.

Seios firmes e macios com mamilos rosa-claro, enrugados a um ponto, seduzem minha boca. Seu corpo é uma ampulheta na cintura e nos quadris. Pequena, mas há carne suficiente para agarrar. Sua boceta está sem pelos, o que me dá ainda mais água na boca, e quando arrasto o olhar de volta para seu rosto, vejo a fome que ela tem nos olhos verdes-musgo.

— Preciso ter uma visão melhor — digo ao pegar sua mão.

— Uma visão melhor de quê? — pergunta, enquanto a levo até a janela do quarto e abro as cortinas. — Breaker — ela reclama ao recuar.

— Tem película. Ninguém pode ver — sussurro no seu ouvido.

Isso parece fazê-la relaxar o suficiente para que eu possa pegar suas duas mãos, e então as ergo sobre sua cabeça e a prendo na janela que vai do chão ao teto.

Um suspiro sai dos seus lábios antes de ela dizer:

— O-o que você está fazendo?

— Te secando — respondo e então pressiono suas mãos na janela e falo diretamente no seu ouvido: — Não se mexa. Entendido?

— Breaker...

— Entendido? — repito, desta vez mais severo.

Ela assente e fala com a voz trêmula:

— Sim.

Satisfeito que ela não vai se mover, pego a toalha de perto da cômoda e volto para a janela, onde ela está esperando.

Eu não me apresso. Levo um tempo para consumir cada pedacinho do seu corpo com os olhos. Esta mulher me cativou desde o começo, e o fato de estar me deixando vê-la assim e tocá-la está me deixando louco.

Pego a toalha e vou para trás dela.

— Só vou te secar, tudo bem?

Ela assente, então levo a mão coberta pela toalha para sua frente enquanto pressiono meu peito nu em suas costas. Vou aos poucos descendo para sua barriga e então subo para seus seios. Quando os encontro, sua cabeça se inclina para o lado e um leve gemido preenche o silêncio no quarto. Vou para o outro seio e faço questão de girar seu mamilo para fazê-la ofegar. Arrasto a toalha para seu pescoço e a aperto com força, sem sufocá-la, mas o suficiente para mostrá-la que estou no comando.

Coloco os lábios no seu ouvido e comando:

— Abra as pernas.

— Abra as pernas, Ophelia.

— Breaker... — ela sussurra logo antes de eu senti-la engolir em seco.

— Abra as pernas, Ophelia — repito e, desta vez, ela obedece. — Boa garota.

Arrasto a toalha por entre seus seios, pela sua barriga e direto para o ponto entre suas pernas. Sua cabeça cai para trás no meu peito enquanto ela geme.

Não consigo evitar o sorriso que se espalha pelo meu rosto enquanto movo a toalha de volta para sua barriga e me abaixo para que sua bunda fique bem na frente da minha cara. Levo a toalha para os dois globos redondos e ajo como se os estivesse secando, mas, na realidade, dou apertos de leve.

Sua bunda é tão perfeita, e serei um homem feliz no dia em que conseguir bofeteá-la. Mas hoje não.

Desço com a tolha por sua perna esquerda, então subo tudo de novo, e passo depressa por sua boceta e, em seguida, desço por sua outra perna. Enquanto isso, ela se mantém firme, com as mãos apoiadas na janela.

— Aí está — digo, enquanto jogo a toalha para o lado. — Vamos ver como me saí. — Coloco as duas mãos nos seus tornozelos e então vou aos poucos subindo pela lateral das suas pernas, usando a ponta dos dedos em vez da palma da mão. Sua pele vai ficando arrepiada enquanto continuo subindo, até que me levanto e minhas mãos param em sua cintura. — Seca por enquanto — concluo, arrasto a mão para sua barriga e então, com o peito pressionado em suas costas, envolvo cada um dos seus seios e passo o polegar em seus mamilos.

— Porra — ela sussurra, enquanto sua cabeça cai para trás mais uma vez.

— Você gosta que brinquem com seus seios, não é? — Quando ela não responde, dou um aperto no seu mamilo e repito: — Não é?

— Sim. — Ela solta um suspiro pesado.

— Imaginei. — Mantenho o aperto em um seio, massageando de leve, enquanto arrasto a outra mão até seu pescoço e o agarro com firmeza. — Você também gosta quando te seguro assim, não é?

Ela assente junto ao meu peito, e sua confirmação me deixa com ainda mais tesão.

— Boa resposta. Parece que você está seca, mas ainda tenho um lugar para checar. — Mantenho a mão no seu pescoço, com o polegar pressionado na sua mandíbula, enquanto minha outra mão vai descendo por sua barriga, passa por seu umbigo e vai direto para o ponto entre suas pernas. Passo um dedo por sua fenda e revelo o quanto ela está excitada. — Achei que eu tinha secado você, Ophelia. — Passo o dedo por seu clitóris, fazendo-a gemer. — Mas você está molhada pra caramba. Como é possível?

Tiro o dedo e o levo à boca, permitindo que ela ouça quando o chupo, ainda a segurando pelo pescoço.

— Porra, seu gosto é tão bom. — Coloco a mão no seu quadril enquanto falo baixinho para ela: — Agora você tem duas escolhas. Eu posso te lamber até você ficar seca ou passar a toalha aí de novo. Me diga o que quer.

Ela arqueja por ar, e eu afrouxo meu aperto apenas um pouquinho.

— O que vai ser?

— Eu... não sei — ela responde, tímida demais para pedir.

Bem, não é o que eu queria ouvir, então terei que forçá-la a implorar por isso. Sei que ela me quer, e sei que ela quer. Está fazendo com que ela saia da zona de conforto, e preciso trabalhar nisso.

— Tudo bem, então vou decidir por você. Vou usar a toalha.

Solto seu pescoço e estendo a mão para a toalha quando ela diz:

— Não.

Paro e pergunto:

— Não o quê?

— Eu... não quero que você use a toalha.

Sorrio com malícia e levo as mãos para os seus seios, onde brinco gentilmente com eles, deixando meus dedos beliscarem e puxarem seus mamilos.

— Então o que você quer?

Ela solta alguns suspiros rasos antes de revelar:

— A sua... a sua língua.

Gemo no seu ouvido, deixando que ela saiba o quanto fico satisfeito, e digo:

— Ótima escolha.

E então, sem aviso, eu a giro para que sua bunda fique pressionada na janela, e prendo suas mãos para cima.

— Mantenha as mãos aqui e abra mais as pernas.

Ela obedece, e quando acho que está pronta, dou um beijo na protuberância do seu seio e então arrasto a língua até seu mamilo, onde chupo algumas vezes. Ela se contorce na minha boca, querendo mais, mas vou com calma. Vou no meu ritmo, e quando estou pronto, me movo para sua barriga, beijando todo o caminho até ficar ajoelhado diante dela.

Sua respiração está curta e irregular, sua barriga completamente esvaziada, sua pélvis se inclina para mim, enquanto beijo seu osso púbico, e depois seu quadril e então a parte interna da coxa. Ela geme em antecipação, então me movo para o lado, deixando-a louca de desejo, e quando ela está no limite, abro suas pernas com dois dedos e levo a língua ao clitóris, lambendo-a por completo.

— Ai, caramba — ela quase grita enquanto sua perna treme.

— Porra, tão bom — digo, mergulhando a língua em seu clitóris, amando cada maldito segundo disto. O gosto dela é tão bom. Ela é tão boa.

Tão certa.

Como se aqui fosse o meu lugar.

E isto aqui é o que devo fazer.

Abro ainda mais suas pernas e uso a língua para chicotear seu clitóris.

— Ah... ah, Breaker — ela grita enquanto uma de suas mãos pousa na minha cabeça.

Em geral, eu falaria para ela colocar a mão de volta no lugar, mas permito que me toque, pois sinto que ela precisa dessa conexão.

Seus dedos passam pelo meu cabelo e agarram os fios curtos, enquanto continuo lambendo seu clitóris sem parar, amando como o seu aperto no meu cabelo vai ficando mais forte à medida que vou levando-a ao limite.

— É... é tão bom — ela diz, enquanto seu corpo desliza na janela.

Ela pode precisar de uma posição melhor, então eu me levanto, agarro sua cintura e então vou aos poucos a abaixando para o chão. Pressiono as mãos na parte interna das suas coxas e abro suas pernas ainda mais, me dando muito mais acesso.

Deslizo a língua ao longo da sua abertura com um gesto longo e demorado, e ela tenta fechar as pernas, mas não deixo.

— Ai, caramba — ela sussurra enquanto sua mão encontra meu cabelo de novo.

Com o nariz pressionado em sua virilha, achato a língua em sua excitação e deslizo para cima e para baixo, observando enquanto sua respiração fica acelerada, sua boca se abre e ela puxa meu cabelo.

— Porra, Breaker. Puta merda, eu... eu...

Acelero o passo, mais uma vez dando rápidas chicotadas em seu clitóris sem parar, observando sua excitação aumentar. Sua pélvis arqueia, suas duas mãos vão para minha cabeça, onde me mantém no lugar, e ela voluntariamente abre as pernas, enquanto seu peito se ergue e solta um gemido profundo.

— Ai, cacete! — ela grita quando goza, com a boceta encharcada. Absorvo tudo, lambendo até que ela não tenha mais nada para dar.

Suas mãos ficam frouxas no meu cabelo e caem para os lados, enquanto ela tenta recuperar o fôlego.

Satisfeito, me levanto do chão e olho para ela, com minha ereção dolorida, precisando de atenção, e comando:

— Vista-se e me encontre lá em casa em dez minutos. Vou pedir comida e a gente pode jogar alguma coisa.

E com isso, volto ao meu apartamento para me masturbar no banho.

Puta merda.

Puta merda.

Agora faz sentindo eu mal ter me segurado.

É o gosto *dela*.

O corpo *dela*.

Tudo *dela* que eu sempre quis... provavelmente por mais tempo do que pensei.

CAPÍTULO DEZOITO

LIA

Fico parada na frente da porta do apartamento de Breaker, com o clitóris ainda latejando depois do que ele fez comigo, sem saber se devo bater ou simplesmente entrar.

Em geral, eu simplesmente entraria, mas, depois das últimas vinte e quatro horas, não sei o que devo fazer.

Breaker caiu de boca em mim.

Ele não só caiu de boca em mim, mas fez parecer como se eu fosse seu banquete de Natal e que ele estivesse faminto. Nunca na vida senti um prazer tão eufórico, e foi com a sua língua. E ele não pediu nada em troca. Apenas tomou o que queria e foi embora.

Não faço ideia de como processar algo assim.

E mesmo que eu queira me esconder no meu apartamento por não saber como agir, ele jamais permitiria uma coisa dessas. E eu também quero respostas. Quero saber o que está rolando.

Então agarro a maçaneta da porta e entro no seu apartamento para encontrá-lo sentado no sofá. Com o cabelo molhado, ele está vestindo um short diferente, mas só isso, só um short.

Já o vi sem camisa várias vezes, mas ele costuma ficar de camisa quando passamos tempo juntos. Não sei o que mudou hoje, mas não vou reclamar. Ele é tão lindo... sexy, com seu peitoral definido e seus braços fortes e atléticos. Sem contar seu tanquinho e o V profundo que está esculpido em seus quadris. Ele é tão bom de olhar que eu me disse durante todos esses anos para nunca olhar, porque ele era meu amigo, mas agora... agora estou me permitindo.

— Aí está você — ele diz em tom jovial, como se ele não estivesse com a cabeça entre minhas pernas minutos antes. — Pedi comida tailandesa. Deve chegar em uns vinte minutos. Que tal jogar *Codenames*? Já faz um tempo que não jogamos.

Fico ali parada, atordoada.

Porque o homem para o qual estou olhando agora é bem diferente daquele que me segurou pelo pescoço, me dizendo que eu era uma boa garota por ter obedecido. O homem na minha frente é o meu melhor amigo. O cara que me deixa à vontade, o cara em quem me apoiei por tanto tempo. Mas o homem de dez minutos atrás é... é de outro nível, e não sei como lidar com isso.

— Está tudo bem? — ele pergunta.

— Hã... na verdade, não — digo e cruzo os braços. — Só estou um pouquinho confusa.

Ele dá um tapinha no sofá.

— Venha conversar comigo.

Levanto as mãos.

— Acho que vou ficar aqui mesmo, obrigada.

— Tudo bem. — Quando ele sorri, dá para ver em seus olhos que sabe exatamente o que está fazendo. — Você pode falar daí. O que está rolando, Lia?

Lia...

Lia?

Tão casual. Negligenciando totalmente o fato de que ele acabou de me dominar no meu próprio quarto usando meu nome completo e ordenando que meu corpo fizesse coisas que nunca fiz antes.

— O que está rolando? — pergunto, elevando a voz. — Que tal o fato do meu melhor amigo ter me feito gozar pra valer, e eu já nem sei se meu clitóris está colado no corpo.

Ele solta uma risada e diz:

— Pode acreditar, está. Mas se quiser que eu cheque, eu não ligaria de cair de boca em você de novo. Mas, desta vez, eu preferiria que você sentasse na minha cara.

— Breaker! — Solto um gritinho antes de cobrir os olhos.

— O que foi? — Ele ri.

— A gente não fala essas coisas e nem faz essas coisas...

— Você pode não fazer, mas agora eu faço. — Ele se levanta do sofá. — Quer alguma coisa para beber?

Eu o vejo andar todo descontraído pelo apartamento, pegar um copo, enchê-lo de gelo e servir um Gatorade.

Quando não respondo, ele pega outro copo, coloca gelo e o enche com o resto do Gatorade. Com os olhos em mim, ele traz a bebida e me oferece.

Por alguma razão, meu corpo registra o quanto ele está próximo, o quanto é mais alto que eu, o quanto é mais musculoso...

Minha temperatura interna aumenta outra vez.

— Aqui — ele diz, baixinho.

— Não pedi nada para beber.

— Depois de ficar tão sem fôlego lá no seu quarto, você vai querer estes eletrólitos.

Ele sorri com malícia, e eu o cutuco na barriga, fazendo-o rir.

Pego a bebida e o sigo até a sala, onde me sento no lado oposto do sofá.

— Tentando manter as mãos para si mesma, é? — ele pergunta. — Já entendi.

— Não, estou tentando manter você longe.

— Se é esse o caso, você não teria vindo aqui.

— Como se você fosse deixar que eu ficasse no meu apartamento — zombo antes de tomar um gole do Gatorade de limão. — Aff, é refrescante. Eu fiquei mesmo ofegante. Minha boca está seca.

— Eu teria deixado, se fosse o que você precisava, mas é óbvio que, já que está aqui, o que você precisa é de... mim.

Ele sorri com malícia de novo e toma um gole da bebida.

— Nem um pouco convencido, né?

— Que nada, só estou dizendo os fatos.

— Então me diga o que raios está acontecendo.

Ele olha para si mesmo, se analisando, e então de volta para mim.

— Parece que estou tomando uma bebida gelada com minha amiga. O que você está fazendo?

— Para de gracinha. Me fale o que está rolando. Somos... amigos coloridos ou algo assim? Porque isso nunca dá certo. Pode acreditar.

— Você acha que somos amigos coloridos? — ele pergunta, se esquivando como sempre.

— Não. Acho que somos amigos e um de nós perdeu a cabeça.

— Está tudo bem — ele diz, piscando. — Tenho certeza de que você vai colocar a cabeça no lugar de novo.

Cerro os dentes.

— Eu estava falando de você. Foi você quem perdeu a cabeça.

Ele coça a lateral da cabeça.

— Hum, que estranho. Porque não me sinto assim. Me sinto muito bem, na verdade.

— Ai, meu Deus, Breaker — grito. — Você está começando a me irritar.

— Deu para notar. Como posso deixar você menos irritada?

— Me dizendo o que está rolando. Tipo... você gosta de mim ou algo assim? — A pergunta sai de um jeito tão infantil que me odeio por ter perguntado.

— Eu sempre gostei de você, Lia — ele responde.

— Quero dizer... romanticamente.

— Bem. — Ele esfrega o queixo com a mão. — Deixe-me ver. Acho que você é incrivelmente gostosa. Você tem um gosto doce. Seus peitos vão morar para sempre nos meus sonhos e mal posso esperar para ter suas pernas ao redor da minha cabeça, então interprete como quiser.

Ele sorri e então se debruça sobre a mesa de centro para organizar o jogo.

Levo um tempo para absorver isso.

Não sei se já imaginei que Breaker fosse dizer uma coisa dessas para mim.

Nunca imaginei que ele fosse me tocar da forma que me tocou.

Mas a forma como ele me respondeu, sem de fato dizer se gosta de mim romanticamente, e mais para o que ele gosta em mim, me deixa no limite.

— Eu não sou o tipo de pessoa com quem você pode brincar — digo antes que possa me impedir.

Ele para e se vira para mim, encontrando meus olhos.

— Acha que eu faria algo assim com você? — ele pergunta, com a voz ficando sombria.

— Sei lá, Breaker. No momento, estou me sentindo como um brinquedinho.

Ele se afasta e então vira todo o seu corpo para mim.

— Isso é ofensivo, Lia. Acha mesmo que eu iria tratar nossa amizade de uma forma tão baixa?

Não.

Acho que ele leva nossa amizade muito a sério.

— Então o que é isso?

— Que tal você parar de querer rotular as coisas e apenas aproveitar? Eu sei o que estou fazendo.

— Seria ótimo se você me falasse o que é isto.

Ele se vira para a mesa de centro e embaralha algumas cartas antes de dizer:

— Deixe que eu me preocupo com isso. Você só fica aí e relaxa.

Ele interrompe a conversa aí.

Pelo resto da noite, comemos comida tailandesa, jogamos *Codenames*, fazemos piadas e não conversamos sobre o que fizemos. Quando é hora de ir para a cama, ele me leva até o meu apartamento, e quando acho que vai me beijar, apenas me puxa para um abraço e beija o topo da minha cabeça.

Quando estamos na cama, ele bate três vezes na parede, e com uma sensação apreensiva no peito, respondo com quatro batidas.

— Olha só para este novelo multicolorido — Lottie fala. — E com glitter, ainda por cima.

— Ah, é bem legal — digo, enquanto as garotas me mostram tudo que trouxeram para a nossa primeira reunião do clube de tricô.

Depois de toda aquela situação com a toalha e de ele ter caído de boca em mim, mandei mensagem para as garotas perguntando se elas queriam se encontrar, e, por sorte, estavam livres no dia seguinte. Elas acham que vão aprender a tricotar, mas, na verdade, tenho segundas intenções. Preciso descobrir o que está rolando com Breaker para que eu descubra como lidar com isso. Com *ele*.

— Trouxe só um vermelho simples. — Myla parece derrotada. — Não sabia que era permitido ter glitter no novelo.

— Vivendo e aprendendo — Lottie responde com um sorriso, enquanto Kelsey se senta em nosso círculo depois de ter se afastado para atender a uma ligação.

— Desculpe por isso. JP achou que a gente ia sair para jantar hoje, mas tive que lembrá-lo de que será amanhã.

— Aonde vocês dois irão? — Myla pergunta.

— Àquele novo restaurante japonês. Já faz um tempo que ele quer ir lá.

— É o Nori? — Lottie indaga.

— Sim. Huxley já te levou lá?

— Semana passada — Lottie conta. — É muito bom. — Então ela se vira para mim e questiona: — Você gosta de sushi?

— Amo. Breaker e eu costumávamos comer bastante na faculdade.

Havia um lugar lá no centro que não era muito caro, mas era ótimo.

— Por falar no Breaker — Lottie diz com um sorriso. — Um passarinho me contou que ele tem feito investidas.

O passarinho é o marido dela.

— Como é? — Kelsey reage. — JP não me falou nada.

— Que absurdo. — Lottie se inclina e pega um dos cookies que fiz para hoje. — Ele é mais fofoqueiro que Hux.

— Até eu ouvi alguma coisa — Myla comenta. — Mas o meu marido e o irmão dele não conseguem manter segredo, e Breaker sai bastante com Banner, então tem conversa entre eles. — Myla olha para mim. — E aí, é verdade?

Com todos os olhos em mim, sei que é isso o que eu queria, mas não deixa as coisas mais fáceis, apenas faz a conversa fluir.

— Hã, é, é verdade.

As garotas aplaudem e comemoram, mas parece tão esquisito.

— Aquele cara está louco por você — Lottie revela. — Meu Deus, estou tão feliz que ele tenha feito alguma coisa quanto a isso. E como foi?

Faço uma pausa e inclino a cabeça para o lado.

— Ele está louco por mim? — pergunto, confusa.

Lottie dá uma olhada para Kelsey e então de volta para mim.

— Tipo... o quê? — Ela pisca algumas vezes.

— Você disse que ele está louco por mim. Como assim?

— Hã, acho que não foi isso que eu disse, foi, Kelsey? Eu não falei isso.

— É, acho que ela não disse isso.

— Foi o que eu ouvi — Myla fala com um sorriso, e quando as duas irmãs olham em sua direção, ela apenas dá de ombros. — Olha, estamos aqui por uma razão. Nossos homens costumam ter vantagem sobre a gente. Quanto mais proveito tivermos com eles, melhor, então podemos ser honestas com ela. Sim, Breaker está louco por você.

— Ele não falou isso para você? — Lottie indaga, se sentindo culpada.

— Não, não falou. Ele não quis falar nada, na verdade, além de dizer que sabe o que está fazendo.

— É claro que sabe. — Kelsey revira os olhos. — Todos os irmãos Cane *sabem o que estão fazendo* e somos só meros peões nas mãos deles.

— Ele está louco por mim?

— Ah, pare — Lottie diz. — Não vejo nenhuma de nós reclamando dos orgasmos. Aliás, você não me respondeu. Foi bom?

Aperto os lábios e assinto.

— Foi, foi espetacular. Tipo... diferente de qualquer coisa que já experimentei.

— É sempre assim. — Kelsey se recosta na cadeira. — Juro que esses homens participam de alguma sociedade secreta onde aprendem exatamente o que fazer com uma mulher para que estraguem as chances de qualquer outro homem.

— É verdade — Myla concorda. — Ryot sempre foi capaz de controlar o meu corpo, me deixando rendida.

— Huxley faz a mesma coisa. Nossa, como eu o odiei quando nos conhecemos, mas, de alguma forma, ele me manteve por perto só usando os dedos.

— Breaker usou a língua — revelo, pulando a parte do sexo a seco, porque acho que é uma coisa sobre a qual não vou conseguir falar. — Mas ele começou tudo tentando "me ajudar a me secar depois do banho". — Uso aspas, fazendo as garotas rirem. — E antes que eu me desse conta do que estava acontecendo, ele me pressionou contra a janela do quarto, completamente nua, e caiu de boca em mim.

— Isso é sexy — Lottie diz. — Amo quando Huxley me fode contra a janela. Parece algo tão safado.

— Então foi *maravilhoso* — Kelsey conclui. Quando concordo, ela acrescenta: — E por que estou sentindo você hesitar?

— Por duas razões. Primeiro, acabei de romper meu noivado. Estou com a sensação de que isso faz de mim uma vadia.

— Não acho — Myla opina. — Acho que você só está descobrindo o que quer, e isso é importante.

— Concordo — Kelsey fala.

— Eu também. Qual é a segunda razão? — Lottie pergunta.

— É Breaker. Ele é tudo para mim, e mesmo quando estávamos naquele momento, mesmo quando ele estava me tocando, me fazendo sentir coisas que eu nunca senti antes, não consegui evitar me preocupar. O que vai acontecer se não der certo? E se algo der errado? E se ele ficar de saco cheio de mim e me deixar? É esquisito agora quando ele está mais íntimo, e vai ser muito mais estranho se eu me apegar e ele decidir me largar.

— Não vai acontecer. — Lottie balança a cabeça. — Breaker jamais faria isso.

— Mas ele nunca esteve em um relacionamento de verdade — digo.

— Porque ele sempre teve você — Kelsey responde. — Porque você sempre foi tudo de que ele precisou, e agora que ele descobriu isso, está tentando levar as coisas para o próximo nível.

— Mas... ele nem me beijou. Só me fez gozar.

Lottie e Kelsey fazem uma pausa e trocam olhares. Myla e eu ficamos confusas assim que Lottie balança a cabeça.

— Ah, não.

— Ah, não, o quê? — pergunta.

Kelsey estremece.

— Sabemos exatamente o que ele está fazendo.

— O quê? — indago, ficando ansiosa.

— Ele tem um plano, um plano meticuloso para fazer você se apaixonar por ele — Lottie responde.

— É verdade — Kelsey concorda. — Os irmãos Cane... bem, eles são diferentes. Quando estão concentrados em algo, fazem acontecer do jeito deles. Isso quer dizer que ele não beijou você porque está esperando o momento perfeito.

Lottie assente.

— Isso mesmo. O primeiro beijo é importante para ele, então está guardando.

— E cair de boca em mim não significa nada?

Kelsey e Lottie pensam sobre isso assim que Myla entra na conversa:

— Vocês já tinham tido relações íntimas?

— Nunca — respondo.

Ela assente.

— Então ele deve estar tentando te mostrar que isso pode ser algo normal.

— Ah, sim — Kelsey concorda. — Meu Deus, isso é algo que qualquer um deles pode fazer. Lembra a quantidade de vezes que JP me provocou antes de a gente de fato fazer sexo? Ou você e Huxley? Esse é o *modus operandi* deles. Eles te transformam em uma geleia, até que você não consiga fazer nada além de segui-los, esperando o próximo movimento deles.

— Fato — Lottie diz. — A primeira vez que Huxley me tocou foi inesquecível, para você ver o quanto foi algo poderoso. Você também se sentiu assim?

Relembro aquele momento no quarto — não de quando estávamos bêbados —, de quando ele me prendeu contra a janela, porque nós dois estávamos muito cientes do que estava acontecendo.

— Foi... foi diferente de tudo o que já senti. Foi como se eu fosse só um instrumento para ele, que sabia exatamente como me tocar. Tipo, eu deixei que ele me segurasse pelo pescoço. Deixei que me colocasse em posições em que nunca estive antes, e fiquei excitada apenas com o toque e a voz dele.

Kelsey e Lottie assentem.

— É, ele está fazendo o jogo dele com você — Lottie conclui.

— E então o que eu faço? — pergunto.

— Nada — Kelsey responde. — Não há absolutamente nada que você possa fazer. Pode tentar lutar contra, mas acho que não vai ajudar muito.

— Posso estar me precipitando um pouco — Myla diz —, mas quase parece que você sente o mesmo por ele. Estou certa?

— Na verdade, nunca pensei sobre isso. Sempre o considerei meu amigo. Mas nesta última semana, tem sido diferente. Ele tem olhado para mim de um jeito diferente. Ele me disse o quanto sou bonita. Ele já disse isso antes, mas desta vez... foi como se estivesse falando de um lugar diferente. E aí começou a me tocar de leve, aqui e ali. Tipo na noite em que me senti mal pela perda dos meus pais e pedi para ele me abraçar. Estávamos na cama dele, e não aconteceu nada, mas a mão dele ficou vagando pela minha cintura. Eu não sabia muito sobre isso ainda, mas depois da nossa noite bêbados...

— Opa. — Lottie ergue a mão. — O que aconteceu na sua noite bêbados?

— Estou surpresa que os maridos de vocês não tenham contado. — Pouso meu novelo de lã, negligenciando completamente a premissa de tricotar. — Foi no dia em que rompi com Brian. Breaker e eu fomos comemorar, e acabamos bêbados e fomos para a cama. Estávamos brigando de brincadeira por um travesseiro, e aí ele se aconchegou em mim. Perguntei se era assim que ele faria com uma namorada, ele disse que não e foi me mostrar como *exatamente* tocaria uma namorada.

— E como ele te mostrou isso? — Myla pergunta, se sentando na beirada da cadeira.

Minhas bochechas ficam quentes só de pensar naquela noite.

— Com toques provocativos. Ele foi aos poucos movendo a mão para a região logo abaixo dos meus seios e então a escorregou para debaixo do cós do meu short.

— Ai, meu Deus. — Kelsey se abana. — E essa provocação levou a alguma coisa?

Mordo o lábio inferior.

— Eu meio que acabei fazendo sexo a seco com ele.

— Vocês dois? — Lottie pergunta, e eu assinto. — Bom... é isso, você acabou de dar permissão para ele assumir o controle.

— Pois é — Kelsey diz. — E depois com aquela da toalha. Ele está focado, e você vai ter que se decidir se vai deixar acontecer ou não.

— Eu... eu não sei mesmo. Não quero perdê-lo. — Ele já me disse que faz anos que me ama, e sempre foi só como amigo, mas ultimamente... parece que há algo mais. Mas como vou saber a diferença? E se eu não for sexualmente o bastante para ele e seu interesse por mim diminuir como aconteceu com Brian? *E se eu o perder também?* — Se o que vocês estão dizendo é verdade, o que vai acontecer se ele não acreditar que podemos dar certo? Como um casal? Acho que não conseguiria lidar com a ausência dele na minha vida.

— Às vezes os melhores relacionamentos vêm de uma forte amizade — Kelsey diz. — Foi assim que aconteceu comigo e com JP. Ficamos bem próximos, e eu achava que ele era um ótimo amigo. Passar desse limite foi natural para mim.

— Não parece natural para mim — respondo.

Lottie cutuca o queixo.

— Acho que Breaker vai ajudar você a ver o quanto isso pode ser natural.

> **Breaker:** Acabei de sair do trabalho. Vou passar aí na sua casa.
>
> **Lia:** Você vai mesmo se convidar para vir aqui?
>
> **Breaker:** Como se eu precisasse de convite, para começo de conversa.
>
> **Lia:** Pode ser que você precise agora.
>
> **Breaker:** Tá bom... posso passar aí na sua casa para a gente jogar, Lia?
>
> **Lia:** E o que esse "jogar" significa?
>
> **Breaker:** Jogos. *revira os olhos*
>
> **Lia:** Tudo bem, desde que a gente só vá jogar jogos. Posso fazer tortellini, se você quiser. Estou com uns frescos aqui.
>
> **Breaker:** Pode me servir uma tigela. Vou fazer uma rápida parada.
>
> **Lia:** O que você vai trazer?
>
> **Breaker:** Sobremesa.
>
> **Lia:** Tudo bem, vejo você daqui a pouco.

— Oi — Breaker fala, entrando no meu apartamento. Olho sobre o ombro no exato momento em que ele está tirando o paletó, revelando a camisa de botões justa, desabotoada em cima, insinuando seu peito firme. — Está com um cheiro bom.

— Ah, valeu — agradeço ao me virar para encarar o fogão, meu rosto quente com a mera visão dele.

Ele vem para a cozinha, para bem atrás de mim e coloca a mão no meu quadril para olhar por cima do meu ombro. Fico imediatamente excitada, e isso me irrita. Eu não deveria me sentir tão louca por um homem. Eu deveria ser capaz de me controlar, mas parece que as garotas têm razão. É quase impossível se controlar perto dos homens Cane.

Sua mão desliza para baixo da minha blusa e segura minha cintura quando ele indaga:

— Quer que eu pegue alguma coisa para beber?

— Hã, sim. — Engulo em seco. — Isso ajudaria.

— Tudo bem. — Então ele baixa o rosto para o meu pescoço e dá um beijo levíssimo na minha pele. — Você está com um cheiro ótimo, aliás.

E então ele se afasta, e sou deixada ali, mexendo o molho, meio frenética, enquanto tento controlar minha pulsação, que disparou.

São as pequenas coisas com ele.

A atenção.

Os toques.

As coisas que ele diz.

E agora posso ver que são todas as coisas que eu queria que Brian tivesse feito — todas essas coisas que Breaker faz sem eu ter que pedir. Parece até que estão enraizadas, e ele nem precisa pensar sobre isso. Só acontecem.

— Como foi o seu dia? — ele questiona, pegando duas Sprites na geladeira.

— Foi normal — respondo, ainda me sentindo tensa.

— Só normal? — ele pergunta ao levar as bebidas para a mesa.

— É, nada de excepcional aconteceu.

— Então vamos ter que mudar isso — ele diz, pegando os pratos, e eu tiro o molho do fogão. — Pode deixar. Você pode ir se sentar.

— Não precisa, Breaker.

Ele coloca um dedo debaixo do meu queixo e me mantém no lugar ao falar:

— Eu quero fazer.

Tudo bem, então.

Deixo que ele nos sirva e vou me sentar. Observo quando ele dobra as mangas, o que, na minha cabeça, parece algum tipo de pornô pela forma como seus antebraços musculosos se flexionam. Caramba, como ele é sexy. Por que será que só agora estou me permitindo notar isso? Tipo, já sei que ele é gostoso, mas nunca tinha tido essa epifania, como se eu quisesse fazer algo a respeito disso.

Com um prato em cada mão, ele vem até a mesa e os coloca na minha frente. Ele segura minha nuca e diz:

— Quer mais alguma coisa?

— Hã, acho que não — respondo, enquanto sua palma queima a minha pele.

Ele aperta de leve.

— Me avise se precisar.

Antes de se sentar, ele puxa a cadeira para mais perto da minha e então se senta, e coloca a mão na minha coxa nua.

Quase engasgo com o tortellini.

— Algum problema? — ele pergunta.

— Tipo... a sua mão está na minha coxa.

— E...?

— Ela deveria estar aí? — indago, enquanto encaro seu lindo sorriso malicioso.

— Deveria, sim.

Ele espeta alguns tortellini com o garfo e os enfia na boca.

Tudo bem... então acho que sua mão vai ficar na minha coxa.

Me volto para o prato e tento não focar na forma como seu polegar está acariciando minha pele, para cima e para baixo, devagar. É como se ele estivesse me embalado com uma canção de ninar que acaba em sexo.

Adivinhe, está funcionando.

— Você não vai me perguntar como foi o meu dia? — ele questiona.

Engulo em seco e tomo um gole de Sprite.

— Como foi o seu dia?

— Foi muito bom. Tivemos uma reunião para toda a empresa para falar sobre o caso da Schoemacher e aí respondemos algumas perguntas. Levou boa parte do dia. Dividimos as perguntas por departamento para não deixar as pessoas esperando. Fiquei feliz de ter voltado para o escritório.

— Que ótimo. Você está feliz?

Ele me olha e sorri.

— Muito.

E, por alguma razão, acho que ele não respondeu sobre o trabalho.

— Pode deixar isso comigo — Breaker diz, vindo para trás de mim, enquanto estou à pia, lavando a louça.

Mais uma vez suas mãos deslizam para baixo da minha blusa e passam pelo cós do meu short para pousarem nos meus quadris. Com seu peito bem nas minhas costas, a posição parece mais íntima do que qualquer coisa que já fiz com Brian.

— Pode deixar.

— Tem certeza? — ele pergunta, e seu dedo desliza para a parte interna, causando um fraco latejar entre as minhas pernas.

— Sim — respondo enquanto descanso a cabeça no seu peito. Só por um instante.

Ele ri, e posso sentir a vibração por todo o meu corpo. Ele traz a mão para ainda mais perto, deixando-a logo acima de onde a quero.

— Não vejo problema nenhum em fazer a limpeza. Você cozinhou, afinal.

Seus lábios puxam minha orelha, e solto a esponja na pia e relaxo por completo nele.

— Pode... pode deixar.

— Está bem. — Ele mordisca minha orelha outra vez. — Vou preparar a sobremesa.

Ele retira a mão e eu quase solto um gemido insatisfeito para chamá-lo de volta.

Durante o jantar, ele manteve a mão na minha coxa, enquanto conversamos sobre o velho cinema em Culver City que reabriu e tem passado filmes antigos. Ele foi atencioso, riu comigo, escutou e me fez perguntas.

Assim como qualquer outra conversa que já tivemos.

Ainda assim, pareceu diferente.

Tudo pareceu diferente.

E isso é assustador.

O que mais me assusta é o quanto me sinto vazia quando ele se afasta. Essa deveria ser a coisa mais preocupante de tudo isso. *Nunca* senti nada assim pelo Brian. Não deveria ficar comparando as coisas com Brian, mas se o que as garotas disseram for verdade, e Breaker quer mesmo transformar a amizade em namoro, então Brian é a referência. E estou me dando conta de que é uma referência *bem* baixa. Ele me mandou mensagem outro dia, mas foi isso. Não li nenhuma de suas mensagens. Para que me incomodar? Terminamos. Fim de papo. Jamais me sentiria dessa forma se as coisas terminassem com Breaker. *E é isso que me aterroriza.*

Termino de lavar a louça, limpo a pia e, em seguida, as bancadas. Quando ergo os olhos e não vejo Breaker na mesa de jantar, chamo:

— Breaker?

— Aqui — ele diz do meu quarto.

Ai, cacete.

Que tipo de sobremesa é para ser comida no quarto?

Puxo a barra da blusa enquanto vou na direção da sua voz. E é quando ouço a banheira se encher de água. Ponho a cabeça na porta e vejo Breaker fechando a torneira. A banheira está cheia de água e coberta por bolhas, enquanto velas fornecem a única iluminação no cômodo.

— O que é isso? — pergunto, sem saber o que mais dizer.

Breaker se vira para mim, e meus olhos logo caem para sua camisa desabotoada e peito e barriga expostos.

— Hora do banho — ele anuncia antes de vir até mim e pegar a barra da minha blusa.

Mas ele não a puxa. Ele espera para que eu permita. Uma parte de mim fica imaginando o que aconteceria se eu virasse as costas, mas a outra parte — a parte desesperada de mim — quer ver o que ele tem reservado.

Então levanto os braços, e ele vai aos poucos tirando minha blusa e então a joga no chão.

— Vire-se — ele comanda.

E eu obedeço.

Ele desabotoa meu sutiã e o deixa cair no chão antes de abaixar meu short e minha calcinha, me deixando completamente nua.

Suas mãos vão para os meus quadris, enquanto ele pressiona seu corpo quente no meu. Sua boca acaricia minha bochecha e suas mãos vão subindo pela minha barriga até os meus seios. Breaker parece mesmo gostar dos meus seios, o que com certeza aumenta minha dúvida residual da falta de interesse de Brian. *Pare de pensar nele. Um homem gostoso pra caramba está tocando os seus seios.*

— Você é viciante pra caralho — ele diz, beliscando meus mamilos.

Minha cabeça cai para trás, e seus lábios encontram o meu pescoço. Ele vai beijando ao longo do pescoço enquanto brinca com meus mamilos.

— Porra — sussurro, enquanto meu corpo pega fogo.

— Você gosta disso, não é?

Assinto, sem me segurar, porque gosto mesmo. Gosto de quando ele toca meus seios, de quando Breaker brinca com eles, de quando seus dedos beliscam e puxam meus mamilos.

— Que bom. Agora ouça com atenção, Lia. Quero que entre na banheira, descanse a cabeça na beirada e abra as pernas. Entendeu?

Assinto outra vez e sigo suas instruções. Ele me ajuda a entrar na banheira e eu me afundo na voluptuosa água quente.

— Como está?

— Uma maravilha — respondo, me sentindo confortável.

— Que bom.

Então ele estende a mão para um pacote marrom que eu não havia notado e tira de lá um vibrador. Meus olhos ficam arregalados quando ele o liga. A parte tubular vibra e gira, enquanto uma menor na base se move para cima e para baixo.

Ai, caramba, ele vai usar isso em mim?

Minhas bochechas ficam imediatamente em chamas quando ele se senta na beirada da banheira.

— Você já usou um desses antes?

— Na-não — digo, nervosa.

— É simples. — Ele o leva à banheira e remove as bolhas dos meus seios antes de deixá-lo vibrar nos meus mamilos. — Basta enfiar na sua boceta deliciosa e deixá-lo fazer todo o trabalho.

— Na banheira?

— Sim.

Ele o vira e vai descendo-o pela minha barriga, fazendo com que ela se contraia, antes de abaixar a mão na água e passar o vibrador ao longo da minha boceta.

— O que você vai fazer? — pergunto.

— Assistir — ele responde. — Pegue minha mão e me ajude a guiá-lo para dentro de você.

— Mas é muito grande.

Ele encontra os meus olhos ao falar:

— Se acha que isso é grande, espere só até eu deixar você ter o meu pau. Agora, leve o vibrador para dentro.

Abalada por suas palavras, eu o ajudo a guiar o vibrador para dentro, percebendo o quanto isso me estende, mas não é nada doloroso. É só... incrível.

— Como está?

— Fantástico.

— Que bom. Segure no lugar.

Ele o liga, e eu quase pulo para fora da banheira pela vibração dentro de mim e o estimulador de clitóris do lado de fora.

— Ah, porra — reajo, enquanto a água espirra ao meu redor, com minhas pernas se apertando.

— Relaxe — ele instrui, empurrando meu peito para baixo.

— Mas... ai, nossa, Breaker. É demais.

— Não é. Só relaxe.

Ele belisca meu mamilo, me deixando relaxada na hora, o que intensifica a sensação entre as minhas pernas.

— Como? — indago, enquanto vou movendo devagar a cabeça para o lado.

— Como o quê?

— Como você sabe do que eu preciso?

Olho para cima e vejo sua expressão séria, faminta e ávida.

— Porque eu sei tudo sobre você, Lia, até mesmo o que vai te fazer gozar.

— Sabe mesmo — sussurro, afundando na água, deixando o vibrador fazer o trabalho. — É tão bom, tipo... — Ele desliga, e eu olho para cima e o vejo segurando um controle. — O que você está fazendo?

— Controlando a situação.

E então ele liga mais uma vez o vibrador, me deixando chocada e causando espasmos nas minhas pernas.

— Ai, cacete — gemo.

O estimulador de clitóris combinado com o vibrador causa uma sensação que jamais experimentei antes, e estou amando cada segundo. Me absorvendo, me desprendendo de todos os pensamentos e preocupações, me fazendo focar na sensação boa e no homem à minha frente, com sua camisa aberta e seus olhos famintos, me observando.

— Brinque com seus seios, Lia.

Sua voz parece uma droga, entrando nas minhas veias e comandando cada movimento meu. Sem questionar, minhas mãos vão subindo pelo meu corpo até os seios, e eu os aperto. Para manter o vibrador no lugar, fecho bem as pernas. *Puta merda, é tão intenso.*

— Brinque com seus seios, Lia.

— Breaker — sussurro enquanto corro os dedos pelos mamilos.

— Porra, você é tão gostosa — ele diz enquanto o ouço abrir o zíper da calça.

Meus olhos se abrem no mesmo instante e caem para sua cintura, enquanto ele pega a cueca e tira lá de dentro seu pau grosso e comprido.

Ai.

Meu.

Deus.

Enorme.

Comprido.

E tão, tão duro.

Seu olhar está em mim, enquanto eu o absorvo por completo.

Fico com água na boca, minhas pernas tremem, e sei, bem lá no fundo da mente, que acho que ele não vai caber em mim. De jeito nenhum.

— Breaker, você... você é tão grande.

— E duro pra caralho por você.

Ele aumenta a vibração pelo controle remoto, e meus olhos se fecham com força, enquanto meu corpo fica abalado pelo prazer.

Ouço-o grunhir e pego o vislumbre revelador da sua mão subindo e descendo pelo seu comprimento. É tão erótico. Não estamos nos tocando e, mesmo assim, estamos fazendo um ao outro gozar.

— Vou entrar em você em breve — ele avisa, enquanto abro os olhos e o vejo puxando seu pau. Os músculos do seu peito estão retesados, e seu abdômen se contrai a cada investida. — E eu vou te foder, Lia. Vou fazer questão que você sinta apenas o meu pau e nada mais pelo resto da vida.

O vibrador acelera, e não consigo fazer mais nada além de deixar que ele assuma o controle. Então levo uma das mãos até o vibrador, mantendo-o no lugar, e então uso a outra mão para brincar com o mamilo, fazendo círculos ao redor dele, o sacudindo e, em seguida, beliscando da forma como Breaker faz.

— Porra, é tão bom — digo, enquanto minha pélvis começa a se mexer com as vibrações.

— Você queria que fosse o meu pau dentro de você? — ele pergunta.

— O seu pau é grande demais — respondo, enquanto espasmos começam a percorrer minhas pernas com choques de prazer.

— Meu pau é perfeito para a sua boceta — ele continua, e sua voz me atrai para olhar para ele. — Ouviu? — ele indaga, com a expressão determinada. — Meu pau é perfeito pra caralho para a sua boceta perfeita e apertada.

Meu peito se enche de ar e minha cabeça fica tonta. Concordo com a cabeça, e ele pressiona o botão de ligar no controle de novo, agora o vibrador está num ritmo tão frenético que faz minha barriga se contrair.

— Ah... ah, porra — grito enquanto meu corpo se contorce.

O estimulador esfrega meu clitóris no lugar certo, fazendo meu corpo começar a suar.

Uma pressão inegável começa a se formar na base da minha barriga, e o prazer vai subindo até que esteja bem ali, pronto para desencadear.

— Ai, cacete... Breaker — gemo.

— Você precisa gozar? — ele pergunta.

— Sim — solto entre os dentes, e então, num flash, o vibrador é desligado. Meus olhos se abrem depressa, e eu digo sem fôlego: — O que está fazendo?

— Fazendo você esperar por mim. — Ele continua bombeando seu pau, mas se aproxima cada vez mais de mim, até que sua pélvis fique bem na minha cara. — Me chupe.

— Como é?

— Você me ouviu, Lia. Chupe o meu pau.

— Mas eu não...

— Não. Não venha me dizer que não é boa nisso. Só de olhar para os seus lábios, sei que você vai me fazer gozar em segundos. Então chupe a porra do meu pau. Agora.

Com tanto tesão, mas também com incerteza, me viro na banheira para ficar ajoelhada à frente dele. Com o vibrador ainda entre as pernas, estendo o braço e pego seu pau. Seus olhos se fecham com força só pelo toque, o que me dá confiança, então vou aos poucos levando-o à boca e fico lambendo ao longo da extensão.

— Puta merda — ele diz quando sua mão pousa na minha cabeça.

Ele não me força nem me encoraja. É quase como se ele precisasse manter a mão ali para permanecer firme.

Giro a língua ao redor da cabeça algumas vezes, puxo-o para a boca e então o solto, repetindo o ritmo algumas vezes. Observo, fascinada, enquanto seu peito sobe e desce com mais rapidez. Amo a forma como seus dedos mergulham no meu cabelo, e os gemidos que escapam dos seus lábios são tão eróticos que também aumentam o meu prazer.

Giro mais algumas vezes e, em seguida, me lembro do que ele disse sobre sacudir a parte de baixo do seu pau. Arrasto a língua até a base e então vou lambendo por toda a extensão a ponto de saber o quanto ele ama isso. E é aí que começo a sacudir e bombear seu pau com a mão ao mesmo tempo.

— Puta merda — ele solta. — Porra, Lia. — Suas mãos brincam com o meu cabelo. — Sua boca. É boa pra caralho. Tão quente. — Eu o chupo e suas pernas se dobram por um instante. Eu chupo toda a sua extensão e em seguida o chupo ainda mais, e quando o solto, vou deixando meus dentes rolarem por seu comprimento. — Porra! — ele grita e enrijece.

E então o vibrador volta com força total. Gemo junto ao seu pau, enquanto o êxtase me atravessa.

— Breaker, eu... eu estou quase lá.

— Então me chupe pra valer — ele diz, e eu faço isso.

Chupo seu pau com tanta vontade que sinto como se fosse machucá-lo. Mas não machuco. Apenas o estimulo ainda mais, e enquanto meu orgasmo fica cada vez mais próximo, meu corpo vai ficando dormente, minha visão, desaparecendo. Só consigo pensar no quanto quero que ele goze. No quanto quero ouvir seus gemidos.

Giro a língua, mergulho seu pau na minha boca, solto com os dentes, e quando já não consigo mais segurar o orgasmo, gemo alto junto à cabeça do seu comprimento enquanto meu corpo todo se contorce.

— Gostosa... pra caralho — ele fala, enquanto seu corpo todo enrijece. — Me engula — ele continua, antes de pulsar dentro da minha boca e gozar.

Engulo até a última gota, e quando ele termina, caio na banheira, tentando recuperar o fôlego enquanto olho para ele. Ele se ajoelha e estende a mão para segurar minha nuca, me trazendo para mais perto da beirada.

— Puta merda — ele diz, respirando com dificuldade enquanto olha para mim. — Caralho, Lia.

— Você... gostou?

— Se eu gostei? — ele pergunta, chocado. — Mais do que gostei. Acho que acabei de ficar viciado na sua boca. — Ele passa o polegar nos meus lábios e fala gentilmente: — Meu pau mora aqui agora. Esta boca é minha. Estes dentes são meus. Esta língua é minha. — E quando acho que ele vai se preparar para um beijo, me puxando para mais perto, ele acaba beijando apenas minha testa e então se afasta. — Boa noite, Lia.

Ele se afasta, e surpresa, protesto:

— Espere, você vai embora?

— A ideia é a de sempre ir embora depois da sobremesa. — Ele se levanta, e fico observando enquanto ele enfia o pau de volta na calça, sem se importar de fechar o zíper. — Descanse bem.

E ele se vai sem dizer outra palavra.

Não sei por quanto tempo ainda fico na banheira, pelo menos até a água esfriar. Dreno a água, me seco e não me dou ao trabalho de vestir roupas, escovo os dentes e deito na cama, nua, com a mente inundada de pensamentos sobre o que acabamos de fazer.

Me viro para apagar a luz da cabeceira quando meu celular vibra com uma mensagem.

> **Breaker:** *Obrigado pelo jantar, Lia.*

Encaro a mensagem pelo que parece um minuto. É um grande contraste com a forma como ele foi embora. Como ele consegue simplesmente ligar e desligar esse lado? Minha mente ainda está girando com cada momento erótico que aconteceu entre nós hoje. Será que ele também não fica pensando nisso? Decido perguntar, porque preciso entender melhor.

> **Lia:** *Como é que você consegue agir como se nada tivesse acontecido?*
>
> **Breaker:** *Não estou agindo como se nada tivesse acontecido. Pode acreditar, ainda estou sentindo sua boca no meu pau.*
>
> **Lia:** *Então... então por que é tão casual com tudo isso? Não faço ideia do que está acontecendo, e você não está ajudando.*
>
> **Breaker:** *É normal para mim, Lia. Tipo, já deveria ter feito isso com você nos últimos dez anos, mas sei que você vai precisar de tempo para entender. Quero que veja o quanto isso é normal.*
>
> **Lia:** *Não parece normal. É esquisito.*

> **Breaker:** *E foi esquisito quando você estava passando os dentes pelo meu pau?*
>
> **Lia:** *Bem, não. Mas é porque foi no momento.*
>
> **Breaker:** *Exato. Continue vivendo o momento, Lia, e pare de ficar procurando pelo em ovo. Boa noite.*

E então... então ele bate três vezes à parede, e, com relutância, respondo com quatro batidas.

Nem me dou ao trabalho de tirar o novelo da bolsa quando me sento no sofá de Kelsey. Convoquei uma reunião emergencial depois da noite passada, e as garotas ficaram mais do que felizes em atender. Os homens, nem tanto.

Lottie coloca um prato com mini quiches que Reign fez na mesa de centro, assim como um prato dos deliciosos croissants dele.

— Esse momento parece pedir croissants — ela diz.

Kelsey traz uma tigela de geleia, pratos e utensílios, enquanto Myla vem com as bebidas.

— O que está rolando? — Kelsey pergunta.

Vou direto ao ponto:

— Vocês tinham razão. Ele tem um plano e o está executando.

Lottie se inclina e pega uma quiche. Antes de colocá-la na boca, ela fala:

— Os homens Cane sempre têm um plano... sempre.

— O que aconteceu? — Myla pergunta.

Entro em detalhes sobre a noite e como dividimos um jantar legal, e ele ficou todo cheio de toques, mas a conversa foi normal. E então, quando se tratou da sobremesa...

— Espere, ele estava com um vibrador com controle remoto e aí te colocou na banheira? — Lottie pergunta, piscando.

Minhas bochechas ficam em chamas quando assinto.

— Sim. E me deixe contar para vocês: nunca na vida fiz algo assim. Nem sozinha.

— Não falei que ele era o mais safado? — Lottie sussurra.

— E essa não é nem a parte mais safada.

Myla leva sua bebida à boca e pede:

— Conte para a gente, por favor.

— Hã, bem, ele me pediu para chupá-lo enquanto o vibrador estava dentro de mim.

As garotas apenas ficam ali, meio atordoadas.

— E eu fiz isso — acrescento.

Lottie engole em seco.

— E como é o pau dele?

— Como a porra de um tronco.

As garotas soltam uma risada alta.

— Sério, era grande demais. Eu falei que não ia caber dentro de mim, e ele me falou o quanto o pau dele era perfeito para a minha... boceta.

— Ele falou isso? — Kelsey pergunta. — Caramba, não sei se vou conseguir olhar para Breaker da mesma forma.

— Acho que nenhuma de nós vai — Myla comenta.

— Perguntinha rápida. — Lottie ergue o dedo. — Você chupou?

Começando a me sentir um pouquinho mais à vontade com essas conversas, assinto.

— Sim e... gostei de verdade.

— Boa, garota. — Lottie dá um tapinha na minha perna.

— Então qual é o problema? — Myla pergunta.

— O problema é que tudo ainda parece estranho. Tipo, quando estamos no momento, nada é estranho. É tão natural. E, tudo bem, ele me surpreende com o que diz e com o que quer que eu faça, mas depois... isso fica me matando. E quando eu falei com ele sobre ontem, ele disse para eu parar de ficar procurando pelo em ovo.

— Ele tem razão — Kelsey diz. — Você precisa curtir o momento.

— Concordo — Myla fala, colocando geleia no croissant. — Parece que ele está tentando deixar isso natural, e você está resistindo. Vai dificultar as coisas para ele fazer isso.

— A grande questão é: você quer algo mais com ele? — Kelsey indaga.

Me recosto no sofá e levo um tempo para pensar nisso.

Não sei se eu conseguiria lidar com uma vida sem Breaker, nem quero.

Este novo nível da nossa amizade é diferente, mas parece que estou curtindo. Que mentira. Eu sei que estou curtindo.

Demais.

— Acho que sim. Mas isso me aterroriza.

— Dá para compreender — Lottie diz. — Mas você sabe que Breaker nunca faria nada para te machucar. Ele estima você.

— Estima mesmo — Kelsey concorda. — Praticamente venera o chão que você pisa.

— E a intenção dele é fazer algo muito maior para vocês dois — Lottie acrescenta.

— Acho que sim. Mas... esta estranheza...

— Então faça com que não seja estranho — Myla aconselha. — Assuma o comando. Não deixe que ele lidere o caminho. Surpreenda-o e tome a iniciativa. Talvez isso tire a estranheza.

— Ohh, boa ideia — Lottie diz.

— Isso me faz suar — confesso. — Já tomei várias iniciativas antes, mas Breaker é muito mais experiente do que eu. Me sentiria uma idiota se tentasse fazer isso com ele.

— Você só tem que ir até ele e agarrar seu pênis, e ele já vai ficar satisfeito — Myla descreve, nos fazendo rir.

— É, mas acho que vou precisar de mais do que isso.

— Então você está aberta a tomar a inciativa? — Kelsey pergunta.

— Acho que sim. Tipo, faz sentido. Se eu quero algo, também preciso me mexer, e pode ser que seja menos constrangedor se eu der o primeiro passo.

— Acho que sim. — Myla cutuca o queixo. — Ah, já sei. Você pode mandar sacanagem para ele.

— Isso. — Lottie dá um tapa no braço do sofá. — Uma mensagem sacana. É perfeito. Você pode se esconder atrás da tela, aí não vai precisar enfrentar a vergonha inicial, mas também poderá assumir o controle da conversa.

— É uma ótima ideia — Kelsey concorda. — O que você deveria mandar? Algo que vá chamar mesmo a atenção dele. Tipo... eu gosto do seu pau.

Lottie revira os olhos.

— Perdoe a minha irmã. Ela não é tão boa quando se trata de falar sacanagem.

Kelsey cruza os braços.

— Tá bom, então o que você mandaria?

— Bem, já que está me dando o comando, não vou conseguir ser tão eloquente como conseguiria se tivesse tempo para pensar. Mas ela pode dizer algo como... fico com tanto tesão só de pensar na noite passada.

— Melhor. — Myla balança a cabeça. — Mas ainda não está bom. Precisamos de algo que combine com o estilo de Breaker, algo que vá mesmo chamar a atenção dele. — Ela pensa por um instante, e então um sorriso se abre no seu rosto. — Já sei.

— Divida com a gente — Lottie pede, cruzando as pernas.

— Um claro e simples... quero sentar na sua cara.

— Como é? — pergunto, e minhas bochechas parecem ter entrado em combustão.

— Issoooo — Lottie diz, arrastado. — Meu Deus. Huxley fica louco quando eu falo coisas assim.

— JP também ama — Kelsey acrescenta.

— Vocês mandam esse tipo de coisa para os maridos de vocês? — pergunto, incrédula.

— Sim. — Lottie pega o celular. — Veja só. Vou mandar isso para ele agora e já mostro a resposta. Todas nós deveríamos fazer.

— Não tem problema nenhum com isso — Myla diz e pega o celular. Kelsey faz a mesma coisa. Todas elas mandam a mensagem.

— Vai levar segundos, espere só — Lottie fala e então seu celular vibra. Com um sorriso, ela pigarreia. — Eu falei que quero sentar na cara dele e ele respondeu... — Ela umedece os lábios. — "Venha para casa agora!"

O celular de Kelsey vibra com uma mensagem.

— Deve ser o meu marido. E ele disse: "Você sabe que a sua boceta tem uma reserva permanente na minha cara, meu amor".

Sorrio assim que o celular de Myla também vibra.

Ela abre a mensagem e conta:

— Ryot me mandou uma língua e três gotas de água. E também disse: "Quando chegar em casa, tire a roupa. Vou ficar esperando no quarto".

Hum, fico imaginando o que Breaker diria.

A curiosidade leva a melhor, então também pego o celular.

Lottie bate palmas e anuncia:

— Ela vai fazer.

Elas têm razão. Preciso cruzar a barreira da estranheza se quero fazer com que isso dê certo, e quero. Não quero perdê-lo. Quero mais dele, mas estou com medo. E a única maneira de não ter medo é entrar de cabeça.

Abro a nossa conversa e mando uma mensagem.

> **Lia:** *Oi.*

— O que você mandou? — Kelsey pergunta.

— Só disse oi, imagino que devo prepará-lo primeiro. — Meu celular vibra e leio em voz alta a mensagem: — "Oi, estava pensando em você."

— Ohh, pergunte no que ele estava pensando — Kelsey diz.

Respondo.

> **Lia:** *No que você estava pensando?*

Meu celular vibra.

— "No quanto eu quero te ver hoje à noite. Passe na minha casa." — Olho para as garotas. — Devo dizer agora?

Todas concordam. Com um suspiro trêmulo, mando a mensagem.

Lia: *Estarei lá... quero muito sentar na sua cara.*

Fecho os olhos com força e aperto em enviar.

— Ai, meu Deus, não acredito que acabei de mandar isso. E se ele achar que é estranho?

— Garanto que não vai — Lottie diz. — Ele vai amar.

— Vai mesmo — Myla acrescenta. — Espere só.

Encaro o celular e quando vejo os pontinhos azuis indicando que ele está digitando, meu estômago embrulha. E então uma vibração retumbante soa pela sala.

Em vez de lê-la em voz alta, leio para mim mesma primeiro.

Breaker: *Que bom. Sua boceta é minha hoje. Estou faminto.*

Meus olhos se arregalam quando olho para as garotas.

— Ohh, a resposta dele deve ter sido boa — Lottie conclui.

Viro o celular para que todas leiam juntas, porque não consigo dizer em voz alta.

— Meu Deus — Kelsey reage.

— Humm, será que Breaker acabou de ganhar? — Lottie pergunta.

Myla concorda com a cabeça e se recosta.

— Pois é, ele ganhou de todos os rapazes com essa resposta. — Então ela olha para mim e diz: — Divirtam-se hoje. Parece que vai ser bom pra caramba.

CAPÍTULO DEZENOVE

BREAKER

Devo a Lottie e Kelsey uma medalha de honra, porque sei que são a razão pela qual Lia me mandou aquela mensagem mais cedo sobre querer sentar na minha cara. Sei que tiveram um encontro do clube de tricô hoje à noite, porque JP estava reclamando sobre o quanto queria devorar sua esposa, mas não podia.

Lia participou de todas as minhas iniciativas até agora, o que tem sido uma coisa de outro mundo. Mas então li... *quero muito sentar na sua cara.* Porra, como isso abriu um enorme sorriso nos meus lábios. Será que significa que ela está começando a se sentir à vontade com a ideia de haver um "nós"? Já? Porra, sim, espero que sim. Não há dúvida de que as garotas a convenceram a sair da zona de conforto.

E estou muito agradecido.

Lia está na sua casa agora, se trocando. Não sei o que ela vai usar, mas está se trocando, e estou esperando, impaciente, ela chegar aqui. Tenho pensado em como vou lidar com isto, porque quero que ela sinta que pode assumir o controle, mas também sei que é provável que fique tímida, então vou ter que analisá-la.

Fico andando pela sala, e quando ouço a porta ao lado se fechar, prendo a respiração. Encaro minha porta, e depois de alguns segundos, a maçaneta gira.

— Oi — ela me cumprimenta.

Olho para a entrada e a vejo usando um short verde de seda e um cropped branco. Ela não está de sutiã. Está evidente pelo quanto seus mamilos estão duros.

— Oi — respondo, ficando à vista.

Seus olhos caem imediatamente para o meu peito. Notei que tem passado mais tempo me secando agora, e eu estou curtindo. É por isso que continuo sem camisa perto dela.

Ando direto até ela, passo a mão ao redor da sua cintura e a puxo para o meu peito, então beijo o topo da sua cabeça.

Se quero beijá-la nos lábios? A cada maldito segundo que estou com ela, mas estou esperando. Esse primeiro beijo será em um momento especial, um que quero lembrar para todo o sempre, então estou me segurando, mesmo que seja doloroso.

— Como foi o clube de tricô? — pergunto com calma. É difícil, porque meu corpo está zunindo pela sua mensagem.

— Foi divertido — ela fala ao se afastar. E já posso dizer que não está exibindo tanta confiança quanto estava na sua mensagem, então preciso assumir o controle.

Não é problema nenhum.

Pego sua mão e a levo para o sofá, onde me sento. Faço com que ela se sente entre minhas pernas para que suas costas fiquem no meu peito. Estendemos as pernas no sofá, e já que a música está tocando e as luzes estão fracas, o clima está perfeito.

Ela descansa a cabeça no meu ombro, e faço círculos na sua cintura, enquanto deslizo uma das mãos para debaixo do seu cropped e fico tocando sua barriga.

— Ficou sabendo que o Blue Man Group virá para Los Angeles? — pergunto.

— Ah, é? Diga que a gente vai, por favor.

Dou risada.

— Posso levar você para Las Vegas a qualquer momento para vê-los, sabia? Sou rico, afinal. Droga, posso até fazer nosso próprio show privado aqui no apartamento.

— Exibindo a sua carteira, é?

Gosto do seu tom descontraído, então vou com isso.

— Achei que deveria impressionar.

— Sabe como pode impressionar? Recite todos os personagens de *Harry Potter* em ordem alfabética e a respectiva casa, se ele estiver em uma.

— Hum, preciso trabalhar nisso. — Passo a mão na sua barriga e então vou subindo para seus peitos, mal os roçando com os dedos. — Sabe o que JP me contou hoje?

— O quê? — ela pergunta, com a voz parecendo sem fôlego.

— Parece que Huxley tem um ponto fraco, e não estou falando da Lottie.

— Como assim?

— Bem — digo, deslizando os dedos ao longo da sua barriga, amando como ela mergulha e se expande a cada respiração que ela solta a cada toque meu. — Huxley estava no escritório dele, e JP entrou e viu que os olhos dele estavam marejados.

— Não, não acredito. — Ela balança a cabeça. — Huxley não chora.

— Eu sei, foi isso o que eu disse. E quando JP perguntou para ele o que estava rolando, Huxley se fechou.

— Pois é, como se ele fosse dividir os sentimentos dele.

— Exato — respondo, adorando o quanto Lia sabe sobre a minha família. — Mas você conhece JP, ele é implacável e irritou tanto Huxley que ele finalmente desembuchou e disse que assistiu a um vídeo que Lottie mandou para ele de um bebê escutando pela primeira vez depois de ter nascido sem poder escutar. Huxley acabou mostrando o vídeo para JP, e os dois choraram juntos. E aí é claro que JP doou meio milhão de dólares para uma fundação que ajuda famílias que não conseguem pagar pelo aparelho necessário para que suas crianças possam ouvir.

— Ai, meu Deus, isso é tão legal — Lia diz. — Achei que você fosse contar algo ridículo, tipo... a loucura do JP por pombos.

— Também achei que seria algo assim — concordo, levando a mão outra vez para o seu peito. Desta vez, o envolvo de leve e passo o polegar embaixo dele. — Mas fiquei surpreso quando ouvi que tinha mais a ver com a criança em si. E isso me faz pensar que eles estão escondendo alguma coisa.

— Como assim? — ela pergunta.

— Não sei, não. Acho que Lottie pode estar grávida.

— Não. — Lia balança a cabeça. — Ela bebeu com a gente na outra noite.

— Pois é, mas JP também disse que viu umas bebidas não alcoólicas. Ou ela recusou as bebidas alcoólicas.

Lia vira e então se senta no meu colo, suas costas pressionadas no apoio do sofá e suas pernas penduradas na beirada.

— Não, ela não pode estar grávida. Tenho certeza de que eu notaria.

— Você tem visão raio-X de útero e eu não sabia? — pergunto.

Ela pressiona a palma no meu rosto, me fazendo rir.

— Você sabe muito bem o que eu quero dizer.

— Não sei, não. Acho que ela está. Os sinais estão aí. Huxley tem sido ainda mais protetor com ela ultimamente. Mais do que o normal. E ele cancelou alguns compromissos. JP que me contou. Ele acha que os dois vão ao médico.

Coloco a mão na sua coxa, enquanto ela fica olhando, pensativa.

— Não consigo imaginar Huxley sendo pai. Mas eu também nunca, tipo, nunca mesmo, pensei que ele fosse se casar. — Ela se vira para mim, escarranchada no meu colo. Acomodo a mudança na posição e deslizo as mãos por baixo do seu short, ao longo de todo o caminho até a junção dos seus quadris. — Mas lá está ele, provando que estou errada a cada instante. Lottie de fato o domesticou.

— Pois é, fico feliz que eles tenham se encontrado. Gosto muito de Lottie.

— Eu também. E de Kelsey, por falar nisso. Ela e JP estão tentando engravidar?

— Não perguntei, mas pela expressão de JP quando ele estava falando sobre Lottie possivelmente estar grávida, deu para ver o desejo nos olhos dele. Acho que JP seria um ótimo pai.

— Também acho. — Ela coloca a mão no meu peito. — Eu gosto de fofocar sobre os seus irmãos. Eles exibem uma imagem tão austera que é divertido ver o que rola nos bastidores desses homens poderosos.

— E eu?

— Eu já sei tudo sobre você.

— Nem tudo.

Ela passa a mão pelo meu peito e pergunta:

— O que eu não sei?

— Que naquela primeira noite em que você apareceu no meu dormitório, fiquei me dizendo durante quase toda a partida de *Scrabble* que eu iria te chamar para sair quando terminássemos.

Ela inclina a cabeça para o lado.

— Não ficou, não.

Assinto.

— Fiquei, sim. Estava criando coragem para fazer isso.

— E por que não fez? — ela questiona, confusa.

— Porque você disse que queria um amigo, e eu não queria estragar nossa conexão, então eu disse que tudo bem, seria o seu amigo.

Ela umedece os lábios e pergunta:

— Então por que agora? Por que mudou essa forma de pensar?

— Porque... — respondo, pegando a barra da sua regata, e vou aos poucos passando-a por sua cabeça. — Me dei conta de que ver você se casando com outro homem com certeza foi o pior cenário, porque nutro sentimentos profundos por você, Lia. — Minhas mãos vão para os seus seios, e ela ergue o peito com um ofego enquanto move sua bunda ao longo da minha ereção crescente. — Acha que consegue retribuir esses sentimentos?

Ela passa os dentes pelo seu lábio inferior e, quando seus olhos encontram os meus, diz:

— Acho que sim.

— Que bom — falo antes de pegá-la e me levantar do sofá.

Seus braços enlaçam meu pescoço e seus seios estão pressionados no meu peito nu. É uma sensação tão deliciosa que quase me sinto triste por ter que quebrar esta conexão em breve.

— Isto é tão... estranho e novo para mim — ela admite. — É difícil entender tudo.

Eu a levo para o quarto e a deito na cama antes de estender a mão para sua cintura e tirar seu short, deixando-a completamente nua. Ser capaz de vê-la nua sempre que eu quiser é como um maldito sonho.

— Ainda estou tentando entender tudo também — digo enquanto puxo meu short para baixo e agarro a base da minha ereção. Eu a aperto e solto um suspiro enquanto absorvo seu corpo perfeito.

A expansão dos seus quadris.

A forma como seus mamilos estão sempre duros.

A leve abertura dos seus lábios enquanto ela me observa bombear.

— Me fale, Lia, como foi ter o meu pau na sua boca ontem?

Ela engole em seco antes de dizer:

— Eu gostei... bastante.

— Boa resposta. — Acaricio meu comprimento, passando a mão na cabeça, enquanto os olhos de Lia parecem petrificados no que estou fazendo. — Você brincou com o vibrador depois?

— Não. — Ela balança a cabeça.

— Por que não?

— Porque... — Sua mão paira sobre os seios, e observo com inveja enquanto ela brinca com eles. — Achei que eu não tivesse permissão de brincar... sem você.

Juro que o meu pau ficou ainda mais duro com essa resposta.

Umedecendo os lábios, eu me debruço na cama, pairando sobre ela com a mão de cada lado.

— É uma resposta ainda melhor — digo enquanto baixo a boca em seu peito, onde vou mordiscando ao longo da sua pele. — Sinta-se à vontade para brincar sempre que quiser sem mim, mas... — levanto a cabeça para olhá-la nos olhos — sempre pense em mim.

Então salpico seus seios de beijos, indo de um lado para o outro, chupando sua pele, mordiscando, deixando marcas para que ela se lembre exatamente de a quem pertence quando acordar pela manhã e se olhar no espelho.

Suas mãos vão subindo pelas minhas costas até meu pescoço, onde ela brinca com os fios curtos de cabelo.

— Você... você me acha mesmo atraente? — ela pergunta, me surpreendendo.

Ela não disse muito durante nossos últimos encontros, além de me dizer que estava gostando do que eu estava fazendo, mas hoje é diferente. Ela está mais ousada hoje, mais aberta. Mais curiosa.

Para responder à sua pergunta, pego sua mão e a coloco na ereção.

— Você me diz — respondo.

Ela acaricia de leve, e seu toque parece fogo, alimentando as chamas a cada movimento da sua mão.

— E... e você me quer mesmo? — ela indaga.

Puxo seu mamilo para dentro da minha boca e o chupo com força, fazendo seu peito se erguer da cama. Quando solto a pequena protuberância, digo:

— Penso em você a cada segundo de cada dia, Lia. Quero você mais do que qualquer outra coisa na vida.

Beijo sua barriga e pairo ali, amando como ela se contorce ao meu toque.

— Quer perguntar outra coisa?

Ela umedece os lábios e assente.

— Vá logo, porque estou morrendo de fome.

Me debruço e mergulho a língua em sua boceta, fazendo-a gemer.

Ela aperta os olhos, e com um gemido ofegante, indaga:

— Isto aqui é só diversão para você... ou é algo mais?

Levo a boca à sua boceta e a abro. Ainda não dou lambidas, apenas fico ali pairando, e quando ela olha para mim, falo:

— Isto é muito mais. — E então mergulho a língua no seu clitóris.

— Ai, cacete — ela diz, abrindo as pernas e levando as mãos ao meu cabelo.

Este é a porra do meu cantinho feliz, bem aqui, entre as suas pernas, fazendo-a gemer o meu nome. E estou puto da vida comigo mesmo por ter levado tanto tempo para me dar conta disto. Sempre fui atraído por ela, é claro, mas levou cada maldito segundo para que eu descobrisse que a quero. E isso me deixa furioso. *Porque eu quase a perdi.* Eu teria me odiado para sempre se a tivesse perdido.

Pressiono a língua ao longo do seu clitóris, deslizando devagar, e quando ela solta baixinho o meu nome, sei que é a hora. Me afasto, e enquanto ela protesta, eu a viro pela barriga.

— O-o que você está fazendo? — ela pergunta.

Arrasto a mão por sua espinha e pela curva da sua bunda. Depois de passar a mão pelo globo redondo, sem nem pensar, dou uma palmada, deixando uma marca vermelha.

— Porra. — Ela agarra o edredom, mas não protesta. Então faço de novo. — Breaker — ela solta com dificuldade.

— O que foi? — indago, passando a mão na marca vermelha.

— Eu... eu não sei.

Dou outra palmada, e desta vez, ela solta um sibilo.

— Você gosta, não é?

Com um leve gemido, ela diz:

— Gosto.

— Mas não esperava por isso?

Ela balança a cabeça.

Sorrindo, dou palmadas de novo... e de novo. O som reverbera pelo quarto, e sei que é um som que vou guardar na memória, porque é tão doce ouvi-la gemer baixinho a cada palmada.

Passo a mão ao longo da sua bunda, massageando de leve, deixando a dor da palmada ser suavizada pela minha mão. E então, depois de mais alguns segundos, dou outra palmada.

— Breaker — ela grita.

Sorrio e, em seguida, levanto sua bunda e enfio a mão entre suas pernas, sentindo o quanto ela está molhada.

— Porra, é isso aí, Lia. — Brinco com os dedos ao longo da sua abertura. — Você está pronta para mim. — Solto a mão, ando ao redor da cama e então me deito. Coloco as mãos atrás da cabeça e sigo falando. — Agora, venha cá.

Ela ergue a cabeça que antes estava relaxada no colchão.

— Como assim? — pergunta.

— Você queria sentar na minha cara. Então venha sentar.

— Ah. — Suas bochechas ficam vermelhas em um tom perigoso de vergonha. — Eu... a gente não precisa fazer isso.

Meus olhos se estreitam.

— Você disse que queria. Portanto, você vai fazer. Venha cá. Agora.

— Breaker, é só que... eu nunca...

Me inclino, pego seu braço e a puxo para mim. Então a viro ao contrário, para que seus peitos fiquem nas minhas pernas, posicionando-a em cima do meu peito.

— O que você está fazendo? — ela pergunta.

Pressiono as mãos em suas costas e a abaixo, então trago sua bunda para o meu rosto.

— Ai, caramba, Breaker — ela diz logo antes de eu enfiar dois dedos nela. — Porra — ela solta entredentes, e posso sentir sua respiração na minha ereção.

É claro que eu adoraria que ela me puxasse para dentro da sua boca enquanto faço isso. Mas jamais vou pedir.

Eu puxo para mais perto, para que a minha boca fique bem na sua boceta encharcada. E é quando começo a lamber. Suas pernas se apertam ao meu redor, e ela cai para frente, com a boca ao lado do meu pau.

Enquanto dou lambidas, suas mãos correm para cima e para baixo na parte interna das minhas coxas, então eu as abro para ela, e é quando ela envolve as minhas bolas.

— Porra, Lia — murmuro, enquanto minha cabeça cai por um segundo.

— Você gostou? — ela pergunta.

— Pra caralho — respondo, então ela continua as envolvendo enquanto sua outra mão agarra meu pau. — Você não precisa fazer isso — digo, mesmo que eu esteja desesperado para sentir a sua boca de novo.

— Eu quero — ela fala antes de chupar a glande com sua boca molhada e quente.

Porra, é o paraíso.

— É bom pra caralho — digo enquanto continuo levando a língua no seu clitóris.

Ela fica à vontade, e enquanto brinco com ela, ela brinca comigo, e é tão sexy. Nunca fiz isso com outra pessoa antes, e posso dizer honestamente que estou feliz que seja com a Lia, porque ela é perfeita pra caramba. Tudo o que está acontecendo aqui é.

Ela me leva para dentro e para fora da sua boca enquanto brinca com minhas bolas. Logo a minha espinha começa a formigar conforme a tensão do meu orgasmo aumenta.

Vai ser rápido. Rápido demais, então foco em fazê-la gozar. Endureço a língua e faço movimentos curtos e rápidos no seu clitóris, fazendo-a gemer junto ao meu pau.

— Puta merda. Faça isso de novo e vou acabar gozando na sua boca.

Ela murmura ao longo do meu pau, e meus dedos do pé se contorcem enquanto minhas bolas ficam apertadas. Merda, preciso que ela goze.

Movo a língua com mais rapidez, mas não chega perto do que ela está fazendo comigo, e minha mente só consegue focar em uma coisa: no orgasmo que está chegando.

Com um aperto final nas minhas bolas e um puxão com os dentes, meu corpo enrijece.

— Porra, vou gozar — digo, bombeando sua boca, e ela engole junto à cabeça do meu pau. — Ahhhhh, porra — grito quando o prazer me atravessa.

Ela lambe meu pau quando meus quadris param de se mexer, e é quando me dou conta de que ela ainda precisa gozar. Então a tiro de cima de mim e a coloco de costas. Ela olha para mim, com um sorriso malicioso. Ela está tão satisfeita consigo mesma que não consigo nem ficar bravo por ela ter assumido o controle.

— Você está encrencada — falo, abrindo suas pernas.

— Por quê? — ela pergunta, com o sorriso indo de orelha a orelha.

— Porque... — Estendo o braço e belisco seu mamilo, fazendo-a estremecer. — Era para ser para você. Não era para você ter me sugado para dentro dessa sua boquinha linda.

— Mas eu quis. — Seus olhos satisfeitos encontram os meus. — Eu quis o seu pau, Breaker.

E, puta merda... acho que fiquei duro de novo.

— Tome — digo para Lia, oferecendo uma das minhas camisetas. — Vista isso hoje.

Ela pega a camisa com a estampa de um cubo mágico.

— Eu poderia voltar para o meu apartamento e pegar roupas, sabia?

Eu a ajudo cobrir seu corpo nu com a camiseta.

— É, poderia, mas aí você teria que andar nua num lugar público, e eu não aprovei isso. E também significa que você teria que sair daqui, e eu também não aprovei isso.

Ela ri e pressiona a mão no meu peito.

— Ninguém me disse que você está no comando.

— Pois bem, estou. — Beijo o topo da sua cabeça, desesperado para reivindicar sua boca. — O que também significa que você vai dormir aqui hoje, desculpe.

— E por quê?

Suas mãos vão para a minha cintura, e mesmo que eu tenha acabado de fazê-la gozar alguns minutos atrás, já estou sentindo o desejo desesperado de fazer tudo de novo.

— Porque eu deixei você dormir na sua casa nas duas últimas noites, e já está na hora de você passar a noite aqui, aí vou poder acordar ao seu lado pela manhã.

— Achei que eu ocupasse a cama toda — ela diz, passando as mãos no meu peito.

— E ocupa mesmo, mas posso relevar isso.

— Nossa, como você é um herói.

Ela ri e então me puxa para um abraço. Passo a mão pela sua nuca.

— Está tudo bem? — pergunto.

Ela assente junto do meu peito, mas não se afasta.

— Tem certeza? Você ficou toda quieta de repente.

— Tenho. Só estou pensando.

— Me fale sobre o que você está pensando — digo, ao descer os dedos pelas suas costas e então subi-los.

— Só na loucura de tudo isso. — Ela ergue o olhar para mim. — Nunca imaginei ficar nesta posição com você ou naquela posição em que estávamos alguns minutos atrás. Acho que ainda estou tentando entender.

— Mas você parece ter se aberto à possibilidade.

— É verdade. — Então ela se afasta o suficiente para que possamos olhar um para o outro. — Eu gosto de você, Breaker, de verdade. E pareço ter esta atração irresistível por você sobre a qual eu nunca soube. E quando você está me tocando, me comandando, me faz sentir segura, protegida, como se eu estivesse... em casa. Só não quero estragar tudo, sabe?

— Eu entendo. — Deslizo o dedo no seu queixo. — Prometo que vou fazer tudo ao meu alcance para que nada estrague. Tudo bem?

Ela assente.

— Sim.

— Você confia em mim?

— Você é a pessoa em quem mais confio.

— Que bom. — Eu a puxo para outro abraço. — Então tenho que te perguntar uma coisa.

— O quê?

Eu a guio para a beirada da minha cama e nós dois nos sentamos.

— Você está me deixando nervosa — ela diz enquanto pego suas mãos.

— Não precisa ficar nervosa. Só quero te perguntar uma coisa. — Com um sorriso, indago: — Você quer ir a um encontro comigo amanhã?

— Ah, pare... não é essa a sua pergunta.

— É. Estou falando sério, Lia. Quero namorar você, e agora que sei que está aberta a essa possibilidade, quero tornar as coisas oficiais.

— Sério?

Assinto, e ela desvia o olhar.

— O que foi? — Com certeza alguma coisa está se passando na sua cabeça. — Não é algo que você queira? Será que entendi tudo errado?

Ela balança a cabeça.

— Não, de forma alguma. Você não entendeu nada errado. É só que... tudo está sendo tão de repente. Eu acabei de romper com Brian e cancelei o casamento. Se eu começasse a namorar, você não acha, sei lá... que cairia mal?

— Para quem?

— Sei lá... para as pessoas.

Assinto devagar.

— E quem são essas pessoas de que você está falando?

— Pare. — Ela ri. — Você sabe do que estou falando.

— Sei, mas estou imaginando quando foi que você começou a se importar com o que os outros pensam. Desde que te conheço, você nunca deu a mínima.

— Tem razão. Nunca mesmo. Acho que ainda estou com medo.

— Bem, se você não estiver pronta, eu espero. Posso esperar por quanto tempo você precisar. Não vou a lugar nenhum, Lia. Se quer ir com calma, vamos com calma. Se quiser que eu te dê espaço para pensar, farei isso, porque quero você nessa tanto quanto eu estou.

Ela morde o lábio.

— Eu também quero, Breaker. — Ela resmunga e, em seguida, se joga na cama, cobrindo os olhos com as mãos. — Meu Deus, como eu sou irritante.

Rio e me deito ao seu lado, colocando a mão na sua barriga.

— E por que você diz isso?

— Não está na cara que eu deveria apenas ficar com você e não hesitar nem por um instante? Você é a escolha óbvia, e mesmo assim estou com tanto medo de dar esse passo em direção ao namoro, porque isso significaria... isso significaria que nossa amizade terminaria.

— Hã... como é? Como assim nossa amizade terminaria?

— Se dermos esse passo em direção ao namoro, Breaker, então isso poderia resultar em dois caminhos muito diferentes. Ou ficamos juntos para sempre, o que parece loucura só de pensar. Ou terminaríamos, e duvido que a gente conseguiria ser amigos depois disso.

Coço o rosto.

— Por que ficarmos juntos para sempre parece loucura para você?

— Bem, você iria querer se casar um dia? Porque desde que te conheço, você nem mesmo teve um namoro sério, então isso é algo que quer? Será que ficar envolvido comigo não te faz surtar?

— Nem um pouco. E acho que, na minha mente, eu sempre estive com você. Você sempre foi minha.

— Isso é irritantemente fofo.

Rio e então envolvo o seu rosto.

— Você disse que confia em mim, não é?

— Sim.

— Então me deixe guiar o caminho, tá bom? Você pode fazer isso? Prometo que não vou forçar a barra.

Engulo em seco e assinto.

— É, tudo bem, posso fazer isso.

— Boa garota. — Sorrio e então continuo: — Agora, se quiser voltar para a sua casa e dormir lá, sinta-se à vontade. Só pegue uma calça emprestada. Se quiser ficar aqui, está tudo bem também. Mas a escolha é sua.

— Quero ficar aqui — ela decide, com os olhos nos meus.

— Então vamos nos preparar para dormir, porque estou exausto.

Me levanto da cama e a puxo.

Depois de alguns revezamentos de ir ao banheiro e escovar os dentes, eu a levo até seu lado da cama, puxo as cobertas e a ajudo a se deitar.

Assim que tudo está fechado e meu celular carregando, deslizo para suas costas, o lençol frio um contraste gritante com o calor do seu corpo. Passo os braços ao redor da sua cintura e a puxo para o meu peito.

— Está bom assim?

— Sim — ela diz. — Este é o meu jeito favorito de dormir. Sério.

Dou um beijo no seu pescoço.

— O meu também.

— Breaker? — ela chama depois de uma pausa rápida.

— Hum?

— Amanhã... o encontro ainda é uma opção?

Sorrio junto do seu cabelo sedoso.

— É.

— Tudo bem. Então acho que vou querer ir.

— Acha ou tem certeza?

— Tenho certeza, mas dá para não ser um encontro estranho em que você use terno e eu tenha que ficar toda arrumada? Isso não é nada a nossa cara.

— Pode acreditar, eu sei. Tenho algo bem diferente planejado. Algo em que já venho pensando há algum tempo.

— Sério? O que é?

— É surpresa. — Escorrego a mão por baixo da sua camiseta. — Agora, vá dormir.

— Você vai simplesmente me deixar curiosa assim?

— Vou. — Beijo o topo da sua cabeça. — Mas cancele todos os seus compromissos de amanhã, porque você é minha.

— O dia inteiro?

— Sim. O dia inteiro. Posso não fazer você usar um vestido chique, mas ainda assim vou deixar uma impressão forte. Fique sabendo que você não vai querer sair com mais ninguém.

— Nem um pouquinho confiante, hein?

— Não é confiança, Ophelia — sussurro. — São fatos.

CAPÍTULO VINTE

LIA

— A venda é mesmo necessária? — pergunto quando ele para no que parece ser um sinal.

— Pela décima vez, sim.

— E você mesmo me vestir, foi necessário? Ou só fez isso para poder brincar com os meus seios?

— Lia — ele diz em tom sério. — Eu não preciso vendar você e dizer que tenho que te vestir para ter um gostinho. Posso fazer isso a qualquer hora que quiser.

— Ah, é? E desde quando o meu corpo se tornou seu?

— Desde que você gozou na minha língua — ele responde, pousando a mão na minha coxa.

— Pois bem, acho que é uma resposta.

Ele ri e anuncia:

— Estamos quase lá, só mais um pouquinho. E devo dizer que fez um trabalho excelente comendo seu donut hoje de manhã. Não ficou nenhuma migalha em você.

— Não é a primeira vez que como um donut. E foi uma experiência diferente comê-lo vendada.

— Ah, viu só? O dia já começou bom. — Ele para o carro e uma janela se abre. — Bom dia. — Ouço-o dizer. — Só estou fazendo uma surpresa, não a sequestrando.

Isso me faz rir.

Seja lá com quem ele está falando diz:

— Aproveite, sr. Cane.

E então Breaker continua.

— Sr. Cane? Você vai sair por aí exibindo a sua conta bilionária hoje?

— Talvez — ele responde com um riso na voz.

Ele aperta minha mão e dirige o carro ao redor até estacionar.

— Chegamos?

— Chegamos. — Ele tira o cinto de segurança e instrui: — Fique aqui.

Ouço-o sair do carro e, em alguns segundos, ele abre minha porta.

— Vou ter que andar vendada?

— Não — ele responde, estendendo o braço atrás de mim e desamarrando a venda.

Leva alguns segundos para os meus olhos se ajustarem, mas, quando isso acontece, me deparo com um estacionamento subterrâneo.

— Onde estamos? — pergunto, e é aí que vejo sua camiseta.

É preta e se agarra a cada centímetro do seu peito musculoso, mas é a imagem de Jack Esqueleto, bem como os dizeres "O Jack dela", que chamam minha atenção. Dou uma olhada na minha camiseta e há a Sally e os dizeres "A Sally dele" estampados nela.

— Hã... por acaso estamos na Disney?

Ele ergue meu queixo e eu fico cara a cara com o seu lindo sorriso.

— Estamos.

Meus olhos se enchem de lágrimas, me recosto no banco do passageiro e digo:

— Não acredito que você lembrou.

Ele pega minha mão.

— Primeiro ano de faculdade, logo depois de você ter ido a um encontro com aquele comedor de lula. Pode ter sido um dos seus piores encontros. Você foi até o meu dormitório e ficou reclamando sobre o quanto os caras são idiotas e não sabem conduzir um primeiro encontro de verdade. Perguntei o que teria sido seu primeiro encontro ideal, e você disse Disney. Você testaria o cara para ver se vocês usariam camisetas combinando. Se ele fizesse isso, seria ponto para ele. — Ele gesticula para a camiseta. — Tenho certeza de que estou me saindo muito bem até agora.

Ai, meu Deus. Se saindo muito bem até agora... Fico simplesmente atordoada. E também estou me sentindo tão emotiva... como é que ele se lembra de cada detalhe daquela conversa? *Como?*

Uma lágrima rola pela minha bochecha, e ele se inclina para enxugá-la.

— Por que está chorando?

— Porque é tão... tão atencioso — digo e me viro para ele. — Você é a única pessoa que já fez algo tão atencioso assim antes. A única.

— Porque você é especial para mim. — Seu polegar acaricia minha bochecha. — Eu moveria montanhas por você, Lia. — Ele enxuga outra lágrima e então me puxa pela mão. — Vamos, chega de chorar. É hora de diversão.

Deixo que ele me guie para fora do carro, e então, enquanto andamos e ele segura minha mão, me apoio em sua forte presença, neste homem que sempre me tratou como prioridade. Que se lembra de tudo sobre mim: desde o tipo de café que amo até minha ideia de um encontro perfeito.

Nunca imaginei que ele seria assim, o homem amoroso, ainda assim combina tão bem com ele. *Ele parece combinar perfeitamente comigo.*

Fiquei pensando por muito tempo sobre o porquê de ele estar atrás de mim. Sobre seu argumento na noite passada... de por que nunca ter tido uma namorada de longa data.

"Acho que, na minha mente, eu sempre estive com você. Você sempre foi minha."

Essas palavras, essa declaração, me chocaram. Desde o momento em que algo se acendeu em Breaker, ele tem me tratado como se eu fosse preciosa. Algo que jamais experimentei. Na verdade, está a anos-luz da forma como Brian me tratava. Breaker tem me tratado da mesma forma que vi Huxley e JP tratarem Lottie e Kelsey. E *isso* tem me dado mais confiança para dar esse próximo passo com Breaker. Porque confio nele. *Acredito* nele. Ele não é de mentir. *Você sempre foi minha.* E se eu sempre fui dele, está começando a ficar claro que ele sempre foi meu também.

Fique sabendo que você não vai querer sair com mais ninguém.

Quando ele disse isso na noite passada, eu quis acreditar. E agora, enquanto me apoio nele, passando por fileiras e mais fileiras de carros, eu acredito.

Posso ver.

Posso sentir.

— Breaker — sussurro, segurando sua mão com força. — Você conseguiu o pacote VIP para a gente?

— Está mais para o pacote Breaker Cane — ele sussurra no meu ouvido.

O estacionamento em que paramos parece ser secreto e permite que passemos por todas as filas. Fomos direto para a seção VIP, onde fomos recebidos com as orelhas do Mickey com a temática de *O Estranho Mundo de Jack*, é claro, e a parte mais fofa de tudo é que Breaker está usando as dele sem vergonha nenhuma.

Me lembra do cara que conheci na faculdade. Que não poderia se importar menos com a opinião dos outros, faz o que gosta e não pensa duas vezes quanto a isso.

— Bem-vindo à Disney, sr. Cane. Sou Jorge, seu guia por hoje.

Breaker estende a mão.

— É um prazer conhecer você, Jorge. Por favor, me chame de Breaker.

— O prazer é meu — Jorge diz e então estende a mão para mim. — Esta deve ser a srta. Fairweather-Fern.

— Por favor, me chame de Lia — falo e aperto sua mão.

— É um prazer, srta. Lia. — Pegando um iPad da sua lateral, ele começa: — Entendo que esta seja apenas uma festa particular. Já recebi o cronograma dos eventos programados e também estou com a reserva de vocês organizada. Parece que vamos ter um ótimo dia.

— Vamos mesmo — Breaker concorda.

— Maravilha, e, por favor, se precisarem parar para comer ou pegar comida para viagem durante o passeio, basta avisar, ficarei mais do que feliz em auxiliar com isso. Estou aqui para deixar a sua experiência inesquecível.

— Obrigado, Jorge — Breaker diz.

— Pois bem, se estiverem prontos, acho que a primeira coisa no cronograma hoje é andar na Matterhorn.

Olho para Breaker, que está sorrindo, porque ele sabe — claro que sabe — que a Matterhorn é o meu passeio favorito. Amo o quanto ela é velha e desajeitada. Ser sacudida me faz rir mais do que o passeio.

— Podemos muito bem começar com uma pancada, né? — ele fala.

— Você está me mimando demais hoje, hein? — pergunto, enquanto Jorge nos guia pelo parque.

— Estou, mas não para te impressionar. Acho que já não preciso a esta altura. — Ele leva nossas mãos entrelaçadas à boca. — Estou te mimando porque quero, porque posso fazer isso e porque você não merece nada menos do que o melhor, Lia. — Ele dá um beijo leve nos nós dos dedos.

Não sei como foi acontecer, como fui premiada para estar com este homem, mas, de alguma forma, o universo fez acontecer — pode ser que tenha sido com a ajuda dos meus pais, que sempre amaram Breaker, que sempre tiveram a esperança de ficarmos juntos. Pode ser que eles tenham dado uma mãozinha para unir a gente.

— Você também merece muito — garanto a Breaker, que apenas balança a cabeça.

— Já tenho tudo de que preciso, Lia — ele responde, olhando nos meus olhos.

— Está pronta? — Breaker sussurra, enquanto a barra do navio do Peter Pan cai sobre nossas pernas.

— Sim — confirmo, enquanto saímos em direção à escuridão do passeio.

— Que bom, agora puxe seu short para baixo.

— Agora puxe seu short para baixo.

— Como é? — pergunto com uma risada, e então me viro para ele.

— É um passeio de dois minutos, Lia. Se eu não conseguir fazer você gozar em dois minutos, então não sei o que estou fazendo como homem.

— Pare. — Empurro seu peito. — Você não vai me fazer gozar no Peter Pan. — Sussurrando, acrescento: — São passeios infantis.

— Mas é o Desafio Peter Pan.

— Quem disse?

— O pessoal dos bastidores que são entusiastas do sexo.

— Pois é, você pode entrar em contato com esses seus entusiastas do sexo e dizer que eles são malucos. A Disney é sagrada.

— Entãããão... isso é um não?

Rio e balanço a cabeça.

— É um não definitivo. Meu Deus, Breaker.

Ele ri e me envolve com o braço.

— Eu só estava brincando, sabe?

— Por alguma razão, não acredito nisso.

O navio viaja por Londres e direto para a Terra do Nunca; esse passeio das crianças encantadas também é um dos meus favoritos. Até agora, passamos por toda a Fantasyland, e este é o nosso último passeio antes de nos aventurarmos para o Star Wars: Galaxy Edge. Não tivemos que esperar nas filas, e quando saímos do Desejo Encantado da Branca de Neve, Jorge estava com águas e pretzels recheados com cream cheese para nós. Encontramos um lugar para sentar, e eu devorei o pretzel. É claro que dividimos com Jorge, que foi mais do que gentil com isso. Paramos para tirar algumas fotos na frente do castelo, bem como na frente da Matterhorn, e até mesmo fomos na loja de presentes, onde Breaker comprou camisetas combinadas da Disney com o ano gravado nelas para a gente. Clássica lembrancinha. Por sorte, Jorge tem carregado nossa bolsa.

Tem sido mágico.

— Obrigada — digo para ele. — Tem sido um dia perfeito. O primeiro encontro perfeito.

— Não acabou. Ainda precisamos ir na California Adventure depois daqui.

— Vamos na California Adventure?

— Hã, sim, vai ser o dia todo.

— Vamos encerrar com os fogos de artifício?

— O que você acha? — ele pergunta com um sorriso.

— Nossa, Breaker. Se você queria tanto assim um boquete, poderia simplesmente ter pedido... sabia? Não precisava de tudo isso.

Ele ri.

— Ah, eu sei, Lia. — Seus lábios estão perto da minha orelha. — Pode acreditar, sei muito bem o quanto você quer o meu pau.

Minhas bochechas ficam quentes, e fico feliz por estarmos numa sala escura, caso contrário as pessoas poderiam ler minha expressão e meu desejo por este homem estampado por todo o meu rosto.

— Acho que fiquei excitado de verdade durante o passeio Rise of the Resistance — Breaker conta, enquanto estamos sentados à mesa reservada na Docking Bay 7. — Tipo, com arrepios e tudo.

— Eu também. Apesar de que não posso dizer sobre essa ereção da qual você está falando. Mas fiquei arrepiada. Deve ser uma das experiências mais imersivas que já tive. E a forma como os membros do elenco gritam com você... me fez sentir mesmo como uma prisioneira.

— É, vamos fazer esse de novo. — Breaker se debruça sobre a pequena mesa circular. — Me faz querer tirar minha fantasia de Chewbacca do armário e começar a usá-la em casa.

— Você ainda tem aquilo?

— Tenho, e ainda tenho a sua fantasia de Leia... e acho que ela precisa de uma atualização, sabe, já que vi você nua. Acho que mereço ver você usando aquele biquíni dourado.

— Ai, meu Deus, sério? Vamos ser tão clichés assim?

— Sim, algum problema com isso?

Sorrio e me recosto nele.

— Não, na verdade, acho que vai ser bem sexy.

— Porra, não me provoque, Lia. Você sabe que vou acabar comprando aquele biquíni agora mesmo.

Estou prestes a dizer para ele fazer isso quando Jorge traz nossa comida. Breaker escolheu costela defumada, e eu fui atraída pelo macarrão com camarão. Jorge também entrega algumas Sprites e então avisa:

— Vou tirar uma folga por um instante, enquanto comem. Vocês têm o meu número, se precisarem de alguma coisa.

— Obrigado, Jorge — Breaker diz antes de ele se afastar.

— Isto parece delicioso — elogio quando Breaker me entrega um garfo.

— Parece mesmo.

Ele passa o braço ao redor da minha cintura e me puxa para mais perto antes de descansar a mão no meu quadril, me mantendo bem perto dele.

Enquanto comemos, pergunto:

— Você já foi assim tão possessivo com alguma mulher com quem saiu?

— Não — ele responde antes de engolir sua primeira garfada. — Você é a única.

— Posso perguntar por quê?

— Você não gosta?

Balanço a cabeça.

— Não, eu amo, mas é tão diferente. Nunca conheci um cara que me segurasse assim como você faz. Ou que quis me tocar como você. E acho que nunca soube o quanto gosto disso até acontecer.

— Pois é, eu também não sabia o quanto eu precisava disso até tocar você. — Ele sorri para mim e então enfia uma garfada de comida na boca, parecendo todo bobão e ridiculamente fofo. Quando balanço a cabeça, ele me cutuca e pergunta: — O que foi?

— É só que... Meu Deus, mas como você é irritante pelo quanto que é gostoso. Basta sorrir que o meu estômago já fica todo cheio de nós.

— Considero isso uma coisa boa.

— Claro que sim, porque você acha que me tem na palma da sua mão.

— E não tenho?

Espeto um camarão e murmuro:

— Infelizmente.

Ele ri.

— Não fique triste com isso.

— Você é charmoso, e fofo, e atencioso, e, aff... está ficando difícil encontrar um defeito em você.

— Você está atrás de defeitos? — ele pergunta, bebendo um gole de Sprite.

— E não ficamos todos atrás de defeitos? — indago enquanto enrolo o macarrão no garfo. — Sem defeitos, não seríamos humanos.

— É verdade. Já que está procurando defeitos, tenho algo para te satisfazer.

— Ah, é? É um defeito real?

— Bem real. Fico pensando nisso o tempo todo e em como eu poderia ter feito melhor.

— Tudo bem, mande ver.

Pego outra porção com o garfo e escuto com atenção.

— Um dos meus maiores defeitos foi não ter chamado você para sair na noite em que a gente se conheceu.

Reviro os olhos.

— Ah, qual é, Breaker.

— É sério — ele insiste, e pelo tom da sua voz e sua expressão, posso mesmo dizer que ele está falando sério. — Desde que tive um gostinho seu, fico pensando no quanto fui idiota por não ter chamado você para sair antes, por não ter investido antes. Não acredito que esperei tanto tempo para segurar sua mão, para ter você na minha cama. Me faz sentir como um idiota. E todos esses anos sem ter uma namorada foi por sua causa. Porque sempre tive esses sentimentos profundos por você, mas não me permitia senti-los. Pois é, aí está o meu defeito, ser um idiota de verdade quando se trata dos meus sentimentos por você.

— Nossa, tudo bem — digo, sem saber como responder. — Não sei se teríamos o mesmo relacionamento que temos agora. É provável que eu não fosse tão aberta com você sobre certas coisas se eu estivesse atrás de um relacionamento. Quando somos só amigos, é como se pudéssemos derrubar todas as barreiras e sermos nós mesmos, mas quando estamos tentando um relacionamento com alguém, precisamos exibir essa fachada para mostrar que somos bons o suficiente para estarmos com aquela pessoa. Eu meio que me senti assim recentemente com você.

— Por quê? — ele pergunta, se virando para mim e abandonando sua comida.

— Não é nada de mais, só nas pequenas coisas, mas tive alguns momentos de autorreflexão e acho que é por causa do quanto alguém é mais sexualmente experiente. Tipo, nesta última semana, Breaker... — Minhas bochechas ficam vermelhas. — Nunca fiz metade das coisas que você já fez. Nem mesmo sabia que eu tinha esse tipo de sexualidade.

— Você ainda se sente assim?

— Às vezes. É só que você... sei lá, bobeira minha.

Ajusto os óculos e me volto para a comida.

— O quê? Eu o quê? — Ele puxa minha mão.

Sabendo que ele não vai deixar isso passar, digo:

— Você não é o mesmo cara nerd da faculdade. Tudo bem, se eu conseguisse deixar passar aquele bigode e o cabelo desleixado, eu poderia ter tentado um relacionamento, mas não tentei, porque você era bobão, e eu amava isso em você. Agora que você está todo maduro e... sabe... musculoso, há um fator intimidante na sua transformação. Muita areia para o meu caminhãozinho.

— Jesus, você não pode estar falando sério, Lia.

— Eu sei, falei que é bobeira, mas é difícil não me sentir assim quando o cara que... bem, seja lá o que esteja se passando entre a gente, é lindo, rico, muito bem-dotado e com o tipo de experiência que faria qualquer mulher corar. Não me sinto boa o suficiente.

Breaker me força a olhar para ele ao colocar o dedo debaixo do meu queixo.

— Não posso falar como você deve se sentir, e quero ajudar você a superar esses sentimentos, mas quero deixar uma coisa clara. Eu que sou o sortudo aqui, está bem? Sou eu que estou tentando fazer de tudo para você não ir embora. Essa insegurança também pesa o meu coração. Fico com medo de que você vá acordar algum dia e achar que cometeu um erro, que está com saudades do Brian, que não deveria ter rompido o casamento. Ou que talvez eu seja só o relacionamento de rebote, que eu não deveria ter investido tão cedo.

— Você sabe que não é esse o caso, Breaker.

— Quero acreditar nisso, mas, na minha cabeça, sei que não estou lidando com isso do jeito certo. Eu não te procurei da maneira adequada, normal. Eu deveria ter ido com mais calma nesse aspecto sexual.

— E por que você entrou nisso de cabeça? — pergunto.

— Porque eu queria mostrar para você que há química entre a gente. E não queria que ficasse com a ideia de que não havia. E, sinceramente, eu quero você. Eu quero você. Pra valer, Lia. Naquele momento em que você experimentou o vestido de casamento, tudo mudou.

Sorrio de leve. Se eu pensar na sua reação quando me viu no vestido de noiva, vou ficar com lágrimas nos olhos. Eu estava tão emotiva naquele dia, e o apoio incondicional de Breaker foi a única coisa que me manteve firme. Nunca tinha visto sua expressão ficar tão... admirada. Ou talvez maravilhada. *"Você... porra, você está linda, Ophelia."*

— Acho que, naquele momento, tudo mudou para mim também.

— Eu odeio você — Breaker declara. Ele está apoiado na cerca baixa, respirando fundo, enquanto dou risadinhas ao seu lado. Jorge também está observando a cena e tentando não rir.

— Por que você me odeia? — pergunto.

Seus olhos disparam para mim.

— Você sabe muito bem como eu detesto esse maldito passeio. É morte certa.

— É um passeio infantil — digo sobre a Goofy's Skycoaster.

— Não é a porra de um passeio infantil, é... é um pesadelo.

Ele respira fundo, e Jorge vai até ele.

— Quer que eu pegue água, Breaker?

— Ah, ele está bem — garanto, mas Breaker responde o contrário.

— Água será ótimo. Muito obrigado, Jorge.

— Sem problemas. Já volto.

Assim que Jorge sai, Breaker se endireita e agarra meu pulso, me puxando para o seu peito. Com um aperto firme, ele diz:

— Você vai pagar por isso mais tarde.

— Por quê? Não forcei você a ir nesse passeio. Foi escolha sua.

— Você me provocou e depois implorou. Como se eu pudesse negar qualquer coisa para você. — Ele gesticula com a cabeça para a montanha-russa atrás de mim com curvas acentuadas em C que dão a sensação de que você vai cair do trilho. — Você sabia que eu odiava essa.

— Eu teria ficado ótima indo sozinha.

— Bobagem. — Ele ri, e seu peito roça no meu. — Jesus, como você é mentirosa. Encare os fatos, Lia, você vai pagar por isso.

— E o que você vai fazer? Me dar uma palmada? — pergunto.

Seus olhos escurecem e sua mão pousa na parte inferior das minhas costas.

— É, pode ser que eu dê uma palmada em você. Vou te dar uma palmada tão forte que sua boceta vai ficar encharcada, implorando pelo meu pau, e aí... vou deixar você completamente insatisfeita.

Engulo em seco.

— Você... você não faria isso.

— E aí, quando você ficar deitada lá, com a boceta latejando por libertação, eu vou fazer você gozar com as suas lindas costas inclinadas, só para te lembrar a quem você pertence.

Bem, que bom.

— Aqui está, Breaker — Jorge diz, se aproximando.

E como se alguém tivesse desligado um interruptor nele, Breaker vai de macho alfa para o animado turista do parque.

— Muito obrigado, Jorge. — Ele balança a cabeça. — Aquela Goofy Coaster sempre leva a melhor.

— Comigo também. Minha sobrinha ama, e sempre que eu a trago aqui, é um passeio indispensável. Acho que ela testa o meu amor sempre que me faz ir junto.

— Acho que a Lia está fazendo o mesmo... testando o meu amor.

E com uma piscadela, sinto o friozinho na barriga. Essa piscadela e o fato de ele ter usado a palavra amor vão acabar me fazendo me jogar nele e beijá-lo.

E... por que ele ainda não me beijou? Por um momento, no almoço, achei que fosse acontecer. Ou mais cedo, quando estávamos na roda-gigante, apenas curtindo a vista, enquanto eu estava sentada em seu colo, achei que talvez pudesse acontecer, mas nada.

Se ele já não estivesse envolvido intimamente, eu suspeitaria que isso nunca aconteceria.

Ou mesmo na noite passada, que teria sido um momento perfeito, depois de termos aquele momento todo... carnal, quando descansei em seus braços, teria sido perfeito. Então não entendo a espera.

— Está pronta para o próximo passeio? — Breaker pergunta. — Acho que estamos indo para o da Pequena Sereia, não é?

Sorrio para ele.

— Sim, acho que sim.

E então, de mãos dadas, seguimos.

— Por aqui — Jorge diz, levantando uma corda de veludo vermelho que bloqueia um banco do público.

Depois de mais alguns passeios, somos levados de volta ao The Office, um restaurante secreto no California Adventure com uma bela vista do píer. É onde comemos algumas das melhores lagostas da minha vida. E o salão é tão fofo. Tivemos que atravessar uma passagem para chegar ali, coberta pelos desenhos dos animadores.

É claro que Breaker se sentou ao meu lado no banco, onde ele podia sempre manter a mão em mim e, de vez em quando, me dar comida na boca com o seu garfo. Amei cada segundo.

Depois disso, voltamos para a Disney, onde demos outra volta no Indiana Jones e então fomos pegar sobremesas no Candy Palace. Escolhi delícias de Rice Krispies, e Breaker, pipoca caramelada. Pegamos o trem ao redor do parque, enquanto comíamos, e Breaker até mesmo comprou um cookie para Jorge. E depois de mais uma volta na Space Mountain, onde Breaker segurou minha mão o tempo todo, rindo, Jorge nos levou para o nosso banco reservado com vista para o castelo.

— Os fogos de artifício devem começar em breve. Precisam de mais alguma coisa? — Jorge pergunta.

— Não, obrigado. Acho que podemos nos virar a partir de agora.

Jorge assente.

— E vocês estão com o passe para voltarem para o estacionamento?

Breaker assente.

— Sim. — Então ele enfia a mão no bolso e desliza algo para a mão de Jorge. — Muito obrigado por tudo. Você foi fantástico.

— É claro. Obrigado, Breaker. Srta. Lia, foi um prazer conhecê-la. Antes de eu ir, posso tirar mais uma foto de vocês?

— Não, não precisa. Mas obrigado.

E com outra despedida, Jorge se afasta, nos deixando sozinhos.

— O que você colocou na mão dele? — indago.

— Mil dólares — Breaker responde, despreocupado.

— Mil dólares? Meu Deus, Breaker!

Ele ri.

— O que foi? Ele fez um ótimo trabalho.

— Você deve tê-lo deixado muito feliz.

— É, bem, é o mínimo que posso fazer por ele ter tornado este dia muito especial para nós dois. — Ele passa o braço sobre o encosto do banco e me puxa para perto. — Você gostou?

— Amei — digo ao me inclinar para o seu abraço. — Este foi o dia com o qual sempre sonhei, mas nunca tinha se tornado realidade.

— Bem, é real. Tudo aqui é real.

— É difícil acreditar.

As pessoas começam a procurar um lugar em frente ao castelo, carrinhos de bebês esbarram nas calçadas, crianças choram, exaustas dos eventos do dia, e muita gente cansada disputa um lugar onde sentar. É estranho, mas deixa tudo mais mágico.

Me viro para ele e descanso a mão em sua coxa quando falo:

— Obrigada por hoje.

— De nada, Lia. Você sabe que eu faria tudo por você, não é?

— Sim, eu sei.

— Então é só me falar que eu faço acontecer.

— Acho... — Movo a mão pelo seu peito. — Sei que quero uma coisa, mas estou nervosa demais para pedir.

Ele se vira ainda mais para mim e pergunta:

— O que é?

Então o show começa, e a multidão se cala, enquanto a música soa pelos alto-falantes posicionados pelo parque.

— Dá para esperar — digo.

— Hã, não, não dá. Me peça logo.

Movo as mãos para a bainha da sua camiseta e a torço nas mãos quando falo:

— Vai soar como uma bobagem, mas, sei lá... acho que só quero ter certeza de que isso é real.

— O que foi? — Breaker questiona.

Quando olho para ele, o primeiro fogo de artifício é lançado no céu, iluminando a noite escura.

— Quero ter certeza de que estamos... namorando de verdade, sabe? Que somos exclusivos, que... sei lá, que eu sou sua namorada ou algo assim.

O sorriso que cruza seus lábios é a coisa mais fofa que já vi.

— Você está me pedindo para ser seu namorado, Lia?

— Tipo, se você quiser colocar um rótulo na relação. Não quero que seja só fogo de palha, sabe? Tipo... só sexo e diversão. Eu não quero isso.

Seu rosto fica sério, e ele desliza a mão para a minha nuca quando responde:

— Você jamais seria só um caso para mim, Lia. Nunca. O que temos é sério, e não vou lidar com isso de nenhuma outra forma.

— Tudo bem. — Desvio o olhar, reunindo coragem para dizer o que quero. Quando meus olhos se voltam para os dele, continuo: — Então se é esse o caso, me beije.

Sua mão aperta com mais firmeza minha nuca, me puxando para ele. Nunca vi uma expressão tão determinada e ao mesmo tempo admirada nele antes. Eu me sinto tão... *amada*.

— Me beije.

Minha respiração fica presa no peito. Umedeço os lábios antes de ele me puxar os últimos centímetros, e sua boca pousa na minha.

Deliro a ponto de revirar os olhos quando seus lábios macios capturam os meus.

Macios.

Exigentes.

Perfeição absoluta.

É o momento mais intenso, satisfatório e emocionante da minha vida — beijar Breaker, beijar o meu melhor amigo, sentir a eletricidade saltar entre nós enquanto nossas bocas colidem. Com os fogos de artifício explodindo acima, seus lábios se moldam ao redor dos meus, sua outra mão inclina minha cabeça de leve, controlando o momento.

E eu o deixo, porque não consigo fazer nada além de cair nas mãos deste homem, enquanto sua boca aberta trabalha na minha.

Pressionando.

Tensionando.

Tomando.

Quando ele abre a boca, eu abro a minha. Quando vai para a direita, vou para a esquerda. Quando seu aperto fica mais forte, o meu também.

E quando sua língua pressiona a minha, eu gemo e deslizo a língua na dele.

Ele é tão delicioso.

Entrelaço a língua com a dele, minha mão começa a agarrar com mais força sua camiseta, precisando de mais proximidade, precisando de mais, e quando deslizo a mão por baixo da sua camiseta, ele se afasta, me deixando atordoada.

Pisco algumas vezes assim que um enorme fogo de artifício explode acima.

Recuperando o fôlego, ele me encara por alguns instantes e então diz:

— Eu, hã... não quero dar um show diferente para as crianças.

E sou trazida de volta à realidade.

Ainda estamos na Disney.

Cercados por crianças.

— Ai, Deus. — Pressiono a mão no peito. — Desculpe, eu... acabei me empolgando.

— Está tudo bem, eu também. — Um sorriso travesso se espalha em seu rosto. — Você é mesmo boa de beijo, hein?

Minhas bochechas se aquecem quando falo:

— Eu ia dizer o mesmo sobre você.

Ele agarra os fios curtos do cabelo.

— Só mais um arrependimento para mim. Poderíamos ter começado a fazer isso há muito tempo.

— Parece que vamos precisar de tempo para compensar.

— É mesmo. — Ele pega meu queixo e dá mais um beijo nos meus lábios.

Mesmo que tenha sido de leve, um selinho, tem um impacto de um soco poderoso, porque foi com vontade e uma forma de expressar seu desejo por mim.

Dá um friozinho na barriga. É uma confirmação do que estamos fazendo... que estamos nos tornando um casal. E eu estremeço quando ouço a doce voz da minha mãe dizendo: *"Já estava na hora, docinho. Já estava na hora"*.

CAPÍTULO VINTE E UM

BREAKER

Segurando a bancada do banheiro, me encaro no espelho e respiro fundo.

Eu a amo.

Estou apaixonado por ela.

Não quero nada além dela.

A porra daquele beijo quase me deixou louco.

Nunca tinha experimentado nada assim. Tipo, no momento em que nossos lábios se encontraram, uma descarga elétrica disparou por mim, me transformando em um homem diferente.

Sinto a necessidade de sempre tê-la ao meu lado.

Sinto a necessidade compulsiva de sempre tocá-la.

Sinto a necessidade de tirar sua roupa e fazer amor com ela.

Quero que ela saiba que sou dela para sempre. Que não quero ninguém além dela.

Mas também preciso dar um passo de cada vez.

Não quero assustá-la.

A droga de um passo de cada vez, cara.

Me afasto da bancada, pego minha escova de dente e passo o creme dental.

Depois dos fogos de artifício, voltamos para o carro de mãos dadas. No caminho de casa, deixei a mão em sua coxa, e ela colocou a dela sobre a minha. Conversamos sobre o lançamento de um novo jogo de tabuleiro que queremos, enquanto relembrávamos a época em que fomos à Disney durante a faculdade. Foi um desastre total, pois fomos em horário de pico e só conseguimos fazer três passeios no total. Foi brutal.

Quando chegamos, eu a levei para o seu apartamento e dei um beijo de leve de boa-noite, me deliciando com a sensação dos seus lábios nos meus e do quanto eu estava desesperado para convidá-la para a minha casa. Mas dei boa-noite e fui para minha casa tomar banho.

Com o cabelo ainda úmido e uma toalha enrolada ao redor da cintura, escovo os dentes assim que ouço a porta da frente se fechando.

— Lia? — chamo, com a boca cheia de espuma.

— É, sou eu — ela diz, enquanto a ouço se aproximar.

Termino de escovar os dentes às pressas, lavo a boca e saio para o quarto, onde a encontro parada, com um robe de seda e o cabelo úmido também.

— Está tudo bem? — indago.

Seus olhos vão para o meu peito e então para a toalha, antes de subirem de volta para os meus olhos. Ela balança a cabeça assim que abre o robe e o deixa cair no chão, revelando sua lingerie roxa: uma regata de seda com uma calcinha de renda combinando.

— Não quero ficar sozinha, Breaker. — Ela vem até mim e passa a mão de leve pelo meu abdômen e vai descendo até a toalha. — Não quero dormir sozinha e não quero que nossa noite termine com um beijo de despedida na minha porta.

— Não? — pergunto, enquanto começo a suar de leve.

Ela balança a cabeça e desamarra minha toalha, deixando-a cair no chão.

— Você me beijou hoje, isso significa que quero tudo de você. Nada mais deve nos impedir. Eu quero tudo.

Meu pau se ergue entre nós, enquanto coloco a mão na sua bochecha e a envolvo.

— Você sabe que também quero isso, não é? Mas queria ter certeza de que você estava pronta.

Ela agarra minha mão e me leva para a cama.

— Estou mais do que pronta.

Quando suas pernas esbarram na beirada da cama, eu não a empurro para lá. Arrasto sua regata e a tiro, então a deixo cair.

Deslizo as mãos nas suas laterais, envolvo seu rosto, trago seus lábios para os meus e a beijo. Desta vez, não estou preocupado com os arredores e me permito me perder no momento. *Nela.*

Suas mãos agarram meus pulsos, mantendo-a no lugar, enquanto nossas bocas se abrem juntas e nossas línguas colidem. Tê-la agarrada a mim assim, sentindo o quanto ela me quer, da mesma forma que eu a quero, é a sensação mais doce e deliciosa.

Seus beijos são intensos, gratificantes e etéreos às vezes. Como se eu estivesse segurando a coisa mais preciosa do mundo.

E acho que é por isso mesmo.

Ela é preciosa pra caralho, e jamais farei qualquer coisa para ferrar com isso. Nunca. Sei o quanto demorou para chegar a este ponto com ela, e eu seria um idiota se ferrasse com tudo.

Eu a ponho na cama e estendo a mão para sua calcinha, arrastando-a por suas pernas, e jogo para o lado. Nós dois subimos para a cabeceira da cama, e quando ela abre as pernas, eu me posiciono sobre ela, com o corpo encaixado perfeitamente entre suas coxas. Acaricio de leve seu cabelo úmido enquanto a olho.

Nossos olhos se conectam, e, por um momento, sinto as palavras na ponta da língua.

Eu amo você, Ophelia.

Quero dizê-las. Quero gritá-las. Quero que ela saiba o quanto me faz feliz, o quanto me sinto preenchido quando estou com ela. Que nada pode me machucar, porque a tenho nos braços.

Mas engulo estes sentimentos e levo os lábios aos dela, beijando pra valer. Suas mãos mergulham no meu cabelo, as minhas vão aos poucos descendo por seu peito e envolvo seus seios de leve.

Não há nada brusco no meu toque, nada selvagem também. Porque não sinto a necessidade de ir para cima dela. Quero apreciar o momento.

Minha boca cai dos seus lábios e vai trilhando por seu maxilar e descendo por seu pescoço. Ela se agarra a mim quando alcanço seus seios. Lambo ao redor do seu mamilo, circulando-o algumas vezes antes de enfiá-lo na boca.

— Issooo — ela diz enquanto brinca com meu cabelo, algo que passei a gostar bastante.

Vou para seu outro peito e brinco com o mamilo antes de ir lambendo até sua barriga e entre suas pernas, que ela abre para mim. O ato de ela abrir espaço para mim manda um raio de luxúria para o meu peito, porque ela confia em mim.

E quero manter essa confiança.

Pressiono a língua ao longo da sua abertura e a arrasto para cima, devagar.

— Nossa, Breaker — ela deixa escapar. — Amo a sua boca.

Deslizo outra vez.

E de novo, cada vez mergulhando mais fundo, até que pressiono seu clitóris.

Quero levá-la ao limite, ao ponto de quase fazê-la gozar e, em seguida, me afasto, então continuo a lambê-la, amando a forma como suas pernas apertam meus ombros, como suas unhas afundam no meu cabelo, e a maneira como seu peito se move para cima e para baixo, se mexe e se vira a cada golpe da minha língua. Ela é tão responsiva, uma grande parceira no nosso prazer, e amo isso nela. Não preciso ficar adivinhando do que gosta, porque ela me deixa saber.

Suas pernas tremem nos meus ombros, ficando cada vez mais apertadas.

— Isso... quase lá — ela diz assim que me afasto. — Como é? — pergunta, e sua expressão confusa é tão fofa que quero mudá-la aos beijos.

— Quero que você goze no meu pau. — Sua expressão suaviza enquanto ela estende os braços sobre a cabeça. — Você quer isso, Lia?

Ela assente.

— Sim, mas vá rápido.

Sorrio com malícia e estendo os braços para a mesa de cabeceira, de onde tiro uma camisinha e abro a embalagem. Dou uma olhada nela e flagro seu olhar intenso enquanto rolo a camisinha pelo meu pau dolorido e me certifico de que está completamente coberto.

— Quer que eu fique por cima, ou você quer ficar por cima? — pergunto.

— Eu... não sei. Talvez você por cima.

Volto para entre suas pernas e em vez de deslizar para dentro dela logo de cara, abaixo a boca para a dela outra vez, abrindo seus lábios com a língua.

Ela relaxa sob mim, então passo um tempo trabalhando em sua boca enquanto brinco com seus seios, amando a sensação na minha palma, tão macios, como veludo.

E quando acho que ela está relaxada de verdade, alinho meu pau com a sua entrada molhada e preparada. Só pela mera sensação do meu pau por perto, ela fica tensa de novo.

— Você precisa relaxar, Lia.

— Eu sei — ela solta. — Só estou nervosa.

— Não precisa ficar nervosa. — Vou beijando sua mandíbula, descendo por seu pescoço, e então de volta para cima.

Com o pau na sua entrada, vou pressionando com cuidado para dentro dela, apenas um centímetro, e a deixo se ajustar.

— Ai, nossa — ela ofega. — Você é grande demais, Breaker.

— Não sou, não, Lia. Sou perfeito para você.

Mordisco sua orelha e brinco com seu mamilo antes de mover a boca de volta para a sua. Leva um instante, mas ela me beija de volta com a mesma paixão. E permito que se perca na minha boca enquanto vou aos poucos me movendo para dentro de novo. Ela é tão apertada que começo a suar, minha mente já girando com o quanto vai ser incrível.

Incrível pra caralho.

UM ROMANCE NADA INESPERADO

— Tudo bem? — pergunto, beijando sua mandíbula.

— Sim — ela fala, então avanço mais alguns centímetros. — Caramba — ela sussurra.

— Tem certeza de que está tudo bem?

— Sim... só nunca senti nada assim.

— Quer que eu continue?

— Nossa, sim — ela diz, encontrando minha boca outra vez e relaxando um pouco mais, facilitando para que eu deslize mais para dentro.

Depois de mais alguns minutos, já que ela está relaxada com a minha boca, quase consigo me inserir por completo.

Seu peito se ergue para o meu, e ela afasta a boca, respirando fundo. Roubo o momento para levar seu peito à boca, onde chupo seu mamilo.

— Você é tão gostoso, Breaker.

Suas palavras me encorajam, então enquanto vou mordendo seu mamilo, empurro os quadris para enterrar o último centímetro, chegando ao fundo, enquanto ela fica apertada ao meu redor.

— Puta... merda — gemo, deixando minha cabeça cair em seu ombro.

Ela me segura com força, respirando com dificuldade.

— Estou tão preenchida, Breaker.

Ergo a cabeça e vejo lágrimas em seus olhos. Minhas mãos logo vão para o seu rosto enquanto pergunto:

— Merda, está tudo bem?

— Tudo perfeito — ela diz, puxando minha nuca e me trazendo para perto de sua boca.

Desta vez, beijo profundamente. Enfio a língua mais fundo em sua boca, e ela iguala a profundidade. A colisão das nossas bocas envia uma sensação ondulante para a parte de trás das minhas pernas e me obriga a mover os quadris.

— Me... me desculpe — falo em sua boca. — Preciso de libertação.

— Eu também — ela diz, mexendo a pélvis.

— Porra, Ophelia, não se mexa. — Prendo seu quadril com a mão. — Você vai me fazer gozar.

Ela sorri com malícia e move a pélvis outra vez.

Meus olhos caem para os seus.

— Estou falando sério. Você é tão apertada. Estou, tipo, a segundos de gozar.

— Estou, tipo, a segundos de gozar.

— Então goze — ela fala, me envolvendo com as pernas, me levando ainda mais fundo.

— Merda — murmuro, apoiando a mão no colchão, enquanto começo a deslizar para dentro e para fora, me certificando de me mover para baixo e para dentro para que ela receba a mesma quantidade de prazer que eu.

Pelos ofegos que escapam dos seus lábios, imagino que consegui atingir o lugar certo.

Então faço de novo.

E de novo.

E de novo.

Ela se agarra a mim.

Arranha meu peito.

Balança de um lado para o outro, mas eu mantenho o ritmo, levando-a cada vez mais perto do que nós dois precisamos.

— Isso, Breaker. Isso, por favor, não pare.

Seus dedos se afundam na minha pele, seu peito arqueia e sua boceta se aperta ao redor do meu pau logo antes de ela soltar o gemido mais sexy que já ouvi, o som vibrando no meu coração enquanto ela goza.

— Porra, Ophelia — gemo, bombeando mais algumas vezes.

Quero que a sensação eufórica dure para sempre, quero ficar para sempre neste estado de êxtase, mas, enquanto ela continua apertando ao meu redor, sei que é impossível, já que meu pau incha e o orgasmo atravessa minhas pernas.

— Ahhhh... porra — grito enquanto gozo, e meus quadris vão se acalmando e o sentimento mais celestial flutua por mim.

— Ai, caramba — Lia sussurra, enquanto nós dois flutuamos de êxtase.

Sua mão vai para o meu cabelo quando dou um beijo suave em sua clavícula antes de erguer a cabeça para olhar em seus olhos.

Não sei o que fazer. Apenas... sorrio, porque não há nada que eu possa dizer além de...

Eu amo você.

Quero você para sempre.

Não quero que este momento termine nunca.

Ela acaricia meu rosto de leve.

— Você foi muito idiota.

Franzo a testa.

— Como é?

Não é algo que eu esperava ouvir depois do orgasmo mais alucinante da vida.

Ela ri.

— Por não ter investido antes, sabe?

— Ah. — Também rio. — Pode acreditar, vou passar o resto da vida com esse arrependimento. Só estou feliz por ter você agora.

Dou outro beijo suave em seus lábios, e ela me envolve com os braços, me segurando com força.

— Você está nervosa? — pergunto a Lia quando alcançamos a porta da frente da casa de Huxley e Lottie.

— Não, por que eu estaria?

Balanço a cabeça.

— Pois é, se é para alguém ficar nervoso, deveria ser eu. Assim que meus irmãos virem a gente de mãos dadas, não vão parar de encher o saco sobre já terem me dito há muito tempo que pertencemos um ao outro. Mas a zoeira vai valer a pena.

— Acho que é necessário. Depois desta manhã... muito, muito necessário. Você impediu a gente de participar de tanta... alegria.

— Alegria, é? É assim que você chama isso?

— É. — Ela abre um sorriso fofo.

Bem, acho que posso chamar o sexo no chuveiro com a Lia de alegria também. E o sexo no chão da cozinha. A única razão pela qual estamos aqui, vestidos, é porque Huxley exigiu minha presença no almoço. Disse que tinha novidades sobre a empresa. Perguntei se não teria problema se Lia se juntasse a nós, e ele disse que não havia nenhum. Caso contrário, eu estaria na cama com a Lia, nu, apenas me deliciando com o seu corpo e os seus lábios doces.

Toco a campainha, me inclino e dou um beijo em seu pescoço.

— Já falei o quanto você está linda com esse vestido? — pergunto.

— Apenas umas cinco vezes — ela responde.

— Só queria me certificar.

Ela escolheu um vestido amarelo-claro longo que quase não cobre as costas e com um decote profundo na frente. De acordo com ela, é um vestido de verão, mas não tenho tanta certeza quanto a isso, ainda mais que consigo ver seus mamilos duros.

— Ah, e fique sabendo... — Ela fica na ponta dos pés e sussurra: — Eu não estou usando calcinha.

— Lia... — gemo assim que a porta se abre.

Reign, o chef particular deles, nos cumprimenta com um sorriso caloroso.

— Oi, Breaker. Todo mundo está lá nos fundos.

— Maravilha. Valeu. — Faço uma pausa e dou um tapinha no seu ombro. — Por favor, me diga que JP não está fazendo Bloody Marys.

— Foi mal, cara, tentei oferecer outra coisa, mas ele tinha certeza de que todo mundo gostou.

— A gente não gostou. Não mesmo.

Ele ri, e com a mão da Lia na minha, eu a guio para os fundos da casa, onde vejo JP, Huxley, Ryot, Lottie, Kelsey e Myla de pé, conversando.

Quando aparecemos na porta corrediça aberta, os olhos de todos caem sobre nós e nas nossas mãos entrelaçadas.

— Porra, não falei? — JP diz para Huxley, que revira os olhos.

Lottie e Kelsey batem palmas, enquanto Ryot dá um beijo na cabeça de Myla.

— Fale para a gente, fale que é verdade. Que vocês são oficialmente um casal — Lottie pede.

Dou uma olhada em Lia e então de volta para minha família e meus amigos. Levanto nossas mãos e anuncio:

— É oficial.

As mulheres soltam gritinhos, enquanto os caras oferecem seus "não falei?".

Depois de alguns abraços e apertos de mão, as mulheres levam Lia embora, enquanto os caras são deixados para pegar pratos para elas.

— Então... — JP começa. — Imagino que esteja se sentindo muito feliz no momento.

Pego um taco de ovos para Lia e concordo com a cabeça.

— Acho que nunca estive tão feliz.

— Engraçado que você poderia ter sido feliz assim anos atrás, sabe, mas...

— Não preciso ouvir isso, cara, pode acreditar. Já estou me punindo o suficiente.

— Mas ele tem razão — Huxley concorda enquanto prepara um prato para Lottie.

— Estou bem ciente disso. Não vim aqui para ficar ouvindo vocês falando sobre o quanto tiveram razão durante todos esses anos. Vim para comemorar o fato de eu finalmente me sentir... completo.

— Meu Deus, cara — JP diz. — Não sabia que você ia ficar todo emotivo.

— Não estou chorando, mas, caramba, estou feliz de verdade. Sinto como se tudo estivesse no lugar. — Dou uma olhada nas mulheres, que estão amontoadas, e então faço uma pausa antes de pegar frutas e falar: — A gente se beijou pela primeira vez na noite passada e aí tivemos o sexo mais íntimo de toda a minha vida. Depois disso, virei um caso perdido. Estou acabado. Sei que não preciso de mais nada na vida além dela.

— Você falou isso para ela? — Huxley pergunta.

— Não, porra. Não sei se está pronta para ouvir tudo isso, mas tem sido difícil manter só para mim, isso com certeza. Só quero falar para ela o quanto eu a amo. Tipo... porra, eu poderia pedi-la em casamento hoje mesmo se soubesse que ela está aberta a essa possibilidade.

— Ainda bem que você está praticando o autocontrole — JP diz. — Já é um progresso.

Terminamos de encher os pratos para nossas garotas e então, com uma mimosa na mão, levamos a comida para elas.

— Obrigada — Lia fala.

Entrego a taça de mimosa e, em seguida, me inclino e pego seu queixo. Dou um beijo suave em seus lábios só para que Kelsey, Myla e Lottie suspirem ao nosso redor. Lia sorri junto aos meus lábios e se afasta.

— Divirtam-se, garotas — digo.

— Ah, pode deixar — Lottie responde, mexendo as sobrancelhas.

Isso mesmo, a conversa provavelmente vai girar ao redor da Lia e de mim.

Volto para o bufê, pego um prato cor-de-rosa e um guardanapo azul e, em seguida, o encho de tacos e pego uma mimosa, pulando os Bloody Marys de JP. Não vou me sujeitar a isso hoje.

Assim que me sento, Banner e Penn aparecem no pátio.

Penn é um ex-jogador do Chicago Boobies. Ele tem passado por maus bocados para melhorar de vida. Ficar por aí na Califórnia e trabalhar com Ryot e Banner o têm feito encontrar verdadeiro consolo e paz.

— Banner Bisley — Lottie grita de onde as mulheres estão. — Cadê minha prima?

Pois é, ele está, supostamente, tentando namorar a prima de Lottie e Kelsey, a Kenzie, mas tudo o que sei sobre a situação é que as coisas não estão indo do jeito que ele queria.

Banner para e solta um suspiro pesado.

— Eu sabia que não deveria vir aqui.

— Parece que você vai precisar de um Bloody Mary — JP diz, se levantando da cadeira. — Vou pegar um para você.

— Valeu — Banner agradece, indo até lá com JP.

Sinto que deveria avisá-lo, mas também não quero ouvir nada vindo de JP.

— Sirva-se, cara — Huxley oferece para Penn. — Fique à vontade.

— Valeu — Penn agradece, parecendo quase sem jeito quando pega um prato.

Huxley olha para mim e quando ficamos sozinhos, fala:

— Estou muito feliz por você, Breaker. Deixando toda a provocação de lado, acho que ela é perfeita para você.

— Obrigado. — Dou outra olhada nela. — Estou ficando meio ansioso para dar o próximo passo, sabe?

— Por quê? — Huxley pergunta. — Só aproveite o momento.

— Estou tentando me convencer disso, mas sei lá. Ficamos juntos no dia em que ela terminou com Brian, e ela não teve muito tempo para ficar triste pelo rompimento. Acho que só estou com medo de que um dia ela acorde e ache que cometeu um erro.

— Não vai acontecer — Huxley responde. — Vocês dois foram feitos um para o outro. Ela sabe disso. Pare de se preocupar e aproveite, cara.

— É, tem razão — digo, assim que Penn se senta.

— Achei que nem tínhamos permissão para dizer que Huxley tem razão. Ego inflado ou algo assim?

— E quem disse isso? — Huxley se vira para Ryot, que está com um taco a meio caminho da boca.

— Não fui eu. Fale com o seu irmão.

Levanto as mãos no ar.

— Deve ser o outro irmão. Jamais diria uma coisa dessas e deixar de ser convidado para os almoços de domingo. Aliás, qual é a da decoração rosa e azul? — indago. — Tentando apimentar as coisas para o almoço de domingo?

— Como é? — Kelsey interrompe todos nós e se levanta de onde as garotas estão reunidas. Seus olhos encontram Huxley e então de volta para Lottie.

— Hã, está tudo bem aí, amor? — JP pergunta.

— Não — Kelsey responde. — Não está nada bem.

E então ela se dissolve em lágrimas, fazendo JP largar todos os ingredientes para os Bloody Marys e correr para ela.

— O que foi, Kelsey?

Huxley se levanta, e já que não sei o que está acontecendo, também me levanto. Lia olha para mim, confusa. Também estou perplexo, e então Lottie começa a chorar.

Hã...

Huxley a puxa para um abraço na mesma hora, embalando-a em seu peito. Eu só fico ali, sem saber o que fazer.

Depois de alguns segundos, questiono:

— Há algo que eu possa fazer? Alguém para quem ligar?

Lottie se afasta de Huxley e os dois trocam olhares antes de se virarem para nós e anunciar:

— Bem-vindos ao nosso chá de revelação.

— Revelação... tipo... vocês vão ter um bebê? — pergunto, chocado.

— Sim — Lottie confirma, pressionando a mão na barriga. — E Kelsey está brava porque só contei para ela agora.

— Não é por isso que estou brava — Kelsey diz, enxugando os olhos. — Não estou nem um pouco brava.

JP beija a mão de Kelsey e então fala:

— Ela está feliz, porque está grávida também.

Hã, como é?

Lottie solta um grito mortal antes de as duas correrem para os braços uma da outra e chorarem juntas, e seus maridos apenas observam.

Vou até cada um dos meus irmãos e dou um abraço neles.

— Pois é, acho que isso explica a decoração em rosa e azul — digo ao soltar Huxley.

— Foi ideia da Lottie — ele conta e então puxa JP para um abraço. — Porra, parabéns, cara.

— Parabéns para você também — JP fala ao se afastar.

— Jesus, não acredito que vocês dois vão ser papais. Não sei se devo ficar feliz ou preocupado.

— Talvez um pouco dos dois — JP responde. — Estou me borrando de medo.

Huxley coça a lateral do rosto e sussurra:

— Eu também.

Rio alto e dou um tapinha nas costas dos dois.

— Olha, se eu tenho certeza de uma coisa é que vocês dois foram irmãos mais velhos incríveis, então sei que vão ser ótimos pais.

— Merda, isso é comovente — Ryot diz e, em seguida, empurra Banner. — Como é que você nunca disse esse tipo de merda para mim antes?

Banner, que está segurando um Bloody Mary, fala:

— Se você fosse um irmão mais velho legal, eu diria...

— Ai. — Penn ri. — Isso deve ter doído.

— Não sou um irmão mais velho legal, é? — Ryot pergunta. — Quem foi que ajudou você a sair daquele seu... dilema...

— Dilema secreto — Banner diz entre dentes cerrados.

— E então? — Ryot insiste.

Banner revira os olhos.

— Tá bom, você é um irmão mais velho legal. O melhor de todos os tempos.

Ryot leva a mão ao peito.

— Isso é tão comovente, obrigado.

— Nossa, dá até mesmo para sentir o amor no ar — Penn fala, fazendo nós todos rirmos.

Depois de mais uma rodada de parabenizações e vários abraços, Huxley e Lottie ficam em frente à piscina, prontos para a revelação do sexo do bebê. Levou um tempo para Kelsey não ficar brava com a irmã por não ter recebido a notícia antes, mas acho que a coisa toda foi bem perversa, gostei. Revelação de bebê e chá de revelação. É assim que se faz.

— Estão prontos para a grande revelação? — Lottie pergunta.

Com o braço ao redor de Lia, eu a puxo para mais perto quando todos dizem sim.

— Faça as honras, Huxley.

Lottie segura o celular, e não faço ideia do que está acontecendo, mas

Huxley pressiona um botão no aparelho, e as luzes da piscina se acendem em cores diferentes. Música instrumental começa a tocar ao fundo, fazendo um grande show de tudo, e então as luzes começam a piscar. Lottie abraça Huxley com força.

Elas piscam em azul.

E então em rosa.

Então em azul.

E então em rosa, e rosa... e rosa de novo assim que a música aumenta e tudo para.

— É uma menina! — Lottie grita e joga os braços ao redor de Huxley. Ele a abraça com força, beijando o topo da sua cabeça, e... Jesus Cristo... é uma lágrima que estou vendo em seu olho?

Não, não pode ser.

Pode?

E então, contemplem enquanto ele estende o braço e esfrega os olhos.

Ai, meu Deus, Huxley Cane está chorando.

— É o que eu acho que é? — Lia pergunta, baixinho.

— Se acha que Huxley está chorando, então tem razão.

— Nossa, nunca imaginei que veria este dia.

— Acho que ninguém imaginou.

Mas, droga, olhe só para ele. Olhe só para Lottie e a felicidade deles. É palpável. Só posso esperar que um dia terei o mesmo com a Lia. *Seria o melhor futuro possível.*

— Acha que pudemos trazer croissants para casa porque somos um casal agora? — Lia indaga quando tiro seu cabelo do rosto enquanto estamos deitados na cama.

Assim que voltamos do almoço, que durou outras três horas depois da revelação, viemos direto para o meu apartamento, onde fui aos poucos tirando a roupa de Lia e fiz amor com ela. É assim que vejo — fazer amor —, porque, caramba, é o que sinto por ela.

— Ótima observação, porque Penn e Banner não puderam levar.

— Ai, meu Deus, você acha mesmo que é uma coisa de casal? Será que estamos em algum tipo de clube do croissant?

— Do clube do *Scrabble* para o clube do croissant, é, a gente chegou longe.

Ela ri.

— Hoje foi meio que uma loucura, com todas essas revelações, com todas as perguntas.

Me deitando de lado para que possa olhar para o seu lindo rosto, passo a mão pela sua cintura.

— Elas fizeram perguntas sobre mim?

— Ah, sim. Várias.

— De que tipo?

— Coisas básicas. Se nos beijamos, porque elas sabiam que eu estava esperando por isso, e eu contei para elas que nos beijamos sob os fogos de artifício na Disney. É claro que elas acharam que você é o melhor dos irmãos Cane.

— Sério? — indago, com um sorriso.

— Sim, mas aí contei que você é só bom na cama, e elas mudaram de ideia.

Faço cócegas na sua lateral, fazendo-a rir, e digo:

— Não, você não falou isso.

— Não, não falei. Contei a verdade, que você tem o maior pau que já vi e que é quase tão grande que estraga o sexo.

— Mentirosa. — Faço cócegas de novo.

— Tá bom, tá bom. Contei que com certeza foi o melhor sexo que já tive.

Satisfeito, me debruço e dou um beijo suave nos seus lábios.

— Melhor assim.

— E eu? — ela pergunta, acariciando uma mecha do meu cabelo. — Você diria o mesmo de mim?

— Sério? Você precisa mesmo que eu responda?

Ela dá de ombros.

— Talvez.

— Lia — digo, baixinho, envolvendo seu rosto. — Antes de você, sexo era só um meio para atingir um fim. Não havia nada além de sentir prazer, mas, com você, isso mudou completamente. A conexão que temos é tão poderosa que me sinto em outro mundo quando estou com você. Sexo com você é sem igual.

Ela sorri.

— Nossa, você sabe mesmo como inflar o ego de uma garota.

— Mas é verdade. Tudo é diferente com você. É como se eu pudesse enxergar melhor, ouvir melhor, experimentar melhor. Você trouxe uma nova cor para a minha vida, Lia. É você que está bombeando oxigênio para as minhas veias.

— Está falando sério?

— Sim.

Seus olhos suavizam enquanto ela enlaça minha nuca com a mão e me leva para os seus lábios, me beijando profunda e intimamente, com cada pedacinho do seu corpo. Assim que ficamos sem fôlego, ela me empurra para a cama e então vai beijando meu pescoço até meu peito, descendo para minha barriga.

Ela tira as cobertas de cima de mim e expõe minha ereção, que ela pega e começa a bombear, enquanto vai descendo a boca cada vez mais perto.

— Lia — sussurro, tentando desesperadamente mostrar como ela me faz sentir.

Ela não diz nada. Em vez disso, se ajoelha e, em seguida, me possui com a boca, chupando com força a cabeça do meu pau.

Um suspiro alto escapa dos meus lábios enquanto espaço as pernas para abrir espaço para ela. Passo os dedos pelo seu cabelo, enquanto ela trabalha com a boca no meu pau, girando a língua, me levando para o fundo da garganta e bombeando para cima e para baixo ao longo do meu comprimento, até que minhas pernas tremem.

— Estou chegando lá, Lia — aviso. — Quero você em cima de mim.

Ela me olha, e dá para vê-la hesitar sobre o que fazer.

— Por favor. Amo a sua boca, mas quero sua boceta agora.

Ela sorri com malícia e então passa a língua no meu pau mais algumas vezes antes de se afastar e me montar.

— Está pronta? — pergunto.

A safadinha confiante pega minha mão e a leva para entre suas pernas, onde sinto o quanto ela está com tesão.

— Jesus, Lia — digo, logo antes de ela posicionar meu pau na sua abertura e, em seguida, se abaixar com um movimento suave, me envolvendo com tanto calor que quase gozo bem ali. — Porra — grito, cerrando meus molares. — Devagar, Lia. Vou gozar rápido demais se você continuar assim.

Ela sorri com malícia. Se ergue um pouco, me tirando quase todo de dentro dela, e então abaixa outra vez, fazendo minhas bolas ficarem tão apertadas. Porra, ela é tão apertada, tão quente, tão escorregadia, e está me matando.

— Sério, Lia.

Ela faz de novo.

E de novo.

Então me dou conta de que não tenho nenhum controle na situação. Ela quer este momento, e vou dá-lo a ela, então cubro os olhos com as mãos e a deixo assumir o controle.

Ela se abaixa mais algumas vezes, deixando minha respiração tão errática que quase perco o oxigênio nos membros. Eles ficam dormentes, formigando, e minha necessidade por esta mulher se torna frenética.

— Porra, estou quase lá.

Ela se ergue, até que meu pau descanse na minha barriga.

— Que porra é essa? — pergunto, enquanto ela se debruça e passa a língua bem na parte de baixo, bem junto à cabeça. — Porra, Lia... Não, pare. Não quero gozar na minha barriga. — Cerro os dentes, e minha força de vontade vacila. — Porra, por favor, quero gozar dentro de você.

— Tem certeza? — ela diz, com a voz sedutora. *Ela está amando cada segundo.*

— Sim. Me dê sua boceta. Agora.

Ela estende a mão para a mesa de cabeceira, pega uma camisinha, e então a desenrola no meu comprimento dolorido. Ela se vira para que fique de costas para mim, em seguida, me coloca na sua abertura outra vez e me deixa entrar. Porra, é tão bom que acho que nada vai ser melhor.

Nada.

— Me dê uma palmada — ela pede enquanto vai aos poucos, e quero dizer aos poucos mesmo, pulsando para cima e para baixo em mim.

Sabendo o que ela quer, dou uma palmada na sua bunda, e o som reverbera pelo quarto.

— Issooo — ela geme, enquanto sua boceta se contrai ao redor do meu pau.

Porra, ela também está perto.

Então dou outra palmada, desta vez, na outra nádega. E outra. O tempo todo, ela fica pulsando sobre mim, levando nós dois cada vez mais perto do clímax.

Eu a acerto outra vez, com mais força, e ela geme tão alto que tenho certeza de que nossos vizinhos ouviram.

— É tão bom — ela diz quando eu me levanto e a puxo para que ela se deite sobre o meu peito.

— Abra mais as pernas — sussurro em seu ouvido.

E com nossa nova posição, ela está sobre mim e minhas mãos estão ao redor dela, minha pélvis faz o trabalho, e pego seus mamilos entre os dedos e impulsiono com força dentro dela.

— Ai, porra, Breaker — ela grita. — Isso... ai, merda... eu vou...

Ela não termina, já que geme alto, sua boceta se aperta ao meu redor, e seu orgasmo a atravessa. Poder sentir as ondas de prazer atravessando-a é a coisa mais sexy do mundo. É tão sexy que depois de bombear mais duas vezes, fico rígido debaixo dela. Mordo seu ombro enquanto gozo. Tudo à minha volta fica preto enquanto meu corpo flutua com êxtase. *Isso* só é alcançado quando estou com a Lia.

— Abra mais as pernas.

Quando somos só ela e eu.

Depois de alguns segundos para recuperar o fôlego, ela sai de cima de mim e fica deitada na cama, respirando com dificuldade.

— Isso foi... novidade — ela diz, ofegando.

Rio.

— Foi bom?

Ela se vira para mim e descansa a mão no meu peito, assentindo.

— Foi, foi um orgasmo completamente diferente para mim. Tipo, eu senti por dentro. — Ela sorri. — Quero fazer de novo.

Solto uma risada.

— Tudo bem, só me dê um minutinho. Preciso... recarregar.

Ela sorri, se deita no meu peito e passa a mão pelo meu cabelo antes de dar um beijo suave nos meus lábios.

— Ainda não consigo acreditar que te beijei. Parece tão surreal.

— É bem real — digo, retribuindo o beijo. — Tudo em relação a nós é real. O melhor tipo de real.

Seus dedos dançam pelo meu peito.

— Você não vai ficar enjoado de mim, vai?

— Só pode estar brincando, né? Se não enjoei de você por mais de uma década, tenho certeza de que não vou enjoar agora.

— Mas me namorar é diferente.

— Como assim? Você parece a mesma de sempre.

— Eu sou bem grudenta.

— Quando é com você, eu amo ser grudento.

Ela ri.

— E, pelo visto, sou bem safada também.

— Mais uma vez, safadeza é uma maravilha com você.

— E exigente, vou querer segurar sua mão em todas as nossas saídas.

— Acho que posso fazer isso.

— E vou querer pelo menos uma noite de encontro por semana.

— É permitido apenas um ou podemos ter mais?

Ela sorri.

— Você pode me chamar para sair quantas vezes quiser.

— Que bom. — Passo a mão na sua nuca e encaro seus lindos olhos.

Porra... eu amo você, Lia.

Quero ficar com você para sempre.

Nada, e quero dizer absolutamente nada, vai ser melhor que você.

Você é o meu para sempre.

— Por que está me olhando assim? — ela pergunta.

— Assim como?

— Sei lá... todo... apaixonado.

— Talvez seja porque eu fico todo apaixonado perto de você.

Ela apalpa meu rosto e ri.

— Não seja tão bobo.

Eu a viro para que ela fique com as costas no colchão e a prendo.

— Nunca sou bobo, mas se acha que sou, então talvez você devesse ir embora.

— Tudo bem — ela diz, tentando se levantar.

— Ah, não. — Eu a prendo de novo, fazendo-a rir. — Você é minha agora.

E então encosto os lábios no seu pescoço e beijo cada pedacinho do seu corpo.

CAPÍTULO VINTE E DOIS

LIA

— Lia — Breaker geme quando passo por ele.

— O que foi? — pergunto quando coloco minha caneca de café vazia na pia.

— Você está me matando com esse vestido.

Ele se recosta no batente da porta da sua cozinha, vestido com um terno verde-escuro e uma camisa branca de botões.

Eu que o estou matando? A única razão pela qual estou usando o vestido é porque ele escolheu esse terno para o trabalho hoje, e estou precisando de todas as forças para não o arrancar antes de ele sair para trabalhar.

Então, para neutralizar seu ataque direto com o terno, estou usando um vestido de verão que eu jamais usaria para um dia de trabalho em casa, mas, sabe como é, situações drásticas exigem medidas drásticas.

Bancando indiferença, dou uma olhada no meu vestido e então de volta para ele.

— É só um vestido comum.

— Esse *não* é só um vestido comum — ele diz, vindo até mim e passando os dedos ao longo da alça fina. — Você não costuma usar vestidos, então há alguma ocasião especial sobre a qual não fiquei sabendo?

— Não. Por acaso uma mulher não pode usar um vestido sem ser repreendida por isso?

— E eu estou reprendendo você? Não que eu saiba. — Ele pega meu pescoço, me segurando possessivamente e me trazendo para perto. — Só estou me perguntando se está tentando me provocar a ficar com você aqui, quando eu deveria ir para o escritório.

— Você já é um homem crescido, Breaker. Pode decidir o que fazer da vida. Não preciso usar um vestido para tentar você.

— Mentira. — Ele sorri antes de inclinar meu queixo para cima com o polegar e então me dar um beijo tão profundo que tenho que pegar as lapelas do seu paletó para não cair. Enfio a língua entre os seus lábios, e ele geme logo antes de me prender contra os armários da cozinha. — Porra — ele diz junto aos meus lábios enquanto desliza a mão para dentro do meu vestido e encontra a calcinha de renda e a puxa para baixo. Eu a chuto para o lado e abro as pernas para ele.

Ele vai me tocando devagar enquanto sua boca assume o controle.

— Cacete, Lia. Você já está tão molhada.

Desabotoo sua camisa e passo a mão por seu abdômen.

— Você está tão gostoso nesse terno.

— Sabia que você está usando esse vestido de propósito — ele fala antes de me erguer na bancada.

Então ele tira o paletó e abre a calça, liberando seu pau duro e erguendo meu vestido. Em seguida, ele me pega e eu enlaço os braços em sua cintura, enquanto encontra minha abertura, e eu o insiro totalmente dentro de mim.

— Porra, isso nunca vai ficar monótono — ele diz antes de me prender na parede e investir.

Estou tão tomada e pega de surpresa pela mudança abrupta que meu corpo se entrega por vontade própria. Sinto meu corpo subir, ainda mais pela forma como ele está investindo dentro de mim.

— Breaker — sussurro em seu ouvido, o que faz seu corpo todo tremer.

— Merda, Lia. Vai ser rápido. — Me segurando com força, ele dá mais algumas estocadas, e eu sinto o orgasmo chegando.

Eu o aperto com força, inclino a cabeça para trás, e seus lábios vão para o meu pescoço. Ele vai deixando uma trilha de beijos apimentados ao longo da pele, e solto um gemido gutural enquanto gozo.

Ele bombeia mais algumas vezes, então me solta, se afasta e se vira, bombeando seu pau até que goza bem ali no chão da cozinha.

Meu rosto fica quente com essa visão.

Ele apoia a mão na bancada, enquanto nós dois recuperamos o fôlego.

— Puta merda — ele sussurra, enquanto vou até ele e pego seu pau.

Eu o acaricio algumas vezes e então pego um papel-toalha molhado da cozinha e limpo tudo antes de ajudá-lo a se recompor.

Quando termino, ele coloca as duas mãos no meu rosto e beija minha boca por alguns instantes antes de se afastar.

— Vai ser impossível.

— O que vai ser impossível? — pergunto.

— Deixar você para ir trabalhar. Só quero ficar aqui a porra do dia todo com você... e a noite também.

— Quem é o grudento agora?

Ele solta uma risada e suspira antes de me puxar para um abraço.

— Está bem. Vejo você depois.

— Tudo bem.

Ele me beija mais uma vez antes de gemer e se afastar.

— Tchau, Lia.

— Tchau, Breaker. Tenha um bom dia.

Aceno e ele vai embora. Quando a porta se fecha, pressiono a mão na testa e me apoio na bancada.

Meu Deus... aquilo foi intenso e, ai, nossa, tão recompensador.

Breaker: *Como está sendo o seu dia? O meu tem sido uma porcaria. Acho que vou perguntar para JP e Huxley se posso trabalhar de casa de agora em diante.*

Lia: *É provável que não seja a melhor ideia. A gente não conseguiria trabalhar assim.*

Breaker: *Não é problema meu.*

Lia: *É a sua empresa com os seus irmãos. É problema seu, sim.*

Breaker: *Então preciso de umas férias. Vamos para algum lugar.*

Lia: *Ainda estou tentando pôr em dia todo o trabalho que perdi nas últimas semanas.*

Breaker: *Largue o seu trabalho. Eu vou te contratar.*

Lia: *Para fazer o quê?*

Breaker: *Sentar no meu pau. É uma posição muito requisitada.*

Lia: *Ah, é mesmo?*

Breaker: *Ehh, não foi bem isso que eu quis dizer.*

Lia: *Porque espero que não haja mais ninguém tentando essa vaga.*

Breaker: *Você é a única. E aí, o que me diz? Posso dar qualquer compensação de que você precisar.*

Lia: *É tentador, mas estou com receio de ser muito apertado. Vou ter que recusar.*

Breaker: *Faça um teste, pelo menos.*

Lia: *Desculpe, mas você parece exigente demais. Acho que não posso me comprometer com esse ambiente de trabalho árduo. Passo.*

Breaker: *Droga. Pelo menos me encontre para almoçar.*

Lia: *Não posso. Vou ter que passar na loja de artigos para escritório, porque fiquei sem toner e tenho que imprimir alguns documentos para o trabalho.*

Breaker: *Então você está dizendo que vou ter que esperar até a noite?*

Lia: *Você vai sobreviver.*

> **Breaker:** Bem mal.
>
> **Lia:** Aguente firme, Picles.
>
> **Breaker:** Isso me fez sorrir.
>
> **Lia:** Você me faz sorrir. Falo com você depois.
>
> **Breaker:** Tudo bem. Até mais.

— Com licença, pode me indicar onde ficam os toners? — pergunto ao atendente.

— Sim, no corredor doze. À direita.

— Obrigada.

Com um pacote de canetas hidrográficas na mão, porque tenho uma certa obsessão, vou ao corredor doze e vejo os toners. Pego o celular para ver o que anotei para saber qual toner pegar quando vejo uma mensagem de Breaker.

> **Breaker:** JP acabou de vir aqui no meu escritório e começou a chorar, porque não acha que vai ser um bom pai, e ele está surtando. O que está acontecendo com os meus irmãos?

Sorrio e mando uma rápida mensagem.

> **Lia:** Quem diria que bebês iriam derrubá-los assim?

Quando aperto em enviar, vou aos meus recados quando sinto um tapinha no ombro. Me viro e fico cara a cara com Brian.

— Ai, meu Deus — digo, dando um passo para trás. — Brian... hã... oi.

Usando um terno e lindo como sempre, ele abre um sorriso triste e enfia as mãos nos bolsos.

— Oi, Lia — ele me cumprimenta, baixinho.

— Nossa... — Dou uma olhada ao redor, na esperança de que a sra. Bife não esteja ali. — O que está fazendo aqui?

— Minha assistente se demitiu, e por boa razão. Eu tenho sido um tirano ultimamente, então vim pegar alguns itens de que precisava.

— Ah. — Sem jeito, pergunto: — Seu escritório não cuida dessas coisas?

— Sim, mas há algumas coisas específicas que eles não providenciam.

— Ah, legal — falo, sem jeito. — Bem, só estou aqui para comprar um toner.

— E canetas, pelo visto — ele diz, gesticulando para as canetas na minha mão. — Você está sempre comprando essas hidrográficas.

— É uma obsessão doentia, mas estou bem com ela.

— Acho que poderia ser pior.

Ele se balança nos calcanhares e o constrangimento se instala.

— Bem, acho que vou voltar para minha compra de toner. — Indico as prateleiras.

— Jante comigo — ele fala às pressas.

— Como é?

— Jantar — repete, e seus olhos suplicantes se erguem para os meus. — Eu só... quero conversar.

— Ah. — Seguro as canetas com mais força. — Bem, acho que não seria uma boa ideia, Brian. Estou meio que saindo com alguém.

— Ah, é? — ele pergunta, e seu choque logo se transforma em compreensão. — Me deixe adivinhar... com Breaker.

Me sentindo tão culpada, respondo:

— Nada aconteceu até depois de a gente terminar, Brian, juro. Ele nunca fez qualquer menção a isso, nunca mesmo. Preciso que você saiba disso.

Ele assente.

— Eu acredito em você.

E mesmo que ele tenha dito que acredita em mim, isso não diminui a culpa, porque sei que Breaker é um assunto sensível para ele.

— Então...

— Jante comigo.

— Ainda quero jantar ou até mesmo tomar um café. Eu só... porra, Lia. — Ele agarra o cabelo. — Só quero deixar as coisas claras. Sei que você já seguiu em frente, mas sinto que preciso de um desfecho.

Enquanto encaro seus olhos lacrimejantes, olhos que eu costumava encarar com ar sonhador, me dou conta de que, pois é... talvez eu precise de um desfecho também.

Então, antes que eu possa me impedir, decido:

— Um café seria ótimo.

— Está bem, obrigado. Eu vou, hã, mandar mensagem com os detalhes e deixar você com as suas compras.

— Ótimo. Obrigada, Brian.

Ele mal sorri e se vira. Quando está fora de vista, expiro profundamente, sem saber que estava prendendo a respiração.

Desfecho. Acho que ele tem razão. No fundo da minha mente, sei que há algo me impedindo de me entregar completamente a Breaker. De entregar tudo o que ele merece. *Todo o meu coração.* Talvez eu não tenha dado um desfecho ao capítulo com Brian ainda. Embora nunca tenha usurpado o primeiro lugar de Breaker no meu coração — *agora consigo ver isso* —, ele foi importante para mim.

Um desfecho é sempre uma coisa boa antes de começar algo novo.

Talvez algo que seja para sempre.

Lia: *Sou uma idiota.*

Fico andando pelo quarto enquanto espero a resposta de Myla. Não quis incomodar Kelsey e Lottie, porque elas já parecem estar lidando com coisas demais com as gravidezes e seus maridos desajeitados. Com a chance de que elas possam acabar dizendo alguma coisa para JP e Huxley, que podem acabar dizendo alguma coisa para Breaker, acho que mantê-las de fora é o mais inteligente.

Meu celular vibra, e eu logo leio a mensagem.

Myla: *Duvido, mas me conte o que está rolando.*

Meus dedos voam pelo celular, respondendo o mais rápido possível.

Lia: *Acabei encontrando Brian na loja de artigos para escritório e ele me chamou para tomar um café. Eu disse sim.*

Aperto enviar e estremeço.

Myla: *Parece bem idiota. Alguma razão para isso?*
Lia: *Contei que estava namorando Breaker, e ele entendeu. Mas disse que queria um desfecho, e parte de mim também quer. Mas sinto que Breaker vai surtar.*

> **Myla:** Por que você acha que precisa de um desfecho?
>
> **Lia:** No passado, imaginei que eu fosse me casar com ele. Mesmo que as coisas não tenham ido bem, ainda tivemos bons momentos, e ele teve um papel importante na minha vida. Acho que devo a nós dois e também a Breaker encerrar esse capítulo.
>
> **Myla:** Posso ver isso. Então qual é o problema?
>
> **Lia:** Só preciso ter certeza de que é um motivo válido. E pode ser que quando vi Brian hoje, eu o achei lindo, mas eu NUNCA, nunca mesmo, pensaria em voltar para ele. Breaker é... bem, ele é o meu para sempre, mas quando estou prestes a dizer isso para ele, sinto este bloqueio mental. Acho que o bloqueio mental é Brian.
>
> **Myla:** Acho que você tem razão. Então apenas diga para Breaker que você precisa de um desfecho com Brian.
>
> **Lia:** AI, MEU DEUS! Não posso dizer para Breaker. Ele surtaria. Já está bastante possessivo. Se eu falar que vou me encontrar com Brian, ele vai começar a duvidar de tudo, e tenho certeza de que ficaria bem inseguro. Não quero fazer isso com ele.
>
> **Myla:** Entendo muito bem. Ryot é do mesmo jeito comigo. Se você acha que precisa fazer isso para encontrar um desfecho para se ver livre e poder dar esse passo com Breaker, então faça.
>
> **Lia:** Devo mesmo?
>
> **Myla:** Deve. Se deseja mesmo um novo começo com Breaker, com nada no caminho, precisa ter certeza de estar com a consciência limpa. Pode acreditar, sei por experiência própria.
>
> **Lia:** Acho que você tem razão. Tudo bem. Muito obrigada. Eu agradeço muito.
>
> **Myla:** Disponha!

— Cadê você? — Breaker pergunta enquanto entra voando pela minha porta.

— Aqui — anuncio do quarto.

Ouço-o colocar alguma coisa no chão, tirar os sapatos e entrar correndo no quarto. Me viro bem a tempo de pegá-lo voando para cima de mim, me jogando na cama.

Seus lábios encontram meu pescoço, minha mandíbula, minha boca.

— Porra, senti saudade — ele diz, puxando a minha blusa.

— Espere... espere aí.

— Como assim espere aí? Estive esperando por isto o dia todo.

Ele levanta a cabeça para me olhar nos olhos.

— Eu sei, só que vou ter que sair hoje.

Ele se levanta ainda mais.

— Como assim vai ter que sair? Pensei que você seria toda minha quando eu voltasse.

— Surgiu uma coisa, e agora preciso encontrar um amigo.

— Ah. — Ele me deixa levantar. — Está tudo bem?

— Sim. — Meu celular acende na mesa de cabeceira com uma mensagem e eu o pego depressa e o enfio no bolso da calça jeans. Deve ser Brian. — Só uma coisa de última hora. Não sei quando vou voltar para casa.

Ele coça a nuca.

— Tudo bem. Devo te esperar para jantar?

— Não, não precisa. Pode jantar. E também não precisa ficar esperando aqui. Pode voltar para o seu apartamento, se quiser.

Passo pela porta, e uma leve camada de suor cobre minhas costas. Só preciso dar o fora com o mínimo de perguntas. Mas é claro que ele vem atrás de mim.

— Você parece inquieta. Tem certeza de que está tudo bem? — ele pergunta.

Me viro e coloco a mão no seu peito, dando um beijo rápido nos seus lábios, sem deixar que ele o aprofunde como fiz pela manhã.

— Está tudo ótimo. Mando mensagem quando voltar para casa.

— Tudo bem. — Eu me viro para a porta, mas ele me detém e me puxa para seu peito. — Você me diria se tivesse algo errado, não é? Tipo, se eu fiz alguma coisa?

Viu só? É exatamente por isso que não quero contar para ele sobre Brian, porque ele ficaria inseguro até demais quanto a isso.

— Você não fez nada. Está bem? Te vejo mais tarde.

Eu lhe dou outro beijo e, em seguida, sigo para a porta. Tiro o celular do bolso, pego o endereço de onde vamos nos encontrar e vou direto para lá.

Um jantar pareceu um exagero. Um café pareceu uma ideia perfeita e me deu uma rápida saída.

Me aproximo da pequena cafeteria em que nunca estive e vejo Brian pela janela, com duas xícaras de café na mesa à frente dele. Fico até surpresa por ele saber o que eu pediria. Bem, acho que vou saber se ele acertou.

Passo pela porta de vidro da pitoresca cafeteria e vou até ele. Quando ele me vê, um leve sorriso passa por seus lábios, mas não é o seu sorriso habitual. Já não está de terno, e sim usando uma simples calça jeans e uma camiseta. E seu cabelo está bagunçado, não penteado como sempre. Eu mal o reconheço quando me aproximo.

Mas o que de fato chama minha atenção é a grande capa branca de roupas na minha cadeira.

— Oi... Brian — cumprimento ao me aproximar da mesa.

— Oi. Obrigado por ter vindo. Eu, hã, trouxe um dos seus vestidos. Foi entregue na casa da minha mãe. Hã, parece que os outros dois vão ser entregues na próxima semana. Achei que você iria querê-los. Talvez até mudar o endereço de entrega...

— Ah, obrigada — digo, levantando a capa para me sentar.

Com certeza vou cancelar os outros vestidos. Será que consigo um reembolso? Assim que me sento, Brian me entrega o café.

— Pedi um cappuccino para você, achei que seria a melhor escolha.

Ah, então ele não sabe mesmo o que eu pediria. Não que o pedido numa cafeteria fosse motivo para terminar um relacionamento, mas esses pequenos detalhes me deixavam doida. Depois de um ano juntos, como ele não saberia?

— Eu... não bebo cappuccinos, Brian.

— Ah, desculpe — ele diz, e seus ombros caem. — Acho que não sei mesmo o que você gosta de tomar.

— Acho que esse é um dos nossos problemas.

— Então vamos ir direto ao ponto assim?

— Pode ser. — Dou de ombros.

— Tudo bem. — Ele se mexe e gira sua xícara na mesa. — Então está claro que não sei o que você gosta de tomar.

— Não é só isso. Acho que você não sabia quase nada sobre mim. E eu também não sei se sabia muita coisa sobre você.

Ele assente.

— Acho que você tem razão, e devo ter sido o culpado disso. — Ele suspira. — Estou vendo que fiquei tão obcecado com isso de construir algo para mim mesmo e fazendo questão de concluir tudo que me levaria lá que acho que não tenho vivido de verdade. — Seus olhos se erguem para os meus. — Naquele dia em que você foi embora da confeitaria, não fiquei nem com raiva. Eu sabia que isso ia acontecer. Dava para sentir a tensão entre a gente, dava para sentir você escapando, e eu sabia que não havia ninguém em quem pôr a culpa além de mim mesmo.

— Eu também deveria ter tentado mais — digo.

Ele balança a cabeça.

— Eu te conheço, Lia. Você só está tentando ser legal, mas, por favor, a culpa merece ser colocada em mim. Eu te afastei. Eu fiquei desinteressado. Eu... caramba, nem estava tão envolvido no nosso relacionamento quando pedi você em casamento. Só fiz isso porque minha mãe ficou me pressionando. Não é certo fazer isso com você, e nem certo para mim também.

— Você teria ido adiante com isso se eu não tivesse rompido? — pergunto.

— Sim. — Ele assente. — Teria, e eu só teria deixado você cada vez mais triste, porque eu jamais teria rompido. Eu teria seguido com isso até que você provavelmente não aguentasse mais.

— Por quê?

— Porque os meus pais fazem ser impossível agradá-los. O status é tão importante para eles que eu teria feito qualquer coisa para manter isso.

— É, eu entendo. Eu provavelmente teria feito qualquer coisa para deixar os meus pais felizes também, e acho que é por isso que saí com você. Eles nunca quiseram que eu ficasse sozinha. Quando fui para a faculdade, ficaram com tanto medo de que eu não tivesse ninguém em quem me apoiar, tipo um irmão, que, quando conheci Breaker, eles ficaram aliviados. Eles sabiam que Breaker sempre estaria ao meu lado. Quando faleceram um pouco antes de eu conhecer você, acho que eu estava tentando mostrar para eles que ficaria bem, se é que você me entende.

— Entendo de verdade — ele diz. E fica encarando seu café quando pergunta: — Você chegou a me amar?

Estendo o braço na mesa e coloco a mão na sua.

— É claro, Brian — respondo, baixinho. — Te amei por várias razões, só acho que você e eu não estávamos apaixonados no fim. Acho que só estávamos seguindo com a maré.

— É verdade, e me desculpe por isso.

— Não precisa se desculpar. Acho que eu teria ficado com mais raiva se você tivesse se esforçado, mesmo que tudo fosse uma mentira.

— Meu amor por você não foi uma mentira, Lia.

— Me desculpe, acabei usando as palavras erradas. Acho que as suas intenções foram uma mentira.

Ele olha pela janela e suspira.

— Se as coisas fossem diferentes, se eu não tivesse que viver com esta pressão, e se eu pudesse ser o homem que sou de verdade para você, aquele que você conheceu, acho que a gente teria tido uma ótima vida juntos.

— Acho que sim — digo, porque Brian foi divertido no passado, mas seu lado competitivo, *viciado em trabalho*, levou a melhor.

Ele se recosta na cadeira.

— É, porra. — Seus olhos se conectam com os meus. — Você está feliz, Lia? Com Breaker... ele te faz feliz?

Não consigo segurar o sorriso que cruza meus lábios.

— Sim, estou maravilhada. Ainda não consigo acreditar que é real, mas estou feliz.

— Que bom. Ele é um cara legal, mesmo que possa parecer que a gente não se dava bem. Vocês dois sempre tiveram uma conexão especial da qual eu tinha muito ciúmes, e tenho certeza de que isso não ajudou em nada.

— Foi difícil sair com vocês dois, mas isso já não importa. — Quando ele desvia o olhar, pergunto: — Brian?

— Hum?

— Você vai se permitir ser feliz? Ou vai sempre ficar correndo atrás de subir na carreira e do que pode deixar a sua mãe feliz?

— Eu gostaria de poder dizer que vou encontrar a felicidade um dia, mas não tenho certeza. — Seus olhos encontram os meus. — Meu cérebro funciona de um jeito diferente. Tenho esta necessidade interna de agradar e realizar, e se não estou fazendo uma dessas coisas todos os dias, sinto uma coceira, fico fora de controle, como se minha vida estivesse desmoronando. Não sei se a felicidade pode se enquadrar nesses parâmetros.

— Sei que não é da minha conta, mas pode ser que ajude conversar com alguém, um terapeuta, para ajudar você com esses sentimentos. E talvez te fortalecer. Eu me senti tão machucada quando você não me defendeu na frente da sua mãe, e em nome de uma futura esposa que você possa ter, posso te incentivar a aprender com isso?

Ele sorri e faz uma careta com esse pedido.

— Tem razão. Sei que tem. Me desculpe por não ter feito isso. Preciso encontrar coragem primeiro. — Seus olhos se conectam com os meus. — Pode ser que esta conversa seja o incentivo de que preciso.

Sorri.

— Bem, espero que sim.

Passamos mais alguns rápidos minutos pondo a conversa em dia, mas sem nunca entrar em detalhes. Não conto muito sobre Breaker para ele, porque não quero desanimá-lo. Quando nos despedimos, e eu pego meu vestido de casamento, sinto como se um peso tivesse saído das minhas costas, como se tivesse feito o que precisava ser feito, e agora estou livre.

Estou livre para ficar com Breaker.

Estou livre para amar.

E estou livre para viver a vida que sempre quis com o homem dos meus sonhos.

Tiro o celular do bolso e mando uma mensagem para Myla.

Lia: *Acabei de sair do café. Foi tudo de que eu precisava. Estou pronta para entregar todo o meu ser para Breaker.*

Myla: *Era isso o que eu queria ouvir.*

CAPÍTULO VINTE E TRÊS

BREAKER

— Você está usando um saco para respirar? — JP pergunta, já que estou ao telefone com ele.

— SIM! — grito através do saco de papel.

— Por quê?

— Porque estou surtando, porra — digo, andando pelo quarto.

Depois de a Lia ter me dispensado, fiquei no seu apartamento por mais alguns minutos, pensando que talvez ela só estivesse brincando e que voltaria, mas, quando não voltou, o pânico começou a preencher meu cérebro.

Por que ela simplesmente foi embora daquele jeito?

Com quem ela vai se encontrar?

Por que ela não fez nenhum plano para quando voltasse?

Por que eu sou este homem carente que precisa ficar ao lado dos seios saltitantes dela o tempo todo?

Porra!

— E por que você está surtando?

— Eu fiquei o dia todo louco para ver a minha garota, e quando cheguei em casa, ela estava de saída. Disse que ia encontrar alguém, mas quem ela foi encontrar? A gente tinha planos, JP, nada oficial, mas, tipo, já estava subentendido que passaríamos cada maldito segundo juntos quando não estivéssemos trabalhando, e ela não está trabalhando agora, eu não estou trabalhando agora, mas ela não está aqui, porque saiu por aí, e tem sido bem evasiva quanto a isso, e agora eu fico aqui imaginando se não sou bom o suficiente para ela, e que talvez ela tenha encontrado outra pessoa muito melhor.

— Tá bom, olha... primeiro de tudo, nossa. Pode ser que respirar fundo ajude, cara. Seu desespero está aparecendo.

— Eu sei, porra — digo enquanto ando. — Olha, cara, estou apavorado, tá bom? Sinto que estamos juntos, mas que tem algo impedido que ela esteja totalmente envolvida comigo, e sei que é só uma sensação, mas está lá, e esse pequeno detalhe tem me levado à porra do limite. Não posso perdê-la.

— Você não vai perdê-la, seu idiota. Ela deve ter saído com um amigo.

— Que amigo? É, pode ser que eu seja um maluco e tenha perguntado a Ryot se a Myla estava com ele, e pode ser que eu tenha perguntado a Huxley também, e pode ser que eu tenha ligado para você para saber onde está Kelsey. Ela não sai com mais ninguém.

— Pois é, o desespero está mesmo forte. Pode ser que ela tenha uma consulta constrangedora e não quis falar com você sobre isso. Talvez... sei lá. Ela foi remover uma pinta ou algo assim.

— Eu já lambi cada pedacinho do corpo daquela mulher. Pode acreditar, ela não precisa remover nada.

— É válido, já fiz o mesmo com Kelsey, e ela é perfeita. — Ele faz uma pausa por um instante. — Ohh, talvez ela queira fazer uma surpresa para você, tipo... um carro novo.

— Que porra é essa? Aquela série *The Price is Right*? Ela não vai me dar a droga de um carro novo.

— É, tá bom, mas pode ser outra coisa, tipo, lingerie! Isso daí seria animador e nada com que o seu pau precisaria se preocupar.

— É, acho... acho que pode ser isso. Pode ser que ela esteja comprando algo para mim.

— Aposto que é isso, cara. Ela vai fazer um agrado para o velho Breaker. Que porra de desesperado você é, achando que... — Sua voz vai sumindo, então o ouço dizer: — Hã, cara...

— O que foi?

— Perguntinha. Você se lembra da aparência do Brian?

— Claro que me lembro da aparência dele. Uma pepita de merda que dá vontade de socar, por quê?

Ele fica em silêncio por um instante e então diz:

— Bom, acho que sei onde a Lia está.

Os pelos da minha nuca se arrepiam com atenção.

— Como assim você sabe onde ela está? — pergunto, sendo preenchido mais uma vez pelo pânico.

— Kelsey me pediu para comprar uma muçarela pela qual ela está obcecada ali na delicatessen, e já que ela está grávida e não tem conseguido manter a comida no estômago ultimamente, estou fazendo qualquer coisa para fazê-la se sentir melhor, inclusive dirigir vinte minutos até uma delicatessen para comprar muçarela.

— E o que raios isso tem a ver com a Lia? — quase berro.

— Bem, a delicatessen fica ao lado de uma cafeteria, e pela janela da cafeteria, dá para ver a Lia... com um cara que parece Brian.

— Como é? — grito. — Tire uma foto. Tire a porra de uma foto agora.

— Isso não seria meio bizarro?

— Eu vou arrancar a porra do seu pau se você não tirar a foto neste exato minuto, JP.

— Tá bom, tá bom. Jesus. — Ele faz uma pausa de segundos e então diz: — Acabei de mandar.

Vou para as mensagens assim que a sua chega. Dou um clique frenético, e quando a foto fica à vista, dou zoom, e com certeza é a Lia, com a mão sobre a de Brian, enquanto os dois tomam um café.

Eu me afundo na cama e fico encarando a foto.

— Pelo seu silêncio, vou supor que não está bem neste momento.

Isso nem começa a descrever como me sinto.

— Por que ela não me falou? — pergunto, encarando a foto. — Porra, você acha... você acha que ela vai voltar para ele?

— Porra, você acha... você acha que ela vai voltar para ele?

— De jeito nenhum. Qual é, cara. Ela estava infeliz com Brian.

— Então por que raios ela está se encontrando com ele em segredo?

— Hum, boa pergunta.

— O que eles estão fazendo agora? Faça uma chamada de vídeo. Me deixe ver o que está acontecendo.

— Você está zoando comigo? Eu caí fora, cara. Estou na delicatessen.

— Bem, então volte para lá. Fique na frente da janela, observando tudo, me contando tudo. Eles estão se abraçando? Se beijando? Porra, acho que vou vomitar.

— Dá para você se acalmar? Já estou lidando com uma esposa com os hormônios à flor da pele. Não preciso de um irmão assim também.

— Ah, me desculpe, mas quando Kelsey saiu com outro cara, tenho certeza de que eu estava lá para te apoiar.

— É, e você também era solteiro e não tinha nada melhor para fazer além de acalmar minha alma ferida. Estou tentando comprar a porra de uma muçarela, pelo amor de Deus. Você está pedindo demais.

— Por que você é tão inútil? — Me jogo outra vez na cama.

— Olha, tenho certeza de que há uma explicação lógica para o que está rolando. Por que não espera, e quando ela chegar em casa, você pergunta? Não a confronte. Não a culpe. Apenas pergunte. Acha que pode fazer isso?

— É, acho que sim — digo, respirando fundo.

— E, pelo amor de Deus, não diga que a vi e que mandei uma foto para você. Essa merda vai acabar atingindo Kelsey, e ela vai acabar comigo. — Ele baixa a voz. — Estou com medo de verdade, cara. Ela é outro nível quando está grávida.

— Nossa, você deixa essa coisa toda de família muito menos tentadora.

— No momento, está sendo três numa escala de dez para mim. Não recomendo.

— Que maravilha. — Me levanto da cama. — Vou lá para o apartamento dela. O quanto antes ela chegar, melhor.

— Lembre-se, vá com calma.

— É, valeu — digo antes de desligar e passar a mão pelo cabelo. — Porra, estou me sentindo enjoado.

Respiro fundo e usando apenas uma calça jogger e uma camiseta branca, vou até o apartamento dela, onde coloco meu celular na bancada da cozinha e começo a andar pela sala.

Não é possível que ela vá voltar para ele, é?

De jeito nenhum.

Estou tentado a olhar para a foto, analisá-la, até que não haja nada dentro de mim além de poeira e sonhos fracassados, mas sei que isso não vai ajudar em nada minha mente. Em vez disso, continuo andando para não surtar.

Eu a amo.

É claro e simples assim. Eu a amo, e não vou perdê-la, porra. Nem para Brian, nem para qualquer outro.

O elevador ao final do corredor faz um barulho, e eu pulo do sofá, onde estava tentando meditar, mas fazendo um péssimo trabalho. Só fiquei pensando na foto que JP me mandou e imaginando por que ela o tocou. *E por que ficou com ele por mais uma hora depois que a foto chegou? Agora já faz mais de duas horas que ela está fora.*

Passos vêm do final do corredor e vão se aproximando cada vez mais do seu apartamento, até que suas chaves se encaixam na fechadura. Prendo a respiração, e quando a porta se abre, começo a suar assim que seu lindo rosto fica à vista.

Quando ela ergue o olhar e me vê, se assusta, segurando uma enorme capa de roupa.

— Meu Deus, Breaker. Não sabia que você estava aqui.

Meus olhos vão para a capa, e sei o que é... seu vestido de casamento...

Que porra está acontecendo?

— Oi — digo, engolindo em seco.

— Você ficou aqui esse tempo todo?

— Não — respondo, me sentindo nervoso. — Voltei para a minha casa para me trocar, mas aí voltei para cá para esperar por você.

— Ah — ela fala e seus olhos vão para a capa e de volta para mim.

Porra, porra, porra. Por que ela está segurando isso? Por que não está me beijando? Por que foi se encontrar com Brian?

— Você, hã... se divertiu?

— Sim — ela responde, abrindo o armário de casacos e pendurando a capa. Ela se divertiu? Com Brian? Meu estômago embrulha enquanto aperto os punhos, tentando me impedir de fazer alguma coisa idiota. Quando ela fecha a porta, olha para mim e diz: — A gente precisa conversar.

Vou vomitar.

Como assim?

Como é que ele pode simplesmente voltar para a vida dela, e a Lia ficar bem com isso? Ela mesma disse que não o amava no fim. Ela estava feliz com a própria escolha. Então o que a fez mudar de ideia? Fui eu? Será que fiz algo errado? Eu achei... porra, achei que estávamos bem. Melhor que bem. Pensei que estava tudo uma maravilha.

— Acha que podemos nos sentar...

— Não o escolha! — grito, incapaz de me deter. — Por favor, Lia. — Minha voz fica trêmula. — Não... não o escolha.

Sua expressão fica confusa quando ela indaga:

— Escolher quem?

— Brian. Eu... porra. JP viu você na cafeteria com Brian, de mãos dadas, e sei que é uma merda dizer isso e colocar esse tipo de pressão em você, mas, por favor, não volte para ele. Me escolha. Prometo que vou fazer o que for necessário para te fazer feliz. Qualquer coisa, só...

— Breaker — ela diz, vindo até mim e pegando minha mão. — Eu não vou voltar para Brian.

— Não? — pergunto, enquanto uma onda de alívio me preenche, fazendo meus olhos lacrimejarem.

— Não — ela responde, envolvendo meu rosto. — Ai, meu Deus, me desculpe por você ter pensado que fosse esse o caso.

Então ela fica na ponta dos pés, aproxima meu rosto e dá um beijo nos meus lábios. Estou tão aliviado que quase desabo.

— Eu preciso... porra, preciso me sentar — digo.

Ela me leva até o sofá, onde me sento, e ela se senta ao meu lado. Balanço a cabeça, desejando que ela fique o mais perto possível, então a puxo para o colo, onde ela monta, e eu posso segurá-la.

— Ai, meu Deus, você ficou esse tempo todo pensando que eu fosse voltar para ele? — ela pergunta.

— Sim — sussurro, passando as mãos por sua cintura.

— Não. Eu jamais voltaria para Brian e... bem, acho melhor começar do início.

— É, pode ser uma boa ideia. — Assinto.

Ela pressiona a mão no meu peito.

— Eu acabei encontrando Brian na loja de artigos para escritório. Foi bem estranho vê-lo de novo, por razões óbvias. Ele foi cordial e perguntou se a gente poderia sair para jantar. — Meu corpo fica tenso com a ideia de eles jantando juntos. — Falei que já estava saindo com alguém, e ele adivinhou que era você. Não sei se ele ficou feliz pela gente, mas ficou feliz por eu estar feliz. Não sei o que ele acha sobre você.

— Como se eu desse a mínima.

Ela ri.

— De qualquer forma, ele achou que as coisas tinham terminado muito de repente e perguntou se a gente poderia conversar sobre isso, ter um desfecho. Basicamente, ele queria se desculpar. A princípio, fiquei meio insegura. Falei para ele me mandar mensagem de onde encontrá-lo, mas depois, fiquei nervosa com isso. Conversei com a Myla sobre se eu deveria ir ou não quando me dei conta de que essa não era nem a pergunta. Eu precisava me encontrar com ele.

— Hã, para... ver se ainda sente alguma coisa por ele?

Ela sorri de leve.

— Não, Breaker, para também ter um desfecho. Olha, estou namorando um cara de que gosto de verdade. Mas não estou conseguindo entregar tudo de mim, porque esta porta com Brian ainda estava aberta. Eu nunca consegui um desfecho de fato. E hoje se tratou de encerrar esse capítulo da minha vida para que eu possa ter um novo começo... com você.

Mais alívio me invade, e eu deixo a cabeça descansar no encosto do sofá.

— Jesus — sussurro. — Por que você simplesmente não me contou?

— Porque você teria surtado.

— Não, não teria.

Ela me lança um olhar crítico.

— Se eu tivesse te dito que ia sair para tomar um café com Brian, você teria surtado. E nem pense em mentir para mim.

Desvio o olhar e murmuro:

— É, pode ser que seja verdade. Mas você poderia ter me dito que precisava desse desfecho.

— Acho que eu não tinha cem por cento de certeza do que eu precisava. Mas ainda bem que descobri.

— E do que você precisa?

Ela passa o polegar na minha barba por fazer.

— Eu preciso de você, Breaker. Preciso de nós dois. Eu quero nós dois. — Ela umedece os lábios. — Não estou convencida de que eu estava totalmente envolvida até este momento, e agora posso dizer que sei quais são os meus sentimentos. Sei para onde eles levam, e é para você. — Ela se inclina e pressiona a testa na minha. — Estou apaixonada por você, Breaker, e pode até ser cedo demais para dizer isso, mas é o que sinto.

Coloco as mãos por baixo da sua camiseta e a seguro com força, enquanto meu peito gira com tantas emoções.

Ela me ama.

Jesus Cristo. E eu achando que ela ia terminar comigo.

Rio, e ela se afasta.

— Qual é a graça?

— Merda, desculpe. Não foi minha intenção rir. Péssima hora. — Solto um suspiro profundo. — Já faz um tempo que venho querendo dizer que eu te amo, mas me contive, porque não queria que você surtasse. E aí acabei achando que você ia terminar comigo hoje, mas, em vez disso, você disse que me ama. Tipo, porra, eu segurei uma barra.

Ela sorri e se inclina para perto, brincando com a gola da minha camiseta.

— Você me ama?

— Pra caralho — respondo. — Feito um idiota. A ponto de não ter vergonha nenhuma de te seguir por aí mesmo que você tivesse voltado para Brian. Porra, mas eu te amo tanto, Ophelia, que posso sentir isso até a medula. Faz parte de mim. Você é parte de mim.

Bem quando acho que ela vai me beijar, ela se levanta do meu colo.

— Aonde você está indo? — pergunto, confuso.

Ela estende a mão e eu a pego. Ela me guia por seu apartamento até o quarto e então se vira para mim. Com um movimento suave, tira a camiseta.

— Porra — murmuro, absorvendo seu sutiã de renda roxa.

Ela desliza a mão por baixo da minha camiseta e diz:

— Você também é parte de mim, Breaker. Me desculpe por ter demorado um pouco para me dar conta disso, mas estou feliz que fiz isso.

— Você está dizendo que é minha… para sempre?

Ela me ajuda a tirar a camiseta e assente.

— Sim, sou sua… para sempre.

— Você é parte de mim.

Então ela me deita na cama e monta no meu colo. Eu a faço rolar e a prendo no colchão. Baixo a boca para a dela e a beijo com cada pedacinho do meu coração. E ela retribui, abrindo a boca, dando espaço para a minha língua.

Quando me afasto e encaro seus lindos olhos, declaro:

— Eu te amo, Ophelia. Pra caralho.

Ela sorri e retribui:

— Eu também te amo... Picles.

Rindo, enterro o rosto no seu ombro e vou beijando seu pescoço, enquanto ela se ajusta debaixo de mim, me deixando assumir.

É claro que eu queria ter me dado conta, anos atrás, de que ficar com Lia seria inevitável — alguns podem até dizer que... era um romance nada inesperado. Mas também me dei conta desta conexão extraordinária que construímos ao longo dos anos, e que Lia pode ter razão. Não sei o quão próximos seríamos se não tivéssemos todos esses anos para criar uma conexão.

Só sei que estou feliz pra caralho, e meus irmãos nunca mais vão parar de me encher o saco por isso.

Nunca mais.

EPÍLOGO
BREAKER

— É bobo demais? Parece bobo demais — digo, enquanto Lia está no nosso quarto com Myla, pegando uma nova camiseta, já que derramamos bebida na dela.

— Não é bobo. Foi bem executado — JP opina. — Agora, não ferre as coisas para mim. Porque coloquei muito esforço nisso.

— Você comprou os balões.

— Hã, e fui eu que tive a ideia de derramar Bloody Mary, a tática de surpreender a Lia. De nada.

Ele tem razão, infelizmente.

Um pouco depois de a Lia e eu termos confessado nosso amor um para o outro, decidimos sair dos nossos apartamentos e comprar uma casa. Foi uma grande decisão, uma que não tomamos de forma leviana. Visitamos vinte e três casas, até que encontramos a perfeita... a um quarteirão de distância dos meus irmãos. Lia gostou de ficarmos perto de Lottie e Kelsey, e eu gostei do fato de a Lia finalmente ter ficado feliz com uma casa.

Faz duas semanas que nos mudamos, e hoje, estamos oferecendo o almoço de domingo com alguma ajuda de Reign, é claro. Não, não o roubamos, é para que eu possa fazer um pedido de casamento surpresa para a Lia.

O plano é o seguinte: nós comemos, conversamos, aproveitamos, e então Myla derrubaria bebida na camisa de Lia. Sua tarefa é a de manter Lia lá no segundo andar por pelo menos cinco minutos. Assim que elas desapareceram de vista, todo mundo correu para ajudar. Movemos a decoração pré-pronta para o lugar certo, junto de um letreiro gigante e luminoso com os dizeres *Casa Comigo?*.

Com relação ao pedido, tive várias ideias de como fazer isso. Um pedido na Disney, já que foi onde demos nosso primeiro beijo. Pensei nisso antes de nos mudarmos. Pensei nisso enquanto jogava *Scrabble* com ela, sabe, para fazer um círculo completo. Mas acabei chegando à conclusão de que o que eu queria de verdade era o apoio dos amigos e da família. Além disso, eu queria fotos e vídeos, então coloquei Lottie e Kelsey para cuidarem disso.

Sem contar que acredito de verdade que uma das razões pelas quais Lia está comigo agora é pelo apoio das pessoas ao nosso redor. Elas ajudaram a nos juntar com seus conselhos e seus toques gentis de encorajamento. Ou melhor, opiniões bem acertadas. Parece apropriado ter todos presentes.

— Você está com o anel? — Huxley pergunta ao se aproximar de mim.

— É claro que estou com o anel. — Estendo a mão.

Uma semana atrás, Huxley, JP e eu escolhemos o anel de noivado, bem ao estilo que sei que a Lia vai amar. Três pedras que representam o passado, o presente e o futuro em uma faixa de ouro branco, chegando a dois quilates. Considerei comprar algo maior, mas sei que ela não iria querer. Este é perfeito.

— Você está nervoso?

— Sim. — Minhas pernas tremem. — Acho que ela está pronta para isso. Tipo, a gente comprou uma casa juntos, mas uma parte de mim ainda está com medo de que ela diga que ainda não está.

— Isso não vai acontecer — Huxley fala. — Ela olha para você da mesma forma que Lottie olha para mim e Kelsey olha para JP. Esse tipo de amor dura para sempre.

— Valeu — digo, enquanto ele me dá um tapinha nas costas.

Algo aconteceu com Huxley nos últimos dois meses desde que anunciaram a gravidez da Lottie. Ele tem sido mais sensível e menos robótico. Agora ele parece ter sentimentos de verdade. E só vejo o velho Huxley — o mordaz e severo Huxley — quando olham para Lottie do jeito errado, ou quando ele precisa dar uma lição em alguém. Mas esse cara novo e sensível está mesmo me deixando desconcertado.

Quanto a JP, bem, ele ficou ainda mais irritante, se apoiando em mim sempre que consegue para poder ficar longe do que ele chama de "diaba", ou seja, Kelsey. Pelo visto, os hormônios da gravidez têm assustado JP para longe da própria casa. Não sei do que ele está falando, porque ela tem sido extremamente agradável comigo.

— Precisamos fazer mais alguma coisa? — Banner pergunta de onde supervisiona a música. Sua namorada, Kenzie, está ao seu lado, segurando um lança-confetes. Ela é divertida pra caramba. Pude conhecê-la melhor no último mês, e ela é uma adição perfeita ao grupo. Meio peculiar e estranha, mas bem divertida.

— Acho que está tudo certo. — Olho ao redor. — Todo mundo no lugar?

Kelsey e Lottie respondem com um "joinha" enquanto seguram os celulares, prontas para gravarem tudo de ângulos diferentes.

JP e Huxley estão de cada lado, segurando as cortinas fechadas do quintal para que Lia não veja nada do que está rolando quando voltar.

Ryot e Penn estão perto da mesa com lança-confetes. E por falar nisso, ouvi dizer que Penn finalmente chamou Birdy para sair, mas ele ainda precisa me contar como foi. Espero que tenha ido tudo bem, embora saiba que Penn tem enfrentado uma barra, então não sei ao certo se haverá um segundo encontro.

— Ela está vindo — Lottie meio que dá um grito sussurrado, me chamando a atenção.

— Você consegue — JP diz, me oferecendo um "joinha" exagerado.

Prendo a respiração, rezo para não desmaiar, e quando JP e Huxley abrem as cortinas, revelando Lia no batente da porta, que parece confusa e surpresa, é impossível voltar a respirar.

Banner coloca a música para tocar, um suave instrumental, enquanto todo mundo desaparece de fundo.

Os olhos de Lia encontram os meus e imediatamente se enchem de lágrimas.

— Ai, meu Deus — ela reage, baixinho, levando a mão trêmula à boca.

Dou um passo à frente e estendo a mão para ela.

Ela pega minha mão, e enquanto a levo para o pátio e para a frente do letreiro luminoso de *Casa Comigo?,* não posso evitar perceber o quanto estou nervoso também.

— Ophelia — começo, baixinho. — Quando eu te conheci, pensei que você era tudo de que eu precisava na vida. Você gostava das mesmas coisas que eu. Você me fazia rir. Você me dava uma lição. E era tão linda que eu disse para mim mesmo que deveria te chamar para sair. Infelizmente, você queria um amigo, não um namorado, mas fico feliz que estivesse, porque não consigo imaginar como teria sido a última década da nossa vida sem a presença um do outro. — Fico de joelho, enquanto as lágrimas rolam pelo meu rosto. — Você me faz tão feliz que não preciso de mais nada na vida além de você. — Respiro fundo e peço: — Ophelia Fairweather-Fern, quer se casar comigo?

Ela assente, sem levar nem um segundo para pensar. Os lança-confetes disparam no ar, nossos amigos e família aplaudem, e eu me levanto e coloco o anel no seu dedo, enquanto uma sensação avassaladora de alívio me atinge.

Ela será minha para sempre.

— Ai, meu Deus, Breaker — ela diz antes de envolver minha nuca e me puxar para um beijo.

É um beijo rápido, porque ela está chorando e todo mundo se aglomera ao nosso redor para nos abraçar, mas, quando olho em seus olhos, atrás dos óculos roxos perfeitos, sei com toda a certeza de que ela vai carregar para sempre meu coração, e eu serei para sempre dela. Uma questão de tempo? Pode ser. Mas cada dia juntos, cada desafio que enfrentamos, cada alegria que dividimos, cada jogo em que ela me derrotou, nos aproximou mais do que eu poderia imaginar. Eu amo esta mulher, e farei de tudo para que sua vida seja tão maravilhosa quanto ela. Ela *vai* entrar com um buquê de flores de tricô, e terá margaridas onde quiser. Tornarei qualquer desejo realidade. E acima de tudo, mal posso esperar para dizer a palavra mágica que vai nos juntar até o fim dos tempos.

— Ophelia Fairweather-Fern,
quer se casar comigo?

FIM

CONHEÇA TAMBÉM:

Editora Charme

Entre em nosso site e viaje no nosso mundo literário.
Lá você vai encontrar todos os nossos
títulos, autores, lançamentos e novidades.
Acesse www.editoracharme.com.br

Você pode adquirir os nossos livros na loja virtual:
loja.editoracharme.com.br

Além do site, você pode nos encontrar em nossas redes sociais.

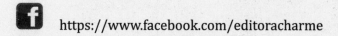
https://www.facebook.com/editoracharme

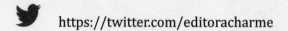
https://twitter.com/editoracharme

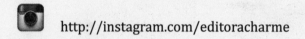
http://instagram.com/editoracharme

@editoracharme